辻調鮨科

土田康彦

祥伝社

辻調鮨科

辻調鮨科 目次

装画……千住博
装幀……芦澤泰偉

プロローグ

　生まれ育った田舎町《いなか》の駅まで、一張羅《いっちょうら》を着込んだ僕を親父は軽トラで送ってくれた。着ていたのは、ピエール・カルダンの紺色のスーツ。しかもスリー・ピースで裏地には刺繍《ししゅう》のネーム入り。誰が見てもそこらの安物とは違うとわかる立派なスーツだ。親父が地元の古びたデパートで仕立ててくれたものだった。デパートの女性店員の接客態度を見るに、決して安いものではないことだけは僕にもわかった。

　毎朝、夜明け前には起きだして、凍《い》てつく水に素手を突っ込んでは一丁五十円足らずの豆腐を作り、男手ひとつで僕を育ててくれた豆腐職人の親父。その親父が十八歳の息子に高級スーツを購入するということは、経済的にも精神的にも途轍《とてつ》もない一大事だったに違いない。

　出発の時間になると、親父が駅前で握手《あくしゅ》を求めてきた。照れくささを捨てきれなかった僕は、親父を直視できずうつむいていた。でも親父が頑固なことを知っていたから、僕は視線をそらしたまま、しぶしぶ手を差しだした。

　久し振りに親父の手に触れる。僕の手を包む親父の手のひらは白くて柔らかくて、まるで豆腐のようだった。握手をしながらも、僕は顔を上げることができずにいた。すると、ふと親父の靴が視界に入った。靴はよそ行きなのに、なぜかエプロンは着けたまま。上等な革靴だったけれど随分くたびれている。丁寧《ていねい》に手入れはしているものの、もう何年履《は》いているかわからない。

されども息子にはピエール・カルダン。

――僕はうつむいたまま、じっと古びた靴を見ていた。そして、ぎゅっと握《にぎ》った手のひらから、親父の心臓の鼓動が伝わってきそうなのが怖くなり、とうとう手を振り払った。親父ははっとして表情を変えた。

「もう行かなきゃ」

僕の声は小さく震えていた。

「いい料理人になれよ。今度会う時は、美味《うま》い鮨《すし》、握ってくれよ。それから責任感のある大人になるんだぞ。それから先生を尊敬しろ、友達は大切にしろ、それから――」

「もういいよ、いつもの説教は」

僕が親父の言葉をさえぎると、気まずい空気が生まれた。

こんなはずじゃなかった、もっと明るく見送ってもらうはずだったのに。つまらない意地を捨てきれない子どもじみた言動が、親父との最後の時間を台なしにしてしまった。僕は自分の幼稚さにがっかりしながら歩きだした。

改札を抜け、跨線橋《こせんきょう》を渡りながら、握手した手のひらを大切にポケットにしまい込んだ。固く握った拳《こぶし》の中に、親父の柔らかな手の温《ぬく》もりを感じた。そして、反対側のホームから改札口の方を恐る恐る振り返った。

さっきふたりがいた場所から、一歩も動かず親父が立っていた。

親父はいつの間にこんなに小さくなったんだろう。そう思うと軽い恐怖を覚えた。もうそれは、自分が知っている親父ではないような、そんな気がした。

「特上の鮨、待っててよ」

大きな声を出して涙を抑え込もうとしたけれど、風景の輪郭がぼやけてきた。

「親父の好きなネタ……ばっかりで握る……から」

涙ぐんだことを悟られないようにおどけて言ったつもりが、逆に涙が止まらなくなった。向こう側のホームで親父も泣いていていた。

その時、電車の到着を知らせるベルが鳴り響いた。山の頂上からこの町を見守る備中松山城《びっちゅうまつやまじょう》の天守閣《てんしゅかく》まで届くほどの甲高《かんだか》い響きだった。

やがて電車が現れた。乗り込むと車内に自分の足音だけがドタバタと響いた。親父が見える方の席にカバンを投げ置き、窓を開け、ここだよと顔を覗《のぞ》かせた。

古びた電車の窓から覗く僕の顔を見つけると、親父はホームの黄色い線を越えて、線路に落ちてしまいそうなほどぎりぎりの所まで近寄ってきた。そして小さく右手を振りながら、

「なんにもしてやれなかったなぁ、なんにもしてやれなかったなぁ」

とがくがく震えるようにうなずきながら、繰り返しそう言った。

電車がゆっくりと動きはじめた。

親父は数歩だけ電車を追いかけたけれどすぐに立ち止まり、あの柔らかく豆腐のような白い手のひらで顔面を覆《おお》った。いつの間にか白くなった親父の髪が、加速する電車の風圧で哀れになびいていた。

老いた親父と、生まれ育った田舎町が少しずつ小さくなっていく。僕は電車の中でしばらく泣いた。人影も疎《まば》らな在来線。車内には男女の老人が四、五人座っているばかりだった。泣いている僕を見て見ぬふりをして、ただ窓の外を眺《なが》めている老人たちは無言だった。

第一章　春

1

一九八八年、昭和六十三年四月十四日。記念すべき登校初日、心地よい緊張感に包まれてアパートを出た。

春の朝の空気は、まだ冬を感じさせるように澄《す》んでいる。大阪にいても、故郷の岡山の田舎と同じ感覚が味わえて、ちょっと心強かった。

そんなことを考えながら歩いていると、風俗店の角を曲がった薄暗い路地で、いかにも不良といった風貌《ふうぼう》の高校生三人が、これまたいかにもあっち系っぽい男に胸ぐらをつかまれ怒鳴られていた。足元にはまだ火がついた煙草《たばこ》が落ちていて、それを黒光りする革靴で踏み消してみせた。黒いスーツの白いストライプに沿って恐る恐る視線を上にあげると、男は地獄みたいな顔をして唇《くちびる》をひん曲げていた。

「お前ら、こんな所で制服着たまんま何やってんだ！　さっさと学校に行け！　誰のお陰《かげ》で働きもしねえで学校行けると思ってんだ!!」

一部始終を見ていたらしいクリーニング屋のおばちゃんが、店先に看板を出しながら話しかけてきた。

「朝からえげつないなぁ。せやけど、言うてることはもっともや。あの人警察官かヤクザやな、普通あんなややこしいのに注意せえへんで。まぁ、たぶんあっち系やろけど、正義感は上等や」

突然話しかけられ僕が戸惑《とまど》っていると、

「それにしても、あの人、男前やなぁ」

と呟《つぶや》いて、おばちゃんはさっさと店の中に入っていった。

地元と似てるだなんて、前言撤回《てっかい》。ここは大阪、初日の朝から元気だ。いや、朝から勇ましい。

僕は即座に無表情をつくり、激しい口喧嘩《くちげんか》を繰りひろげる連中の隣をそそくさと通り過ぎた。


十分程歩くと、厳《おごそ》かにそびえ立つ門が現れる。世界の調理系専門学校の頂点、辻《つじ》調理師専門学校だ。門をくぐる時、なんとなく息を潜《ひそ》めなければいけない気がして、呼吸する音を抑え込んだ。

僕の後ろにいた男子が小声で言った。

「さっすが名門、生徒数だって世界一だもんなぁ」
二、三歳下だろうか。まだ少年と言ってもいい幼い顔立ちをしているけれど、表情は硬い。
正面玄関を抜けホールに入ると、四人の外国人の大きな写真が飾られていた。というより祀《まつ》られていた。僕は八個の目にギロリと睨《にら》まれた。

フランス料理界の巨匠、ポール・ボキューズとジョエル・ロブション。イタリア料理界の巨匠、ハーリーズ・バーのオーナー、アリッゴ・チプリアーニと若き総料理長アルフレッド……。

それぞれの写真の下の立派なネームプレートには、聞いたこともないカタカナの名前が並んでいる。どうやら四人とも有名な人らしい。みんなとっくに知っているんだろう。僕は自分が知らない

ことを悟られないように、

「ああ、ポール・ボキューズとジュエル・ロブションね」

と頷《うなず》きながら小さく呟いてみた。すると、

「さすが料理の東大だな」

一昨日《おととい》別れたばかりの親父の声が、耳の奥に甦《よみがえ》ってきた。僕が辻調に行きたいと言いはじめてから、親父はことあるごとにこの台詞《せりふ》を口にしていた。豆腐屋の店先で郵便局の人と学資保険とやらの相談をしている時も、

「息子は料理の東大に進学希望ですから」

と何度も繰り返していたことを思い出した。


左手にある職員室を覗いてみる。料理番組でお馴染《なじ》みの顔ばかり、料理界を代表する講師陣が勢ぞろいだ。佇《たたず》まい、目線、声色《こわいろ》、その全てから圧倒的な自信が放たれている。辻調の敷居をまたいだ途端、レベルの高さを思い知らされた。

階段を最上階まで上り教室に到着した。授業が始まるまであと一時間、まだ誰も来ていないようだった。恐る恐るドアを開け一歩足を踏み入れると、朝の光の中、いくつもの調理台が厳格な列を作って新入生を待ち構えていた。その上に置かれたまな板に、僕の視線は釘付けになった。まな板というより巨大なブロックで、強烈なヒノキの匂いを放っている。

歩くと、塗装されたばかりの床と靴が擦《こす》れ合って、きゅっきゅっと鳴った。この静けさと清潔感を壊さないように、かかとに神経を集中させる。それでも響く靴音は、窓の上に設置された四つの換気扇に吸い込まれていった。

教室の後ろには業務用の大きな冷蔵庫が二台。微かに響く低い音が性能のよさを物語っているその横の棚には、見たこともないほど大きな鍋や新品のフライパンが並んでいた。

「今日からお世話になります。よろしくお願いします」

棚の前に立ち、心の中で挨拶《あいさつ》をした。

冷蔵庫を開いてみたけれど何も入っていない。よく冷えた庫内の空気は、今か今かと食材を待ち構えているかのようだ。冷蔵庫の端のデジタル表示に目をやると、三度だった。

その隣のもうひとつの冷蔵庫を開けてみると、真ん中に一メートルほどの大きな氷の柱がドンッと立っていた。氷には気泡ひとつない。いったいなんに使うんだろう。

教室の様子をひと通り見てしまうと、始業までの時間を持て余してしまい、僕は窓の外をぼんやりと眺《なが》めた。知らない景色がひろがっていた。向こうに見える高速道路の鉄筋コンクリートがあまりにも無機質に感じられたけれど、そのうちこの景色にも慣れて、ただの退屈な風景になるんだろうか。そんなことを考えていたら、記憶はまた昔に戻っていった。

鮨職人になりたいと思いはじめたのは、中一の夏休み、僕が小学一年生の時に病気で亡くなった母の七回忌《き》の時のことだった。読経《どきよう》のあと、親父は居間と仏間をふた間続きにして仕出しの御馳《ち》走《そう》をたくさん並べ、お坊さんや親戚の人たちに振る舞った。その時、法事用の地味な色合いの料理の中に、握り鮨の大きな桶《おけ》が燦然《さんぜん》と輝いていたのだ。

僕の田舎で鮨と言えば海苔《のり》巻きかちらし鮨、具も卵や甘く炊いた椎茸《しいたけ》やかんぴょう程度だった。ほとんどお目にかかったことのない本物の握り鮨を前にして、僕の口の中は一気に唾液《だえき》でいっぱいになった。はやる気持ちで箸《はし》を割り、ウニ、イクラ、ウナギ、アナゴ、トロ……。次から次へと口に運んだ。

「ちょっと、しめやかな法事なのよ。それに今日はお接待する側なんだから、少しは遠慮しなさい。お客さんの分まで食べてはしたない」

横から叔母《おば》さんに注意されたけれど、あまりの美味《おい》しさに、もう亡き母を偲《しの》ぶどころではなかった。ひたすら握りを食べ続ける僕を横目に、お坊さんと親戚の人たちは、鮨桶の隅に残ったかんぴょう巻きとかっぱ巻きの二択を迫られて、醤油《しょうゆ》の小皿を持ったまま微妙な表情を見せていた。

この時の衝撃は、握り鮨をもう一度食べたい！　というレベルをはるかに超えていた。そうではなく、これを自分で握ってみたい！　と思わせるほどの破格の美味しさだった。世の中にこんな鮨があったんだ！　今まで食べてたのとは全然ちがう。こんな美味いもん、どうやって作ってんだ？考えはじめると止まらなかった。

そして僕は鮨職人になろうと決めた。テレビの料理番組が気になりだしたのもこの頃からだ。そして高二の春、辻調に鮨科が新設されることが発表された。鮨職人になるんなら辻調だ。そう思って親父に相談すると、

「大学にはいかないのか？」

少し残念そうな表情を見せてしばらく黙り、

「まぁ、辻調は料理の東大だからな」

と頷いてくれた。


随分時間が経《た》っていたらしい。

集合時刻が近付き、ひとり、またひとりと、生徒たちが教室に姿を現しはじめた。十人十色《じゅうにんといろ》

個性が教室の空気を暖めていく。

さっき門の所で見かけた少年の姿もあった。どうやら彼も鮨科らしい。それにしても、最初に会ってから一時間近く経っているのに、今までどこで何をしてたんだろう。

胸に野望を抱いているような目をした生徒も何人かいる。中でもひと際《きわ》目立つ者がいた。まさに「つわもの」という感じだ。背は平均よりも少し高く、体付きもしっかりしている。はっきりした顔立ちは明らかに男前の部類に入る。が、そんなことはどうでもいいと思えるほどに、彼の目はギラギラと力強い光を放っていた。子供の頃テレビの『野生の王国』で観た孤高のライオンを思い出した。本人は威嚇《いかく》しているつもりはないんだろうけれど、彼と一瞬目が合いそうになり思わず目をそらしてしまった。

「つわものども、か……」

そう呟くと、この古めかしい言葉が僕の思考回路に渋滞を引き起こしはじめた。

『夏草や　兵《つわもの》どもが夢の跡』

こいつが突然頭の中に降ってきた。

こうなると僕は底なし沼に足をとられ、現実に引き返すことができなくなってしまう。いやいや、まずい。今日は登校初日、これから担任の先生が来る。目を固く閉じ歯を食いしばって、なんとかこの場に自分をとどめようと踏ん張った。けれど、そのかいもなく意識はどこか別の所にフワフワと飛んでいってしまった。

それは、僕の抱える〝不治《ふじ》の病《やまい》〟だった。

たったひと文字重なったぐらいで、全く関係ないことに思いを馳《は》せてしまう。

小さい頃からずっとそうだった。僕が自分の世界に入ってしまうと、周りの人からは集中力がガタッと落ちたように見えるらしく、親父からも先生からも、いつもこっぴどく叱《しか》られていた。その説教の最中ですら、この病はふとしたきっかけで僕の意識を奪っていく。それはもはや自分がコントロールできる範疇《はんちゆう》を超えていて、いくら叱られようと直そうと努力しようと、どうすることもできなかった。

　そういえば、高三の進路面談の時もそうだった。すでに鮨職人になることを決め、進路志望先も辻調に決まっているのをいいことに、僕は先生の後ろの黒板のシミに気を取られていた。シミの形は四国に似ていて、さらに凝視《ぎようし》するとオーストラリアに見えてきた。

「長谷川《はせがわ》、わかってんのか！」

　先生の怒鳴り声で我に返ると、目の前に電卓があった。

「三百万割る二十円は、いくらだ」

「え？」

「えって、お前のお父さんは三百万以上のお金を用意したんだぞ！　辻調の学費が百八十万円、それにアパート代と生活費を足したらそれぐらいになるだろう。お前んとこの豆腐は一丁五十円、だったら純利は二十円ほどだ。で、三百万割る二十はいくらだ」

「――十五万です」

「十五万丁の豆腐を、お父さんはお前のために作った、そういうことだぞ」

「そんな……」

「それが現実だ。だったら進学しても、一回たりとも欠席や遅刻なんかするな！　絶対にだ、わかったか！」

　先生が言う通り親父はいつも黙々と仕事ばかりしていた。真冬でも、暗いうちから冷たい水に両手を突っ込んで大豆を洗って……。と、ここで授業開始を知らせる大音量のクラシックが響き渡り、僕は現実に引き戻された。

危なかった。ここは辻調の教室だった。とりあえず自分が教室にいることを確認した。

今日は登校初日、さっきからクラスメイトになる人たちをこっそり観察していたんだった。

チャイム代わりの音楽が鳴り終わると教室は水を打ったように静まり返った。廊下から足音が聞こえてきたその数秒後、ガラリと扉が開いた。

2

入ってきたのはいかつい男だった。

鋭い眼差《まなざ》しで教室をぐるりと一望し、軽く一礼。佇まいは凛《りん》として、表情は厳しい。

それから教壇に上がり、生徒に向かってもう一度ゆっくりと一礼したあと、教卓に両手をついて後ろの壁の真ん中に焦点《しょうてん》を定め、何か言おうとしている。僕たちはみんな息を殺していた。

「おはようございます」

どすの利《き》いた声、いや、そうでもない。それは見た目に引っ張られすぎだ。意外にも丁寧な低い声が静かに響いた。しかし表情はピクリとも動かない。凄《すさ》まじいほどの貫禄《かんろく》に全員声を失った。

先生の後ろに若い男性がいた。歳は三十前後だろうか、おそらく助手の先生だろう。一歩前に出るとまず軽く会釈《えしゃく》をし、柔らかな笑顔で生徒を見渡した。担任の先生とは対照的な親しみやすい風貌だった。

「おはようございます。助手の佐野義治《さのよしはる》です。よろしくお願いいたします」

ふたりともシワひとつない真っ白な白衣を着ていた。胸の青い刺繍の光沢《こうたく》と立体感が新学期の清々《すがすが》しさを物語っている。佐野先生は、相変わらず圧倒的な存在感を放ち続ける担任の横に立って、穏《おだ》やかに紹介をはじめた。

それにしても、何か嫌なことに気付いてしまいそうな……。なんだろう？　思い出したくないような、思い出してスッキリしたいような……。

「あっ、今朝のあの！」

頭の中で言ったつもりが、驚きのあまり声に出てしまった。

「僕も今朝、あの恐ろしい人見たんだよ。高校生の首を締めつけたりなんかして、いやー、おっかねー」

いつの間に横にいたのか、門を入ってすぐに会ったあの少年が僕の隣の席で呟いた。こってりとした訛《なま》りが自己紹介をしなくても東北出身ですと言っている。

「やっぱりそうですよね。あの人ですよね」

今朝、高校生を怒鳴りつけていたあの人が、目を合わさないようにこっそりと隣を通り過ぎたあの人が、まさか僕らの担任だなんて……。

裏路地でも教室でも、身の毛もよだつほどの怖い顔は同じだった。口を真一文字《まいちもんじ》に結んだ厳然たる表情に、垂直に伸びた背筋。射抜《いぬ》くような鋭い視線は、気を抜いたら斬られる、と本気で思ってしまうほどだ。

この人、誰かに似てる。ＯＮ砲相手にマウンドで仁王立《におうだ》ちする星野仙一《ほしのせんいち》か。いや、むしろこの眼差しは松田優作《まつだゆうさく》か。いや、そうじゃない。武将、まさしく武将の目だ。いくつもの死線を越えてきた据《す》わった目。たとえ戦いの只中《ただなか》であっても微塵《みじん》も動じない、そんな目だ。

佐野先生の挨拶が終わると、担任の先生はゆっくりと教室を見渡し、生徒は身動きひとつできず固まっていた。唾《つば》を飲み込む音すら立てられない。透き通った眼差しを通して、凶暴なまでの情熱がこちらにぶつかってきた。

そのうちに、僕の中に真面目《まじめ》さや誠実《せいじつ》さといった言葉が浮かんできた。とにかく凛々《りり》しい。歴史に名を残した武将たちは、こんな雰囲気をまとっていたに違いない。十八、九の僕たちにさえ、そう思わせるような風貌だった。

先生に対する印象が、少しずつ「恐ろしい」から「格好いい」に変わっていった。田舎モンの自分には多少の違和感はあったけれど、右手の小指に光る指輪も含め、やっぱり格好いいと思った。

沈黙のあと担任の先生は丁寧に、はじめまして、とひと言発した。圧倒されていた僕たちも、ハッとしてバラバラの挨拶を返した。すると先生は再び教卓に手をつき、教室を端から端までゆっくりと見渡しながら、ひとりひとりの生徒の目を見はじめた。

僕の番が来た。鋭い目で真っすぐに見つめられた。

けれど怖いとは感じなかった。お互いの目を通して、言葉ではなく心で挨拶された。そんな気になる不思議な瞬間だった。

全員に目で挨拶を終えると先生は、

「十九人か……全員いるな。若干《じやつかん》定員割れだが、まぁいいだろう」

そう低い声で呟き、

「辻調鮨科、担任の城島永嗣《じようじまえいじ》です。今年新設された鮨科の担任をすることになりました。よろしくお願いいたします」

と、ゆっくりと頭を下げた。見たことがないほど綺麗《きれい》なお辞儀だった。

そして顔をあげると、一段と厳しい目をして、

「今日から俺と一緒に、命がけで鮨を握ろうという覚悟ができる者だけ、ここに残れ。それができない者は、今すぐ退学届をもらってくることを強く勧《すす》める。いいか、社会に出るまで、お前たちにはあと三百五十日しかないんだぞ。そのことを肝《きも》に銘《めい》じておけ！」

――突然そんなことを言われても。

僕たちの反応が乏《とぼ》しいのも無理はない。授業がはじまってからまだ五分も経っていない。一時間目の初《しょ》っ端《ぱな》に退学の二文字を突き付けてくる教師なんてそんなにいない。茫然《ぼうぜん》としている僕たちにかまわず、それだけ言うと城島先生は教壇を降りて扉の方へ歩きだした。

「佐野、じゃあ、あとは頼んだぞ」

苦笑いする若い先生をひとり残し、扉は静かに閉まってしまった。

「はい、ではもう一度自己紹介をさせてください。僕は助手の佐野義治です。主な仕事は城島先生のアシスタントですが、辻調では実習授業と並行して理論や教養の授業もあります。僕はそちらも担当します」

僕たちの方に向き直ると、佐野先生はにこやかに説明をはじめた。城島先生のあとで聞くと拍《ひょう》子《し》抜《ぬ》けしてしまうくらい穏やかな声だった。そして教科書とノートを配りはじめ、全員に行き渡ったのを確認すると、再び教卓の前に戻ってこう話しはじめた。

「改めて、みなさん辻調理師専門学校にご入学おめでとうございます。今日は新入生のみなさんに、この学校の理念についてお伝えしたいと思います。と言ってもなにも難しいことではありません。この辻調という学校がどんな学校なのか、また辻校長や私たち講師陣が、みなさんに何を学んでほしいと思っているのか。それを最初にお伝えしようということです―

佐野先生の声が教室に響いた。

「辻調理師専門学校は、ただ調理の技術を教えるだけの学校ではありません。食の技術や知識をしっかりと身に付けたうえで自《みず》ら開発・発信できる、そして常に本物を目指す『食業人』を育成するための学校なのです。実習だけでなく理論や教養、語学のカリキュラムが充実しているのは、そのためです」

え、語学?

僕は思わず手元の教科書とノートを一冊ずつ確認した。どうやら外国語の教科書はなさそうだ。それだけでも鮨科を選んで正解だったと胸を撫《な》で下ろした。

「知識を集め、新しい世界を開発して広く世の中に発信していく。これはいつの時代でも大切なことですが、もちろん料理の世界でも同じです」

佐野先生の声は徐々に熱を帯びていった。そして、

「こちらは教科書ではありませんが」

と一冊の薄い冊子を配った。『辻調生の心得』と印刷された表紙をめくると、辻校長の写真の下に新入生への挨拶が載っていて、「辻調生は食業人たれ」と力強い字で書かれていた。

「主体的に動き、本物を身に付け、本物を知る料理人の育成、それが辻調の教育理念です。これは、昭和三十五年の設立以来、世界最大規模の調理師専門学校となった今も、一貫して変わりません」

世界最大規模の言葉に、誰かが「すごい……」と呟いた。

辻校長の写真の横のページには、それぞれの科の先生の写真がずらりと並んでいた。みんな力のこもった目でこちらを見ている。僕は今までこういう大人を見たことがなかった。腕を組んで写真

に写っているだけでもカッコいいと思ったけれど、全員から揺るぎない自信が伝わってくることが不思議だった。

すごい学校に入学したんだ……。辻調生になった実感がじわじわと湧いてきた。

「そして、鮨の世界でも辻調の理念の実践《じっせん》を、という校長の強い意向で新設されたのが、この鮨科なのです。今日からみなさんは、技術の習得に励み、知識と教養をしっかりと身に付けて、将来は鮨を世界にひろめる人となってください」

佐野先生の話を聞いているうちに、ふと、高校の進路指導の先生が『辻調は超一流だからな。よその専門学校とは全然違うんだぞ！』と言っていたのを思い出した。入学一日目の自分にもその意味がわかるような気がして、僕は胸にひろがる根拠のない優越感を嚙《か》みしめていた。

佐野先生はここでふっと息を吐くと、にっこりと笑った。そして教壇から降りて机のあいだをゆっくりと歩きながら、片手でノートを掲《かか》げて説明を続けた。

「学校の理念についてはひとまずここまでとして、はい、それではさっき配ったノートの中で一番大きいのを出してください。毎回実習で学んだことをそのノートに書いて、翌日提出します。では表紙に『辻調鮨科』、その下に名前を書いてください」

僕は早速《さっそく》マジックで「辻調」、それから「鮨科」と書こうとして、躊躇《ちゅうちょ》した。

あれっ？『すし』ってどういう漢字だったっけ？宙に「鮨」と書こうとしてみたけれど、何も思い浮かばない。しょうがない、まぁいいや。とりあえず僕はひらがなで大きく「すし」漢字で「科」と書き、その下に「長谷川洋右《ようすけ》」と書いた。

書いてすぐに後悔した。

うわっ、やっちゃった、これを提出したら、みんなに見られる。

ほかの人のノートをさりげなく覗いてみると、達筆の「鮨科」もあれば、ワープロで打ったような几帳面《きちようめん》な「鮨科」、おしゃれな筆記体の人もいる。改めて自分の間抜けな「辻調すし科」の文字を見ると急に情けなくなって、ひとまず両手で隠した。

なぜ、困ったらまずは周りをよく見てみるとか、そういうことができないんだろう。いったん手を止め落ち着いて考える。この習慣が幼い頃から僕には決定的に欠けている。

「最後になりましたが、鮨科では一年に十人ほど、一流の鮨職人をゲスト講師として授業にお招きする予定です。かなり豪華なメンバーになると思いますので、期待してください。これが予定表です」

そう言うと、佐野先生は教卓の上のプリントを手に取って配りはじめた。

にわかに教室がざわつきだした。みんな、一流の鮨職人って誰？　もしかしてあの人じゃない？と口々に言い合いながら、後ろの人にプリントを渡している。ひと通り配り終えると、

「では、今日はこれで解散です。あとはそれぞれ自己紹介したり、校内を歩いてみたり、自由に時間を使ってください。学食は地下一階です。それでは、また明日」

と、佐野先生は静かな足取りで教室を去っていった。

僕たちは思わず顔を見合わせた。お互い何ひとつ知らない者同士。でも、これから一年間、苦楽をともにする者同士だ。

そのうちに、若武者たちのぎこちない自己紹介がぽつぽつとはじまった。

先生の真ん前の席の男子は見るからに真面目そうだ。早速教科書を開いて熱心に読んでいる。

「私、小林《こばやし》ミカです。ミカちゃんって呼んで下さい！」

朗《ほが》らかに挨拶をしてまわっている女子は、早速周りと打ち解けて会話の輪をひろげていた。辻調

に進学したのは旅館の女将《おかみ》に憧れたからだと言っている。なるほど、どことなく姉御肌な雰囲気が漂っているわけだ。

「小学校のころから、毎年夏休みに泊まっていた名門旅館の女将がカッコよくて、私もなりたいなと思ったの。父にそう言ったら、旅館は買ってやれないけど鮨屋なら出してやるよ、魚は俺が釣ってきてやるって笑うのよ」

隣の子が「お父さん、漁師さん？」と訊《き》くと、「違うわよ、ただの釣り好き。典型的な千葉の釣りキチよ！」とおかしそうに答えた。

「子供の頃から父が釣った魚を捌《さば》くの手伝ってたら、だんだん面白《おもしろ》くなってきちゃって、やっぱり女将より料理する方かなって。だったら圧倒的に女性が少ない鮨の世界で挑戦してみようと思ったの」

はきはきした明るい声が気持ちのいい子だ。

その輪の外側には、さっきの「孤高のライオン」が座っている。明らかにプライドが高そうだけれど、自信に満ちあふれているのも伝わってくる。手短に自己紹介を済ませたあとは、周りのことなど気にもせず、さっき配られたプリントに目を輝かせていた。

そして真ん中あたりには、だるそうに座っている生徒もいる。情熱とかやる気とか、そういった言葉が似合わないタイプだ。

教室の端の方には、人だかりができていて、その中心にはなんとブロンドの美女がいた。驚いたことに難なく日本語で会話している。同年代とは思えない大人っぽい雰囲気が印象的で、柔らかくウエーブがかかった髪をかき上げる仕草も、なんとも様《さま》になっている。彼女の横顔を、ほかの人よりもちょっと長く見つめてしまった。

アフリカのソマリアから来たと言っている留学生の男子もいる。かなり背が高くて目立つ存在だ。僕が生まれてはじめて見たアフリカ人は、流暢《りゅうちょう》な日本語で周りと冗談を飛ばし合い、爆笑する笑顔が明るい。

ふいに、隣の席の少年が、最後部の隅で周囲を観察していた僕に声をかけてきた。

「中村正義《なかむらまさよし》といいます。岩手出身の十五歳、中卒です！」

道理で今朝校門で会った時、まだ幼い顔付きをしていると思った。すると、

「『料理天国』の有名人から直接教えてもらえるなんて、夢みたいですね」

と、辻調の先生が毎週登場するテレビ番組の話題をふってきた。

「やっぱ土曜の夕方と言えば『料理天国』ですよね。あ、でも僕の地元じゃ民放のチャンネルはひとつしかないから『料理天国』一択なんですけど。山奥で海が遠いから、生の魚なんてめったに食べられなくて、辻調の先生がいろんなネタで次々と鮨握ってるの見ちゃったら、もう辻調行くしかないって思っちゃったんです。で、将来は花の東京は銀座《ぎんざ》で自分の店を持つって決めてます！」

と、人見知りのかけらもなく一気にしゃべった。本人は意識して標準語をしゃべっているつもりだろうけれど、ずぅずぅ弁を隠しきれていない様子が余計に幼く感じられた。でも、この歳で親元を離れて独り暮らしなんて大した度胸だ。

「長谷川です。よろしくお願いします」

こっちはなんの面白みもない挨拶しか返せなかった。こういう時に上手くしゃべれるようにならなきゃと思うけれど、どうしても恥ずかしさが先に立ってしまうからしょうがない。僕は「孤高のライオン」を見習って、さっき配られたプリントに目を通す素ぶりをした。

衝撃的な先生との出会いと、十八人の個性的な仲間との出会い。

我ら辻調鮨科はこんなふうに幕を開けた。

3

「こんなこともきっちりできねぇで、どうすんだ！」

登校初日から一週間。今日も城島先生の怒鳴り声で僕たちの一日がはじまった。

先生は教卓の前に立つとまず、当番が用意した冷たいおしぼりでゆっくりと手を拭《ふ》く。おしぼりの定位置は教卓の左上の角。少しでもずれていると即座に罵声《ばせい》が飛んでくる。

おしぼりの次は挨拶だ。今朝は中村が説教を食らっている。

「もっと腹から声出せ！」

野生動物の咆哮《ほうこう》さながらに怒鳴られると、一発で眠気は吹っ飛び背筋がピンと伸びる。教室の空気も一気に引き締まる。

「挨拶もまともにできねえやつが、人を満足させるものなんか作れるわけねえだろ！　プロってのはな、挨拶ひとつで全部わかっちまうんだ。肝に銘じとけ！」

最初は、自分たちの挨拶の何がいけないのかわからなかったけれど、さすがに一週間怒鳴られ続けると、先生が求めているレベルがわかってきた。確かにビシッと挨拶が決まると気持ちがいいし、気合も入る。

挨拶からしてこんな具合だから、当然、料理人として調理場に立つために必要な基礎の指導は徹底的だ。よくこんなところまで見てるな、きっと背中にも目が付いてるに違いない。と思うほど、先生は全ての生徒の一挙手一投足《いっきょしゅいっとうそく》を常に把握《はあく》していた。そういえば子供の頃、目がたくさん付いてる妖怪の絵を見たことがあったな……。

まずい、また妄想が脳を侵食しはじめた。慌《あわ》てて授業に意識をとどめようと試みたけれど、僕はまたどうでもいい疑問にどんどん巻き込まれていった。

あの妖怪の名前って何だっけ？　人間に悪さをするやつだったかな……。

どれぐらいこの場を留守にしていたんだろう。先生の大声に脳みそを揺さぶられ、現実世界に復帰した。無事生還——ではなさそうだ。

中村に説教している最中に、先生は僕の意識が飛んでいるのに気が付いた。

「おい長谷川、人の話聞いてんのか！　俺がさっき中村になんて言ったかわかるか！」

「す、すみません。聞いていませんでした」

「聞いてませんでしたじゃねえよ、この野郎！　いいか、基礎をおろそかにするやつは、厨房《ちゅうぼう》に立つ資格はない！　お前みたいに注意力散漫なやつは、絶対無理だ！」

「すみませんでした、以後気を付けます！」

「謝りゃあすむと思ってんのか！　誰かトンカチ持ってきて、こいつの意識をここに打ち付けてやれ！」

できることなら本当にそうしてほしい、小さい頃から本気でそう思っている。

入学してからの一週間、僕たちは登校から下校まで休む間もなく基礎を叩き込まれた。

城島先生は、細かい動作や姿勢を生徒に何度も繰り返させ、ケチを付けているとしか思えないほど細かくチェックする。佐野先生いわく、この細かさは一年間続くそうだ。僕たちは全員震えあがった。

その基礎のひとつに米がある。

研《と》ぎ方、炊き方、酢飯《すめし》の合わせ方、シャリの切り方、そしてシャリの握り方。中でも僕にとって、いや、ほとんどの生徒にとっての最大の難関は、シャリの握り方だった。

まず右手の指先で一定量のシャリを摘《つま》み上げ、そのまま手のひらに包み込んで軽くこねながら、同じ大きさの楕円《だえん》形の立体を正確かつ瞬時に作らなければならない。

これがとにかく難しい。しかも固すぎても柔らかすぎてもダメなのだ。

「簡単には崩れない硬さと、口の中で米が散るふんわりとした柔らかさを共存させろ」

そう言われてもまるで雲をつかむような話で、何十回、何百回やっても上手くできない。

もうひとつの重要な基礎は、包丁の使い方だ。持ち方、構え方、切り方、そして砥石《といし》を使った研ぎ方を、これでもかというほど繰り返し指導された。

僕たち辻調鮨科では、柳刃《やなぎば》包丁、出刃《でば》包丁、薄刃《うすば》包丁の三本が、学校から各生徒に支給されていた。

柳刃包丁とは、いわゆる刺身包丁のことで、まさに包丁界の花形だ。僕らに配られたのは、先が鋭く尖《とが》っている関西式だった。鮨職人と言えば柳刃。きらりと輝く刀のようなこの包丁を使いこなす料理人は、とにかくカッコいい。

次に出刃包丁。魚をおろすための包丁だ。峰が分厚くて刃幅も広く、スマートな柳刃と比べると少々やぼったいけれど、骨を砕きながら切り裂くような荒々しい仕事はこれに限る。

「出刃包丁を最初に作った堺《さかい》の鍛冶屋《かじや》が出っ歯だったから、出刃包丁って言うんだって」

この中村の蘊蓄《うんちく》を聞いた時は、思わず吹きだしてしまった。どういうわけか、中村は妙な知識をため込んでいる。

三本目の薄刃包丁は、かつら剝《む》きなどをするのに最適な野菜専門の包丁だ。柳刃、出刃、薄刃はどれも片刃包丁で、両刃の洋包丁と違って研ぐのにも高度な技術が求められ、それはそれは面倒くさい。出刃包丁に関しては、最後まできちんと研ぐことをすでに諦《あきら》めかけているほどだ。こいつは、研いでも研いでも刃が出てこない。おまけに、必死になって研いでいると、どうしても指がってくる。僕はつった指の痛みと格闘しながら、毎日出刃包丁を研ぎ続けるはめになった。

出刃同様、薄刃も刃がある面だけを研ぐのだが、仕上げに刃のない面も、砥石をなめる程度に軽く研がなければならない。これがまた難しい。ここで少しでも研ぎ過ぎると、全く切れなくなってしまう。そうなると最初からやり直し、厄介《やっかい》な堂々巡りがはじまる。

コックさんが研ぎ棒でシャカシャカ包丁を研ぐ姿が好きなのに、あの軽妙洒脱《けいみょうしゃだつ》なイメージと僕たち鮨科の現状のあいだには、結構な距離があった。

鮨科は地味だ……。つい心の中で恨《うら》み節《ぶし》をつづってしまう。

そして、不器用なうえに忍耐力に欠ける僕は早々に見切りを付け、包丁と砥石を片付けてしまうのがいつものことだった。


一事が万事こんな調子だから、薄刃包丁を使った基礎中の基礎、大根のかつら剝きにも僕は大苦戦していた。そしてこのかつら剝きこそが、最初の実習試験のお題だった。太い大根を十センチほどの長さに切り、薄く皮を剝くように帯状に切っていくのがかつら剝きなのに、何度練習しても、分厚い帯がまな板の上にドスンと横たわる。

「長谷川、そんなに厚く皮を剝いたら、かつら剝きにするところがなくなるぞ」

最初は先生もユーモアを交え、手取り足取り指導してくれていたけれど、徐々に表情が厳しくなり、ついには心配そうな顔をされるようになってしまった。それでも僕はまるっきり上達せず、今まで必死で振り払っていた考えを、とうとう認めざるをえなくなってしまった。

はっきり言って僕はへたくそだ。

そんなはずはないと気を取り直し、教えてもらった通りに姿勢を正し包丁を持ち直して再び挑戦する。それなのに、七、八センチ剝いたところでブチッと鈍《にぶ》い音を立てて分厚い大根がまな板の上に落ちていく。何回やっても同じことの繰り返しだ。

こんなに下手な生徒はなかなかいない。先生の視線が自分に集中している気がして、嫌な汗が体中に滲《にじ》んできた。手のひらが汗ばむと大根が滑《すべ》り、おまけに緊張で包丁を持つ手も震えだす。完全な悪循環だ。

僕はもう、かつら剝きを続けるどころではなくなった。

救いを求めるようにきょろきょろと周りを見まわすと、完璧《かんぺき》にかつら剝きをこなす男が目に飛び込んできた。あの眼光鋭い男だ。

まだちゃんと話したことはないけれど、千住《せんじゅ》という名前らしい。彼はあまり他人には興味がないらしく、自分の腕を磨くことだけに集中するタイプのようだ。

千住はまるで包丁と、いや包丁から生みだされる大根と一体となって呼吸しているかのようだった。向こうが透けて見えそうな大根が、音もなく延々とまな板の上に着地していく。流れ落ちる滝のごとく彼の手元から生まれ続ける大根に、僕は思わず目を奪われた。常に圧倒的なプライドを見せつける男が、クラスの誰よりも繊細で美しいかつら剝きをつくっている。周りとの格の違いは明らかだったし、どうやら本人もそれを自覚しているようだ。

千住の隣では、ミカちゃんが真剣なまなざしで大根と向き合っている。さすがに千住には及ばないが、かなりの実力なのはすぐに見て取れた。包丁の扱いは、釣り好きのお父さんに仕込まれたと言っていた。

「ねえ、千住君。その薄刃包丁どうやって研いでるの？　私そんなに上手くできないや！」

なんと彼女は、誰もが気後《きおく》れして話しかけられない千住に平気で話しかけている。実際、僕が耳にした千住情報のほとんどは、彼女が聞きだしたものだ。初日の印象通り朗らかな彼女は、いるだけで場が明るくなるムードメーカーだ。千住だけは「小林」と呼ぶけれど、男子も女子も気軽に「ミカちゃん」と呼んでいた。

アフリカのソマリアからの留学生、ママドゥも一心に大根を回している。

ママドゥはとにかく陽気な性格で、僕にも気さくに話しかけてくれるのがありがたい。そして、実は誰よりも頑張《がんば》っているのが彼だった。ママドゥの大根はまだ不揃《ふぞろ》いだけれど、一生懸命な姿から包丁を使うのが楽しくてたまらないといった様子が伝わってくる。

そういえば、ソマリアに鮨屋を開業するのが夢だって言ってたけど、ソマリアにちゃんとネタがあるのか、そっちを先に調査した方が賢明《けんめい》なんじゃないかな。

そして、クラス一真面目な森下《もりした》も黙々と大根を剝いている。彼は、誰もが避ける先生の真ん前の席で、入学初日から真剣に話を聞いていた。口数も少なく目立たないけれど、実は鮨に関する知識と技術はかなりのものだ。

食堂でたまたま隣になった時、

「森下はいろんなことよく知ってるね」

と声をかけたら、

「実は父が回転寿司のチェーン店を経営してててね。ここでは経営についても勉強したいと思ってるんだ」

恥ずかしそうにそう教えてくれた。

そんな森下には僕のことがあまりにも頼りなく見えるのか、実習で同じ班になるといつもさりげなくサポートしてくれる。とにかく周りの人みんなに優しく、そして大根にも優しい。森下の手からはゆっくりとだが確実に美しい大根が生まれ続け、きっと大根も痛くないだろう、そんな気がした。

どこにいても人目を引く、金髪の女性もそれなりに上手だ。クラウディア・スカルパ。将来は地元ヴェネツィアで鮨レストランを開きたいと言っていた。

ついこのあいだ、朝教室でぼんやり外を見ていると「ここ空いてる？」と彼女が隣の席に座ってきた。突然のことにうろたえた僕は、返事をする代わりに、

「ところで、なんで日本語そんなに上手なの？」

と、小学生のような質問をしてしまった。すると「実は私、半分日本育ちなの」と自分のことをあれこれ話してくれた。

彼女のお父さんはイタリアン・キッチンを取り扱う貿易商で、辻調にあるオーブンや大理石の調理台、ピッツァ窯《がま》も全部クラウディアのお父さんが卸《おろ》したものらしい。日本各地のレストランやホテルのプロデュースも手掛け、彼女が小学生のあいだはずっと一家で日本に住んでいたそうだ。

「だからイタリアに帰ったあとも、将来は何か日本に関わる仕事がしたいなって思ってたんだけど、やっぱりお父さんの影響かな、料理の道に決めたの。だったら知り合いが大勢いる辻調にしなさいって」

と言うと、

「それに、お父さんが日本でイタリア料理をひろめて、私がイタリアで鮨をひろめるって、素敵でしょ！」

と笑顔を見せた。

熱心な彼女は、それなりにどころか、正直僕なんかよりもずっと上手い。ゆったりとしたリズムで丁寧に彼女が包丁を動かすと、柔らかそうな大根が、ひらひらとまな板に落ちていく。心なしか先週よりもずっと薄くなっている気がする。

しかしこのクラウディア、自分よりできないやつが視界に入ると、すぐさまアドバイスするという非常に厄介な癖を持つ。お節介《せっかい》なのかなんなのか、僕は今まで何度もアドバイスされ、イライラしてしまうこともあった。それにしても、僕にばっかりアドバイスしてるような気がするけど。

――クラスで一番下手くそだからか。

悲しい結論にたどり着いた僕の隣には、クラウディアを遠目に眺めている男、いや、少年がいる。中村だ。思春期真っただ中で頬《ほお》のニキビが目立つ彼は、クラウディアを見て見事なまでに鼻の下を伸ばしている。初日の縁もあり、今のところ一番仲がいいのがこの中村だ。

「やっぱめごいよなぁクラウディア。カッコいいイタリア人の彼氏とかいるのがなぁ」

とぶつぶつ呟いている。

最近、いつもだるそうな態度の吉田《よしだ》が中村のことを『はらいた』と呼びはじめた。お腹が弱いのか、入学してまだ一週間ほどなのに、すでに二回も授業中トイレに駆け込んでいるからだ。すると誰かが「それ言いにくいよ、『腹痛《ふくつう》』の方がよくないか？」と言いだした。ここでミカちゃんがしゃしゃり出て、

「ちょっと！　いくらなんでもひどいわよ。せめて腹痛のふくちゃんって呼んであげて！」と言ったので、その時から中村は『ふくちゃん』になった。中村をかばったつもりが、結局自分であだ名を決定したことに彼女は気付いているんだろうか……。

ふくちゃんは最初こそ僕に敬語を使っていたけれど、いつの間にか完全に消滅していた。ちなみにふくちゃんも、包丁研ぎやかつら剝きに苦戦しているひとりだ。しかし最近は彼の上達が恐ろしい。あまり器用ではないようだが、僕より吸収が早いことは確実だ。できるだけゆっくり成長してくれ、と心の中で強く祈っている自分がいた。

観察終了。

ほかの人のことなど放っておいて、自分のことだけに集中すればいいのに、つい周りの様子を窺《うかが》ってしまうのが僕の悪い癖だ。人と比べては、落ち込んだり安心したりするちっぽけな自分の器にうんざりする。

そんなことを考えていると、

「長谷川君、また包丁の持ち方間違えてるよ！」

クラウディアから、今日三度目の指摘が入った。

4

ゴールデンウィーク明けの空に、しまいそびれた鯉《こい》のぼりが世間の流れに抗《あらが》うように泳いでいる。朝の陽射《ひざ》しはもうすでに初夏の空気を含んでいて、ひたいに軽く汗が滲んでくる。

途中、学校の近くのクリーニング屋に行ってみた。登校初日、店先に看板を出しながら僕に話しかけてきたあのおばちゃんの店だ。

下着や普段着はコインランドリーで充分だけれど、やっぱり白衣はパリッとアイロンが当たっていてほしい。有難いことにこの店には辻調生割引があって、多くの生徒が利用していた。

僕にとっては生まれてはじめてのクリーニング屋だ。

気になるシミありますか？　などと訊かれ、なんと答えればいいのか戸惑っていると、若い女性が店に入ってくるなり両手のレジ袋をカウンターに置いた。そして、はいとお金とレシートをおばちゃんに手渡し奥に入っていった。アルバイトの女の子なのだろう。

シミを確認しながらおばちゃんが、

「エリちゃん、飴《あめ》ちゃんどっちの袋？」

と言ったから、僕はつい笑ってしまった。

「何？　なんかおかしなこと言うた？」

「いや、飴にも『ちゃん』付けなんですね」

「大阪のおばちゃんは、みんなこう言うけど」

「そうなんですか。なんか、いいですね。飴に親切にしているみたいで」

「あんた、おもろいこと言う子やなぁ」

僕にはそれのどこが『おもろい』のかよくわからなかったけれど、どうやら褒《ほ》めてくれたようだ。

「確か、はじめまして、やな？」

おばちゃんは、顧客の名前が書き込まれた帳面をめくりながらそう言った。

「いえ、僕おばちゃんと会うの二回目です。登校初日の朝、ここの店先で見かけました」

「そうなん？　私、何してたん」

「看板出してました。その時、道端でタバコ吸ってる不良高校生を怒鳴りつけてた人がいたの、覚えてますか？」

「ああ、いたいた。覚えてる！」

「おばちゃん、あれきっと警察かヤクザやでって、通りがかりの人に言ったでしょ。それが僕ですよ」

「え、私そんなこと言うたん？」

「はい。それにしてもあの人、正義感強いし男前やなって、そうも言ってました」

いや、ほんま私らしいわ。おばちゃんはおかしそうに笑った。

「ところで、あんた何科？」

「鮨科です」

「鮨科？　あぁ、今年できた科やな。佐野ちゃんが助手やろ？」

「佐野先生知ってるんですか？」

「もちろん！　ピチピチの二十代の頃から、もう十年以上の付き合いや。佐野ちゃん、あんたらの先輩やで」

ところで、おばちゃんは「せや！」と手を打った。

「その佐野ちゃんが、こないだ新しいお客さん連れてきて、今度東京からお招きした鮨科の先生ですって紹介してくれてん。私、どっかで見たことある顔やなあ思うたら、あん時の男前の人やん！　びっくりしたわ！」

そう大きな声で言うと、

「有名な鮨職人の方ですよって、佐野ちゃん言うてたな……」

と呟いてから少し口調を改め、

「さすがやな。男前なだけやのうて、近くで見たら、それなりに経験積んだ人の重みっちゅうか渋さみたいなもんもあって、やっぱし一流は違う思うたわ」

と付け足した。

「ところでその先生、四十歳ぐらい？」

「たぶん四十代半ばだって聞いたような……」

「それやったら、私より少し上やね」

なぜか嬉《うれ》しそうに頷くと、

「まあ、とにかく、新しいお客さんがひとりでも増えたら助かるわ」

とひとり納得して話をおさめた。

それから開いた帳面に日付を書きながら「名前は？」と僕に尋《たず》ねた。

「長谷川です。長谷川洋右と言います」

「長谷川君か。独り暮らししてんの？」

「はい、四月に田舎から出てきました」

「そうか、大阪によう来たな。ウエルカム・トゥー・ザ・オオサカやで。今日からまた学校頑張りや！」

ちょっと話すあいだに表情も口調もころころ変わる。目まぐるしいけど、なんだか元気をもらえるおばちゃんだ。白衣が汚れたら、またここでお願いしよう。

「ねえねえ、連休中何してたの？　東京に帰ってたんでしょ。どこか遊びに行った？」

数日ぶりに教室に入ると、ミカちゃんがしきりに千住に話しかけていた。

「実家手伝ってた」

「えー、それだけ？　せっかく東京にいるのにどこにも行かなかったの？」

「わざわざ混んでる時に出かける必要ないじゃん。家で鍛《きた》えてもらってた方がずっとマシ」

「友達と遊んだりしないの？　もしかして友達いない？　私が友達になってあげよっか」

「関係ないだろ！　放っとけよ。俺には料理の方が大事なんだ」

あれこれ話しかけるミカちゃんと、ぶっきらぼうに答える千住。噛み合ってるんだか、ずれてるんだかわからない会話だが、ふたりのあいだではこれが通常運転らしい。

「長谷川君は、何してたの？」

ぼんやりしていると死角からクラウディアが話しかけてきた。

「うーん、変わったことは特になんにも。アパートでかつら剝きの練習してたぐらいかな」

「長谷川君って、案外真面目ね」

そう言ってにっこり笑ったクラウディアに、思わずドキッとしてしまった。彼女はこの学校で唯《ゆい》一《いつ》僕を肯定《こうてい》してくれる存在なのだが、ちょっと押しが強すぎるかも……。

いや、僕かつら剝き下手だから、と答えようとした時、教室の扉がいつもの音を立てて開いた。城島先生だ。なぜか扉も先生に開けられる時は緊張気味な高い音を立てる。

相変わらずピンと伸びた背筋で真っすぐ教壇に向かい、その三歩後ろを佐野先生が歩く。そして、いつも通りチャイムが鳴り終わるタイミングで教卓に着き、冷たいおしぼりで手を清うもう一度姿勢を正す。

「おはようございます」

「おはようございまーす」

僕たちの挨拶を聞くや否《いな》や先生の顔色が変わった。

「んんん……休み明けでこれか……」

やばい、怒った時の声だ。

「おい、お前たち。いったいどういうつもりで授業に出てきてるんだ」

気まずい沈黙が場を支配する。

「おい、聞いてんのか！　だれがこんなに緩《ゆる》んで出てこいって言った！」

教室中が一気に緊張感を取り戻した。

「おはようございます！」

全員でもう一度言い直すと、先生は不満げな顔をしながらも一応受け付けたらしい。

「真剣勝負の場で気の抜けた挨拶するんじゃねえよ」

と呟きながら今日の授業の予定を黒板に書きはじめた。


今日もかつら剝きからだ。

連休中も毎日包丁を握ったその成果を……と思ったが、やりはじめてすぐ、全く上達していないという現実を思い知らされた。見慣れた分厚い大根の切れ端が生みだされてはぷつりと切れ、味気ない音を立ててまな板に落下する。どうにもこの薄刃包丁とは仲よくできない。

ため息をついたところで、突然、先生の鋭い声が耳に飛び込んできた。危うく包丁を取り落としそうになり驚いて周りを見まわすと、声の相手は吉田だった。

「おい、お前。そのやる気のない態度はなんだ！」

「別に。って言うか、自分より下手なやついるじゃないですか。なんで自分すか？」

「上手い下手を言ってんじゃねぇ。俺が言ってんのはお前の態度だ！　適当にやってんじゃねぇ！」

「普通にできてれば態度なんて関係なくないっすか？」

　教室に嫌な空気が漂いはじめた。

　吉田は熱血漢の先生とはどうも反《そ》りが合わないようだ。周りとも熱量が合わず、日ごろからだるそうにしていたけれど、ついに溜《た》まっていたフラストレーションが爆発したらしい。

「俺にはな、お前らに職人としての心構えを教える責任ってもんがあるんだ。技術はあとからでもどうにかなるが、心構えがなってないやつを送りだすわけにはいかねぇんだ」

「心構えとかよくわかんないっす。別に普通にできればいいんで」

　完全に平行線だ。接点の見当たらない言い合いがしばらく続いたあと、先生は静かに言った。

「もういい——お前、荷物まとめて帰れ」

　全員が息を詰めて吉田の反応を窺った。

「わかりましたよ。じゃあ帰る前に、こっちからもあんたに言わしてもらうよ」

　吉田は右手の小指を立てるとこれ見よがしに先生の目の前に突きだし、そして吐きだすように言った。

「前から思ってたけど、あんたかつら剥きの教え方下手なんだよ。なんだよ、小指でバランスとれ、小指を軽く丸めろ、小指に力が入ってる入ってないって。先生、あんたの小指が一番ぎこちねえんだよ。小指に指輪なんかしたチャラチャラしたヤツに、そんなこと言われたくねえよ！」

緊張のあまり息もできない。先生がキレる恐怖に全員がおののいた。吉田の顔にあと十センチというところまで先生が自分の顔をよせた。

まずい、接近戦がはじまる！

ところが、そこで先生はくるりと吉田に背を向けて歩きだし、教壇の横までたどり着くと、右手の小指にはめている指輪をねじりはじめた。

次の瞬間——小指が取れた。

衝撃の光景を目の当《ま》たり《あ》にして、僕たちはいっせいに目を見開いた。誰ひとり声も出せない。あの千住ですら口をポカンと開けたまま停止している。僕は腰が抜けそうなのを必死でこらえていた。ひと悶着《もんちゃく》が片付いたあとの授業に備え丁寧に手を洗っていた佐野先生は、腰をかがめたまま蛇口《じゃぐち》の下で手を合わせ、神の救いを求めて祈るような姿勢で膠着《こうちゃく》している。

城島先生は、ウインナーの切れ端に似た何かを小指のない右手で摘み、目の高さに持ち上げた。それは、根元に指輪がキラリと輝く義指だった。僕たちは、ひとり残らず混乱の渦《うず》に飲み込まれた。

ただ、そんな中でも、ひとつだけはっきりわかることがある。

城島先生は、元やくざだった——。

先生は外した小指を大切そうに机の上にそっと置いて、長いため息をひとつついたあと、

「——びっくりさせて、すまん。校長にも、過去の話はなるべく避けるようにと言われてたんだが、小指のことを指摘されちゃあしょうがない。遅かれ早かれ、お前らには話さなきゃならないと思っていたんだがな……」

と言ったあと、冷蔵庫が震動する微かな音が低く響く中、静かな口調で話を続けた。

――そう、俺はやくざだった。二十年前に指を詰め、それから堅気《かたぎ》の世界に出たんだが、そんなやつを、はいはいそうですかと受け入れてくれるほど世間は甘くない。どうあがいても俺は仕事に就くことができなかった。

ただ、捨てる神あればなんとやらってやつだ。俺を拾ってくれる人がいた。赤坂《あかさか》の立派なラブホテルのオーナーが、なんにも訊かず雇ってくれたんだ。こんな自分を信用してくれる人がいる。それが嬉しくて、そこで朝から晩までがむしゃらに働いた。まだ人様が寝てるような時間に玄関を掃除して、打ち水をするのも俺の役目だったが、毎日決まって玄関先を通る人がいたんだ。俺よりだいぶ年上だけど、背筋が綺麗に伸びた優しそうなおっちゃんだ。

その頃、俺は自分に引け目を感じてたから、その人の姿が見えるとさっと隠れたりしていた。それでも数日経つとむこうも俺に気付いて、おはようございます、なんて声をかけてくれるようになった。俺に挨拶してくれた。驚きのあまり、ちゃんと挨拶を返せなかった。でもその人は次の日も、またその次の日も、にっこり微笑《ほほえ》んでおはようございますって言ってくれたんだ。嬉しくってな。俺ももう、こそこそ隠れないで、おはようございますって返すようになった。

そんなことが一年近く続いたある日、その人は俺にこんなことを言ってくれたんだ。

暑い日も寒い日も、毎日こんなに朝早くから一生懸命働くやつなんて、そうはいない。偉いよ君は。自分に誇りを持たなきゃねって。聞いたこともねぇ言葉だ。俺はただびっくりしてしばらく突っ立ってたんだが、はっとして頭を下げた。

それからだ、俺はその人が通るたびに行ってらっしゃいって挨拶をして、角を曲がって姿が見えなくなるまで頭を下げ続けるようになったんだ。その人は時々振り返ってに[illegible]からって、いつも笑顔で手を振ってくれるんだけどな。

ある日の夕方のことだ。珍しく四時に仕事を上がって、地下鉄の駅に向かって歩いていたら、その人にばったり会ったんだ。

こんにちは、ちょうど仕事を終えたところです、なんて挨拶を交わしたんだが、その時、自分がきちんと敬語を使っていることに気が付いた。俺はいったいいつの間に、まともな敬語なんて覚えたんだろう。そんなことを考えていたら、ところで腹へってないか、飯でも食ってけよって、その人が言うんだよ。

自分の仕事場あたりをうろつくのはちょっと気が進まなかったんだが、空腹には勝てねぇな。結局、付いていったんだ。並んで歩きながらも所在なくて、どうやって間を持たそうかってそんなこと考えてたら、急にその人が俺の頭を豪快に撫でたんだ。君は毎日よく働いてるよ、なかなかできることじゃあないよって、言いながらな。あの手の感触は今でもよく覚えている。

連れてってくれたのは仕事場のすぐ近くのお鮨屋さんだ。昼間っから鮨をごちそうしてくれるなんて、なんて気前がいい人なんだって暖簾《のれん》をくぐったら、でっかい声が飛んできた。店のもんが仕込みの手を止めて『お疲れさまです！　おやっさん』なんて言うし、さっと上着を受け取ったりしていくもんだから、その時はじめて、この人がこの店の大将だってわかったんだ。

俺はそのまま若い衆と一緒にまかないをごちそうになった。そのまかないが美味くて美味くて。今でも忘れられないよ。生まれてはじめて、自分が周囲から同等に扱われている気がしたんだ。姿を見ただけで誰もが逃げていったこの俺がな。

まかないを食べ終わってふと厨房を振り返ると、夜の営業の準備で忙しそうだった。これ以上迷惑かけるわけにはいかないから、大将にお礼を言って若い衆にも頭を下げて店を出たんだ。

　このことがとにかく嬉しくて、無邪気なもんだよ、次の日ホテルのオーナーに話したんだ。そしたら突然、お前この仕事やめろって、オーナーが言いだした。まさかそんなことを言われるとは、これっぽっちも思ってなかったから、驚いた。そしてオーナーは、

「俺みたいな人間が偉そうに言えた義理じゃないけどさ、あの大将、人柄も立派だ。お前もここらでラブホなんか上がってさ、手に職つけろ。大将の所でお世話になれ」

　と言って、ちょっと待ってなって受付の中に入っていった。しばらくしたら、受付の小窓から片手がぬーっと出てきた。濁《にご》った照明でピンクに染まったその手が、こっちこっちって俺を手招きしてんだ。妙なことするなって思いながらも、俺は言われるままに薄暗い受付に入っていった。そしたらオーナーは厳しい顔して、退職金なんて誰にも払ったことねぇから、口が裂けてもひとには言うなよって、俺の手に無理やり何かをつかませたんだ。見ると分厚い封筒だった。

　受け取ってはみたものの、何がなんだかわけがわからない。そんな俺に、実はもう大将と話はついてるから心配すんなって、昨日の大将と同じように、愛情いっぱいの手で俺の頭を撫でまわしながら、こう諭《さと》したんだ。

　これからお前は清潔な世界に生きる鮨職人だ。俺みたいな仕事をしてる連中とは関わってちゃダメなんだ。いいか、道で俺に会っても知らんふりするんだぞ。もうこの世界には絶対に戻ってくんな、絶対だからな！　ってな。

　オーナーの目には涙があふれそうになってた。俺は深々と頭を下げることしかできなかった。しばらくして顔を上げると、もうオーナーの姿はなかった。右も左もわからない俺を拾ってくれた人が、もうそこにはいなかった。誰もいない朝もやの中で、俺はもう一度深く深く頭を下げ

ットの中の封筒がずっしり重かった。

それから俺は坂道を登りはじめた。修業をする、鮨の修業をする。自分の人生にはじめて夢らしい夢ができたんだ。だが店の前まで来てみたものの、さすがに入りあぐねた。小指が無いってことを思い出したんだ。どう打ち明けようか、咄嗟《とっさ》にそんなことを考えた。

すると大将が店の中から現れて俺を招き入れた。促《うなが》されてカウンターに座ると、大将はお茶を一杯淹《い》れてくれたんだが、ひと口飲んだ瞬間、大将が立っているのに自分だけ座って飲んでんのに気が付いて、俺は慌てて立ち上がった。でも、これは君がカウンターに座って飲む最後のお茶だから、ゆっくり味わって飲んでくれって、大将は言った。

有難くお茶をいただいてから、こちらで修業をさせてくださいって改めて頭を下げた。すると大将は仙人みたいに微笑んで、ちょっと待ってろ、と奥に消えていった。しばらくすると小箱を手に戻ってきて、これは私からのプレゼントだって俺に差し出すんだ。開けてみると、この小指が入っていた。

君に小指があるかないか、そんなのはどうでもいいことだ。しかしな、鮨屋というものは、お客さんの目の前で仕事をする究極の客商売だ。だから君は今日からこれをつけろ。いいか鮨屋はエンターテインメントだ、よく覚えておけってな。

あぁ、この人は本気で俺を受け入れてくれるんだ。昨日、俺をここに誘う前からオーナーと話して、ここまで準備してくれていたんだ。小指の入った小箱を握りしめて、俺はただただ有難くて言葉もなかった。

それから俺はがむしゃらに修業した。そりゃあ厳しかったが、腕を磨くこと、そしてお世話になった人の恩に報《むく》いることだけを考えた。こんな俺でもまっとうな人間になれる。そう思わせてもらったんだからな。

大将の店『鮨処伊東《いとう》』のレベルは半端じゃなかった。一流企業や各国の大使館の接待にも使われる店だ。大将はまさしく日本一の鮨職人だった――。


当時のことを思い出したのか、城島先生は居ずまいを正した。そして、大将からのプレゼントを僕たちの前で大事そうにゆっくりと付け直した。

「そこの常連客のひとりが、辻静雄《しずお》さん、つまりうちの校長だ。弟子入りして十八年、俺は二番手にまでなっていたんだが、ある日大将から、城島、お前大阪に行け、辻さんがお前を名指しでお呼びだって、そう言われたんだ。大将の言うことは絶対だ。それに若いやつらを育てるってことにも興味があった。ただ、大将との別れはさすがにつらかった。だがな、だからこそ、この道を選んだんだ。俺ができる恩返しなんて、これぐらいしかねぇだろ。だから俺にはな、職人としての心構えをお前たちにしっかり伝える責任がある。これだけは変えるつもりはねえからな！」

先生は静かに、けれど力を込めて言い切った。


突然吉田が席を立った。椅子《いす》が大きな音を立てて倒れ、吉田は気まずそうに何か呟いたかと思うと、荷物をまとめて教室を出ていった。目が赤くなっていた。

佐野先生が吉田を止めようと慌てて廊下に飛びだそうとした瞬間、

「佐野……！」

と城島先生が制し、佐野先生はそれ以上追いかけなかった。

城島先生は僕たちをぐるりと見渡した。それから深く長いため息をつき、小指がくっつのひらをひろげたり閉じたりしながら、静かに教室を出ていった。

佐野先生は無言でその姿を見送り、そして僕らの方に向き直ると、

「今日の残りは自習になりそうですね」

と、いつもの苦笑いで言った。


それぞれの職人が握った鮨が美味いかどうか。それは食べればわかる。けれど、それぞれの職人が背負っているものまでは、誰にもわからない。でももし、鮨とは人生をかけて握るものなら、城島先生の鮨は間違いなくこの上なく豊かな味なんだろう。

僕もそんな鮨を握ろう。そう思った。

5

辻調の職員室は、僕が今まで見た職員室とはまるで違っていた。ひと言で言うと優雅《ゆうが》なのだ。床には絨毯《じゅうたん》が敷かれ、大きな窓には清潔な白いレースのカーテン、木目調の壁を照らす照明の光は柔らかく、職員室によくある剝きだしの蛍光灯《けいこうとう》などどこにも見当たらない。

先生たちの机が整然と並んでいる横には、低いテーブルを囲むようにソファーが三脚置いてあり、放課後、僕はそこに座って城島先生と佐野先生を待っていた。

その日は、入学以来はじめての個人面談の日だった。先生を待っているあいだ僕は行儀よく座っていたけれど、品のいい佇まいのソファーに自分みたいな田舎者が座るのは場違いな気もして、そ

わそわと落ち着かなかった。

　高価なソファーの座り心地《ごこち》は、いいのか悪いのか、よくわからなかった。まるで雲に腰かけるような感じかと思いきや、実際に座ってみると意外に硬い。けれど体全体がソファーにしっかりと包み込まれる安心感は、今まで味わったことがないものだった。表面の黒い革はひんやりと冷たく見た目よりずっと柔らかで、まるで上等な絹《きぬ》のようなしなやかさと光沢がある。ゆっくりと手のひらを滑らせると、その質のよさが伝わってきた。指先で何度も革を撫で、贅沢《ぜいたく》な感触を味わいながら、はじめて入った職員室の様子を僕はちらちらと観察していた。

　先生たちはみんな忙しそうだった。目の前にいる先生は、イタリアに直接食材を発注しているのだろうか、手元のメモを何枚もめくりながら、電話口ではずっとイタリア語をしゃべっている。この先生はイタリアに一年間派遣《はけん》され、つい最近辻調に戻ってきたばかりの有名講師だ。

　その隣の先生は、生徒が提出した何十冊ものノートを丹念にチェックしながら、質問にきた生徒に専門書を見せて何か説明している。

　放課後の先生たちがこんなに忙しいとは知らなかった。でも、一番驚いたのはその忙しさよりも、先生ひとりひとりが醸《かも》しだす雰囲気だった。

　右手には、フランス料理科のデスクが並んでいる。さっきからこちらの電話は鳴りっぱなしで、ひとりの先生が対応に追われている。テレビの料理番組でよく見かける先生が、分厚いフランス語のレシピ本を読みふけっている姿も、机の上に積まれた洋書の間から見える。何を話し合っているんだろうか、向かいのふたりの先生の会話には頻繁《ひんぱん》にフランス語が交じり、終《しま》いにはフランス語だけの激論になってしまった。

　左手に視線を移すと、まるでついていけなかった漢文の授業を思い出して、ぎょっとした。

目に飛び込んできたのは、漢字で埋めつくされた黒板、中華料理の
両脇から、中国語で明日の段取りを話し合っている。

どちらを向いても、日本にいながら日本ではないような、不思議な感覚を覚える光景ばかりだ。

きょろきょろと辺りを見まわしながら、しきりにソファーを撫でている僕の様子が目に留まったのか、前を通りかかったひとりの先生が声をかけてきた。

「いいだろう、そのソファー。好きか？」

「はい、革がすごくしなやかで気持ちいいです。外国製ですか？」

「そうだ、イタリア製だ。コルビュジエぐらいならお前も知ってるだろう？」

曖昧《あいまい》にうなずいたけれど、実は知らなかった。

職員室と言えば説教をくらう時にしか用がなく、できれば行きたくない場所の代表だったけれど、ここは和気あいあいとしていて笑い声さえ飛び交い、それでいて一種の品格のようなものが、広い空間の隅々にまで感じられる。今まで全く触れたことのない雰囲気だった。これが辻調か……。職員室の隅に遠慮気味に座っているだけで、これまでとはまるで違う世界に足を踏み入れたことを実感させられた。

しばらくすると、城島先生と佐野先生が面談の資料を持ってやってきた。そして僕の前に腰かけると、

「このソファー、座り心地がいいでしょう？　コルビュジエのソファーですから」

と、佐野先生がさっきの先生と同じことを言った。

「そうですね。いいですね」

今度はそう答えてみたものの、『コルビュジエ』とは会社の名前なのか、革の種類なのか、それ

とも何かのスタイルのことなのか。さっきの先生に訊かれた時に、ちゃんと教えてもらえばよかった、一瞬そう思ったけれど、まぁ鮨には関係なさそうだし、気にしなくていいかと、この話を自分の中で終わりにした。

「長谷川、お前アジの方はどうなんだ」

『コルビュジエ』に気を取られてぼんやりしていると、城島先生にいきなり訊かれた。

「えぇと、まあまあ大丈夫です」

「まあまあってなんだ。アジにしろかつら剝きにしろ、基本は姿勢だ。いつまでも背中丸めて魚の腹を覗き込んでちゃだめだ。どこに包丁の刃先が当たってるか、目じゃなくて指先の感覚に頼るんだぞ」

　案の定、すぐに見破られた。

　僕たち鮨科の生徒は、入学したらまずアジをおろすことからはじめる。

「大きさが違っても、ほとんどの魚はアジと骨格がよく似てる。アジが綺麗に捌《さば》けるようになったら、サイズが大きくなっても大抵の魚を捌けるようになるぞ」

　入学早々の実習で、城島先生はそう教えてくれた。そして、

「姿勢を正して背筋を伸ばせ！」

　これも今まで数えきれないほど聞かされている。けれど実際に自分ができているかどうかは甚《はなは》だ怪しい。実習のたびに露呈《ろてい》する僕の不器用さに、城島先生はそろそろ本気で心配になってきたのかもしれない。

「長谷川君。わかってると思いますが、まな板に魚を置く時は、頭が右で腹が手前ですよ」

　城島先生の横で、佐野先生まで基本中の基本を念押ししてきた。その口調が、

アに似ていて、そういえば、このあいだもかつら剝きの包丁の持ち方をクラウディアに注意されたな、と情けなくなった。

「それじゃあ、今日の面談で話さなきゃいけないことは……と」

城島先生が手元のファイルをパラパラとめくった。先生の手が目の前に。すると、どうしても昨日の衝撃の場面が甦り、ついつい視線が小指に留まってしまう。

あんまりジロジロ見ないように、と佐野先生が目配せで注意した。

「俺の小指がそんなに気になるか？」

佐野先生の目配せの甲斐《かい》もなく小指を見つめる僕に、城島先生はそう訊いた。

「はい、すごいですね。なんかウインナーみたい」

すると佐野先生が目を剝いた。

「長谷川君、なんてことを言うんですか！　それに、このことはよそでベラベラしゃべることじゃないんですよ。そもそも小指がないってことが、どういうことかわかってるんですか！」

「俺って、ちょっとやばいやつだった、ってことだよな」

佐野先生は即座に硬い表情をつくって城島先生の言葉を最後まで聞こうともせず、さて、と面談用のファイルをテーブルの上に乱暴に置いた。バンッというその音で、その話はもう終わり！　と釘を刺されたことを察したけれど、言いたいことが口から出るのを止められなかった。

「先生。先生に小指があるとかないとか、僕はそんなこと全く気にしてません。それに先生が鮨職人になる前に何をしてたかなんて、どうでもいいんです。だって、城島先生は今は僕らの先生なんだし……すごくカッコいい先生なんですから！」

佐野先生は呆《あき》れかえったとも感心したともとれる深いため息をつき、それに続いて城島先生が両手で頭を抱えてこうこぼした。

「お前、本当に田舎もんだな。よくもそこまで素朴《そぼく》に育ったもんだ、親の顔が見たいよ」

「あ、いいですよ、親父なら田舎で豆腐を作ってますから、いつでも来てください。お袋はちっちゃい頃死んじゃいましたけど」

「だからぁ……」

佐野先生が絶望的な目で僕を見、城島先生は、こいつ呆れるほどおもしれぇなぁと佐野先生を慰めるように言った。自分の迂闊《うかつ》な発言が、目の前のふたりをがっくりさせてしまったんだろうか。いや、呆れられたのか、それとも面白がられたのか。もうさっぱりわからない。

「長谷川……お前は常識がないのか、それとも常識を覆《くつがえ》す人間なのか、どっちかだな」

城島先生がそう言い終わるや否や、佐野先生の訂正が入った。

「いえいえ、君のことを非常識な人間だと言っているわけではないんですよ」

その瞬間、心臓がズキンと軋《きし》んだ。にわかに恥ずかしさが込み上げてきて、ますますわからなくなった。

自分はごく普通の常識的な人間。生まれてこの方ずっとそう思ってきたし、今の今までそう思っていた。地元ではそれを否定されたことはなかった。でも、僕のことを全く知らない人たちから見れば、僕はかなり変なやつなのかもしれないし、ひょっとしたら周りの人は僕のことを、自分で思っているようには見てくれてないのかもしれない。

いや、そうじゃない。

僕を、僕の見てほしいようには誰も見ない。そもそも、自分は自分が思ってるような人間じゃないのかもしれない。

羞恥心《しゅうちしん》とそれが引き起こす混乱に、僕は完全に翻弄されていた。

「まぁ、お前が俺のことを、そんなふうに言ってくれるのは有難いがな」

さっきから呆気《あっけ》に取られている佐野先生の横で、城島先生が苦笑しながら言った。その声には嬉しさも混じっている気がしてホッとして、同時に落ち着きも戻ってきた。

「ところで入学してちょうど一カ月経つが、どうだ、学校生活は？」

「はい、毎日好きなことができて幸せです」物理とかやらなくていいし」

「そうか、確かにここは料理の専門学校だからな。ない。高い学費をなんのために払ってるか、よく考えてみろ。全部自分の将来のためだぞ」

わかるか？　という顔で城島先生が僕を見た。

「一年後には社会人だ。そうしたらお前はどこに行っても、辻調出身の長谷川って目で見られるんだぞ。今日はそれがどういうことかをよく理解して帰るんだな」

城島先生はそう言うと、じゃあ詳しく説明してやれ、と佐野先生にバトンを渡した。辻調出身の佐野先生は、辻調生の在校時のことから卒業後のことまで詳しく知り尽くしているらしい。手元にある資料をめくりながら、流れるように話しだした。

「まだ五月なのに早い、という気がするかもしれませんが、もうみなさんの就職に向けて我々教員は動きはじめています。去年の我が校の求人は、ひとりに対して十八社。辻調の卒業生は社会からの需要《じゅよう》が極めて高いのです。やはり、辻調ブランドの価値が世界中で認められていますからね」

説明に耳を傾けながら、城島先生は顎《あご》に手を当てて頷いている。

「辻調では定期的に、海外からスーパー・シェフを招いて来日講習を行っています。これは辻調だからできることですが、その折には国内の一流シェフたちが、ぜひアシスタントをさせてほしいと、こぞって手をあげます。来週予定されている、ジョエル・ロブションの特別講義の準備を今進めているところなんですが、ジャンジャン鳴っている電話、あれは全てアシスタント希望の電話なんですよ」

佐野先生はそう言うと、ひっきりなしにかかってくる電話の対応に追われている先生の方に目をやった。そして「もうずいぶん前からこの調子で」と少し自慢げに嘆《なげ》いてみせ、今度はロブションの説明をはじめた。

「ジョエル・ロブションは、ヌーベル・キュイジーヌというムーブメントを起こした、フランス料理界の改革者であるだけでなく、今や料理界の頂点に君臨《くんりん》している帝王ともいえる人です。そのロブションがわざわざ来日し、うちで特別講義をするわけですから、もしアシスタントになれれば、あのロブションの仕事が間近で見られるまたとないチャンス、というわけです。報酬なしは当然のこと、逆にお金を払ってでもぜひともやりたいと思うのも当たり前です」

佐野先生は少し興奮していた。

「で、結局、全部お断りすることに決めたのか？」

「はい、志願されたシェフたちは、日本を代表するそうそうたる顔ぶれではあったのですが、校長はお断りすることを決断されました。断腸《だんちょう》の思いだったと思いますよ」

「じゃあ、誰がアシスタントをするんだ」

「もちろん、我が校の教師が務めます。辻調にはフランスやイタリアの星付きレストランで修業した教師がたくさんいるのですから、ほかから呼ぶ必要はありません。それに皆さん技術はもちろんのこと、語学も堪能《たんのう》です」

「さすが料理の東大だな、いや、それどころじゃないか」

超一流の職人がこんなに集まっている場所がほかにあるだろうか。ここの誰もが自分の技術と知識に高い誇りを持っている。それが入学したての僕にもありありと伝わってきた。自分はすごい所に入学したんだと実感せざるをえない光景だった。

「というわけで、辻調の教育レベルの高さは料理界では広く認識されていて、お陰で毎年世界中からこんなに求人がある、というわけなんです」

「ひとりに対して十八社か。生徒は就職先を選び放題じゃないか」

「校長は、職場に出て何か不満があれば、いつでもここに戻ってきて先生に相談しなさい、そして、もっと自分に合った職場を探しなさい、うちには求人がいくらでも来ていますから、と常々生徒におっしゃっています」

「すごいな、不満があってもそこで辛抱《しんぼう》して頑張れって言うのが普通だろ。料理の修業は、つらいことがあっても我慢して技を身に付けることが大切だって、そう言われてきたのにな」

と、ここで城島先生は「だがな、長谷川」と僕に向き直った。

「これは、気ままにホイホイ職場を替えりゃいいってことじゃないんだぞ」

そう言うと実習ノートの束を取りだした。僕がひらがなで大きく「すし」と書いた表紙も見えた。城島先生は僕のノートを選びだして目の前に置く。佐野先生が口を開いた。

「長谷川君、あの……すしって漢字で書けますか?」

「え、えーと、は、はい、書けますよ」

痛いところを突かれた。が、そんなそぶりは微塵も見せず、宙に人差し指で適当に書いてみせた。

「いや、あの日は登校初日で緊張気味でしたから、ど忘れしちゃって……」

嘘《うそ》なら詰まることなくすらすらと出る。適当に演技して、こうでしょ？　と先生たちを見ると、ふたりとも目を薄く開いて顔をほころばせていた。

「あのー、長谷川君。もうひとつ訊きたいんですが……。昨日休み時間にみんなでゲームをしてましたよね」

最近僕たちの間では『究極の選択ゲーム』なるものが流行《はや》っていた。やり方は、似たようなふたつのものを言って、どちらか好きな方を選ぶだけ。単純な遊びで特に面白いわけでもなかったが、いい暇つぶしになっていた。

「地下鉄とバスならどっち派とか、うどんとラーメンだったらどっちが好きかとか、みんなそんなことを言ってましたけど……。ところで、長谷川君はなんて言いました？」

えーと、誰かがケチャップとマヨネーズならどっち派？　って言ったら、クラウディアがマヨネーズ派って答えて。それから、自分の番が来た。

「確か長谷川君は、シャンプーとリンスならどっち派って言いましたよね」

「は、はい」

「そのあとちょっと間があって、みんなが大爆笑したのを覚えてますか？」

「えぇっと、そうでしたっけ。それが……何か？」

僕がそう言った途端、城島先生は両手のひらで顔を覆った。咳《せき》でもするのかと思ったら、笑いをこらえているような目が指の隙間《すきま》から覗いていた。

そんなことより「すし」の漢字を思い出さなきゃ。と、机の下で手のひらに「すし」らしき漢字をいくつも書いてみたけれど、これだと思えるものは一向に出てこない。

城島先生は佐野先生に何やら耳打ちをしてから、手元にあったほかの生徒のノートやテーブルのした。

上にポンポンと並べはじめた。テーブルがノートでいっぱいになった。そう、そう！　この漢字だった！　と、ホッとしたのも束《つか》の間《ま》、あることに気付いて僕は愕然《がくぜん》とした。

ひらがなで「すし」と書いたのは、僕ひとりだ……。

黒々としたマジックのふた文字が、何の恥ずかしげもなく表紙のほとんどを占領している。これじゃあ小学一年生のひらがなドリルだ、先生が心配するのも無理はない。今さら、恥をかいたかもという気持ちが湧いてきた。

「長谷川、お前の字でっけえな」

城島先生は腕組みをして僕のノートをつくづくと眺めている。

「まぁ、これはこれで暖簾にでもするといいかもしれないな。見方によっちゃあ達筆に見えなくもないしな」

城島先生は、今度は千住のノートを手に取り、テーブルの上に開いてみせた。そのページを目にした途端、僕は心底驚いた。千住が授業中いつも熱心にスケッチしているのは知っていたけれど、ここまでとは思わなかった。まるで白黒写真のように正確かつ精密に描かれた絵と、詳細な説明がページを埋め尽くしている。

「千住君はすごいですね。絵のレベルはずば抜けていますし、とにかく詳しい。これはヒラメの五枚おろしと昆布《こぶ》締《じ》めの実習のレポートですが、城島先生がヒラメの身に包丁を入れた際の角度や速度まで、彼は精密に記録しています。さらに昆布《こんぶ》の香りや弾力も正確に書き込まれているんですよ」

佐野先生が千住のノートを絶賛する。

「このヒラメのスケッチだろ、なかなかすごいもんだ」

城島先生が左のページを指差しながら言うと、

「城島先生、それはフライパンですよ、フライパン！　ヒラメはこっちです」

と佐野先生は右のページを指し、ちゃんと目を開けてくださいよと笑った。城島先生も苦笑いしながら、あぁ、すまん、すまん、としきりに目をこすり、

「だがな、長谷川、あいつの一番すごいところはデッサン力じゃなく観察力だ。ひとが気付かない細かいところまで、あいつはよく見てる」

と感心している。

「それから、このノートもすごいですよ」

今度は佐野先生がふくちゃんのノートをテーブルの上に開いた。

「ちゃんとした実習のレポート以外に、魚の知識や鮮度に対する個人的な研究がぎっしり書き込まれているんです」

さっきから小さくなっていた僕も思わず覗き込むと、そこには腐っていく魚の切り身の様子が、やけに詳しく書かれていた。

「中村君の魚の知識の豊富さや研究心の旺盛《おうせい》さは、十五歳にしては驚異的です」

「中卒だから、舐《な》められちゃいけないと思って人の倍勉強してんじゃねぇか。にしてもあいつ、時々学校の冷蔵庫から、実習の残りの切れ端をこっそり持って帰ってると思ったら、なんでそいつが腐ってくのなんか観察してたんだ。変わったやつだな」

そんな先生たちの様子を前にして、僕は完全に落ち込んでいた。千住がすごいやつだということは最初からわかっていたけれど、三つも年下のふくちゃんがこんなに勉強熱心だったとは……。

うなだれる僕の前に、城島先生は「すし」のふた文字が並ぶノートを改めて出してきた。余白ばかりが目立つページの真ん中に、見慣れた文字が並んでいた。

四月二十八日
今日、城島先生はヒラメをおろし（ヒラメは五枚の方がよい）ながら、大きな夢を持て、と言った。それから、こんぶを水（冷たい方がよい）でもどしながら、高い 志《こころざし》 を持て、と言った。僕もそう思う。

千住のノートと比べるのは論外だが、ふくちゃんのノートとも雲泥《うんでい》の差だった。僕は呆然としてしまった。目の前では城島先生が、おもしれぇレポートだな、こんなのお前だけだよと呟き、佐野先生も、授業をちゃんと聞いてるんだか聞いてないんだか、と首を何度も横に振っている。

すると、城島先生が意外な質問をしてきた。

「長谷川、字は人なりって言葉、知ってるか？」

面食らったけれど、はい、と答えた。これなら本当に知っている。

「お前は確かに抜けたところがある。周りと感覚がずれてるというか……正直、俺にもお前の言動が理解できないことが時々あるよ。でもな、字には性格みたいなもんが現れるっていうだろ。お前の字には邪念がない。なんかこうスパッと真っすぐで、俺はそれがいいところだと思う」

城島先生は僕の目を見ながら、説《と》いて聞かせるようにゆっくりと話した。

「お前のそういうところ、そうだな、なんというか……」

と、少しの間宙を見つめてから、

「そうだ、真っしぐらなところだ。お前の真っしぐらで単純なところは、恥ずかしいと思わず自信を持っておけ。ただ、真っしぐらもいいんだがな、もう少し地に足つける必要もあるぞ。何かわからなかったり困ったりしたら、ちょっと立ち止まって誰かに尋ねろ。ここにはいくらでも偉大な先生たちがいるんだから」

と付け加えた。佐野先生も、

「その通りです。それに、図書館にはあらゆる蔵書がそろっていますしね」

とあいづちを打った。

「辻調に通っているあいだだけじゃない。卒業してからも、何か困ったことがあったら、ひとりでやみくもになんとかしようと思わないで、いくらでもこの学校を頼れ。校長はな、そういうことを言ってるんだぞ」

城島先生は改めて僕の目を見てそう言うと、ノートと最後のひと言を、ポンと机の上に置いた。

「『すし』って漢字ぐらい常識として知っとけ」

宙にでたらめの漢字を書いてちょろまかしたことは、先生にはとっくにバレていた。

それに気付いた瞬間、ひょっとしてコルビュジエを知ってると答えたことも、疑われてるんじゃないかと僕は不安になった。

6

痛っ！

ドアを開けようとした時、左手の親指に鋭い痛みが走った。

僕は面談の日以降、自宅で包丁を握る時間を増やしていた。もちろん誰よりも下手くそなかつら剝きの練習のためだ。一度熱中すると現実とは違う世界に行ってしまう癖がここでも顔を覗かせ、時間を忘れて毎日夜遅くまで大根と向き合っていた。ずっと神経を尖らせているせいか、疲れが溜まってきてもなかなか気付けない。

大根を持つ左手の親指の腹と右手の包丁、その間にあるのは薄く削《そ》がれた大根だけ。ふとした拍子に左親指の第一関節あたりに刃が刺さり、その痛みとともに我に返るのがお決まりのパターンだ。

昨日の晩も見事にこのパターンに陥《おちい》り、親指に三つ目の絆創膏《ばんそうこう》を巻いたところで、なんだかむしゃくしゃしてきて寝ることにした。

何が残念かって、これだけやっているのになかなか上達しない、そのことに尽きる。マンガや小説ならとっくに周りをグングン追い抜いて、千住のような優等生にも認められて……という展開になっていてもいいはずなのに、実際はむしろ下手になっている気さえする。それでも、やるしかないと自分に言い聞かせては、やっぱり呑《の》み込みが遅くてみんなに置いていかれ――。

やばい、朝から負のスパイラルだ。

と思ったところで、階段の先に我らが鮨科が見えてきた。よし、気持ちを切り替えて今日も頑張るぞ、と心で気合を入れた。

「そうだね、頑張ろうね！」

「うわぁ⁉」

完全に不意を突かれた。びっくりして振り返ると、すぐ後ろでクラウディアが笑い転げている。

「クラウディア、いつから僕の後ろにいたの？」

「さっきから、ずっといたよ。長谷川君、おはようって声かけても全然気付かないんだもん。いつ気付くかなって後ろ歩いてたら、いきなり、頑張るぞって言うから、もうおかしくって！」

「そんなこと言った？」

「言ったよ！　長谷川君って、独り言も気合い入れて言うんだね。ほんと、面白い！」

なんであんなに笑えるのか不思議だったけれど、その場で動けなくなっているクラウディアはとりあえず置いておいて僕は教室に入った。どうやら、心の中で言ったつもりが声に出てしまったらしい。気を付けなければ。現実と頭の中の区別がつかないのはまずい。

「今日はアワビを捌く。この時期のアワビは絶品だからな。心してかかるんだぞ」

今日の城島先生は機嫌《きげん》がよさそうだ。もともと鋭い眼光をさらに強調する眉間《みけん》の皺《しわ》が、いつもより少し緩んでいる。

「あと、今日は四人で班を作る。だがその前に、まずふたりひと組でやってもらおうか。その辺にいるやつとペアを組んで、準備ができたらまずはかつら剝きからはじめろ」

僕は目の前にいたクラウディアとペアを組むことになった。隣では千住がミカちゃんといつものかけ合いを繰りひろげている。

「あのふたり、付き合っちゃえばいいのにね。この前、ミナちゃん、

包丁の刃先を水で濡《ぬ》らしながら、クラウディアが呟いた。

「それ、絶対に千住のことだよ」

「そうだよね！　今度、千住君とかいいんじゃないって言ってみる」

クラウディアがいたずらっぽく笑ってみせた。こういう表情がいちいち絵になる。ふと、クラウディアはどうなの？　と訊こうと思ったけれど、なぜか言葉が喉《のど》でストップしてしまった。

それぞれが自分の持ち場について包丁を動かしはじめた。僕の横では千住が見事なかつら剝きをみせている。やっぱりこの男はすごい。ますます速く綺麗になってる。千住は誰よりも基本ができている。包丁の持ち方、姿勢、刃の入れ方、全て完璧だ。見る間にふんわりとした剣（刺身に添える野菜を細切りにしたもの）の山が出現した。

すると突然、自分の中に得体の知れない感情が浮かび上がってきた。

努力っていったいなんなんだろう。毎日努力してるのに自分は全然成長しない。まだかつら剝きも満足にできないなんて、そんなの僕だけだ。目の前に山盛りになっている極太の剣が、耐えられないほど恥ずかしいものに思えてきた。僕はクラウディアが調理台を離れるタイミングを見計らって、周りの様子を窺った。そして、到底《とうてい》剣とは呼べないしろものをさっと両手にかき集めると、机の横のゴミ箱にそのまま捨ててしまった。

完全に魔が差した。まな板を拭いたキッチンペーパーを、バレないようにゴミ箱の大根の上に大量にかぶせ、さらに皮や葉っぱをかぶせた。捨てる瞬間は心が痛んだ。けれど捨ててしまってからは、バレないように平静を装うのに必死だった。

心臓が僕に怒って激しく鼓動する。けれど、誰ひとり気付いてはいないようだった。よし、上手

く騙せたみたいだ。そう思うとじきに気持ちは軽くなり、授業が進むにつれて僕の意識は徐々にゴミ箱から先生へと戻っていった。

「さあ、こいつがアワビだ」

先生は左手でアワビを持ち上げ、その両面を僕らに見せた。アワビははじめて扱う食材だ。ホタテやアサリと違って殻《から》が片方にしかなく、その二十センチほどの楕円の殻の裏側では、暗緑色のヌメヌメした身が不気味に波打っている。

「よく見ておけよ」

と言うと、先生は殻に張り付いている身のヌメリを、キッチンペーパーで擦るように拭き取りはじめた。

「アワビを獲《と》ったことあるやつ、いるか？」

ミカちゃんが手をあげた。

「はい。子供の頃から、毎年夏休みには父が熱海《あたみ》に連れていってくれて、その時岩場でよくアワビを獲りました」

「おお、やっぱり持つべきものは釣り好きの親だな。それで親父さん、そのあとどうした？」

「はい、バーベキューにしてくれました」

「そうか、火で炙《あぶ》るとクネクネ動いただろう。それをアワビの踊り焼きって言うんだ。あれは最高だぞ」

「はい。小学二年の時はじめて見たんですけど、ビックリしちゃいました。アワビがすごくかわいそうで。でも……」

「でも、どうした？」

「かわいそうでしたけど、ひと口食べたら、もう美味しくて美味しくて」

「ははは、小林の親父さんは本当に優秀な釣り人だな。人間の体が動くのは動く物を食べているからだってことを、小二のお前に教えようとしたんだな、きっと」

「そうじゃないんです、うちの父はただの食いしん坊なんです」

教室に笑いが起こり、授業はなごやかに進んだ。先生が、キッチンペーパーを何枚も交換しながら擦り続けると、アワビの身は徐々に白くなっていった。

「アワビは『江戸前の華』と言われる六つのネタのうちのひとつだが、残りの五つを言える者？誰かいるか？」

千住が即、手をあげた。

「はい。マグロ、コハダ、エビ、スズキ、アナゴです」

「おお、さすが、よく知ってるな。この六品のことを江戸前の真骨頂とも言うから、みんなも覚えておけよ！」

するとふくちゃんが突然、

「ひゃー、高いネタばっかり！　先生、『江戸前の華』ばっか握ったら鮨屋は儲かりますね」

と言いだした。けれど先生は、そんなに単純じゃねぇぞと付け加えた。

「中村、儲けのことばかり考えてちゃダメだ。高級なネタを出す店なら、それなりの店構えや器が必要だが、それがまた高いんだ。だからいい鮨屋を出そうと思えば、当然、投資金額だって大きくなるんだぞ。そこもよく心得ておけよ」

「えー、はい……」

ふくちゃんは、わかりやすくがっかりした。

でも、確かにそうだ。鮨科にも高級な器がたくさんある。教室の後ろの冷蔵庫の横には耐震補強された立派な棚があって、九谷《くたに》焼／向付《むこうづけ》、唐津《からつ》／片口鉢、備前《びぜん》／八寸皿、織部《おりべ》／向付、有田《ありた》／手付鉢、などと達筆で書かれたカードが、綺麗に重ねられた皿の前にきちんと貼られていた。

「すげぇ、やっぱり辻調だなぁ。二、三千万は入ってるよ、この中に」

入学早々、棚の前で千住がそう呟くのを耳にして以来、なるべく器を触ることはやめようと僕は決心していた。

「ところで、原価率について知ってるやつはいるか？」

城島先生が聞きなれない言葉を口にした。げんかりつ？　聞いたこともない。自分だけが知らないのか、とこっそり見まわしてみても周りの反応は薄く、少しホッとした。誰も答える気配がないのを見て、先生は説明をはじめた。

「原価率っていうのはな、簡単に言うと、売り上げに対して材料費がいくらかかったかってことだ。じゃあ、原価率が高いネタはなんだと思う。三つあげてみろ」

やっぱ鯛《たい》とかじゃない？　もしかしてマグロ？　教室のあちこちでいろんなネタの名前が囁《ささや》かれはじめた。と、さっきまで素知《そし》らぬふうをしていた千住が、おもむろに手をあげた。

「先生、ウニ、大トロ、イクラです」

「そうだ。その三つだ。千住、お前よく知ってるな」

「はい、子供の頃から、原価率については父に叩き込まれていますから」

なんだ、やっぱり千住は知ってるんだ。

最初の質問に手をあげなかったのは、ほかの人に花を持たせる配慮なのかなんなのか、彼のそういうところにも同い年とは思えない貫禄《かんろく》を感じる。

「千住君の実家って、銀座の超有名店なんだって」

横でミカちゃんがクラウディアに耳打ちするのが聞こえた。

「なんてお店?」

「『鮨処等伯《とうはく》』っていうの、知ってる?」

――思わず聞き耳を立ててしまった。

そうか、千住はエリートか。もちろん銀座の超有名店がいったいどんなものなのかなんて、僕が知るわけがない。でも、とにかく千住は生まれた時から別世界の人間なんだということはわかり、深く納得した。

「じゃあ逆に原価率が低いネタはなんだ? 千住のほかにわかるやついるか?」

千住以外にわかるやつなんて、いるわけがない……と思ったら、ひとりおずおずと手をあげる生徒がいた。森下だ。

「……しめ鯖《さば》やカッパ巻きです」

「お、森下、よく知ってるなぁ」

普段はおとなしい彼が珍しく手をあげて発言したことに、先生は少し驚いたようだったが、

「そうか、お前んちは親父さんが回転寿司のチェーン店を経営してるんだよな」

と頷き、

「高級鮨店と回転寿司、まあそれぞれ店の事情は違うが、ちゃんと利益を出して、なおかつ美味い鮨をお客に提供しようってところは同じだな」

と森下に声をかけた。

「はい、お年寄りや家族連れにも、安くて美味い鮨をたくさん食べてもらいたいって、いつも父は

言っています」

彼の恥ずかしそうな、でも少し誇らしげな声が聞こえた。

そこで先生は調理台から黒板の方に向き直ると「原価率が高いネタを『A』、低いネタを『B』とすると……」と、チョークで書きはじめた。

「飲食店の標準的な原価率は三十パーセントってところだが、『A』の原価率は約八十パーセント、『B』は十から十五パーセントあたりだ。当然『A』は売値も高い。だが、『A』ばっかり握ってりゃ鮨屋が儲かるわけじゃないのはわかるな？　大事なのは、このふたつのバランスだ。『A』と『B』のネタをバランスよくお客さんにお勧めすることで、最終的に原価率を三十パーセント以内に収める。大トロやウニなんて、時には原価率が百パーセントを超えることもあるが、これは目玉になるネタだからな。原価率の高いネタに低いネタを上手く組み合わせてお任せを考える、これも鮨屋の腕の見せどころだ」

「えーっ、鮨屋で儲けるには数学やらなきゃダメなんだ！」

ふくちゃんが大声を出し、みんなクスクス笑いだした。

「さぁ、原価率の話はこれで終わりだ。これからアワビを各班にひとつずつ配るから、代表を決めろ。原価の安いアジと違って、アワビはひとりにひとつずつ配れるような仕入れ値じゃないからな」

先生の言葉から、この実習はかなり貴重な経験らしいということが伝わってきた。

僕は、いまだかつてアワビに触ったことがない。ここはぜひ自分でやってみたいと思ったけれど、なんとなく遠慮してクラウディアに譲ってしまった。すると背後からはぁー、とため息が聞こえてきた。佐野先生だ。

「長谷川君、もっと自分から率先してやらなきゃダメですよ」

僕は入学以来、佐野先生にずっとそう言われ続けている。実習で高価な食材を扱える回数は限られているんだから、自分から進んで食材に触りにいかなきゃいけない。それはわかっていても、いざとなると気後れして、結局ひとに譲ってしまうことが続いていた。

「こんな調子じゃ、卒業する頃にはできる生徒と、とんでもなく差が付いてしまいますよ」

佐野先生の残念そうな口調が頭の中で甦る。隣の班からは勢いよく手をあげ「僕、代表やります!」と言う千住の爽《さわ》やかな声が聞こえてきた。

近くで見るアワビは、けっこうグロテスクだ。形と言い、色と言い、触感と言い、同じ地球上の生き物とは到底思えない。こんな異星人が地球に攻めてきたら全く勝てる気がしない。

クラウディアもアワビの調理ははじめてらしく、しつこいヌメリに苦戦していた。眉間《みけん》にしわをよせてイタリア語で何か呟いている。ヌメリに加え独特の臭いが手に付くのが嫌なのか、彼女は大量のキッチンペーパーを消費していた。

それを見て、しめしめと思った。親切に手伝うふりをして、ヌメヌメになったまな板を拭くのにキッチンペーパーをたっぷり使っては、なるべくこんもりとなるようにゴミ箱に捨てた。これでもう絶対にバレない。僕はうつむいて小さく安堵《あんど》した。

「そろそろいいか。大体ヌメリは取れたか」

先生が声をあげた。

「アワビは今日と明日の二回に分けて、別々の調理法を勉強する。今日はまず、コリコリした食感の生アワビだ。それから明日は酒蒸《さかむ》しをやるが、こっちはしなやかな食感が特徴だ。二日間しっかり集中して勉強しろよ。まず生のアワビを捌くが、これが結構難しいから心してかかれ」

「ほかのネタと、どう違うんですか？」

例によってふくちゃんの質問が飛ぶ。ふくちゃんはいつも、絶妙な間とタイミングで質問をするもんだから、授業中、先生とふくちゃんのかけ合いのようになることも多かった。打ち合わせでもしているんじゃないかと疑いたくなるほどだ。

「簡単に言うと、波切りっていう包丁の使い方を覚えてもらうんだが、まあ一度見てもらった方が早いな。よーく見てろよ」

先生はそう言うと早速アワビを捌きはじめた。

まずは全体に粗塩《あらじお》をのせてたわしで洗ったあと、殻から身を外す。おろし金の柄《え》の部分を殻と身の間に滑らせ一撃を加えると、案外すんなりと外れた。

それから肝《きも》を切り落とし、肝から砂袋を切断する。そして身をもう一度水洗いし、身の細部に残ったヌメリと塩を落として、水分を完全に拭き取る。最後にまな板の上で身をくるりと回転させながら、ヒモと呼ばれる身の周囲を覆う黒いヒダを見事な手さばきで切り外した。

最後にネタの大きさに仕上げるのだけれど、そこで「波切り」の意味がはっきりとわかった。先生の包丁が、ものすごいスピードで小刻みに揺れながらアワビを捌いていく。まるで高速回転のような包丁捌きに僕たちが見とれていると、あっという間に五切れほどのアワビのネタができ上がっていた。なんだありゃ、というのがその場にいた大多数の感想だろう。

ここでまたふくちゃんが質問を投げた。

「なんでアワビは、その波切りって捌き方をするんですか」

「いい質問だ。アワビやタコはな、表面がツルツルなもんだから醤油が滑っちまうんだ。これが上手く絡《から》まるようにってのと、シャリから滑り落ちないようにってのが理由だ――

ふくちゃんの質問を城島先生が即キャッチして、みんなにわかりやすく説明した
なるほど、波切りはグリップか。

そしていよいよ、実際にアワビの波切りに挑戦だ。

結論から言うと、僕たちはただ先生のすごさを再認識しただけだった。

特に自分が捌いたアワビはひとつ残らず、波どころか元気な心電図並みの上下動を繰り返す、ひどく不格好なものになってしまった。それでもこればっかりはどの組も苦戦していて、目の前のクラウディアも明らかに悔しそうな表情で失敗作を口に運んでいる。

千住はというと、さすがに包丁捌きは上手かった。ただ先生の波切りと比べると、細かさや速さの点でどうしても及ばず、切り口を見て本人も不満そうな表情を浮かべている。ミカちゃんも、こういう時にむやみに褒めたりしないのは、よく千住のことをわかっているからなんだろう。

僕は、自分が切ったひどく不細工なアワビを一枚口に入れ、こんな姿にしかしてやれなくてごめんと謝った。コリコリと心地よい食感のはずが、これじゃあゴリゴリだ。

「よーし、今日の授業はここまでだ。波切りを覚えるにはまだまだ時間がかかるから、下処理の仕方だけでも各自しっかり復習しておけよ」

城島先生のシメの言葉で実習は終わった。


午後の授業も終わった放課後、かつら剝きの練習をしようと大根と包丁の準備をしていると、クラウディアが声をかけてきた。

「長谷川君、まだ帰らないの？」

「うん、残ってかつら剝きの練習しようと思って」

すると彼女はにっこり笑ってこう言った。

「本当に真面目なんだね。長谷川君のそういうところ、好きだよ。すごく素敵だと思う」

「えっ、あ、ありがとう」

思ってもいない言葉についどぎまぎしてしまった。そういう意味じゃないのはわかっているけれど、面と向かって「好き」と言われると脳内はパニックだ。平静を装って返事をしたものの、動揺を隠せたかどうか自信がない。

とりあえずいったん落ち着こうと、僕は急いでトイレに向かった。汗が収まるまで長めに個室に籠《こも》ったあと、変な心臓のリズムとともに再び教室に戻っていった。

扉を開けたその瞬間、僕はその場に凍り付いた。なんと、捨てたはずの極太の剣がまな板の上に復活していたのだ。

——やばい！

反射的にゴミ箱を見ると、上にかぶせておいたキッチンペーパーが全て取り除かれている。

ゴミ箱の横には、先生が待ち構えていた。寒気と吐き気が一気に襲ってきた。

「お前、こんなことして恥ずかしくないのか」

膝《ひざ》が震えた。

「なんか言ってみろ」

あまりの恐怖に声が出せない。

「こんなことするやつは卑怯者《ひきょうもの》だ。お前は料理人として一番やってはいけないことをしたんだぞ」

先生の冷静な口調がかえって凄《すご》みを何十倍にも増幅《ぞうふく》させ、ひとつひとつの言葉が心臓に突き刺さってきた。背筋が冷え、血の温度が急激に下がる。まるで極寒の地にいるかのようだ。返す言葉もど、あるはずがなかった。大量の冷や汗をかいて視線を泳がせ、黙りこくるほかない僕に、先生は続けた。

「ついこのあいだ、八百屋《やおや》のおばちゃんが言ってたぞ。『ママドゥはいつも大根ぎょうさん買《こ》うていくんやけど、よっぽどかつら剝きが上手くなりたいんやな。真面目に頑張る子は、きっとええ料理人になるやろな』ってな。わかるか？　ママドゥもまだまだ下手くそだけど、一生懸命努力しているんだ」

許されることではないのはわかっていたけれど、もう謝るしかなかった。これ以上できないほど深く頭を下げ、恥ずかしさと自責の念に震える唇で、

「本当にすみませんでした、もう二度としません」

と蚊の鳴くような声を絞り出した。

先生はしばらく黙って僕を見て、そしてこう言った。

「今日のお前の眼を見たら、ズルしてることぐらい一発でわかったよ。今、死にたいくらい後悔しているだろ。二度とやるなよ、こんなこと」

「はい……すみませんでした。こんな真似、二度としません。絶対に」

再びわななきながら謝ると、ふいに先生の口調が変わった。

「じゃあ、今からかつら剝きやれ。練習しようとしてたんだろ。付き合ってやる」

一瞬、何を言われたのか意味がわからなかった。が、とにかく、はいと返事をし、かつら剝きの準備をはじめた。すると先生は、ちょっとこっちに来い、とトイレに向かった。僕はトイレで一発ぶん殴られるんだと覚悟を決め、歯を食いしばって付いていくと、

「お前も手伝え」

と、なんとトイレの壁から鏡を取り外してそのまま教室に持ち込んだ。そして壁に立てかけて僕をその前に立たせ、先生は鏡の隣にどっしりと腰かけた。

「何かが上手くいかない時は、必ず原因があるんだ。お前は熱中しすぎて、自分を分析できていない。この鏡で、かつら剝きをしている時の自分の姿勢から表情まで、全部細かく観察してみろ」

「わ、わかりました。やってみます！」

それから、いったい何本の大根をかつら剝きにしたんだろう。

鏡を見ながら、姿勢、腕の角度、体の向き、ひとつひとつをチェックし、ひたすら包丁を握り続けた。あらゆることを逐一《ちくいち》確認しながらやると、がむしゃらにやっていた時には気付かなかった癖が見えてきた。自然と右の脇が開き気味になっていたり、左肩が前に出て体が斜めになっていたり。そのつど修正しながらやっていると、だんだんと鏡に映る自分がカッコよくなっていく。もちろん顔ではない、姿勢だ。

かつら剝きをしている自分の姿が徐々に様《さま》になってきた。もう少し厳密に言うと、城島先生が包丁を握る姿に似てきた。

どれだけの時間やっていたのか、少し休憩を取ろうと思った時には、とっくに丑三《うしみ》つ時《どき》をまわっていた。あれ、先生は？　と辺りを見まわすと、教室の後ろの席で、椅子に座ったままコクリコクリと居眠りをしていた。

こんな時間まで付き合ってくれていたんだ。僕はいったん空気を入れ替えようと、先生を起こさないように忍び足で窓際に行った。けれど窓を開けた瞬間、車がクラクションを鳴らして通り過ぎた。

「ん、あぁ、寝ちまってたよ。この部屋、明る過ぎるな。照明いくつか消してくれかなり暗いんだけど寝ぼけ眼のせいかな。そう思いながらも言われた通り四回の[illegible]た。

「どうだ、自分の癖がわかってきたか?」

先生はまだ目を擦りながら、まな板上に山積みになった大根をもしゃもしゃ食べている。

「はい、いろんなことに気付けました。ありがとうございました。でも……まだ厚いんです」

「そうかそうか、とりあえず一回俺に見せてみな」

ここで学園物のドラマなら、先生を驚かせるほど上達しているところだけれど、僕が剝く大根は相変わらず薄いとは言えなかった。

「姿勢や指の使い方なんかは、かなりよくなったじゃねえか。変な癖が抜けていい感じだぞ」

「ありがとうございます」

「試行錯誤して、自分で気付かなきゃダメなんだよ。とにかく手を動かす、そして同時に頭も動かす。この試行錯誤が財産になるんだ」

先生は目をしょぼつかせながら、嬉しそうにそう言ってくれた。

「じゃあ最後にヒントだけやろう。その包丁、俺に貸してみろ」

はい、と手渡すと、先生は僕の包丁をひと目見て、

「お前、よくこんなんでやってたな。見てみろ、この刃先。両刃になって丸まってるじゃねえか」

やれやれといった調子で言った。もうひとつの苦手もバレてしまった。

「お前、どうしようもねぇなぁ。包丁を研ぐところからやり直しだよ、これじゃ。普段どうやって研いでいるか見せてみろ」

いつも通りに構えて刃を砥石の上で一往復させた途端、先生からストップがかかった。

「もういい。わかった」

え……もう？　と戸惑っていると、先生は再び僕の包丁を手に取り説明しはじめた。

「お前のはな、刃を押さえる左手に問題があるんだ。お前、左手の薬指と小指を握り込んでるだろ。その二本の指は伸ばして軽く浮かせたままにしておけ」

言われるままにやってみたけれど、あまり力が入らない気がして、なんだか心もとない。

「先生、チョキの手で包丁を押さえた方が、力が入れやすいんですけど……」

僕がそう言うと、その気持ちもわかるがと前置きしてから、理由を詳しく説明してくれた。

「お前のやりかたの方が余計な力みも出ないし、圧をかけるポイントにもムラができない、それはわかる。だがな、もし一瞬でも手が滑ってみろ、たちまち包丁の刃が薬指の第二関節をザックリだ。よく研げた包丁の切れ味は日本刀並みだぞ」

先生にそう言われて自分の手元を覗き込むと、握り込んだ左手の薬指の第二関節と刃の間は、二センチと離れていなかった。脳内に、鮮血に染まった砥石とまな板の映像が浮かび、自分の指から血が噴きだす様子もありありと見えて、途端に背筋が凍った。慌てて握りこんでいた二本の指を伸ばした。

「この際だから、教えておくがな」

冷や汗をかいている僕に、城島先生はさらに説明を続けた。

「ケガをしないってことは、料理人にとって、ものすごく大切なことなんだ。常に自分をよい状態に保ってコンスタントによい仕事をする。これは職人の鉄則だからな」

僕はいったん包丁から手を離して、城島先生の言葉に耳を傾けた。

「それに、ケガをしないっていうのは、自分のためだけじゃないんだ。うっ

絆創膏貼りますなんて、そんなこと鮨職人ができるか？　厨房の

だって許されるが、鮨職人はお客さんからカウンター越しに丸見えなんだぞ。指に絆創膏貼った鮨職人なんて、そんなもんあり得ねぇだろ」

確かにそうだ。そんな不細工な鮨職人はいない。

「先生、それに鮨職人が絆創膏貼ってたら、なんか不潔な感じがします。全ての食材を素手で扱うわけですから」

「その通りだ。俺たちが圧倒的にケガに気を付けなきゃいけない理由は、そこも大いに関係がある。料理人がケガをするってことは衛生管理上も大問題なんだ。料理人が手をケガすると、食中毒の原因にもなりかねないからな。というのも、傷口には食中毒の原因菌がいることが多い。黄色ブドウ球菌《おうしょく》なんてその代表だ。だから傷のある手で鮨握るなんて、もってのほかだ。そんなもんお客に出したら、お客はお店を出る頃には、激しい吐き気に襲われることになるかもしれないんだぞ」

自分が握った鮨を食べたお客さんが、カウンターで苦しみだし、トイレに駆け込んで激しく嘔吐《おうと》する……僕は真っ青《まさお》になった。

「食中毒の原因菌は、調理人の手を介してひろがることも多い。人様に食べ物を提供するってことは、命に直接関わってるってことだぞ。現に、大阪府内の小学校で給食が原因の食中毒が発生したことがあってな。患者総数はなんと九千五百人以上、気の毒なことに三人の子供の命が奪われたんだ。だから、とにかく手にケガをしないってことは俺たち料理人の大原則だ」

それから最後にこれも言っておく、と先生は念を押した。

「もし、不注意で食中毒をだしたら、その店は即座に営業停止処分、そして保健所の立ち入り調

査。たとえ営業を再開できてももちろん信用はガタ落ちで、閉店に追い込まれることもある。場合によっては慰謝料も発生する。料理人の一瞬の気の緩みが店に莫大《ばくだい》な損失を与えるってことも、しっかり覚えておけ」

パックリ開いた傷口、血に染まる包丁、突如《とつじょ》苦しみだすお客さん、莫大な損失を出してしまった将来の自分。こんなことがないまぜになって脳裡《のうり》をグルグルまわり、僕は恐怖のあまり震えあがった。包丁を研ぐ時の指の位置、たったそれだけのことが大惨事につながるかもしれないなんて。僕は、ようやく包丁を研ぐ際の正しい指の位置を意識しはじめた。

「よし、そうだ。やっと身についてきたな。せっかくだから、コツってほどでもないが、もうひとつ教えておいてやろう」

先生はそう言うと、

「肝心なのは人差し指と中指。この二本だけで滑《なめ》らかに手前から向こうに押しだすように、砥石の表面を滑《すべ》らす感覚でやってみろ」

と、手の形と腕の動きをもう一度やってみせてくれた。

早速、言われた通りに数十回研いで見てみると、刃先は今までよりもずっと鋭くなっていた。

「先生！」

驚いて顔を上げると、先生はニヤニヤしながら楽しそうに僕を見て、

「今日は特別大サービスだ。貸してみろ。道具の手入れひとつで、職人の腕前がどれだけ変わるか見せてやるよ」

と背筋の伸びた綺麗なフォームで僕の包丁を研ぎはじめた。その動作には全く無駄がなく、なおかつ素早く手際がよく、そしてこの上なく丁寧だった。

目は包丁を見つめていながらも、それでいて何も見ていないような不思議な[illegible]しないけれど、先生の立てるシャッシャッという音は、まるで包丁と会話を交わしているようだった。腕から指先に、指先から包丁に何かが伝わっている。これが念っていうものなのかもしれない、そう思った。

すると、先生はいったん研ぐ手を止めて、

「いいか、長谷川。手入れがよければ、包丁はちゃんと応《こた》えてくれる。包丁だけじゃないぞ。真面目に一生懸命やれば、物でも人でも、みんなちゃんとお前を助けてくれるんだ。だから嘘をついたり仲間を騙したり、卑怯なことは絶対するな。わかったか」

と釘を刺し、

「俺は、お前の真っすぐなところが好きなんだからな」

と、僕の目を見て微笑んだ。

「もういいだろう。これでやってみろ」

先生は綺麗に片刃になった包丁を渡してくれた。

受け取った包丁を手に取り、フォームを意識しながら大根に刃を入れた瞬間、その場に倒れそうになった。信じられないことが今自分の手のひらの中で起きていた。全く力を必要とすることもなく、優しくたなびく霞《かすみ》のごとく大根が剝けてくる。それは、今まで溜まりに溜まっていた水が一気に決壊するように、いくらでも流れでてくる感覚だった。

この極薄の大根のカーテンを生みだす二本の両手が自分のものだとは！　僕は言いようのない衝撃と快感に圧倒されていた。

「長谷川、気持ちいいだろ」

「はい！」

「できなかった技ができるようになれば、誰でも嬉しくなる。自分自身も磨かれた気がして本当に気持ちいいもんだ。職人としての自分が高まっていく実感がそれだ。そしたら、もっと仕事が好きになるはずだ」

先生の声は優しかった。

「なぁ、長谷川。どうやったら仕事が好きになるかわかるか？」

「えぇっと……」

「仕事好きの恩師といれば、仕事好きになるんだよ誰だって。俺はな、お前がいい先輩や恩師に出会って、これからもいい人生を歩んでくれることを祈ってるからな」

先生はそうしみじみと言ってくれた。なのに僕はそれどころではなかった。

「先生！　僕の人生より僕のかつら剝きを見てくださいよ！　これ、ようやくできた！　かつら剝き、僕にもできました！」

体中の血液の温度が上昇し、顔が紅潮《こうちょう》しているのがわかる。鼻息も荒くすっかり興奮している僕を見て先生は、

「お前、本当にどうしようもねぇやつだな」

と満足そうに笑い、僕が作ったふわふわの剣を指先で摘みながらこう続けた。

「俺が包丁を研いだのは、最後のひと押しだ。そこまでのフォームはお前が自分で見付けたんだ、もう忘れる心配はないだろ？」

僕は、はい！　と力を込めて答えた。

「銭湯でも行ってくる。お前も来るか？」

朝日が差し込む窓をまぶしそうに見て、先生がそう言った。

「いえ、もう少しだけ練習したいです」

先生と湯につかって、将来の夢や何か楽しい話でもしたい気もしたけれど、それよりも、まずはこの感覚をしっかりと体に染み込ませたかった。一度手に入れたものを忘れることに恐怖を覚えてしまうほど、今、はじめて気持ちよくかつら剝きができていた。

「そうか。真面目だな、お前は」

先生は目を擦りながら、疲れた足取りで教室をあとにした。

第二章　夏

1

アパートから学校までわずか十分の道のりのはずなのに、正門に着く頃には靴が濡れ靴下が濡れ、時にはズボンの裾もびしょ濡れになっている。

梅雨《つゆ》は好きじゃない。シャツに汗がじっとり滲んで、朝から気が滅入《めい》る。

けれど正面玄関を通過して、奥の職員室、そしてその向かいにある高級ホテル顔負けのラウンジに差しかかれば、僕の気分は決まって上がる。ラウンジの隣には製菓科部門があるからだ。廊下まで漂ってくるクロワッサンとミルフィーユの香りの香ばしさにうっとりし、さらに歩を進めれば、また新たな香りに心奪われる。窓ガラス越しに中を覗くと、焼き立てのマドレーヌがオーブンから取りだされるところだ。バターと砂糖が焦げた甘い匂いが濃密に絡み合って、魅惑的なハーモニーを奏でながら僕の嗅覚《きゅうかく》を刺激する。

まずい。意識が別世界に飛んでいってしまう前に通り過ぎなければ。

急いで廊下を通り過ぎようとすると、こちらに向かって手を振る人がいた。背が高くて肩幅が広く、やや垂れた目が優しそうだ。どうやら製菓科の生徒らしい。

「おはよう！　君、いつもニコニコしながらここ通っていくよね」

「え、そんな顔してましたか？」

「うん、すごく幸せそうな顔してるもんだから、こっちも嬉しくて。何科の生徒？」

「僕、鮨科の長谷川といいます」

「僕は鎧塚《よろいづか》です。今度ぜひ製菓に遊びにきてよ、僕も鮨科にお邪魔させてもらいたいし。鮨って、カウンター越しにお客さんの目の前で調理するでしょ。ほかの料理にはないユニークなスタイルだなと思って、ずっと興味があるんだ」

「それなら、ぜひ来てください！」

言われてはじめて気付いた。確かに鮨職人とお客さんの関わり方は、ちょっとユニークかもしれない。

それにしても気さくな人だな、鎧塚君。

お陰で少しいい気分になって、最上階の鮨科の教室の扉を開けると、再びどんよりとした空気がまとわり付いてきた。

六月に入って、この教室の人口密度は明らかに下がっている。出席している生徒も大半がだるそうだ。自分はというと、この雰囲気に呑《の》み込まれないためにも前の方に席を取った。横には千住がいつもの綺麗な姿勢で座っている。

ドイツ製の精密なマシーンではないかと思うぐらい、千住はいつも同じ様子だ。さっぱりと短く刈り込んだ頭は、おそらく昨日と一ミリもズレていない。きっと優秀な技術者に、毎日メンテナンスしてもらっているんだろう。

その隣では、ミカちゃんが明るい挨拶を一方的に浴びせかけていた。

「千住君、おはよ！　今日も相変わらずピシッとしてるね」

彼女には梅雨なんて関係なさそうだ。

「長谷川君も、おはよ！　最近いつも前の方だね」

千住の向こうから顔を覗かせると、僕にも声をかけてくれた。

「うん、なんだか気分が乗らないから、せめて前の方に座ってやる気出そうと思って」

「へー、真面目だね、でもわかるなあ。ここまで雨が続くと、ちょっと気分も沈んじゃうよね」

すると千住が珍しく口を開いた。

「鮨職人に天気なんて関係ないだろ。梅雨の時期だけなんとなく気の抜けた鮨になるなんて、俺は絶対嫌だな」

——ごもっともである。

ぐうの音《ね》も出ないほどの正論に、僕は苦笑いしながら、そうだよね、と返すしかなかった。


始業のチャイムが鳴りはじめると、いつも通りに城島先生が姿を現し、鳴り終わると同時に教卓についた。そして、左上の角にセットされた冷たいおしぼりでいつものようにゆっくりと手を拭く。

「おはようございます」

「おはようございます」

今日のはダメだ。というより、ここ数日ずっとダメだ。こんな気の抜けた挨拶じゃ確実に怒られる。みんな覚悟を決めて立っていた。すると意外なことに、先生はにこやかに話しはじめた。

「お前たち、最近は集中力が欠けてるよな。自分でも自覚しているだろう」

そう言われ、僕たちが気まずい沈黙を決め込んでも、

「まあ梅雨の時期は、体も気持ちも緩みがちだからな。俺も若い頃はそうだった」

なぜか先生は笑顔さえ見せている。

「おい、もう入ってきていいぞ！」

不意に教室の後ろの扉に向かって、先生が大きな声で呼びかけた。

全員がいっせいに振り返ると、扉が静かに開いて、頭を一ミリカットに刈り上げた若い男性が入ってきた。中肉中背《ちゆうにくちゆうぜい》ではあるけれど、年齢に似合わないほどの存在感があって、実際よりも大きく見える。くっきりとした彫りの深い顔立ちに爽やかな雰囲気をまとい、全身から凜々《りり》しさがあふれだしている。僕たちは思わず見とれた。その人は教壇にたどり着くと、僕たちに向かって綺麗なお辞儀をし、教室の後ろまで真っすぐに届く声でこう言った。

「おはようございます。本日、特別講師として城島先生にお呼びいただきました、斎藤《さいとう》と申します。東京は銀座で板前をしています。まだまだ若輩者《じやくはいもの》ではありますが、今日はみなさんに少しでも参考になるようなお話ができたらと思ってまいりました。どうぞよろしくお願いします」

突然ふくちゃんが声を上げた。

「え、斎藤さんってもしかして、『かねさき』の斎藤さんですか⁉」

「何を言ってるんだ、お前は。そうだよ、『かねさき』の二番手の斎藤だ」

そう答えながらも城島先生はにこにこしている。どうやら有名な人らしい。

「でも、登校初日に配られた特別講師の予定表には載ってませんでしたよ」

「俺からのサプライズだ、感謝しろよ。『かねさき』の名前を聞いたことがあるやつもいるだろう。銀座の一流店だからな」

「城島さん、ほんと、やめてくださいよ。ハードル上げ過ぎですって」

と斎藤さんは恐縮しているけれど、確かに眼つきや顔つきから、一流の職人独特の雰囲気が伝わってくる。

この人は、自分に圧倒的な自信を持ってるんだ。

それは、千住のように人を近付けない尖った自信とはまた違う、なんでも来い、といった度量の広い自信だった。

「カッコいいなぁ」

思わず心の声が口から出てしまった。でも、気にしない。カッコいいものはカッコいい。


授業の前に、ひと通り今日の流れを説明すると、城島先生はこう付け加えた。

「今日は俺は脇役、斎藤が先生だ。わざわざ休みの日に東京から出向いてくれたんだ。みんな感謝して、しっかり見とけよ」

あちこちから歓声があがって教室の空気は一気に熱を帯び、

「城島さんの怖い真顔でお願いされたら、断れるやつなんかいませんって」

斎藤さんの返しにみんなが爆笑した。ふたりのなごやかな様子が、僕たちの気持ちをほぐしていった。ここですかさずふくちゃんが手をあげた。

「城島先生とは、どこで知り合ったんですか？」

「実は僕の方から声をかけたんです。まだ自分が『かねさき』に入る前、城島さんがいらした『鮨処伊東』にプライベートで食べにいった時でした。そのころ僕は、いろいろと悩んでたんですが、誰よりも真摯《しんし》に鮨と向き合う城島さんの姿をカウンター越しに拝見していると、なんだか迷いがっ切れて。それで、僭越ながら僕から声をかけさせていただいたんです」

「だからまあ長い付き合いよ。こいつ、『かねさき』さんとこであっという間に昇進したもんだから、ちょっと迷ったんだがな。生徒たちのために辻調まで来てくれないかって頼んだら、ふたつ返事で承知してくれたんだ。ありがたい、ありがたい」

城島先生はそう言うと、両手を合わせて斎藤さんを拝んだ。

「やめてくださいよ！　ほかでもない城島さんの頼みです、何をおいても飛んでくるのが当然じゃないですか」

斎藤さんは、みなさん、よろしくお願いします、と再び一礼した。それは城島先生とそっくりな、綺麗な一礼だった。

いつも通りでありながら、いつもとは全く違う授業がはじまった。僕らを覆っていた湿っぽい憂《ゆう》鬱《うつ》のカーテンは、斎藤さんの登場とともに吹き飛び、教室の体感温度が二、三度上昇したのは間違いない。普段はすいている前の方の席も生徒ですぐに埋まってしまい、先に席を確保しておいて本当によかったと僕は胸を撫で下ろした。

斎藤さんは、まず包丁を取りだして軽く研いだ。そして、隣にあった城島先生の包丁を手に取ると、片目をこらしてその刃先をチェックして、

「さすがですね」

と呟いた。

「一緒だろ。変わんないよ今さら」

「ですね……。やっぱり城島さん、て感じです」

当人たちにしかわからないやり取りをして、ふたりは笑い合っていた。

包丁の準備が整うと、まずは大根のかつら剝きから。それがまた圧巻だった。

斎藤さんの手の中から、向こうが透《す》けて見えそうなほど薄いパール色のカーテンが絶え間なく生みだされ、みるみるまな板の上に積み重なっていく。太かった大根は、あっと言う間になくなってしまった。そのあいだも斎藤さんは終始涼しい表情で、あんまりにも簡単にやっているように見えたもんだから、千住を除くこの場にいた全員が自分にもできるんじゃないかと思ってしまったんだろう。各自かつら剝きをはじめると、自然とスピードが上がった。

けれど当然できるはずもない。いったいあれはなんだったんだ、とみんなで目を見合わせたのは言うまでもなく、悲しいかな、危うく指を切りそうになって、誰よりも早く冷静にならざるをえなかったのは僕だった。

何ひとつ見逃すまいと、千住は怖いほど真剣に斎藤さんの一挙手一投足を見つめていた。

「斎藤さんの技が、こんな間近で見られるなんて」

と時々呟いている。どうやらこの斎藤さん、千住が理想に掲《かか》げる鮨職人のひとり、つまり憧れの君らしい。千住は正確無比のサイボーグだなんて僕は半《なか》ば本気で思っていたけれど、彼の人間らしい一面を垣間見《かいまみ》て、はじめて親近感が湧いてきた。

その日の食材は、扱いが難しいアナゴだった。実際アナゴほど厄介なものはない。

ぬるぬる滑って、まずまな板の上に固定するのが難しい。しっかりつかもうと思っても、まだ生きているのかと思うほど簡単に手から逃げていってしまうし、なんとか頬に目打ちを刺して押さえても、そこからがまたひと苦労だった。

頭の後ろから背骨に沿って包丁を入れて開いていくその段階で、すぐ骨に当たってしまったり、うっかり力を入れ過ぎて腹まで裂いてしまったりする。アナゴはほかの魚と骨格が全く違って、かなか感覚がつかめない。

なんとか開き終わると今度は骨と内臓とヒレを剝《は》ぎ取るのだが、とにかく身が柔らかくて包丁の刃が簡単に滑ってしまう。

悪戦苦闘している僕たちに、斎藤さんはお手本を見せてくれた。一流の職人の技を目の前で見られる絶好の機会だ。それなのに、斎藤さんの手の動きがあまりにも速過ぎて、まるで二倍速の再生動画を見ているようだった。

ポカンとしている僕らの様子を、城島先生は頰を緩めながら教壇の端っこから眺めていた。

「とりあえずこんな感じですが、何か質問がある人はいますか？」

あっと言う間に一匹捌き終え、静かに包丁を置いて斎藤さんが尋ねた。すかさず千住が手をあげた。

「どうして、そんなに速く捌けるんですか？　アナゴを捌く時、特に意識すべきことを教えてください」

さすがの千住もあまりの手際のよさに圧倒され、珍しく初心者のような質問をしていた。

「うーん、そう言われても……アナゴだけが特別ってわけじゃないんだ。要は骨の位置によって包丁の入れ方を変えてるだけで『どのネタも包丁の使い方は同じ』くらいのつもりでやってるかな」

——こんなにも身の柔らかさが違うのに？

「あ、でもその感覚をつかむのには、僕も随分時間がかかりましたよ。だから、今は心配しなくても大丈夫。骨と内臓を取り除いたら、最後に頭を落として下ごしらえは完了です。こうやって血を拭くと綺麗な身が出てくると思いますが、みなさん、ここまでは大丈夫ですか」

斎藤さんの言葉とは裏腹に、僕の前には無残な姿のアナゴが横たわっていた。でも、この日ばかりはみんな似たりよったりで、千住でさえ満足にはほど遠い様子だった。

「今日は蒲焼《かばや》きにします。では、これから焼いていきましょう」

斎藤さんがそう言い終わるや否や、城島先生と佐野先生がふたりがかりで大きな七輪を運んできた。七輪の中では、すでにいい具合に炭がおこっていた。

「すみません。ありがとうございます」

軽く頭を下げて、斎藤さんは七輪に向かって立った。

「よし、それじゃあ今から焼いていくから、焼き加減をよく見ていてください。蒲焼きを作る時は、まずは白焼きを作ります。白焼きができるまでは強火で、タレをかけはじめてからは弱火でじっくりと焼きます。焦がしてしまわないように集中してくださいね」

斎藤さんは、捌き終わったアナゴを軽く波打せながら串を打った。まるで裁縫《さいほう》上手のおばあちゃんが縫物をしているような素早さだった。それを七輪に乗せると、城島先生がすっと近づいてきて斎藤さんの隣に並んで立った。そして左手の団扇《うちわ》であおぎながら、右手のはけで次々にアナゴにタレを塗り、斎藤さんはそれをテンポよくひっくり返していく。胸がすくようなふたりのコンビネーションに教室は大いに沸き、僕たち観衆の熱い視線を浴びながら、斎藤さんと城島先生は黙々とアナゴを焼き続けた。

アナゴの表面が炭火の熱でふっくらとしはじめると、炙られた甘ダレの香ばしい匂いが教室に充満しはじめた。炭火焼きの香りはどうしてこうも食欲をそそるんだろう。息の合ったふたりの手元から立ち昇る香りに、全員がよだれを飲み込んだ。

「よし。じゃあ、次は自分たちでやってみましょう」

斎藤さんは顔を上げ、僕たちに声をかけた。

こんな姿にして、ごめんなさい。

僕はアナゴに申し訳ない気持ちで六本の串を刺し、七輪の上に載せた。よくおこった炭の上でアナゴがジュッと音をたてた。

若き鮨職人の一流の技を目の前で堪能した特別な一日も、終わりに近付いた。斎藤さんは再び教壇に立つと、改めてこう話しはじめた。

「僕みたいな若手が、偉そうに言うのもおかしいかもしれないけど、最後に、自分の経験からひとつアドバイスしておきたいことがあってね」

実習の興奮でざわついていた教室が静まり、全員の視線が斎藤さんに集まった。

「みなさんのように、鮨の勉強をはじめたばかりの人にとって大事なことがあります。それは『守ること』だ、と僕は思っています。『守破離《しゆはり》』って聞いたことある人いますか?」

千住がさっと手をあげた。

「はい、世阿弥《ぜあみ》の教えですね。まずは、師匠から教わった基本が完璧にできるようになる。それが『守』の段階である、と」

「そう、よく知ってるね、君」

憧れの人に褒められて、千住は少しはにかんだ。

「さっき言ってくれたように、代々継承されてきた基本の型には、受け継がれるだけの理由があるんです。ただ、その基本の大切さを本当の意味で理解するのは、『守』の段階を完璧に実践できるようになった時だ、と僕は思っています。なんの役に立つんだ、と思うことも、たくさんあるでしょう。けれど役に立つ時は必ず来ます。だから君たちには、今は先生の教えを全力で守ってほしいんです」

斎藤さん自身の経験から生まれた言葉のひとつひとつが、鮨の道を歩きはじめたばかりの僕たちの心に沁《し》み込んできた。教室に入ってきた時から感じていた揺るぎない自信は、きっと自分の過去に対する自信なんだ。その時々に必要なことは全てやってきた。この人は心の底からそう信じているに違いない。

いつか自分もこうなりたい。純粋にそう思えた。

斎藤さんの話に耳を傾けながら、城島先生はどこか得意げな表情だった。生徒のモチベーションを上げるのに、これほど効果的な授業はない。

先生の目論見《もくろみ》は大成功だった。

特別授業も全て終わり、みんなそれぞれに帰り支度をはじめる中、千住だけは斎藤さんを捕まえてまだ質問していた。その姿は真剣そのものだった。

僕はふと、高校の授業で聞いたgiftedという言葉を思い出した。才能を授《さず》けられし者。きっと千住は、天から授けられた才能を開花させるために、努力し続けられるんだろう。授けたのが誰なのかは知らないが、その誰かも今の千住の姿を見て満足しているに違いない。

斎藤さんも千住の質問に熱心に答えている。ふたりのあいだに存在する熱の交流のようなものが、僕の目に眩《まぶ》しく映った。ほとんどの生徒が帰ってしまった教室で、いつものように僕はかつら剝きの練習を始めたけれど、楽しげにふたりは話し続け、そっちに気を取られてなかなか集中できなかった。

こんなことじゃだめだ。せっかく城島先生が夜通し付き合ってくれたんだから、あの時の感覚を絶対忘れないようにしなくちゃ――。

実際あの日以来、僕は劇的にかつら剝きの感覚をつかみはじめていた。ひと晩中自分のフォームに向き合ったことと、先生が研いでくれた包丁のお陰で、少しはみんなに追い付いたと思っていたところだったのだが、どうにもふたりが気になってしまう。そこで包丁を握って柄でまな板をトントンと叩き、軽く音を立ててみた。すると会話がふっと途切れた。それから包丁をいったん置き、第一球を投げる前のピッチャーがやるように肩をぐるぐる回して、

「よーし、今日もやるぞ！」

と呟き包丁を握った。かつら剝きをはじめると、僕の行動に気づいた斎藤さんが前までやってきた。

「君、気合入ってるね」

「はい、城島先生がかつら剝きの特訓をしてくれたんです。だから忘れないようにしっかり身に付けなきゃって思って」

斎藤さんはまな板の上に折り重なっている大根にちらっと視線を走らせ、それから僕の手元をじっと見つめた。そしてすっと顔を上げると、

「君の包丁、見せてもらってもいいかな」

と意外なことを言った。

「え、包丁ですか？　もちろん。どうぞ」

僕は持っていた包丁を差しだした。

斎藤さんは受け取るなり、大きな目を近付けたり遠ざけたりしながら、包丁の刃先を丹念に観察しはじめた。

「なるほど……。君は、城島先生の本当のお弟子さんなんだね」

「えっ」

——驚いた。斎藤さんが今手にしているのは、まさしく城島先生が研いでくれた包丁だ。

「それと、君がとても真面目で誠実な人間だっていうことが、よくわかったよ」

包丁を僕に返しながら、そう付け加えた。返答に困って黙り込んでいると、斎藤さんは、

「技術を軽視してるってわけじゃないんだけど、技術はね、時間をかけて粘り強く努力すれば身に付くものなんだ。ただ、できないことから逃げずに取り組む真面目さだとか、ちゃんと教えを守る素直さだとか。そういったものは、その人の資質によるところが大きいんだ。簡単に身に付くものじゃないんだよ」

と、真っすぐにこちらを見て言った。僕はこくりと頷いた。

「だから、いい職人になれるかどうかは、結局そこにかかっていると思うんだ。そういう意味で千住君といい勝負だよ、君の資質は」

「え、僕の資質？」

思ってもみない言葉に戸惑う僕を、斎藤さんの優しい笑顔が受け止めた。その向こうに千住の硬い表情が見えた。

「今の気持ちや姿勢を忘れずにいてほしいな。そうすれば、君は将来きっと大物になれるよ」

「は、はいっ、ありがとうございます!!　僕、頑張ります！」

思わず大きな声でそう答えた。

「そうだ、何かあったらここに連絡してね。力になれることがあるかもしれないから」

斎藤さんはポケットからメモ用紙を取り出し電話番号を走り書きし、

にも一枚手渡した。

「じゃあ、僕はこれで。またな」

まだ状況が上手く呑み込めず、戸惑いの表情が残る僕に斎藤さんはそう言って、質問を続ける千住と話しながら教室を出ていった。

がらんとした教室にひとりになると、あんなにカッコいい斎藤さんに褒められたという実感が、じわじわと湧いてきた。体の中に熱いものが沸々《ふつふつ》と噴き上がり、嬉しさで心がいっぱいになった。

——あれ？　よく考えたら斎藤さんが褒めたのは先生が研いだ包丁だ。

いや、それも含めて僕を褒めてくれたのかな。でも見てたのは包丁の刃だけだったし。かつら剝きは……？　いろんな気持ちが入り混じった。けれど、とにかく僕の資質を褒めてくれたことだけは確かだった。

よし、帰る前にもう一度かつら剝きの練習をしよう。

と、気合を入れて僕は包丁を握った。

2

「ママドゥ遅いなあ、今日の約束ちゃんと覚えてるかな」

僕は梅田《うめだ》駅の改札口でひとり待ち続けていた。待ち合わせの八時をとっくに過ぎているのに、ママドゥは姿を現さない。ひょっとして集合場所を間違えたんだろうか、それともママドゥは迷子になったのか。

さっきから何度も見上げている駅の時計の針が、四十五分を指したその時だった。僕の視界に、カール・ルイスばりのフォームで走ってくる男の姿が飛び込んできた。ママドゥが、突風のごときスピードで梅田の人込みをすり抜けこちらに向かってくる。

「ほんっとうにごめんね、寝坊しちゃった！」

「ママドゥ、心配したよ！」

入学初日から、ママドゥは誰にでも気さくに話しかけていた。その明るい性格のお陰で、ここのところ僕はママドゥと打ち解けて話をするようになっていた。最近は一緒に食堂でお昼を食べながら、お互いのちょっとした悩みや身の上話をすることも多い。

ママドゥは大阪での新しい生活にも順調に馴染《なじ》み、もちろん料理の勉強も頑張っていた。彼にはセンスがある。それは誰の目にも明らかだったし、僕なんかとは比べ物にならないぐらい吸収が早かった。

そんなママドゥが、ある日、ちょっと長谷川に頼みごとがあるんだけど、と申し訳なさそうに声をかけてきた。聞くと、来年の滞在許可延長申請の説明を詳しく聞くために、神戸《こうべ》のソマリア領事館に一緒に行ってほしいのだという。外国人が異国の地で困っていることほど不憫《ふびん》なことはない。僕は喜んで付いていくことにした。

神戸に来るのは二度目だった。前に来たのは、小学生の頃、画期的な博覧会だと話題になっていた神戸ポートアイランド博覧会に、親父が連れてきてくれた時だ。思い出すかぎりでは、それが僕たち親子の最初で最後の家族旅行だった。

岡山駅で新幹線に乗ると、親父はまず僕を窓側の席に座らせ、横に腰かけた。窓の外にひろがる瀬戸内海《せとないかい》をふたり並んで眺め、そのあいだ親父はずっと僕の腕をさすったり、膝をポンポンと軽く叩いたりしながら話し続けていた。無口な親父が何を話していたかはもう忘れてしまったけれど、親父がとても楽し[illegible]く覚えている。

会場に着くと、親父は僕の手をしっかりと握り直し、足早にパンダの飼育舎の方に向かった。パンダを見たのは、この時がはじめてだった。と言っても、満員電車並みに混みあった行列の隙間からチラッと後ろ姿が見えただけだった。でも、日本中で話題をさらっている生き物を自分の目で見たことに僕はすっかり興奮し、握りしめた親父の手を力一杯振っては、

「パンダ見えたよ、可愛《かわい》いね！　お父さんも見えてる？」

と繰り返した。一方、親父は予期せぬ大混雑に、

「ごめんな、ニュースで観た時は、こんなはずじゃなかったのに。もっと早く来ればよかった、ごめんな」

と言いながらも、なんとかしてもっと僕によく見せてやりたいと、終いには肩車をして、

「見えるか？　ちゃんと見えるか？」

と何度も尋ねた。

すぐに飛んできた警備員に親父はこっぴどく注意され、僕はむりやり肩から降ろされた。それでも親父は、揉みくちゃになっている僕の視線を少しでも持ち上げようと、もう小さくない僕を抱きかかえ、行列の中でずっと格闘していた。

地球儀みたいなパビリオンを見たあと、コーヒーカップの形をしたパビリオンを見学して建物の外に出ると、これまでに嗅いだこともない、なんとも食欲をそそる匂いが漂ってきた。

「洋右、ピザって食べもん知ってるか？」

親父がふいに僕にそう訊いた。

「よく知らないけど、アーノルド坊やが時々食べてるやつ？」

「アーノルドが何を食べてたかは知らんが、ピザはな、まあ納豆みたいな食べもんだ」

「えっ、納豆⁉」

このたまらなく香ばしくちょっとだけ酸《す》っぱい香りと、納豆のあの臭みが、頭の中で全然かみ合わなかった。

「食べてみたいか？」

もちろん食べてみたい。でも、外国の食べ物イコール高級料理と思っていた僕は、親父の財布が気になってすぐに、うん、とは言えなかった。でも、親父は最初から返答なんて待ってはいなかった。握っていた僕の手を二、三回揺らしながら、

「ピザっていうのはとっても熱い食べもんだから、気を付けて食べるんだぞ」

と言うと、すでに足はレストランに向かっていた。

入り口に赤白緑の三色の国旗が飾られた店に、僕たち親子は入っていった。店内に一歩足を踏み入れると、なんとも陽気な雰囲気に僕も親父も面食らった。イタリア人らしき髯《ひげ》の生えたシェフが、大きなチーズの塊《かたまり》を客に自慢げに見せては楽しそうに笑い、その隣のテーブルでは、白髪《しらが》のカッコいいウエイターが、カタコトの日本語でマダムたちを喜ばせてはウィンクをして去っていく。案内された席に固くなって座っていた僕たちに、周りの雰囲気を楽しむ余裕はなかったけれど、テーブルにピザが運ばれてきた途端、そんな緊張も吹き飛んだ。

チーズの白とトマトソースの赤、その上に緑の葉っぱ、そしてやや楕円をおびた可愛らしい形。立ちのぼる香ばしい香りが僕をみるみる笑顔にし、親父はそれを嬉しそうに見ている。

「熱いから、フーフーしてゆっくり食べなさい」

親父は慣れない手つきでピザを半分に切り、それをまた半分に切って僕のお皿に置いていく。その時、チーズがとろけながら細長く伸びた。

「お父さん、本当だ！　納豆だ！」

つい大声を上げてしまい、隣のテーブルのお客さんが僕たちの方を振り向いたけれど、親父は少しも動じなかった。近くの席にいた白人の家族連れは、ピザをひとり一枚ずつ注文し、ナイフとフォークを巧みに操って楽しそうに食べていた。

イタリア人って本当にピザを食べるんだ。目の前の優雅な食事風景が、いつかテレビで見たことのある場面とおんなじで、僕は妙に納得していた。

僕と親父は、隣の席の白人一家の作法を真似しながら食べることにし、ちらちらと隣を窺っていると、時々同い年ぐらいの女の子と目が合った。生まれてはじめて見た青い目があまりに綺麗で、僕はつい目をそらすタイミングを逃してしまった。

しまった……！　と思ったけれど、女の子は僕ににっこり微笑んでくれ、それからお父さんのフォークの使い方を注意して、お母さんはそれを見ては楽しそうに笑っていた。僕はこのピザがとにかく気に入った。親父は満足そうな笑顔で自分の分まで僕の皿の上に置いてくれた。

帰りの新幹線の中から親父と眺めた瀬戸内海は綺麗だった。沈む夕陽にいくつもの島々がシルエットを作り、海面は黄金色《こがねいろ》に揺れていた。その景色があまりにも美しくて、切ないような悲しいような妙な感情に包まれたのを覚えている。

親父は僕の頭をずっと撫でてくれた。柔らかい親父の手のひらの温《ぬく》もりが首から背中にじんわりと伝わってきて、僕は深い安堵の中、眠りに落ちていった。

領事館を出ると、ケーキでも食べよう、とママドゥが言いだした。

「わざわざ神戸まで付いてきてくれたお礼に、ボクにおごらせてよ」

そう言って半ば強引に連れていかれた店は、ありふれた喫茶店のような外観だった。

「これ、絶対美味しいから」

と、ママドゥが勧めてくれたのも、シンプルなイチゴのショートケーキで、特に変わった見た目ではなかった。けれど、ひと口食べて驚いた。クリームの甘さが口の中にだるく残らないし、スポンジはふわふわで、口に含んだ途端あっと言う間に溶けていく。新鮮な大粒のイチゴの味も格別で、今までに食べたことのない、まるで魔法のような美味しさだった。

「このケーキ、本当にすっごく美味しい！」

「でしょ！」

ママドゥも満足げな笑顔でケーキを頬張っている。その彼の後ろにあるレジ奥のキッチンに、太巻ずしでも作っているような手さばきの職人の姿がちらりと見えた。

「今日は本当にいいから、ボクが払うから」

とレジの前でママドゥは言い張ったけれど、いくら僕が貧乏苦学生でも、アフリカから来た留学生におごってもらうわけにはいかない。なんとか割り勘にしようと抵抗していると、僕たちのやり取りを見ていたレジ係の若い女性店員が、笑いながら尋ねた。

「学生さん？　時々来てくれますよね。留学生かな、どちらから？」

「あのボク、ソマリアから来ました。今日は友達に、ここのケーキを食べさせたくて。ボクたちふたりとも辻調理師専門学校の生徒なんです」

「えっ、そうなの。そしたらね、ちょっといいことあるかもしれませんよ」

彼女はニヤリと笑い、キッチンに向かって
「小山《こやま》店長！　店長の後輩たちですよ。辻調ですって！」

と声をかけた。

するとし、甘い香りを漂わせた職人が、クリームの絞り袋を持ったまま奥のキッチンから出てきた。真っ白な歯が日焼けした肌に映《は》え、笑顔が眩しい。さっき太巻ずしみたいなものを作っていた人だ。

「おーっ、辻調生か‼　頑張ってるか！」

圧倒されてしまうほど元気な声だ。

「頑張ろうな、後輩！　僕も頑張ってるから！」

「は、はい」

「そうや！　今、試行錯誤しながらロールケーキ作ってんねん」

え、随分時代遅れなお菓子を……と思っていると、

「今、時代遅れやと思ったやろ？　確かに菓子の古典やけどな、もっと進化させて世界一美味しいロールケーキ作ろう思てんねん！」

その人は、元気な声にさらに力を込めてそう言った。

ロールケーキを最後に食べたのは、思い出せないくらい昔だ。確か、親父に届いたお歳暮《せいぼ》か何かだったたと思う。パサパサで乾いたスポンジが喉をすべらず、ベトついたバタークリームが口の中に油っぽい膜を張る、あの安っぽい食感を思い出した。

「そうや、辻調の後輩ならわかってくれるやろ。最新作、味見してって」

と、キッチンからロールケーキをふた切れ運んできてくれた。

お皿を受け取り、スポンジにフォークを入れたその瞬間、これは何かが違うとすぐにわかった。そしてひと口頬張ると……僕のロールケーキの概念があっと言う間に崩壊した。

だから言ったでしょ、とレジのお姉さんが微笑んでいた。


「あー、お腹いっぱいになっちゃった」

店を出ると、僕はママドゥにお腹をさすってみせた。

「ロールケーキ、本当に美味しかったね。これからも神戸に来たら、このお店また来よう」

僕に紹介しがいがあったようで、ママドゥも満足そうだ。

「それにしても、あんな古典的なお菓子をまだ研究するなんて、あの先輩マニアックだね」

「確かに。でも料理って面白いね、無限の可能性があるもんなぁ」

「だよね。今さらロールケーキ？　って思ったけど、結局丸々一本ご馳走になっちゃった。もうお腹パンパン」

「ボクもだよ。そうだ、海まで歩こうよ！」

僕たちは腹ごなしに神戸の街を歩きまわりながら、海の方へと南下した。

港にたどり着くと、夕凪《ゆうなぎ》の瀬戸内海が黄金色に輝き、あ、もう夏だ、と僕は思わず呟いた。初夏の週末のメリケンパークは、思った以上に人が多かった。日が沈む頃にはポートタワーがライトアップされ、その上に登れば神戸の夜景が一望できる。海をバックにお互い写真を撮りあうカップルの横にベンチを見つけ、僕たちは腰を下ろした。

「けっこう歩いたね」

「うん、今度はお腹じゃなくて足がパンパンだ―

汗ばんだひたいに、海からの風が気持ちよかった。

「なにヨタヨタ歩いてんだよ！　このボケ！」

腰かけていたベンチのすぐ後ろで、突然大きな声がした。驚いて振り向くと、若い男性がいかつい男に怒鳴りつけられて硬直していた。写真を撮るのに夢中になって、ぶつかってしまったらしい。蚊の鳴くような声で、すいませんと言うと、カメラを抱えたまま小走りに去っていった。

「ああ、びっくりしたね」

と隣を見ると、ついさっきまで楽しそうにしていたママドゥが、下を向いたまま動かなくなっていた。しばらくしてハッとこちらを見ると、

「あ、あぁ、ごめん。なんでもないんだ」

と絞り出すように呟いた。唇には歯形が付いていた。

「なんでもないって……とてもそんなふうには見えないよ。大丈夫？」

「うん、ほんとにもう大丈夫、落ち着いた。ごめん、いつもこうなんだ。怒鳴り声を聞くと、勝手に思い出しちゃって……」

「思い出すって、何か怖いこと？」

するとママドゥは再びうつむき黙ってしまった。今まで見たこともない硬い表情だった。僕は、訊いてはいけないことを訊いてしまったことに気が付いて後悔した。沈黙が数分続いたあと、ママドゥは喉の奥につかえている塊をゆっくりと吐きだすようにこう言った。

「うん……ボクが海賊をしていた時のこと」

なんと答えればいいのかわからなかった。そんな僕をちらっと見てから、ママドゥは重い口を開いて話しはじめた。

――あの日、ボクは人生の全てを懸《か》けて海賊船に乗っていたんだ。

「ぼやぼやしてんじゃねえ！」

ボスはそう叫ぶと、何かをこっちに投げてよこした。

それを必死でキャッチした瞬間、ボクの手の中で何かが破裂するような鋭い音が響いた。と同時に、ボクの目の前にいた仲間がうめき声をあげたかと思うと甲板《かんぱん》に倒れ込み、そのまま海に落ちて水しぶきが上がった。

さっき受け取ったものは、ひどく冷たくて硬くて、それがボクらが使っていたガラクタ同然の銃だとわかった時には遅かった。銃が暴発した拍子にボクは仲間を撃ったのか。途端にひどいめまいと吐き気に襲われ、ボクはデッキの隅の手すりにしがみ付いて海面めがけて嘔吐《おうと》した。

その瞬間、大きな波が船を横から殴り、ボクの体は海の上に放りだされた。数秒間だけ、眩しい光を海面の裏側から眺めていたと思う。逆光で、船底の形がまるで真っ黒な切り絵みたいに見えたのを今も覚えてる。

叫び声の代わりに口から放たれた泡が、ボクを見捨てて逃げ去るように、ぷかぷかと海面めがけて浮上していった。それから、黒い切り絵が落とす不気味な影が、静寂の中で揺らめくボクの体を包み込んだんだ。

その時、なぜかボクは安らぎを覚えて、全身の緊張を解いた。小さい頃から海の中に潜るといつも、世界から取り残されてひとりぼっちになったような感覚になるんだ。ちっぽけなボクを取り巻く海はあまりにも雄大で、圧倒されて怖くなって、すぐに海面を目指してしまうんだけど、なぜかその日は違った。

海の中でボクはひとりだったけど、独りじゃなかった。この日はじめて海がボクを優しく包んでくれたんだ。海面が遠のいていくうちに、だんだんと頭がぼうっとしてきて、ボクは海とひとつになっていった。世界と自分の境界が徐々にわからなくなる中で、ボクは安らかな気持ちで目を閉じ眠りに落ちていき……と突然、大きな音と強い光で叩き起こされた。それは海賊船が放った威《い》嚇弾《かくだん》の爆発音と閃光《せんこう》だった。

ハッとして我に返った。そしてボクはもう一度、命にしがみ付いたんだ。

死にたくない！　生きたい、生きたい！

体の底から強烈な衝動が噴き上がってきて、それに突き動かされるままにボクは水面を目指した。頭上で揺らめく光に向かって必死で腕を伸ばし、渾身《こんしん》の力で水を蹴って、ボクは生に向かって上昇していった。

その途中、視界の端に何かの影が映った。それは大きな魚だったのかもしれないし、もしかしたら人の形だったのかも……。その影がゆらゆらと海底に吸い込まれていく映像が、今もぼんやりと頭の片隅に残っている。

やっとの思いで海面から顔を出し、僕は再び息をすることができた。波間に浮かんだまま激しい呼吸を繰り返していると、だんだん意識がはっきりしてきた。周囲では海賊船の攻撃を受けて防衛射撃がはじまったらしく、あんなに平和だった海の中とは打って変わって、あちこちで怒号が飛びかってた。

海賊船から血を流しながら海に落ちていく人もいた。それを見ると急に、海の中で見た黒い影のことを思い出して、一緒に船に乗り込んだ幼馴染みのことが心配でたまらなくなった。

でも形勢が不利になった途端、さっきまでボクたちが乗っていた海賊船はあっと言う間に逃げ去って、ボクは海の中に取り残されてしまった。すると、護衛艦の乗組員がボクのことを見付けて、仲間を呼んで一緒に引き上げてくれたんだ。

救護室に運ばれて小さなベッドに寝かされたボクは、銃撃で破壊されたガラス窓越しにソマリア沖の海を眺めていた。ボクを海から助け上げてくれたのは、日本の海上自衛官の人たちで、濡れた体を拭いて、海の中で冷え切ったボクの体をさすって温めてくれた。

その時、ひとりの自衛官がおにぎりをくれたんだ。ボクは夢中でそれにかぶり付き、あっと言う間に食べてしまった。すると今度は食事係の給養員が、おにぎりのおかわりと味噌汁《みそしる》を持ってきてくれたんだ。差しだされたお椀《わん》を震える手で受け取って口に運ぶと、芯まで冷えた体に温かい汁が沁《し》み込んだ。体中にあふれた言いようのない幸福感と、それを誇らしげに眺める給養員の笑顔は、今でも記憶に焼き付いてる。

その給養員は英語で、

「僕はテルって言うんだ」

って教えてくれた。テルさんはいつも何が食べたいか訊いてくれたから、そのたびにボクは、

「救助された時に食べたのと同じのが食べたい」

って言ってた。

「そんなにおにぎりが気に入ったんなら、いつか鮨を食べてみろ。日本の鮨を食べたらびっくりするぞ。ここの海はいいマグロが獲れるだろ。そのマグロで鮨を握ったら絶品だぞ」

ポカンとしてると、テルさんはボクの目を真っすぐに見てこう言った。

「そしてな、もう海賊なんかすんな」

テルさんの目は厳しかった。

「海賊なんてやめて、手に職をつけろ」

と、ボクの頭を優しく撫でてくれた。

その時から、ボクは日本へ行くことを考えはじめ、テルさんがボクに言った言葉の意味もずっと考え続けた。だから、元気になって護衛艦から降りる日、思い切ってテルさんに訊いてみたんだ。

「あの……どうやったら日本で鮨の勉強ができますか？」

テルさんは驚いた顔をして、ボクをじっと見てた。

「テルさんはボクに、ソマリアの海で獲れるマグロで鮨を握ったら絶品だって言ったでしょう。それから手に職をつけろって。テルさんにそう言われてから、一生懸命考えたんです。ボク、いつか立派な鮨職人になって、ソマリアにレストランを建てたい。そうして両親を安心させて、弟たちや仲間たちにまともな暮らしをさせてやりたい。もう海賊はまっぴらです。海賊なんか、もう誰にもさせたくないんです！」

「わかった」

ボクの真剣な表情を見てテルさんは頷いた。そして、ある住所と名前をメモ用紙の切れ端に書くと、その紙をボクの手に握らせた。

「いいか、この船を降りたら、すぐに日本語の勉強をはじめろ。難しくても必死でやるんだぞ。そうしてこの住所に手紙を送るんだ。必ず道が開けるから」

テルさんの目も真剣だった。それからふっと表情を緩めると、

「いつかいい職人になって、俺に美味しい鮨を食わしてくれよな！」

って言って、ボクの頭を豪快に撫でてくれたんだ。

「はい！　ありがとうございます」

「頑張れよ、本当は俺もその学校に行きたかったんだからな」

「はい、ボク頑張ります。絶対に最高の鮨職人になります！」

テルさんは嬉しそうな顔でボクを見つめながら、何度も頷いてくれた。

それからは、清掃員でもゴミの回収でもなんでもやった。二度と海賊はごめんだった。

ある日、街の古本屋が出した廃棄処分の本の中に、日本語の教科書がまぎれているのを見つけたんだ。すぐに持ち帰って、暇さえあればその本を見てた。テルさんに言われた通り、ボクはあらゆる方法で日本語の勉強をした。そのあいだも、テルさんが渡してくれたメモは、ずっと大切に持ってた。ボクの未来の扉を開く鍵そのものだからね。

そして、何日もかけて手紙を書いた。鮨職人になりたいこと、将来はソマリアに鮨のレストランを作りたいってことを日本語で一生懸命書いて、テルさんがくれた住所に送ったんだ。

一カ月後、家のポストに大阪から大きな封筒が届いた。中にはなんと、辻校長直筆の手紙と、入学手続きに必要な書類一式が入ってたんだ。手紙には、諸々の準備が整ったら、いつでもうちに来なさいって。テルさんが言ったことを信じてなかったわけじゃないけど、本当にボクの人生が開けるかどうか、正直わからなかった。だから、その手紙を受け取った時は、信じられないほど嬉しかった。

それから三年経って、お金を貯めたボクは今、現実に最高の環境で素晴らしい友人たちと一緒に鮨の勉強をしてる――。


ここまで話すとママドゥはふと顔を上げ、もう一度きっぱりと言った。

「ボクはソマリアに鮨の店を出して、そこで仲間たちを雇っていこうと思う。

んだ」

「できるよ、ママドゥなら絶対にできるよ！」

僕は力を込めてそう言った。

「でもね、そう思うたびに銃を受け取ったあの瞬間、本当はボクが……」

ママドゥは、血管が浮き上がるほどきつく両手の拳を握った。

「違う、違う！　ママドゥじゃない！」

それ以上、何も言わせたくなかった。

ママドゥも、もう何も言わなかった。

いつの間にか夜になり、黄金色に輝いていた海はもう真っ暗だった。僕とママドゥは水面に揺れる月の光をじっと見ていた。繰り返し岸壁に当たる波の音がやけに大きく聞こえた。

その時、ひとつの思いが僕の中にあふれてきた。

「ママドゥ、生きていてくれてありがとう。日本に来てくれてありがとう。ママドゥと今こうして一緒に勉強できて、僕は本当に嬉しいよ」

ママドゥはうつむいたまま、少しだけ微笑んだ。

「テルさんっていう人は、ママドゥの恩人だね。テルさんとの約束を果たすためにも頑張んなきゃ」

「――そうだね。ありがとう、長谷川」

「大切なのは未来だよ」

「うん」

僕を見るママドゥの目が、やっと少し明るくなった。

「そろそろ阿倍野《あべの》に戻ろうか」

阪急《はんきゅう》電車に揺られながら僕たちは大阪に帰った。お互いに会話もなくママドゥの横顔は疲れていたけれど、僕の視線に気が付くと静かに微笑んでくれた。

3

カチン。

毎回この音にハッとする。授業がはじまってから二十三分経過したことを告げる音だ。ふくちゃんがパカッとカセットテープを抜きだし、B面にひっくり返す。そして再びプニュッと録音ボタンを押す。ふくちゃんはウォークマンを愛用していた。

「ボクもウォークマンを盗聴に使ってたな。貨物輸送船の乗組員がたむろするあたりのバーで、ボクたちはいつもそれをポケットに忍ばせてた」

ママドゥはつぶやきながら、また昔の嫌な思い出が甦ってきたのか、きつく目をつぶっていた。

「大丈夫？」

「あっ、うん、大丈夫」

ママドゥの表情が少し和《やわ》らいで、僕は胸を撫で下ろした。

「それにしてもふくちゃんは本当に真面目だよね。四月の最初の授業から全部録音してるよ」

「うん、真面目というか変わってるというか……そういえばこないだ、お腹が痛いってトイレに一時間もこもってたよ」

と別の話題をふってみたけれど、

「ほかのクラスにも、ウォークマンで録音している生徒がいるよ」

　ママドゥはウォークマンが気になるらしく、すぐに話題を戻して話し続けた。

「長谷川は新発売のウォークマン知ってる？　あれ最高だよね、カセットテープと同じ大きさだって」

「うん、ソニー史上っていうか、もう人類史上最高傑作じゃない？」

「人類はこれから先、これ以上のプレーヤーを作ることは無理だな」

「そうだよね。カセットテープより小さくすることなんて無理だし」

「ボクにはとても買えないけど、音楽をあんな小さな機械で持ち運べるようにしてしまう日本の技術には、驚くしかないよ。きっとすごく優秀な技術者、いや、職人がたくさんいるんだろうな、この国には。そう思うと自分も頑張ろうっていつも思う」

　そう話すママドゥの声は、すっかり落ち着きを取り戻していた。

　そういえば、前にママドゥは鉛筆削り器にも驚いていた。ずっと鰹節《かつおぶし》削り器か、大好物のふりかけを作るマシーンだと思っていたらしい。鉛筆削り器は、僕たち辻調の生徒たちには欠かせない。授業中、絵の上手い者は芸術的に、下手な者は下手なりに、素材や盛り付けや先生の手さばきをノートにスケッチしていた。

　中でも千住のスケッチには度肝を抜かれた。驚くほどのスピードでノートに写し取られた超写実的スケッチは、香りや質感まで伝わってくると、ほかのクラスや職員室でも話題になるほどだった。千住のペンケースにはHBと2Bと3Bの三種類の鉛筆が入っている。文章はHB、スケッチの時は2Bか3B。もちろん鉛筆削り器はみんなで使っていたけれど、千住が使う回数が圧倒的に多かった。

そして、削りカスを捨てるのはいつも僕だ。不平等だとママドゥは言うけれど、僕は秋になると親父が焼いてくれたさつまいもを思い出させる削りカスの匂いが嫌いじゃなかった。

「そうそう、それにソマリアではナイフで鉛筆を削るのが普通だから、先はゴツゴツしてた。でもこの鉛筆削り器を使ったら表面がつるりとなって、見てるだけでも気持ちがいいんだ。それに削ってる時のこの音！　ごりごりした音が、仕上がってくるにつれてシャリシャリって音に変わる。これがまたたまらない」

雑談をしているうちに、いつもの音楽が流れて城島先生が現れた。そしていつも通りチャイムの終わりと同時に教卓について、左隅の定位置に用意されたおしぼりに手を伸ばした。それから厳《げん》粛《しゅく》に挨拶を済ませると、今日はお前たち、たまげるぞ！　という上機嫌なひと言で授業がはじまった。

「今日はこいつを捌く。どうだ、めでたい色だろう！」

先生の前には明石鯛《あかしだい》があった。

「よし、じゃあこの鯛を自分のまな板に各自一匹ずつ用意するように。言っておくが、かなりの高級魚だぞ」

今日はあの明石鯛が、生徒ひとりに一匹ずつ用意されている。それを聞いただけでも緊張するのに、いざ実物を手に取ると一気に背筋が伸びた。どこの産地がいいとか季節による質の違いだとか、そういったことをまだよく知らない僕にでも、今左手に押さえ付けられてまな板の中央に横たわり、紅色に輝きを放つこの魚が最高級であることは容易《ようい》に想像できた。手のひらを跳ね返すほどの弾力が活《い》きのよさを物語っていた。

「ところで、この明石鯛、一匹いくらかわかるか」

先生の突然の質問に、鯛を前にして僕たちは黙

「普通なら、鯛は黒門《くろもん》市場でも一匹二千円ぐらいからある。大きさは今日の鯛と同じぐらいで六百グラムってところだ。ところがだ、最高級の明石鯛となると、この大きさでいくらになるか。わかるやついるか？」

誰も答えられない中、千住だけが頭の中で電卓を叩いているらしく、難しい顔をして小声で数字を呟いていた。

「今日の明石鯛はな、普通の鯛の六倍。一匹一万二千円だ」

「一万二千円、すげっ！」

思わずこう言ったのは、たぶんふくちゃんだ。そこで、千住が先生！　と手をあげた。

「ちょっと質問があるんです」

「なんだ」

「先生はさっき、この明石鯛は一匹一万二千円だって言いましたけど、それをクラス全員分ですよね。もしこれが、先生用に一匹用意されていて、それを僕たちみんなが見るっていうのならわかるんです。でも実習で全員にって……いや、全然変とかじゃないんです、そうじゃなくて……」

「千住。それじゃあ完全に足が出る、予算オーバーだって言いたいんだろう」

城島先生は教室の後ろにいた佐野先生に向かって、

「佐野、みんなに説明してやれ」

と言った。

それを受け、佐野先生は教壇まで移動して、

「千住君、君の言っていることは正しいです。確かにそうなんです」

と、まずそう言うと、僕たちをゆっくり見まわしながらこう話しはじめた。

「みなさんは自分たちが、いや、みなさんのご両親が学費をいくら払って、ここで勉強しているか知っていますか？　一年間で百八十万円です。一学期、二学期、三学期の三回に分けて払うことになっていますが、決して安い金額ではありません。では、なぜこれだけの学費になるのか。それは、本物に触れてこそ本物となれるからです」

それから佐野先生は千住の質問に答えた。

「私たちは実習に使う食材も、毎回できる限りよいものを吟味して用意しています。ですが、さっき千住君が気付いたように、今日の食材の明石鯛は各自に用意するにはあまりに高額、完全に予算オーバーです。実は今日のこの明石鯛は、辻校長の特別な配慮のおかげなのです。オーバーした予算は、辻校長が個人で払ってくださいました。鮨科一期生にはぜひとも本物を知ってほしいという強い思いで、校長が懇意にしている料亭に声をかけてくださいました」

全員が話に聞き入っていた。

「では、辻校長に感謝して今日の実習にしっかり取り組んでください」

佐野先生はにっこりとほほ笑んで教壇を下りた。

改めて自分の目の前に横たわっている、美しいとしか言いようのない魚を見つめた。もう一度背筋を伸ばして鯛に触れると、僕たち鮨科一期生への期待と責任が伝わってくるようだった。

いよいよ全員が明石鯛の三枚おろしに取り組むその時、生徒たちの様子を無言で見てまわっていた城島先生がママドゥの前でふと足を止めた。

「ママドゥ、お前んとこの海でも鯛は獲れるか」

「これで魚はいますが、こんなに単刀のうち〜ヤ〜ヤ〜ちゃ〜ヤ〜ヤ〜……」

「そうか、まぁ日本でもここまで活きのいい鯛は珍しいからな。[illegible]なかなか食べられないが、明石鯛をひと口食ったら驚くぞ」

楽しみにしてろとママドゥの肩を叩いた。

明石鯛が、ひとりひとりのまな板の上で左側を向いている。背びれ側から見ると完璧に左右対称の両肩は逞《たくま》しく肉厚で、尾までパンパンに張っている。そして鋭く尖った背びれは王冠のようでもあり、武士の刀のようでもあった。

「このアイシャドーがくっきり見えたら新鮮なんだって」

ふくちゃんがそう言いながら、鯛の目の上をなぞった。

「こいつは相当新鮮だな。失敗できないぞ」

城島先生も言う。

「ここにある鯛は巻網漁《まきあみりょう》で獲ったんじゃないぞ、一匹ずつ一本釣りしたんだ。その際、餌《えさ》に何を使うか知っている人は？」

いつものように千住が素早く手をあげ答える。

「エビです」

「そうだ、『海老《えび》で鯛を釣る』という言葉もあるくらいだからな。じゃあさっそく取りかかるぞ。まずはひれをえらに挟むようにしてしまい込む。そしてバラ引きを使って勢いよく鱗《うろこ》を剝《は》ぐ」

先生は手元をほとんど見ることなく、再び基本の三枚おろしを教えはじめた。

「はい、ここで注意！　手が滑ると、勢いあまって背びれがバラ引きを持つ人差し指に刺さる。これが痛いんだよとにかく。次の日は赤く腫《は》れてもっと痛くなるから気を付けること」

先生は大きな鯛を、まるでトランプを巧みに操る手品師のように捌いていく。リズムよく回転させながら包丁の刃先であっという間にえらを開いて、中に覗く赤色のえら先を一瞬で切り取った。流しにえらがボトンと音をたてて落ちた。さらに、かま下から尻まで一気に腹を裂いて内臓を丁寧にかきだし、裂いた腹の一番奥の部分にこびりついている血合いを包丁で引っかきながらかりかりと剝がしていく。

見とれていたら、もう終わってしまった。

「ここまではかなりグロテスクな作業で生々しいだろ。冷水でしかできない仕事だから冬場は厳しいぞ」

そう言いながら丁寧に包丁をまな板の上に置き、両手で鯛を持ち上げて、表面、そして腹の内部を水で丹念に洗い流した。

「こうして鱗や内臓をきちんと流したあと、布巾《ふきん》で完全に水分を拭き取る。これがコツだ」

と言い終わる頃には、いつの間にか先生の手元は再び綺麗な状態に戻っていた。血の一滴、鱗ひとつ、どこにも落ちていない。まな板も包丁も、そして先生の手のひらも、何もかも清潔そのものだった。

「よし、ここからが三枚おろしの醍醐味《だいごみ》だ。今月に入ってもう何度もやってるが、基本中の基本だ。何度でもよく見ておけ」

「基本の大切さをしつこいほど繰り返し教えるのって、日本独特だよね」とママドゥが教えてくれたことがあったけど、クラウディアもまた三枚おろしかと少しうんざりしながら、包丁からバラ引きに持ち替えていた。

しかし千住は違った。まるではじめて三枚おろしの説明を聞くように、先生の手付きに見入っていた。

「下処理は各自終わったようだな。じゃあ次に頭を落と[illegible]

先生の包丁が、鯛の身と背骨のあいだのミクロの世界を一瞬で捉《とら》え、引き裂く。片方の身が滑るように削《そ》がれていく。

「包丁は身の中で見えないが、刃先が背骨に当たればそこまで。この時は尻尾《しっぽ》を左に、腹を手前に回転させる」

次に腹部に同じように刃を入れ、最後にパキパキと腹部の骨を切り裂いて半分の身を削ぎだし、そのあと半分だけ残った身を半透明な骨部から綺麗に捌いた。まな板の上に、プリプリとした二枚の身と、紅色の尾びれと、鋭く尖った背びれが張りついた薄っぺらな骨が川の字を描いていた。圧巻だった。

三枚おろしの最後の工程は、骨抜きというピンセットに似た道具を使って骨を抜いていく。真っ白な身の真ん中あたりに骨が数本潜んでいて、身を崩さないように、斜めに食い込む細い骨を引き抜くのだ。骨と身はほぼ同じ色だから、視覚で骨を見つけだすことは不可能だ。そうなると指先の感覚だけが頼りになる。目をつむり神経を指先に集中させ、身の真ん中を頭から尾の方向にゆっくりと撫でる。爪楊枝《つまようじ》の先が指先に引っかかるような感覚があれば、それが骨だ。

先生は捌いた鯛の身に柳刃包丁を入れ、いともたやすく皮引きをやってみせた。皮を剝ぐと、滑らかな光沢を放つ真っ白な身が姿を現した。そして刺身の基本である平造り、そぎ造り、薄造り、糸造りを、先生は次々に実演した。長い柳刃包丁の刃全体を使って手前に一気に引き落とす動きを見ていると、「刺身を引く」という意味がよくわかった。

「じゃあお前らもやってみろ」

「はい！」

それからの僕たちは真剣そのものだった。

ひと通り指導してまわったあと、先生は鯛を使ったほかの料理も実演してくれた。

「鯛は王様みたいな魚だ。海山川を問わず、いかなる食材とも相性がいい。刺身、煮物、吸い物、焼き物、蒸し物、揚げ物、それらの調理法にほかの食材を合わせていくと、無限のパターンを生みだすことができる。ただ、鯛のシンプルな旨味は扱うのが難しいぞ。生かすも殺すも下味となる塩次第だ。これは基本でありながら絶対だからな。今から塩を打つ。よく見ておけよ」

そう言うと先生は、抜き板の上に一直線に並べられた平造りの鯛の身にさっと塩をふった。

「これだ！　サムライのイメージ」

その美しい所作を見てママドゥが呟いた。それはまさに「塩を打つ」だった。顔の高さに持ち上げた先生の利き手に含まれた塩が、柔らかな弧を描きながら雪のように鯛に降り注いでいく。それは一瞬の出来事で、激しい雷の真っ白な輝きにも似ていた。僕は目を見張った。

ふいに千代《ちよ》の富士《ふじ》を思い出した。巨漢の中に交じった彼の小柄な姿。でも誰よりも筋骨隆々《きんこつりゅうりゅう》で凜々しいその表情、今にも火花を放ちそうな厳しい眼差し。観客が熱狂する中、彼の逞しい肩から振り上げられた腕は、真っ白な弧を描く塩を撒《ま》く。そのシーンに僕は一発で痺《しび》れた。

以前、ママドゥがアフリカにいた頃から憧れていたと話していた日本の精神世界が、そこにある気がした。

僕も気合を入れて塩を握った。そしてさーっと塩を打つ。

ところが、「さーっ」のイメージとはうらはらに、「どばっ」に近い音を立てて塩が落ちてしまった。ほかの生徒の抜き板からも、情けない音が聞こえてきた。

「お前たち、それじゃあ鯛の塩漬けだろう。塩ま先生はそう言いながら教壇から降り、生徒ひとりひとりの手のひらを自分の手の……では適量の塩を握らせ、感覚を覚えさせながら教室をまわった。そしてママドゥの番になると、なぜか先生はママドゥの手のひらを取って何度も開いたり閉じたりした。そして、真剣なそれでいて嬉しそうな、なんとも言えない表情をした。

「黒人も日本人も、手のひらは同じ色なんだな。手の甲の色はこんなに違うのに。なんか嬉しいな」

と言って自分の手を並べ、何度もひっくり返しながら、ママドゥと自分の手のひらを交互に見つめた。先生の目はなぜか潤《うる》んでいた。

「ママドゥ、日本に来てくれてありがとな」

「はいっ？」

意外な言葉にママドゥはキョトンとした。その姿もまた嬉しそうに眺めたあと、先生は教壇に戻っていった。

授業が終わる頃には、鯛を使った料理が何品も仕上がっていた。鯛一種類でこんなにいろいろできてしまうんだから、日本料理の奥深さには改めて驚いてしまう。

さらに、それぞれを盛り付けた器にも目を引かれた。一見、土をこねて固めただけのような質感の器もある。ただの板に見える器もあったけれど、それが何百万円もすることもあると知って全員驚いた。日本文化に根づいた価値観や美意識に僕たちは圧倒された。

「備前焼の大皿の上には姿焼き、白い有田焼に盛られているのは醬油で甘辛く煮付けたあら煮、織部板皿にはわさびと松皮造りだ。きちんと行儀よく並べること。黄瀬戸輪花《きせとりんか》平向付に塩焼きと大根おろし。唐津四方皿《よほうざら》には西京《さいきょう》焼きの琥珀《こはく》色がよく映える。逆にキャラメル色に輝く大樋《おおひ》焼には白《しら》和《あ》えの柔らかい白が合う。京焼の平鉢には角造りとわさびをこんもりと盛る」

先生の流れるような説明が続く。

（八品目）唐物天目茶碗《からものてんもく》からは鯛頭《かしら》みぞれ煮が湯気を立てている。

（九品目）九谷焼長方皿に鯛田楽《でんがく》の食欲を誘う甘い味噌の香り。

千住のＨＢがノートの上を軽快に走っている。そしてその横のテーブルの上には、僕たちが作った鯛の握りがころころと並んでいた。

帰り道、先生が授業中に言った『海老で鯛を釣る』の意味をママドゥが訊いてきた。一生懸命説明してみたけど、正直言って通じた気はしない。僕たちはクリーニング屋のおばちゃんに訊いてみることにした。

「なんや、そんなことかいな。それやったらな……」

さすが、クリーニングのおばちゃんはなんでもよく知っている。即座に答えが返ってきた。

「国語の先生でもないおばちゃんの知識が驚異的過ぎ！」

完璧なおばちゃんの答えにママドゥは驚き、それから真剣な顔をしてこう続けた。

「ボクは、この国のミンドに感動してしまう」

「ミンド？　ミンドって民度のこと？　そんな言葉まで知ってるママドゥの日本語力の方が驚異的だよ」

思わず僕はそう言って笑った。

最近おばちゃんは、古本屋で買った英和・和英辞典をレジの横に置いていた。

「ママドゥとクラウディアと会話すんのに、これ買《こ》うたんやで」

おばちゃん、ママドゥはソマリ語、クラウディアはイタリア語だよ。ちらっとそう思ったけれど、そんなことどうだっていい。なんの利益を求めることもなく、人のために何かをしようとする大阪の人たちが、僕もママドゥも大好きだった。

僕たちが帰ろうとすると、せや、長谷川君！　とおばちゃんに呼び止められた。

「鮨科の男前の先生、最近ちょこちょこ来てくれてんねんで。そんでこないだ、うちは仕上げが丁寧で白衣に袖通すだけで気持ちがパリッとする言うてくれてん。明日学校で会《お》うたら、これからもご贔屓《ひいき》にってクリーニング屋のおばちゃんが言うてたって、伝えといて！」

城島先生もこのお店を気に入ったんだ。僕は嬉しい気持ちで店をあとにした。


その夜、僕は親父に電話をした。アパートの玄関の下駄箱の上には、小銭を入れるタイプのピンク色の公衆電話が置いてある。近頃僕は、温かい気持ちになったり、いい人と出会った日には、なんとなく親父に近況を報告するようになっていた。

呼びだし音がいくつも鳴らないうちに親父は受話器を取って、元気にしてるか？　と訊いたあと、僕の他愛《たわい》もない話をうんうんと聞いてくれた。いくらか入れた百円玉のうち、最後のひとつがカチャンと落ちる。

「親父、高い学費を払わせてごめんな」

「なんだよ、いきなり」

と、ちょっと驚いたような返事が戻ってきた。

「……やっぱり俺ももう歳だな。最近物忘れがひどくって。学費もなんぼ払ったか、もう忘れた」

親父はハハハと笑った。

豆腐を冷却する水槽に、絶え間なくさらされる水の音が受話器の向こうで聞こえる。

その音が僕の胸を締め付けた。

4

徐々に鋭くなってきた陽射しにアスファルトが焼かれはじめた七月。

教室はいつもより騒がしかった。甲高い女子の悲鳴が耳に突き刺さる。

「きゃーっ！　きゃーっ！」

男子のわめき声も響き渡る。

「うわぁっ！　放せってこの！」

今日の課題の食材はタコ。活きのいい新鮮なタコが腕にやたらと絡み付いてくる。それを剝がしてはまた捕まえ、押さえ付けようとすると反撃を喰らい、とそれぞれが悪戦苦闘している。グロテスクな見た目に生々しい赤茶色。体の表面はヌルヌルしているのに吸盤にはしぶといほどの粘着力があって、はっきり言って不気味だ。

「オクトパス」以外に「デビルフィッシュ」って呼ぶ地域もあるんだよ、とふくちゃんが教えてくれたが、まさしくその名の通り。はじめて格闘するイキのいいソイツは、地球外生命体にも見えた。

入学してからこれまでいろいろな魚を締めてきたが、今日のネタは最も手強《てごわ》い。

左腕に絡まっているタコはずっしりと重く、三キロ以上の大物だ。

「お前らはしゃぎ過ぎだぞ、いい加減にしろ！」

呆れ顔で見ていた城島先生の声が飛ぶ。

「だって、このままだと首絞められて死んじゃいますよ。殺人事件！　誰か助けて！」

大げさにはしゃいでいるふくちゃんは「もう我慢できない！」と、そのぶよぶよの頭を容赦《ようしゃ》なく握って、腕に絡まったタコを乱暴に引き離そうとした。

けれど、強力な吸盤は腕の皮膚をどこまでも引っ張り続ける。まな板の上に背負い投げにして反撃するも、タコはすかさずまな板をあとにし、ボウルを二、三個ひっくり返しながら自由自在に暴れまわる。そして調理台を降りていって台の下に隠れようとした。

やれやれと、逃亡するタコを慣れた手つきで捕獲したのは佐野先生だった。素早く流しに落として水でさっと洗い、もう一度まな板の上に置いた。

城島先生は年季の入った錐《きり》を手に、そのタコを押さえ付けながら両目の位置を手探りで確認し、左手の中指で眉間のめどを付けた。

「はい、みなさん、注目！　これから城島先生がタコの活け締めを見せてくれます。錐で眉間を一撃しますから、よーく見ておいてくださいね。タコの体色が一気に変わりますから」

と佐野先生が言い終わるやいなや、ブスッと鈍い音がした。瞬殺だった。すると驚いたことに、頭から足の先に向け、朝日が顔を出す瞬間のように八本の足が真っ白に変色していった。

「締めると筋肉が緩み、体内の色素細胞が厚みを増します。それで体色は全体的に白っぽくなるんです」

と佐野先生が、その不思議な現象を科学的に解説してくれた。よく理解できなかったけれど、なるほどと頷いておいた。

そのあと僕らも見よう見まねで、それぞれに配られたタコを締めていった。が、苦心惨憺《くしんさんたん》、全員必死。相変わらず悲鳴やうめき声が止まない教室は、まさに地獄絵図そのものだった。それでもなんとか眉間に錐を突き刺し、ようやく大人しくなったタコの頭をひっくり返して剝くと、生々しい内臓がむきだしになった。タコの内臓が頭の中にあるなんて全く知らず、思わずうわっ！　と叫んでしまった。誰かに聞かれなかったかと慌てて周囲を見まわした。

次に内臓を外し、八本の足の付け根の中心部にある黒いプラスチックのような口を取り除いた。そして全身にたっぷりの塩をしてぬめりを取り、水洗いをして塩をよく落としたあと、布巾で水分を拭き取る。さらに足を二本ずつに切り分ければ第一段階が終了だ。

「佐野、大根を頼む。兄貴から取ってくれよ！」

と城島先生が言うと、

「はい！」

佐野先生が威勢よく返事をし、冷蔵庫を開けた。

「城島先生、でも弟の方が太いですよ。どうしましょうか？　圧は弟の方がよくかかると思いますけど……」

城島先生は少し考えてから、

「いや、やっぱり兄貴から使う」

「はい、わかりました」

佐野先生は数本の大根を手前から取りだした。

僕らは一学期の早い時期に、食材を冷蔵庫に収納する際にえられた。ちなみに冷蔵庫における『兄貴』とは先に仕入れた食材の[illegible]古いものは手前に、これが鉄則だ。一見細かいことのようだけれど、そこをおざなりにすると、

「お前のそういうとこだぞ、なってないのは！」

と城島先生は激怒する。技術的なことが劣っていても、それほどカッとこない人なのだけれど、手抜きや横着《おうちゃく》には我慢がならないようだ。

取りだした大根を佐野先生は素早く水洗いして渡し、城島先生は受け取った大根で二本足になったタコを優しくポンポンと叩いた。

「こうすると、硬くなった筋肉がほぐれるだけでなく、大根に含まれるジアスターゼという酵素《こうそ》の働きでタコの組織が分解され、身全体がさらに柔らかくなります」

城島先生の手元を見ながら佐野先生が解説した。

「それでは次にゆで方について説明します。まず塩加減ですが、鍋の水に対して三パーセントの塩分でゆでます。三パーセントの塩分、ほかにはどんな時に使いますか？」

「小魚を洗う時です」

間髪《かんはつ》を容《い》れずに千住が答えた。

「そうです。それでは貝に砂を吐かせるための水『呼び塩』の塩分は何パーセントですか？」

僕らに気をつかったのか、それとも僕らを試したのか。千住は今度は数秒待ち、それから余裕を持って答えた。

「二パーセントです」

その通り、と頷き佐野先生は続けた。

「辻調では、最初は正確に計量し、まず生徒にその味を憶《おぼ》えさせます。それから、毎回同じ味が再

現できるように訓練していきます。いいですか？　みなさんは『舌で味を記憶し、その味を頭で覚える』ようにしてください。これを料理の世界では『目ばかり』や『手ばかり』と言います。僕は辻調で助手を務め数年になりますが、やはり毎年、ずば抜けた生徒は何人かいます。彼らは一発で味を憶えてしまいますし、二パーセントと三パーセントの微妙な塩分調整も、塩を摘む指先の感覚だけですぐにできるようになります」

「すげーっ」

教室に驚きの声があふれた。

「ところが、残念ながらそうでない生徒もいます。そういった生徒は二学期になっても、その感覚をつかむことがなかなかできません」

今度はため息交じりの声がもれた。

「この教室にも、すでにその感覚を完璧につかんでいる人がいますよ」

佐野先生がそう言うと一瞬教室がざわついた。が、じきに僕らの視線は自然と千住に集中した。そりゃ、千住しかいないでしょ。やっぱり千住だよな。

みんな口々にそう言い、当の本人は、唇の左端を微かに吊り上げながらも冷静を保ってうつむいていた。当然だろ、という声が聞こえてきそうだった。すると、

「いや、もうひとりいるぞ！」

大根片手の城島先生の言葉に、僕たちはお互いの顔をきょろきょろと覗き合った。不意を突かれたのか、さっきまでうつむいていた千住がすっと頭を上げた。

「——長谷川だ」

城島先生は大根を置いてそう言った。

意外な城島先生の発言に、僕は心底驚いた。[illegible]称賛したことはない。

「えーっ、冗談でしょ⁉」

ふくちゃんが叫び、みんなが笑った。

僕だってそう思う。思わず隣を見ると、ほんの一瞬千住と目が合った。冷たい目だった。

「はい、はい。それではゆで方の説明の続き！」

ざわついた教室を見まわし、佐野先生が手を叩いて話を戻した。

「えー、ここではいくつかポイントがあります。まず熱湯には番茶と小豆《あずき》を入れておくこと。お茶の葉に含まれるタンニンという成分がタコの色素と結合して、タコが色落ちするのを防いでくれます。また小豆は、ゆでダコの真骨頂である鮮やかな赤色を、より美しくしてくれますし、ゆでダコ特有のいい香りをさらに引きだしてくれます」

そう説明したあと、さぁ、入れますよ、と佐野先生は煮えたぎる鍋から立ちのぼる湯気の中にタコを掲げ、僕たちはだらりと伸びたタコに真剣なまなざしを向けた。

あの屈強なタコがこれで本当に美味しくなるんだろうか、僕は半信半疑で鍋を見つめた。

タコを鍋に入れてしばらくすると、教室中にいい香りが漂ってきた。

「はい、タコをゆではじめてから、ちょうど十五分経過しました」

佐野先生が、手元のタイマーを確認しながら言った。

すると城島先生は、沸き立つ鍋の湯気を二回手のひらで自分の鼻にかきよせ、うんと頷くと、ゆだり具合を確かめることもせず躊躇《ちゆうちよ》なく鍋からタコを取りだした。見事な赤いタコが湯気の中から現れた。

「こっちは雌《めす》ダコ、こっちは雄《おす》ダコだな」

そう言うと、城島先生は雌を左に、雄を右に並べ、

「雄と雌、どちらが柔らかいか食べ比べてみよう」

と言った。が、全く見分けが付かない。クラウディアも疑問に思ったようで、

「先生、タコの雄と雌は、どこで見分けるんですか？」

と不思議そうに訊いた。その質問に全員が頷き、僕たちは興味津々《しんしん》で前のめりになった。それに答えたのは意外にもミカちゃんだった。釣り好きの彼女の父親は、どうやらタコも釣って帰るらしい。

「クラウディア、吸盤をよく見て。大きさの揃った吸盤が綺麗に並んでいるのが雌で、バラバラなのが雄よ。人間も私たち女性の方が几帳面で綺麗好きでしょ」

すると、すかさず千住がツッコむ。

「小林、それはただの偏見《へんけん》だろ」

「そうだよ、外国人にあんまり変なこと教えない方がいいよ」

ふくちゃんもかぶせてきた。

「せっかくわかりやすく説明してあげたのに、失礼ねぇ」

そう言ってミカちゃんが大げさに呆れてみせると、教室に笑いがひろがった。

「ところで、先週の土曜日、七月二日はみんな何を食べた？」

ゆでたタコを冷ましながら、城島先生が質問した。例によって千住が答える。

「七月二日？　土用《どよう》の丑《うし》の日でしたっけ？　ならば鰻《うなぎ》を食べる日ですよね」

「いや、違う——

城島先生はそう言い

な。僕はおずおずと手をあげて答えてみた。

「あの、七月二日は、確かタコを食べる日だと思うんですけど……」

「そうだ。よく知ってるな、長谷川」

城島先生がまた僕を褒めてくれた。普段怒られることの方が圧倒的で、褒められることなんて滅《めっ》多《た》にないのに。嬉しくて思わずにっこりすると、千住が再び不愉快そうにこちらを見た。

機嫌を損ねてしまったのかも……と、小声で千住に言った。

「僕の田舎に、ヒトエばぁちゃんって独り暮らしのお婆《ばあ》さんがいて、その人が異常なほどの物知りで……」

「お前の田舎のことなんか知らねーよ」

千住は僕の言葉をさえぎり、チェッと舌を鳴らした。

「タコにもいくつか種類があるが、握りにはマダコが一番だ。不思議なことに、マダコの旬は関東では冬、関西では夏。地域によって旬が違うからよく覚えておくように。西日本では、稲の豊作を願って七月二日にタコを食べる習慣が、今でも残っているそうだ」

城島先生の説明の声が流れ、教室にはまた、へーという声がちりばめられた。

その時、ミカちゃんが手をあげた。

「先生、ゆで時間は十五分が目安ですか？　さっき先生は箸で身を刺して弾力を試すこともせず、タコを熱湯から出しましたが……」

「いや、あの香りだ。あのいい香りが出てきたら、ゆで上がったという合図だ」

「でも、香りを覚えるのって難しいです。これをなんて説明したらいいのか……」

「それは自分で考えてみろ。目の前のお客さんに、タコがゆであがった時にはどんな香りがしますかって訊かれたら、なんて答えるんだ」

先生にそう言われ、全員が考えはじめた。今自分が嗅いでいるこの香りを、言葉で表現するとしたら……。

「先生！　海水とお茶が混じった匂いに似てませんか」

ふくちゃんがそう答え、生徒の何人かはその意見に頷いた。

「海水とお茶？　そんなもん誰も混ぜねぇだろ」

城島先生は納得しない。すると、即座にミカちゃんが発言した。

「海水を煮詰めた匂いですか？」

「本当にそうか？　もし、そんな匂いだったとしても、普通は海水を煮詰めたことなんてないだろうな。言いたいことはわかるが、その答えじゃあ、お客さんに理解してもらえないぞ」

「先生、お茶の香りに、小豆の僅《わず》かな糖分と塩分の香りも溶け合っていると思います。三つの香りの成分が融合して、それでなんとなく甘く感じたのではないでしょうか」

そう言ったのは千住だったが、自分で自分の解答に納得できないらしく、言い終えた瞬間また難しい顔をして考えはじめた。

「うん、香りをちゃんと成分ごとに分解し、さらにそれぞれに対して適切な説明を付けている。的確な答えだと思う」

城島先生にそう言われた途端、千住は当然だとでも言いたげに表情を変えた。的確な答えを述べて、当たり前のように褒められる。これが俺のいつも通りで平常運転なんだという様子で、ちらっと僕の方を見た。

「ただな千住、成分を三つ並べた

と、城島先生は作業台の上に両手をつき、じっと僕らを見つめた。もっとしっかり考えろ、先生はそう言いたいんだと思った。千住はまたしても少し不満げな表情になった。

この匂い、嗅いだことがある。

発言しようか、どうしようか。散々迷ったあげく、僕はさっきから二度も褒めてもらえた勢いで思い切って口を開いた。

「あの、先生……僕の実家の近所に独り暮らしのお婆さんがいて、そのお婆さんの家には大きな栗《くり》の木がありました。秋になると、その栗をゆでてくれるんですけど、今、その時の匂いを思い出しました。なんか心がほっこりする懐かしい匂いなんです」

そこまで言ったら急に恥ずかしさが込み上げてきて、自分が何について答えていたのかすら忘れてしまった。調子に乗って発言したことを激しく後悔し、黙っていると、

「今ここで、お前の思い出話を語ってどうすんだよ」

と千住が言った。

「あれ？　そうだな。僕……あっ、あれ？　ごめんなさい」

うろたえて、ますますわけがわからなくなり、僕は口をつぐんで固まった。

「長谷川、お前……」

城島先生にも名指しされた。

「は、はい」

「いい話だな、もうちょっと続けてくれ」

「えっ、何をですか……？」

「だから、そのお婆さんの話だよ」

と、城島先生はこちらを見つめている。

「だから、なんで今長谷川は、お婆さんのゆでる栗の匂いを思い出したんだ？」

「えぇっと……あっ、そうそう、タコをゆでた時の匂いと、栗をゆでる匂いがよく似てたんです。ほっくりと香ばしくて、なんだか懐かしいような甘いような……」

そう言うと、教室にしばらく沈黙が続いた。

僕は肩をすぼめ小さくなっているしかなかった。

「素晴らしい。長谷川、素晴らしいぞ、その答えは」

驚いて顔を上げると、城島先生が何度も頷きながら満足そうな笑みを浮かべている。

「もし俺が長谷川の客なら、今の説明を確実に理解できたと思うし、嗅覚の記憶が正確にその匂いを呼び起こしてくれるだろう。きっとその質問をしたお客さんは、長谷川に共感すると思うぞ」

「共感？」

「長谷川。鮨職人は、誰もが持つ体験やよく似た記憶を、的確にしかも相手に伝わる言葉で表現できなきゃダメなんだ。今お前が言ったようにな」

「は、はい」

「カウンターに座っている客が望むのは、成分とか要素みたいな専門的な説明じゃないんだ。求められているのは職人の感性なんだよ」

僕はますますわからなくなった。普段からは想像できないほど褒められているのはかろうじてわかるけれど、褒められ慣れていないせいで、とにかくむずがゆく小っ恥ずかしかった。

「そうだ、感性だ。お前の感性だ」

城島先生は二度、その言葉を僕に念押しした

「お前、わかってんのか?」

明らかに不機嫌な千住が横から言った。

辻調のカリキュラムは、実習、理論、一般教養、そして進路指導の大きく四つに分かれている。

一学期も終わりに近付いた今日の午後、五月の個人面談に続きクラス全体の進路指導があった。午前中のタコには四苦八苦したが、久しぶりに遅刻者も欠席者もゼロだ。昼過ぎからは快晴で窓は全開、南風が流れ込んでくる。真っ青な空は夏の訪れを高らかに宣言しているようだった。気温こそ高かったが、教室内の空気はぴりっと張りつめ、数カ月後に迫る進路というものが僕たちに緊張感を生んでいた。

そんな雰囲気に拍車をかけるように、ピシャンと乾いたドアの音が鳴り、午後もふたりの先生が教壇に現れた。城島先生は珍しく少し眠そうだ。そんなにこすると眼球から血が出るのではないかと心配になるほど、先生は勢いよく眼をこすり、苦い顔で何度かまばたきをした。

「おはようございます」

「おはようございます」

料理の世界は、午後であっても「おはようございます」の挨拶からはじまる。

早速、佐野先生が話題に踏み込んだ。

「さて、みなさん、そろそろ八月ですね。辻調は毎年八月は夏休みの期間です。ですが、我ら鮨科はそんなことは言っていられません」

緊張感を帯びたざわめきが、教室の空気を一瞬で冷却した。

「鮨科は、来月八月を研修期間とします。もう城島先生が話を通してくださっているので、今日はみなさんそれぞれに、研修先の鮨屋を紹介します。そこで一カ月修業して、揉まれてきてください。たかが一カ月を修業と呼ぶのは、大それてますがね」

佐野先生と城島先生は、にわかに騒ぎだした僕たちを面白そうに眺めた。

隣で千住がニヤリと笑っている。なんでも来い、という顔だ。千住ならどこの店だって即戦力だろう。お店で修業か、僕も胸の奥がワクワクした。が、やはりほとんどの生徒は不満顔だ。それも想定内らしく、かまわず佐野先生が説明を続けた。

「えー、まあいろいろと言いたい気持ちはわかりますが、これは決定事項ですので。本来なら鮨屋が一カ月だけの修業を受け入れるなんて、あり得ないことですが、今回は異例中の異例、全ては城島先生のご人望の賜物《たまもの》ですよ。これからひとりひとりに行き先と交通費を渡しますので、それが終わったら各自解散してください」

そこでふくちゃんが突然手をあげた。

「はい！　先生。じゃあ、進路指導はどうするんですか？」

さすがふくちゃん、大事なところを忘れていない。ところが、佐野先生は待ってましたとばかりに城島先生に目配せをし、それを受けて城島先生も、やはりそうきたかと話しはじめた。

「だから、これが進路指導だ。研修先でいろんなことを実際に感じて、自分の頭で考えてこいってことだ。中村、お前は自分の進路を誰かに指導されたいか？　自分の貴重な青春時代を、他人が決めたことに従って過ごしていいのか？」

意表を突かれ、ふくちゃんは下を向いて黙り込んでしまった。

「いいか、よく聞け。今のお前にとって進路は

人生を左右する何より大事な選択だ

ふくちゃんに続き、僕らもみんな黙ってしまった。

「だからこそ、一度自分の目で見てこいって言ってんだ。職人たちの本気の世界をその目で見て、鮨を握って生きていくとはどういうことか、肌で直接感じてこい。進路はそれから考えろ」

そう言い残すと城島先生は職員室に去っていった。あとは佐野先生に呼ばれた順にひとりひとり別室に行き、研修先の説明を受けることになった。僕は冷たい水を浴びせられた気分だった。でもそれは決して嫌なものではなく、一気にハッとさせられた気持ちだった。

自分で決めろ、ひとに訊くな。城島先生のこの言葉の響きは不気味なほど冷静で、広大な大地にひとり取り残されたような感覚を覚えていた。

一風変わった進路指導が終わり、今日も汚れた白衣をクリーニング屋に持っていった。帰り道の方角が同じママドゥとふくちゃんも一緒に付いてきたけれど、三人ともそれぞれに考え事をしながらぼーっと歩いていた。

クリーニング屋で黄色い受け取り票をもらっている僕の横で、ふくちゃんが言った。

「ねぇ、おばちゃん、今日の授業ね、すごく変だったんだ」

「へぇ、変って、どんなふうに変やったん？」

ふくちゃんがひと通り説明すると、なぜかおばちゃんは涙を流さんばかりに笑いはじめた。

「あっはっは、そうなん？　あの人、ほんまに不器用な人やねんなぁ」

「おばちゃん、そんなに笑うとこあった？」

「いや、自分らには絶対に言わへんやろけどな、城島さん、夏の研修のことでずっと頭悩ませてはったんや。用もないのにしょっちゅうウチに来て、あいつはこうだ、こいつはこうだ、うーん大丈夫かなぁって言うてな。みんなの派遣先のこと散々悩んではったんやで。かわいい子だから旅をさせるんだって言うてな。クリーニングに出すもんもないのに訪ねてきて、学校の外での生徒の様子ウチに訊いたりな。そんだけ心配してんのに、面と向かったら、ぶっきらぼうにしか言われへんねんなぁ」

城島先生は、もうすっかりこの店の常連らしい。それにしてもおばちゃんの言葉は意外だったし、なんだか嬉しくもあった。と同時に、なぜか少し恥ずかしい気持ちにもなって、僕たち三人はしばらく黙ってしまった。そこでふくちゃんが、予想もしなかった角度から、いきなりおばちゃんに切り込んだ。

「あれ？　もしかして城島先生とおばちゃん、できてる？」

僕、ママドゥ、おばちゃん。三人同時にふくちゃんの顔を見た。

「はっ？　な、何言うてんの？　そんなわけないやろ！　変なこと言わんといて、もう」

僕たちはにわかに楽しくなってきて、ムキになるおばちゃんをからかった。すると、ふくちゃんがまた唐突にこんなことを言いだした。

「そうだ！　おばちゃんはなんでもよく知ってるから、ママドゥに天皇制を教えてあげてよ」

おばちゃんは助かったという顔で、ふくちゃんが投げた救命ロープにしがみ付いた。

「天皇制？　いきなり、えらいすそうなお題やな。ママドゥ、どないしたん？」

「ボク、最近日本の歴史を勉強してるんです。もう安土桃山時代（あづちももやま）から昭和まで言えるようになりました」

「えらいな！　日本人の子でも、ちゃんと言えへん子ぎょうさんおるのに、すごいなぁ、

「ボク、特に最後の三つの時代が好きなんです。明治、大正、昭和!」

「あぁ、それで天皇制について知りたいんやな」

おばちゃんは奥の部屋に引っ込むと『皇室アルバム』という雑誌を持って戻ってきてママドゥに見せた。表紙には優しそうに微笑む天皇陛下の写真があった。

それではよろしいですか? と、おばちゃんは咳払いをひとつした。それから慣れない標準語で天皇制について説明をはじめ、

「ママドゥも日本に住んでいるのだから、日本の象徴である昭和天皇を敬《うやま》うように」

と、改まった口調で言った。

「はい。ボク、優しそうな笑顔の天皇陛下が好きだから、昭和の時代が好きなんです」

「そうなんや、ありがとな」

「それにボク、明治、大正、昭和! ってリズムに乗せて言うのが好きなんです。今、ニューヨークやロンドンではしゃべるように歌うのが流行《はや》ってるんです」

天皇制の解説にお返しをしているつもりなのか、ママドゥは体でリズムを取りながら、

「明治、大正、昭和!」

と繰り返した。

「そんなん聞いたことないで。それよりユーミン聴いてみ、ええでぇ。今度カセットテープ持っといで、ダビングしてあげるわ」

おばちゃんはレジ横の三洋《さんよう》電機のラジカセと、ずらっと並んだユーミンのカセットテープを自慢げに見せた。が、ママドゥは相変わらずリズミカルに、明治、大正……と繰り返す。

「ねっ、いい感じでしょ。明治、大正、昭和! 明治、大正、昭和!」

「そうかぁ、なんや、おまじないみたいやなぁ」

「お・ま・じ・な・い？」

「せや。なんでもオッケーになる魔法の言葉や」

おばちゃんが大きく頷くと、あぁ、それならボクも知ってる！　と、ママドゥは自信満々、人差し指を立ててこう言った。

「スーパーカリフラジリスティックエクスピアリドーシャス！」

「なんやそれ？」

僕とおばちゃんがポカンとすると、メアリー・ポピンズだよ！　とふくちゃんが即、解説した。全くふくちゃんの雑学は末恐ろしい。

「へぇ、スーパーでカリフラワーかじるとかて、アフリカのおまじないは変わってんな。そんなんで万事オッケーになんの？　まぁ、どこの国の人でも、なんでもポンッ！　と一発オッケーにしたいんやなぁ。人間が考えることは、どこでも一緒やな」

と至極《しごく》納得している。

「そうだ！　ボク、これから何か困ったことがあったらこう言います。明治、大正、昭和、ポンッ！　って」

「はは、ええな、ご利益《りやく》ありそうや。それごっつう効くで」

おばちゃんはママドゥの肩をポンポンと叩いた。肌の色や、目や髪の色の違いなど全く気にもせず、誰にでも愛情たっぷりに接してくれるおばちゃんを、僕たちは心底慕《した》っていた。

クリーニング屋の表に出たふくちゃんは、何をどう結び付けたのか、明治、大正、昭和、ポンッ！　と唱えながら、ケン・ケン・パ、遊びを教える小学生のようだった。

「ケンで右足、次のケンで左足、パーで両足！　わかる？　ケン・ケン・パー。ママドゥは明治、大正、昭和！　でやってみて」

「明治、大正、昭和！　明治、大正、昭和！」

小学生の倍はあるママドゥの黒々とした体が、ケン・ケン・パーをしている。その姿はカール・ルイスの幅跳びを彷彿《ほうふつ》とさせた。

「明治、大正、昭和、ポンッ！」

「ママドゥ、ポンッ！　は要《い》らなくない？」

「いや、要るよ。明治、大正、昭和、ポンッ！」

「やっぱりポンッ！　って、余ってない？」

夕日の手前でじゃれ合う大小ふたつのシルエットを眺めていると、僕の胸はほっこりと膨らんできた。けれど、なぜかおばちゃんはうつむいている。ふとその視線の先に目をやると、元気なシルエットとは対照的な、頼りないふたつの影が細々と伸びていた。

「東北から来た十五歳と、アフリカから来た二十五歳の影やで……」

そうぼそそっと呟いたおばちゃんの目には、涙が滲んでいた。このふたつの影が健気《けなげ》に映ったようだった。そして愛おしさでいっぱいになったんだろう。

「あの子ら、家族も親戚もおらへん大阪に来て、お金やってそんなに持ってるわけやないんやろ。それなのにああして毎日頑張ってんねんな」

そうですねと言いかけ、ハッとしてやめたのは、自分もそのひとりに過ぎないことに気が付いたからだ。

「困ったことがあったら、なんでも言いや。つらいことでも悩み事でも、なんでもやで」

僕の胸もほころびはじめたから、うつむくしかなかった。

「私があんたらを守るからな」

夢以外、何も持たない僕らを案じるおばちゃんの右手から、『皇室アルバム』の天皇陛下が優しく見つめていた。

「長谷川さん、もう帰ろっか」

ふくちゃんに呼ばれ、じゃ帰りますと会釈をして歩きはじめると後ろから声がした。

「クラウディアもそうやで！　長谷川君、あんたわかってんの？」

「はい、わかってます。彼女は遠くイタリアはヴェネツィアから来ました。本当にご苦労様です」

敢《あ》えて元気に返事をすると、おばちゃんは呆れ顔で店の中に入ってしまった。僕がふざけて、おまわりさんの敬礼ポーズでそう言ったからだと思う。

日没前のひと時、阿倍野一帯の街並みが、おばちゃんの愛情に包まれたからだろうか。大気が夜に向かってみるみる澄み渡っていくのを感じながら、僕たち三人は帰宅した。耳に付いて離れない「ケン・ケン・パー」と「明治、大正、昭和」の単調なリズムが、記憶の彼方《かなた》へと僕を導いていく。

――ゆっくりと記憶の中に沈んでいくと、懐かしい光景が見えてきた。そこには、ケン・ケン・パーに夢中なりながらも、母の手を一生懸命に握りしめる幼い僕がいて、それを優しい笑顔で見つめる母がいた。小さい頃に他界した母の顔は、遠い記憶の中にぼんやりとしか残っていない。けれど、僕を見つめる優しい笑顔の輪郭は、今でも温かな思い出として胸に残り続けている。

背景が橙《だいだい》色に染まり、故郷の野原を包み込んで夕日がゆっくりと傾き、そしてお月様にバトンタッチする。家々の窓には明かりが灯り、プロ野球や大相撲《おおずもう》のアナウンサーの声が流れ[illegible]、ろんな形のぬくもりを見せてくれる田舎の夕方の窓を、僕は遠くから見つめていた。

「長谷川さん、またボーッとしてる！」

ふくちゃんに注意されて我に返ると、ちゃんと家の近くに来ていた。アパートの前まで送ってくれたママドゥとふくちゃんの視線が訴えていたから、僕は言った。

「なんにもないけど、夜ご飯、食べてく？」

冷蔵庫を開けると、マヨネーズが一本、堂々と冷気を独占していた。

5

猛暑の中、僕ら鮨科の生徒は、全員で地下一階から最上階までの階段を雑巾《ぞうきん》がけしてピカピカに磨いた。

辻調のフロア構成は、まず地下一階に学食と階段教室があり、二階に日本料理科、三階にフランス料理科、四階にイタリア料理科、五階に中華料理科と続く。そして最上階の六階に僕らの鮨科がある。

さすが名門と思わせる建築様式や繊細なインテリア・デザインは、なぜか五階まで。ほかの階のヨーロピアンな雰囲気とは打って変わって、六階の鮨科だけはひたすら質素だった。決して粗末ではないが明らかに華やかさがない。この階だけ大幅に予算が削減されたのだろうか。そう言えばエレベーターも五階まで。なんでだよ、とぶつぶつ言っている者もいた。

にもかかわらず、雑巾がけをしているのは僕たち鮨科の生徒だけ。ほかの科の生徒が手伝わないのは不可解だったけれど、いい鮨屋になりたければ奉仕の精神が大切だ、と城島先生は言う。そして城島先生の教えは絶対だ。

「ごめんなさいね」

と、フレンチの女子が雑巾がけしたばかりでまだ乾いていない部分に足跡を残す。

そんな時、脳裏に浮かぶのは、高校生の頃にテレビで観たリチャード・ギアの『愛と青春の旅だち』だ。士官学校でしごかれるリチャード・ギアが、罰として階段掃除をさせられるシーンを頭の中で再生していると、鮨科にひとり、元自衛官だと噂《うわさ》される生徒がいたことを思い出した。もしそれが本当なら、彼こそもっと文句を言っているだろうと、後ろの方にいるそいつを振り返ってみた。すると黙々と階段を磨いている。その姿から、ついこのあいだまで高校生だった僕らとは全くレベルの違う真剣さを感じ、あれは噂じゃなかったんだと確信した。

「たけぇ授業料払って、なんで俺たちが掃除しなきゃいけないんだよ」

「ほかの科のやつらも手伝うべきじゃねぇか?」

尖った口調の不満があふれだす。

「これ、なんかの罰ゲームなわけ?」

とふくちゃんがぼやいたけれど、薄い笑いが踊り場あたりに起こっただけだった。


しかも、他の科は明日から夏休みだが、鮨科にはその休みもない。

二週間ほど前、僕たちは八月がほぼ丸々つぶれるということを、佐野先生の口から告げられた。当初は反対勢力の方が強かった。なんで鮨科だけ? 不公平だろ、とここでもぼやく声が耳に入ってきた。けれど、城島先生がひとりひとりに合った鮨屋を考え抜いた末、あちこちに頭を下げまくってくれた、というおばちゃん情報が僕たち三人経由でひろまったり、[illegible]

を、佐野先生が懇切丁寧に説明したりしているうちに、[illegible]

気持ちが前向きになってくると、不満を漏《も》らしていた生徒にとってもやはり、日本津々浦々まだ見たことのない街へ行けるというのは決して悪い話ではない。

また現実問題として、そろそろ進路について真剣に考えなければならない時期でもある。そんな僕たちにとって、現場で一カ月修業できるというのは、かなり興味深い話でもあった。夏休みへの未練をほんの少しだけ胸の奥に残してはいるけれど、大方消し去ってからは、みなそれぞれの研修先に赴《おもむ》くのを楽しみにしているようだった。

「結局みんないい子なんだよなぁ。特に僕なんて遊びたい盛りの十五歳だよ、それなのに夏休みなしって。普通なら反発してるでしょ」

とふくちゃんがヘンテコな自慢をしていた。

なんだかんだ言っても鮨に対して、また自分の将来に対して、みんな真面目だ。そういうクラスメイトが僕は好きだし、最近真面目な人ってカッコいいと思うようになった。

一学期最後の授業も無事終わり、僕は教室に残って修業に出るための準備をはじめた。鉛筆を削り、メモ帳やテキストをカバンに詰め込み、そして最後にたっぷりと時間をかけて包丁を研ぐことにした。

一本目の柳刃を終えて二本目、不得意の薄刃をシャカシャカ研いでいると、城島先生が目を何度もこすりながら教室に戻ってきた。よー長谷川、また包丁研ぐ練習してんのか、と言うとそのまま前の調理台に行き、小出刃を手に取って何やら切りはじめた。

「先生何してるんですか？」

「バラン切りだ」

正直全く聞き覚えはなかったけれど、鮨職人の常識だったら知らないのはやばい。咄嗟《とっさ》にそう思い、さもわかっているふうな返事をした。そんな僕のことは気にも留めず、先生は緑色の紙状の物を、しきりに包丁の先で突っついている。それはノートぐらいの大きさでビニールのような光沢を放っているように見えたけれど、先生がいったい何をしているのかよく見えなかったので、僕は改めて包丁を研ぐのに集中することにした。以前教えてもらったように、薬指と小指は伸ばして軽く浮かせ、人差し指と中指は指先を張り詰め、力強く同じリズムで研ぐ。先生が発する緊張感につられ、僕も静かに集中の世界に沈んでいく。

いつもそうだ。見る者に殺気を感じさせるほどの真剣さで、先生自身が目の前の作業に打ち込み、そしてその姿を見せる。だからこそ、僕たちも何かを感じ取って、各々《おのおの》の作業に真剣に向き合う。そこには、教科書やカリキュラムは愚か、言葉さえも存在しない。

「おい、長谷川」

ふいに城島先生に呼ばれた。

「包丁研ぎ終わったら、こっちに来い」

「はい」

それから十分ほどでひと通り研ぎ終え、先生のもとへ行くと、僕の目は一気に調理台の上に吸いよせられた。そこには目を見張る世界がひろがっていた。

「うわぁ、すっごい！　なんですかこれ？」

蝶《ちょう》、鯉《こい》、鶴《つる》、亀《かめ》、美人画、松竹梅《しょうちくばい》。様々な形をした緑色の切り絵が所狭しと並び、そのどれもが恐ろしく精巧にできていた。中でも小鳥は、そのまま夏の空へ飛びだしていきそうなほどの出来栄えだ。それがバラン切りだった。

僕の知ったかぶりをとうに見抜いていた先生に、バラン切りについて簡単に説[illegible]戸時代後半から続く鮨の世界固有の芸術で、隣り合ったネタの味移りを防ぐために植物の葉を仕切りとして利用し、それに細工を施したのがはじまりだそうだ。今でも多くの鮨職人たちが、バラン切りの腕を競い合っていると教えてくれた。以前どこかの鮨屋の壁に飾られていたのを、見たことがあるけれど、今目の前にある作品の優雅さや繊細さには到底敵《かな》うものではなかった。こんな芸術作品を目にしていたら『バラン切り』は僕の記憶にとっくに刻まれていたに違いない。

「まさかこれ、この出刃包丁一本で作ったんですか⁉」

「あぁ、そうだ」

先生はこともなげに頷いた。僕はしばらく言葉を失った。

「で、どれが好きなんだよ」

と先生が言った。

「えっ……あ、はい？」

「だから、どれが好きなんだよ」

「どれが好きか？　えーっと、この鳥なんか凄いですね。今にも飛んで行ってしまいそうで」

と答えると、先生は調理台の端にいた小鳥をおもむろに手に取りこう言った。

「誕生日おめでとう」

そうだ、そうだった。今日は僕の誕生日だった。

辻調での日々を精一杯生きること、とにかく料理の腕を磨くこと。そのことだけに没頭し、目まぐるしく過ぎ去って行く毎日に呑み込まれ、自分の誕生日のことなど完全に忘れていた。

でもなぜ、僕の誕生日を？　怪訝《けげん》そうな僕を先生はチラリと見て、

「あのな、いくら俺でも、ひとりひとりの願書ぐらい見るよ」

とぼそぼそ呟いた。そうか、入学願書には生年月日を書き込む欄があった。

豆腐職人の親父とのふたり暮らしには、誕生日プレゼントのような洒落《しゃれ》た習慣などなかった。おまけに、ちょうど夏休みのど真ん中の僕のバースディ。友達に誕生日プレゼントをあげたことはあっても、もらったことは一度もなかった。

僕は両方の手のひらを揃えておずおずと差しだし、バラン切りの小鳥を押し頂いた。

「あ、ありがとうございますっ！」

なんとも言えない温かさが、両手のひらからゆっくりとひろがっていった。

照れくさそうにそっぽを向いている先生に、僕は全力でお辞儀をし、大声でお礼を言った。嬉しくて嬉しくて、胸が熱くなった。生涯の宝物をもらったような気持ちだった。

翌朝、ウィークリーマンションを出たのは、まだ夜も明けきらぬ頃だった。

向かうは銀座。カバンに道具と少しばかりの着替え、そして先生にもらった緑の小鳥を夢と一緒に詰め込んで。

6

一カ月間の修業の初日、僕は銀座の『鮨処小室《こむろ》』を目指していた。

昨日東京に着いて、すぐに銀座の下見に直行した。はじめての銀座はどっちを向いても高層建築ばかりで、見上げていると首を痛めそうだった。

たのと同じ国とは思えないほど、ここは何もかもが違っていた。

田舎から大阪に出てきた時もびっくりしたけれど、銀座はまたひと味違う。中央通りには見るからに敷居が高そうなレストランが並び、噂に聞いていた、指に一万円札を挟んだ手を高くあげてタクシーを止める人たちを駅前で本当に見た。パンパンになった安物の旅行カバンを背負う僕は明らかに場違いで、つい急ぎ足になってしまった。

今日も上を見過ぎて何度も転びそうになったけれど、店までの道のりは万全だ。昨日は逆方向に僕を連れていった地下鉄も、今日はちゃんと銀座に向かっている。

電車に乗っている人たちには、最近よく聞く「DCブランド」を着ている人もいる。自分だけがこの場から浮いていて、歩いているだけで変な目で見られはしないかと恥ずかしくなる。こんなことなら暑くても我慢して、父親に買ってもらったスーツを着てくるんだった。と少し後悔しながら、せわしない言葉がぎっしり詰まった地下鉄の車内広告を眺めていた。

お店の前には、約束の時間の十五分前に到着した。こういう時は五分前ぴったりに行くといいと何かで読んだ気がしたから、お店の前の道を行ったり来たりして時間をつぶした。緊張で心拍数が倍ほどになっているせいか、一分経つのもいつもの倍かかっているように感じる。

そして最初の挨拶。力量が一発でわかってしまうという大事な出だしだ。止まらない手汗をズボンで拭きながら、扉の取っ手に手をかけて深呼吸をひとつ——。

「こんにちは。今日からここでお世話になります、長谷川洋右です！　よろしくお願いします！」

大きな声でそう言い、九十度のお辞儀をした。

「お！　なんだ、若いのにかっちょいい挨拶するじゃねえか。さすが城島さんとこの教え子だな。こちらこそよろしくお願いします、大将の小室です。そんでこっちが長男の宏文《ひろふみ》、主に長谷川君の面倒を見ることになるのは、こいつです」

　顔を上げるとふたりの男性の姿が見えた。僕の到着を待っていてくれたらしい。

「よろしくお願いします。宏文です。今年三十で、まあ二番手ってことになるかな。気軽になんでも訊いてね。僕もまだまだ修業中だけど」

　明るい声が返ってきた。

『鮨処小室』は、激戦区銀座では珍しい家族経営のお店だ。

　大将の小室さんは引き締まった体格に明るい笑顔で、鮨職人というよりスポーツマンといった風貌の爽やかな人だった。年齢よりも若く見える宏文さんも大将に似て凛々しく、頼れるお兄さんという感じだ。大将の奥さん佳寿子《かずこ》さんが女将で、宏文さんの妹の利依子《りいこ》さんは経理と予約の受付を担当している。次男で末っ子の孝夫《たかお》さんは二十七歳。宏文さんより少し背が高く、恥ずかしがり屋のようだった。

　そんな五人家族で営むお店が『小室』だ。

　お店に着いて最初の一時間は、宏文さんが冷蔵庫の中と倉庫の在庫を見せてくれ、それから一日の仕事の流れを説明してくれた。そのあいだ黙々と作業を進める大将の周りでは、孝夫さんがテキパキと補助をしている。和装がよく似合う女将さんは、緊張でガチガチの僕に気をつかって、あれこれ話しかけてくれた。

「長谷川君は十八歳？」

「十九歳になったばかりです」

「そうなのね。彼女はいるの？」

「いいえ、全然モテない

「あら、顔は悪くないのに。カッコいい職人になったらきっとモテ[illegible]きたんだもの」

僕が返答に困っていると、

「おい、長谷川君、まずは『ここの大将でも』を否定するとこだぞ」

と大将が話に入ってきた。それが狙いだったのか、女将さんはにんまりしている。

「すみません！　あの、みなさん本当にカッコいいと思います。お世辞じゃなく、本当に」

「あっはっは、面白いこと言うね、長谷川君は。今時珍しいくらい真面目な子だね」

「男の人は真面目な方がいいの。大丈夫、いつかモテるわよ」

コップを棚に並べながら楽しそうに笑う女将さんは、余裕のある大人の女性という感じだ。ふたりの会話から仲のよさが伝わってきた。

少し話しただけでも、温かい気持ちになる家族だ。会話の端々から互いに助け合っている感じが伝わってくる。そして女将さんが用意してくれた前掛けを締め、早速仕事開始。とりあえず、しばらくは宏文さんの指示で動くことになった。

お店は夕方の開店に向けて、高速で仕込みを進めていた。僕に与えられた最初の仕事は、仕込みに使った調理器具やお皿の洗い物だ。いきなり包丁を使う仕事じゃなくて安心したのも束の間、早くも現実を突きつけられた。

「とりあえず、見本を見せるからこんな感じでやってね」

宏文さんがやって見せてくれた洗い物の作業が、予想の三倍ほどのスピードで進んでいくのだ。手の動きが速すぎる。呆気にとられているうちに、もう三分の一が片付いていた。

「じゃあ、よろしくね。僕はこっちでシャリの仕込みやってるから」

大きな目で微笑んでくれた宏文さんにお礼を言い、僕は早速洗い物に取りかかった。が、一瞬で心が折れてしまった。

自分の中で一分経つうちに周囲では三分過ぎていき、そのあいだにも洗い物の山が次々にでき上がっていく。精一杯手を動かしているはずなのに、効率の悪さは誰の目にも明らかだった。そのうえ、自分が洗った皿と宏文さんが洗った皿は全然違った。宏文さんの皿は表面にこれっぽっちのぬめりもなく、指先がククッと食い込むほど、つまりピッカピカのツルッツルなのだ。スピードだけでなくそれも意識しはじめると、さらに作業は遅れ、もうどうすればいいのかわからなくなるほど焦ってしまった。このままだと洗い場がとんでもないことになってしまう。さすがにまずいと思ったのか、宏文さんが洗い物を代わってくれた。

「今日は予約がいっぱい入ってるから、特に忙しい日なんだ。しょうがないよ」

その優しさが逆に僕の情けない気持ちを膨らませた。恥ずかしさで、湯が沸かせそうなほど顔が熱くなった。

これでは、邪魔者として一カ月過ごすはめになってしまう——。

そう考えた瞬間、視界がぐらぐらして両手が震えだした。来る前から覚悟はしていたけれど、やっぱりプロはすごい。鍋ひとつ洗うにしても、ものすごい速さと迫力だ。

さらにお店の器も僕を緊張させた。どれもこれも触ることをためらうくらい高そうで、もし手が滑ったらどうしよう、きっと何万円もするに違いない、そう思うと余計に体の動きは鈍くなる。

店に向かっていた時の明るく前向きな気持ちは、洗剤の泡と一緒に、排水口に流れていった。

結局この日は、洗い物と席のセッティングをしたところで夜の開店を迎え、それからはあっという間に時間が過ぎて、気付けば閉店時間だった。

「すみません。明日はちゃんとできるように頑張ります」

仕事が終わって着替えている宏文さんに謝ると、

「大丈夫だよ。みんな最初はこんなもんだって、すぐに慣れるから」

と言ってくれた。

あまりに疲れていたのか、帰り道に宏文さんが奢《おご》ってくれた缶コーヒーは、味が全くしなかった。飲み干すと無性《むしょう》に親父の声が聞きたくなって、ウィークリーマンションの近くの公衆電話から実家に電話をした。

「親父、無事東京に着いたよ。今、初日の仕事が終わったところ」

「そうか。どうだ、お店の人は?」

「みんないい人だよ」

そう答えると、親父は少し間をおいて、絞り出すような声で言った。

「それはよかったなぁ」

「うん」

「周りに迷惑をかけるなよ!」

「わかってるって」

「銀座はどんな所だ」

「夜も昼みたいに明るいよ」

「そうだろうなぁ。とにかく体に気を付けて、しっかりやりなさい」

「うん、大丈夫。心配しないで」

電話を切ると、今日一日の出来事が次々に脳裏をよぎった。迷惑しかかけていないじゃないか。

改めて情けなさが込み上げてきた。部屋に帰ってひとりでそれを噛みしめていると、ふと千住のことが頭に浮かんできた。

千住なら、きっと初日からそつなくやっているんだろうな。エリートはいいよなぁ、羨《うらや》ましいよ。

研修二日目。今日も銀座は人であふれかえり、『鮨処小室』も嵐のような忙しさだった。自分の仕事の遅さが、みんなの足を引っ張っていることが気になってしょうがないけれど、宏文さんと孝夫さんがさりげなくフォローしてくれたお陰で、なんとか一日を乗り切ることができた。

最後のお客さんを見送って暖簾をしまうと、まかないの時間だ。一日の緊張を緩めてホッとできるこの時間は、小室家の団欒《だんらん》の時間でもあり、昨日から加わった僕にとっては思いがけない楽しみだった。まかないを作るのは宏文さんか孝夫さんで、さすがにどの料理もとても美味しい。いくつも並んだ料理をみんなでつつきながら、家族五人が自由にしゃべり合って笑い声が絶えない。あっと言う間に時間が過ぎていき、気付けばもう十一時近くになっていた。

そこへ電話がかかってきた。女将さんが急いで電話を取り、

「長谷川君、電話よ。同級生のママドゥ君ですって」

と僕に声をかけた。

驚いた。ママドゥは、昨日から岡山のお店で修業をしているはずだ。慌てて女将さんから受話器を受け取った。

「どうしたの。元気でやってる?」

思わず声が大きくなった。すると、ママドゥは、

「ごめんね、長谷川はまだ仕事中だった？　うん、元気でやってる。ボクも今部屋に帰る途中なんだけど、長谷川ちゃんとやってるかなって、ちょっと心配になって電話しちゃった」

と、いつもの明るい声で返事が戻ってきた。その後ろで店のシャッターを乱暴に降ろす音がする。

「僕のことが心配って、失礼だなぁ。あれ、今公衆電話からかけてるの？　お店の近く？」

「うん、お店のすぐ近くにある電話ボックスからだよ」

「僕も元気でやってるよ、お店はみんないい人だし、あったかくて家族みたいだよ。昨日は洗い物を任されたんだけど、もう何もかもが授業のレベルと全然違う！　僕のスピードじゃまるで追い付けなくてパニックになっちゃって、お店の人に助けてもらったんだ。あ、だからママドゥに心配されちゃうんだよね。それよりママドゥ、今からひとりで帰るんでしょ。もう遅いし周りに気をつけて帰ってね」

僕がそう言うと、

「周りってこれのこと？　電話ボックスの中にいっぱい貼ってある水着の女の人の写真？」

「何それ？」

「電話番号もちゃんと書いてあるよ」

「あっ、それ！　ママドゥ！　ダメだよ、絶対電話しちゃ！」

僕の慌てた様子にママドゥはクスクス笑いだした。

「長谷川のその声聞いたら安心したよ、よかった。ボクの修業先もすごくいいお店だよ」

ゴーッ。その声の後ろを、大きな音が通りすぎる。営業が終わった店のゴミを収集車が集めてまわっているのだろうか。段ボールが風で転がっていくようなうらぶれた音も聞こえ、人気のなさが受話器を通して伝わってきた。

　利依子さんのはしゃぎ声に振り向くと、宏文さんがメロンを切っていた。甘くふくよかな香りが僕の鼻をくすぐる。

「長谷川君の分もちゃんと取ってあるからね」

　と女将さんの声がかかった。

「女将さんいい人だね、電話に出た時の声もとっても明るくて。お互い、いいお店でよかった。最後まで頑張ろうね」

　ママドゥのその声に重なってカチャンと音がして、

「あ、もう百円玉全部なくなっちゃった。またね」

　と電話は切れてしまった。

　席に戻ると、女将さんがメロンを勧《すす》めてくれる。

「お友達、ママドゥ君っていうの？　外国からの留学生？　すごいわね、さすが辻調は国際的ね」

　しきりに女将さんが感心してくれた。

　暖簾をしまったお店のガラス戸には銀座の華やかなネオンが滲《にじ》み、眠らない街の賑《にぎ》わいが伝わってくる。一日中必死に働いて過ごした初日、二日目。椅子に腰かけると一気に疲労の大波に襲われた。胃の中に甘いメロンを送り込むと、そのまま自分が溶けてしまいそうだった。

　その時、さっき電話越しに伝わってきた寂しげな風の音とすえた臭い、薄暗い深夜の電話ボックスの中のママドゥの姿が、一瞬頭の中をかすめた。

　が、僕は再び一家団欒の甘くて心地よい空気に浸《ひた》って、最後のひと切れを口に

7

朝から全開で飛ばしていくセミの鳴き声が、暑さを何倍にも盛り上げ、スーツを着た人たちを炙っていく。八月ももう半ば。夏の研修がはじまって二週間が経とうとしていた。

この二週間、僕は主に宏文さんの補助として店を手伝わせてもらっていた。が、悲しいことに補助というのは名ばかりで、実際は足手まといなだけだった。宏文さんひとりの方が明らかに効率がよい。こうなるだろうことは、なんとなくわかっていたし、もちろん舐めていたわけではないけれど、鮨職人の世界で働くのは想像していたよりもはるかに大変なことだった。あまりの忙しさに閉店時間より先に自分の体力の限界が来てしまい、迷惑をかける日々の連続だった。

元気だけが取り柄《とりえ》だと思っていたのに、実際の現場では全く歯が立たない。毎日部屋に帰るのがやっと、夏バテなんてレベルをはるかに超える疲労と日々戦っていた。申し訳なさで一杯になり、最初の一週間を終えようとした頃、大将に謝ったことがある。

「全然仕事できなくて、本当にすみません。ずっと宏文さんの足を引っ張ってしまって」

「ん？　なんだよいきなり。家族のことを迷惑だなんて思わねえよ、気にすんな。若いもん指導するのは、あいつにとってもいい機会だ。それにな、もうひとり弟ができて喜んでるよ、あいつ。うちは若い子ひとり預かったぐらいで回らなくなるような店じゃねえよ。心配すんなって」

そう言って励ましてくれた。

ある日、イカの皮を剥く作業が思うようにはかどらず、かなり苦戦していた。そうしているあいだにも店が開く時間はどんどん迫ってくる。焦っていたら、うっかり肘《ひじ》が器に当たって高価な器を三枚も割ってしまった。すぐに僕は謝った。

「気にするなって。それより怪我《けが》はなかった？　さてはイカの皮剝きが苦手なんだな。じゃ手伝うから。今度からはね、無理だと思ったらパニックになる前にすぐに僕を呼べよ」

「わかりました。あの、本当にすみませんでした」

「いいんだよ。そっちはもう気にしないで。それより、イカの話に戻ろうか。苦手な作業が見つかった時は、まず自分のやり方のどこに問題があるのかを解明するのが一番。どこがどう難しい？　一緒に解決しよう」

再び皮剝きに取り組むのだが、やはり手を滑らせては焦り、それがまたさらに手を滑らせる。僕は驚くほど簡単にさっきの状態を再現してしまった。

「よし、なんとなく見えてきたよ、君がこの作業が苦手な理由が」

「元々苦手なんですけど、スピードを意識するとさらに焦ってしまって、手が滑ってばかりです」

「よくある話だ。いいか、こういうのはね、技術云々《うんぬん》の前に意外と小さなところを変えるだけで解決するんだ。まずはイカの皮を剝く時はこれを使うこと」

宏文さんは、乾いたまな板を用意してくれた。

「そして、右手は絶対に濡らさない。手を洗ったら、とにかくしっかり乾かす」

僕は全力で手を洗い、指紋のあいだの水分まで拭き取る勢いで、布巾で一生懸命にこすった。

「こういう時は躊躇しないで、いくらでも新しい布巾を使うこと。遠慮してたら作業の効率は下がる一方だからね」

全部お見通しだ。僕が

がすようにシュッという音をたて、わずか十秒足らずで一本終わらせてしまった。僕がイカ一本に五分以上もかけていたのとは雲泥《うんでい》の差だ。

「手や道具の環境を整えるだけで全然違うんだよ。長谷川君も今ならできる」

宏文さんは笑いながらそう太鼓判を押してくれ、

「もし身に細かい皮が残った時は、素手じゃなくてまた新しい布巾を使って取り除くんだ。こうやって摘んだり擦ったりして。やってごらん。あ、でも身を傷付けないように、垂直じゃなくて身に対して十五度くらいで、そうそう、それぐらいの角度で。イカの頭から下に向けて押すようにね」

と説明してくれた。宏文さんの指示はひとつひとつがわかりやすく、お陰で僕でもすぐにそれなりの形になった。

「うん、大体できてる。でも、もう少し力を抜かなきゃ身が傷《いた》んじゃうから、そうだなぁ、窓ガラスに貼り付いたシール剝がしたことあるよね、あの感じ。強く押し過ぎるとガラスが割れてしまいそうだから力加減を調整するだろ、あの感じ」

言われた通りに続けると、あっと言う間にイカの皮剝きができるようになってしまった。一分以内に一本できるようになったのは、まるで奇跡のようだった。

「ありがとうございます！　あと、やっぱりお皿はすみませんでした」

「いいんだよ。じゃ明日、欠けた部分に金継《きんつ》ぎするから、技を見せてあげるよ。いいかい、僕はね、もうひとり弟ができたみたいで嬉しいんだ。きっと君は伸びるから、だから、できないことを恥じたり隠したりしないで、もっと素直に教えてくださいって言うこと。それから疑問に思ったことはそのままにしておかないこと。そうすると料理がもっと楽しくなるよ。もっと堂々と包丁を握れよ」

「でも、迷惑ばっかりかけてしまってます」

「いいんだって。僕も最初は周りにたくさん迷惑かけたし、今もまだまだだし。きっとうちの親父だって、そういう時期はあったと思う。みんな、たくさん足を引っ張って、たっぷり時間をかけて成長していくんだよ。だから、面倒を見てもらった人はまた次の世代の成長を見守る。そうやってつないでいくんだ」

凜々しい笑顔で宏文さんはそう言った。

なんだか少しホッとした。何より、僕を家族同様に扱ってくれることが嬉しかった。もし兄や姉がいたらこんな感じだったんだろうか。ここをもうひとつの家族だと思えたら幸せだと願うからこそ、少しでもここにいる間に成長を見てもらいたいと思った。

銀座に色とりどりのネオンが灯りはじめる頃、店が開き、常連客のひとり、松田《まつだ》さんがやってきた。松田さんは三十五歳くらいの男前のサラリーマンで、とてもいい会社で働いている将来有望な人らしい。僕がこのお店に来てから、すでに四回食べにきている。
松田さんは今日もカウンターに座り、いつものようにお任せを頼むと瓶ビールを開けた。その上機嫌な様子は調理場の方まで伝わってきた。
お任せ一人前は六万八千円だと利依子さんが教えてくれた時は、冗談を言って田舎者の僕をからかっているのかと思ったけれど、そうじゃないとわかった瞬間、腰が抜けるくらいびっくりした。それって親父の豆腐何丁分だ？　と、頭の中で計算をはじめそうになった。高校の先生に辻調の学
費を豆腐に喩《たと》

「どうしたんですか？　なんだかすごくご機嫌なようですけど」

「へへ、実はね、明日プロポーズをしようと思ってるんですよ。ほら、これが婚約指輪」

　そんな会話が僕の耳にも入ってきた。確か松田さんはお酒はそんなに強くないはずなのに、かなりのハイペースで飲み干しているようだ。一世一代のイベントを明日に控えて、緊張しているからなのかもしれない。松田さん曰《いわ》く、辛口の日本酒がとにかく合うという大将自慢の鰹《かつお》のタタキが、ウニの軍艦が、コハダが、そして脂がのって上品に光ったトロが、松田さんが語るフィアンセの自慢話に花を添えていく。洗い物の手を動かしながら横目で見ていても、よだれが出そうだ。明日は朝から彼女とドライブ、高級ホテルでのディナーの最中にプロポーズする予定らしい。

「結婚式の準備はしっかりふたりでやらなきゃだめよ。任せっきりにしたら一生奥さんにグチグチ言われることになりますからね」

　とは、女将さんからの気の早いアドバイスである。

「やめなさいよ、お母さん。それ、自分たちのことでしょ」

と利依子さんが言い、大将の方を見る。すると大将は明後日《あさって》の方を見ながら口笛を吹いて調理場に消えていき、それを見てみんなで大笑いした。

　それからも松田さんは、給料三カ月分もするという豪華な指輪を時々見せびらかしながら話し続け、女将さんやカウンターのお客さんたちが、茶々を入れながら話を盛り上げる。お客さんの喜びを、まるで自分たちの喜びのように感じている小室ファミリー。こんなに幸せな食事の時間を演出できるこのお店が、とてもカッコよく誇らしく思えた。

　これが鮨屋なんだ。僕は改めて自分の進むべき道を確信した。

閉店時間が近付き、結構な量のお酒を飲んでだいぶでき上がっていた松田さんは、上機嫌なまま帰っていった。そして後片付けをはじめた時——事件が発覚した。

「ねえぇ、大変よ！　あの人ったら、もうっ、肝心なところでドジなんだから！」

松田さんの席のお皿を片付けていた女将さんの手のひらには、なんとあの指輪があった。どうやら箱から出したまま、お皿の陰に忘れて帰ってしまったらしい。

「明日は朝からデートだってのに、どうするんだよ全く」

「家の電話番号なんて知らないし、住所だって……」

次の瞬間、僕の体は動きだしていた。

「僕、探しにいきます！」

「いやでも長谷川君、銀座だよ？　この人込みの中、探し出すのはちょっと……」

「大丈夫です！　長距離走は得意なんです！　あんなに酔ってたら、途中で気付いてお店に取りに戻ることはないと思いますし、空箱でプロポーズしたら大変なことになりますよ」

「それはそうだけど……」

「あんなに幸せそうな食事の時間を、失敗した最悪の思い出に変えてほしくないんです！」

つい大きな声になってしまった。大将は驚いたような顔をして僕を見つめ、少し間をおいてから首を縦に二、三回振った。

「わかった。じゃあ任せてもいいか？」

「ありがとうございます！　絶対に探しだします！」

した　あてなんかないたら[illegible]

に乗ってしまうまでがリミットだ。さっき思わず言ったことが全てだった。あんなに素敵な時間を、失敗として思い出してほしくない。鮨屋ってカッコいいな、最高だな。そう心から思えたあの時間を、僕は守りたかった。

上品な照明のお店が立ち並ぶ通りを、高そうな服に身を包んだ人たちのあいだを、白衣にスニーカー姿の僕が全速力で駆け抜けていくのは、なんともおかしな絵面《えづら》だったが、そんなことはどうでもよかった。通り過ぎる人の顔を記憶の中の松田さんと照らし合わせながら、最高速度で新橋《しんばし》駅に向かった。

僕は銀座を疾走しながら、自分の足が速くなった気がしていた。見渡す限り続く棚田《たなだ》のあぜ道をどれだけ走っても、こんな感覚を覚えたことはなかった。すれ違う人やタクシー、ネオンや目のないマネキンは、電車の窓から見える風景のごとく遠ざかり、自分自身が劇的に成長していくのを実感する、リアルなのにそれでいて奇妙な感覚が癖になりそうだった。

途中、ここにいるはずのないふくちゃんの顔が見えたような気がしたが、立ち止まってはいられない。

店に一番近い改札口に一直線に向かい、なりふり構わず大声で叫んだ。

「松田さーん！　松田さんはいますかーっ！」

驚いて何人かの松田さんがこちらを向いては、自分じゃないとわかると迷惑そうに去っていった。

「うるせーっ、静かにしろ！」

酔っぱらったおじさんに怒鳴られた。派手なドレスのお姉さんにもクスクス笑われた。でも、そんなことはお構いなしに叫び続けた。

「松田さーん！　『小室』でお食事をされた松田さーん！」

駅員も様子がおかしいと気にしはじめた時、後ろから聞き覚えのある声がした。

「いったいどうしたの？　ちゃんとお金は払って出てきたはずだけど……」

改札の中から心配そうな顔をして、今度こそさっきの松田さんが出てきた。

「松田さん！　よかった、間に合って！　本当によかった。あの、これ……忘れ物……」

やっとの思いでそう言うと、僕はポケットから袱紗を出して開いてみせた。

一気に酔いが覚めた松田さんの顔はみるみる青ざめ、慌ててカバンから小さな箱を取りだした。

そして中身が空なのを確認すると、

「うわー、やっべー！」

と、そのままそこにへたり込んでしまった。

「君は恩人だよ。本当に、本当にありがとう。僕のことだから、このまま気付かないで明日のディナーを迎えていたよ、きっと。マジで危ないとこだった」

「よかった。銀座は人多いから、無理かなと思ったんですけど……」

「悪かったなぁ、お店からここまで走ってきたんでしょ？」

「は、はい。思いっ切り走りました」

肩で大きく息をしながらそう言うと、いったん唾を飲み込んでこう続けた。

「あの、ひとつお願いがあって……」

「どうしたの、なんでも言って！」

「僕がいるうちに、[illegible]

にしておきますから、ご[illegible]」

　松田さんはニコリと笑って、少しのあいだ僕を見つめた。

「もちろんだよ。その時はちゃんと紹介させてもらうよ。今日は本当にありがとう」

　帰り際に、松田さんから名刺を頂いた。そして、僕のファンになると松田さんは言ってくれた。

「長谷川君がいつかお店を出したら、連絡をちょうだい。絶対に行くから」

　お店を出すなんてまだまだ先の話で、現実味はなかったけれど、それでもとても嬉しかった。

　店に帰り松田さんに無事渡せたことを伝えると、小室家のみんなが大きな拍手で迎えてくれた。

　ご褒美《ほうび》に大将が残ったネタで僕に急遽《きゅうきょ》鮨を握ってくれた。この時に食べたトロは今までに食べた鮨で一番美味しかった。酢の効いたシャリの温度と、たっぷりのった脂の相性が絶妙で、いつまでも口の中に残っていてほしいと思うほど絶品だった。

　そこに、ひとりの男の人が入ってきて、威勢のいい声でこう言った。

「おー、今日は豪勢なまかない食べてんなぁ、俺が仕入れたマグロじゃねぇか！」

「あぁ、山幸《やまこう》さん、いらっしゃい。これから築地《つきじ》ですか」

　どうやら大将の知り合いらしい。

「見かけない小僧がいるじゃねぇか、新入りかい？」

「いえ、この子は辻調の生徒で、一カ月間うちで預かってる長谷川君って子なんですよ。長谷川君、この人は山幸さん。築地で代々続くマグロ専門の仲買人《なかがいにん》でね、この世界じゃすごい人なんだよ」

「長谷川です、よろしくお願いします！」

　トロを頬張ったまま極上の味に酔いしれていた僕は、惜《お》しみながらそれを飲み込み、立ち上がって挨拶をした。

「おぉ、元気でいいね。辻調の生徒かい、しっかり頑張れよ」

山幸さんは椅子に腰かけるや否や、胸のポケットから扇子《せんす》を出してせわしなくあおぎ、そしてふと手を止めた。

「辻調？　そういやこないだ博多《はかた》に行った時も、辻調のなんとか君とやらに会ったな」

「あっ、そうなんですか」

「うん、そいつも確か一カ月だけ修業に来てる生徒だって言ってたな」

「あの、その生徒、千住って名前でしたか？」

「ん……名前までは思い出せねぇが。それがさ、ちょっと都合の悪いところを見ちまってさ」

「あら、都合が悪いって、なんですか？」

女将さんが訊いた。

「そいつ、先輩にえらい剣幕で叱られて、震え上がってたんだよ。そこを俺がたまたま見ちまってさ」

じゃあ千住じゃない、絶対にあり得ない。

「やつが言うには、子供の頃から親に仕込まれて自信があったらしい。なのに、ここじゃ全然通用しねぇって、泣いてたよ。そいつ千住っていうのか？　お前の友達か？」

「百パーセント違います。僕の知ってる千住は、泣くようなやつじゃないんです」

「そいつの実家は、銀座でなんとかっていう有名な鮨屋だとか言ってたな」

「銀座にも、お鮨屋さんはいろいろありますから。第一、千住が先輩に叱られるなんてことはあり

「そうか？」

山幸さんの返事が少し尖って聞こえた。

「修業に行って先輩に叱られるのは、あたりめぇのことじゃねぇか？　この世界、そんなに甘くねぇぞ」

声こそ荒らげていないが、凄みの効いた山幸さんの巻き舌にヒヤッとした。生意気なことを言ってしまったのかもしれない。

「思い出した、『鮨処等伯』だ！」

――千住だ！

天と地がひっくり返った。

山幸さんはカウンターの椅子に腰かけて、こう話しはじめた。

――大将も知ってるだろ、博多の『辰巳屋《たつみや》』。九州一の名門店。そこもうちのお得意さんでね、つい三日ほど前にも行ってきたんだ。『辰巳屋』は大きな店で職人だけでも三十人はいて、全員黙々と仕事してるわけよ。

忙しさが一段落したあたりで注文を取ってたら、厨房の裏から地震じゃねぇかってくらいでかい音がしてさ、覗いてみたらあっちこっちに空の一斗缶《いっとかん》が転がって、そこに中堅のやつと若造が立ってんだ。中堅が頭にきて一斗缶蹴っ飛ばしたんだな、若造は膝がガクガクで立ってるのがやっとって有様《ありさま》よ。

俺も見過ごせねぇからさ、おい、おだやかじゃねぇな、何があったのか言ってみなって中堅に訊いてみたわけよ。そしたら、こんなこと言いだしてな。

「山幸さん、こいつ、東京から来たのを鼻にかけて、俺たちが誇りを持って食材を博多弁で呼んでいるのに、いちいちわざとらしく標準語に言い換えたりするんですよ。おまけに原価率がいいとか悪いとかって、うちのメニューにまでケチ付けやがって、まるで上から目線のエリート気取りなんです。そりゃこいつの実家は名店だから、名前ぐらいは知ってますよ。でもふた言目には実家の自慢ばかりじゃ頭にもきますよ。こっちはみんな自分のペースでこつこつと仕事してんのに、こいつすぐに競争心剝き出しにして、運動会のよーいドンでもやってるつもりなんです。その割には、どの仕事も中途半端に終わらせて持久力はないし。おまけに、うちの同い年のやつを呼び捨てにするから『さん』を付けろ！　って注意したんです。同い年でも先輩は先輩ですよね。それなのに、こいつ不満そうな顔するんですよ」

中堅のやつは相当不満がたまってたんだろうな。怒りを抑えられずに鬱憤《うつぷん》晴らすみてぇに俺にこう続けるんだ。

「こいつ、うちに来てから二週間、全然仕事に集中してなくて、毎日ミスの連発ですよ。今日は、朝から時間をかけて骨切りして仕込んだ鱧《はも》の湯通しが全部パーです」

だから、こいつに爆発したってわけか？　そう訊くと、

「いえ、そんな理由じゃないんです。お前疲れてんだろ、ちょっと休めって言ったんです。そしたらこいつ、疲れてません、誰にも負けないように頑張りますって、そう言うんですよ。だからぁ、お前、誰にも負けないってどういうことだよ！　って、つい……山幸さん、鮨職人は勝ち負けじゃないですよね。みんなで協力して、客に最高の鮨を出す。そのために厨房ではみんなで協力していい仕事をする。そういうことじゃないですか。なのにこいつ、いちいち勝つとか負けるとかそんなことばっか言って

それで

も気が済んだのか、すみませんって一斗缶積み直して厨房に戻っていったよ。

叱られた小僧は相変わらずガクガク震えて下向いて、でもまぁ俺も忙しいから、そいつのことはそれきりほっといたんだけどね。注文を取り終わって店から出て路地に入ったら、さっきの小僧が自動販売機の陰でべそかいてるのを見ちまって、ついつい声かけちまったのよ。俺もしょうがねぇな。

でも、そいつ黙ったまんま返事もしねぇから、俺も帰ろうとしたわけよ。

そしたらなんか言いかけてさ、はっ？　って訊き返したら、不安になったんですって言いやがってさ、そいつ、鼻水をすすりながら続けたよ。

「実家で手伝いをするのと仕事をするのとじゃわけが違うってわかったし、学校でちょっと成績がいいくらいじゃプロの世界では全く通用しないってこともわかったら、急に不安になって。それで周りの先輩にいろいろ訊こうと思ってはみたんですけど、自分は人との付き合いが下手っていうか、口下手っていうか……。ここはみんないい人ばかりなのに、だんだん孤立していって、だからもっと頑張って、いいとこ見せて、挽回《ばんかい》しようと思ったんですけど、やることなすこと、全部空回りしちゃって。本当にみんないい人ばかりなのに、誤解されるようなことばかり言って、謝る勇気もなくて。そしたら鮨職人に向いてないんじゃないかって思えてきて、目の前が真っ暗になって。こんなんじゃ、もう絶対鮨職人にはなれない」

なんとかそこまで声を絞り出してからは、

「もう、夢がなくなった……！」

っておいおい声を立てて泣きじゃくってさ。そしたら通行人もジロジロ俺を見るし、大変だったよ。でもさ、俺も散々若《わけ》ぇの見てきたけど、一人前になろうって思うんなら、料理の腕うんぬんだけじゃねぇんだよな。やっぱりさぁ、人間性なんだよ。

だってそうだろ、鮨は、結局は人が手で握って作るんだからさ、最後の最後には、どうしてもそいつの人間性が味となって出るんじゃねぇかなぁ。だから修業ってものが必要なんだと思うよ。修業は腕を磨くだけのところじゃねぇだろ。若い頃は金を払ってでも苦労しろって、昔の職人はよくそんなことを言ったもんだよ。


山幸さんの話はこれ以上ないほどの衝撃だった。いつでも圧倒的な存在だったあの千住が、泣くほど自信をなくしてるなんて。そんなこと到底想像できない。山幸さんが帰ったあとも、千住のことが気になって仕方なかった。

それから二日後、僕は公衆電話の受話器を取った。下関《しものせき》の老舗《しにせ》料亭で研修をしているミカちゃんに電話をかけるためだ。

「えーっ長谷川君⁉　いったいどうしたのよ？」

突然の電話に、ミカちゃんは素《す》っ頓狂《とんきよう》な声を出した。一瞬言おうかどうか迷った。こんな話をしたら千住のプライドが……でも、千住のことを相談できる相手なんて彼女しかいない。

「その、えっと、千住のことなんだけど」

僕は思い切って、山幸さんから聞いたことを話した。

「長谷川君、それ本当に千住君のこと？」

そう言うのも当たり前だ、僕だっていまだに信じられない気持ちなんだから。

「私、

「えっ　どうして⁉　千住は博多でミカちゃんに「関って」」

「実は下関から九州って、電車で十五分で行けるの、意外と近いのよ。私昨日お休みでね、電話したら千住君もお休みだって言うから、ふたりで博多でデートしちゃった」

「え！　デート⁉」

「って言っても、道具市場ぶらぶらして食事しただけだけどね」

　思わぬ話の展開に、ますます混乱してしまった。

「でもね、長谷川君の今の話、わからないでもないわ。私も千住君のこと少し心配してて、だから千住君に電話かけたのよ」

　彼女の気づかいに僕は改めて感心した。

「千住君の研修先って、超有名店で職人だって何十人もいるでしょ。彼って負けん気が強いから、そんな大所帯の厨房じゃ、どうしても競争心が出ると思うの。それが千住君のパワーの源でもあるんだけどね。でも、そろそろきつくなってるんじゃないかなって。千住君って口数あんまり多くないじゃない。自分の気持ちを上手く伝えられなくて、周りから誤解を招いちゃうこともあると思ったのよ」

「すごいね！　僕は、千住はどこに行っても完璧に仕事ができるずば抜けたやつだと思ってた。千住が先輩に叱られるなんて、これっぽっちも考えたことなかったよ」

「千住君だってつらいことぐらいあるわよ。そう思ったから、無理やりデートに誘ってみたの。いつもの調子で渋るかと思ったら、珍しくあっさりいいよって。これはもしかしたら何かあったのかなって」

「千住、ミカちゃんに何か話した？」

「話すわけないじゃない！　私が勝手に盛り上げてただけよ。バカ話して、道具市場ではしゃいで、そうそう、駄菓子屋さんにも行ったのよ」

「千住と駄菓子屋さん、すごいミスマッチ！」

「あら、案外楽しそうにしてたわよ」

千住のいろんな顔が彼女には見えているんだ、と感心していると、少し間を置いてからこう続けた。

「あのね、千住君っていつも上を目指してるでしょ、自分の腕に自信持ってるし。でも、だからこそ思ってもいない壁にぶつかることがあると思うの。もしそうなっても、千住君の性格じゃ、きっとひとりで抱えちゃうだろうし。だから私みたいなおせっかい焼きが必要かなって」

そして、こうはっきり言った。

「長谷川君、千住君は大丈夫だよ。どんな壁にぶつかったって、絶対乗り越えていくと思う。誰よりも自分に厳しいし、もし壁にぶつかったって、全部成長のためのエネルギーに変えていく。そういう人だよ、彼は」

ミカちゃんの言葉がずしんと響き、僕の心配は薄れていった。

「千住のこと本当によくわかってるんだね」

おんなじクラスで毎日会ってたら誰でもわかるわよ、長谷川君には無理かもしれないけどね、とからかった。こんな彼女の屈託《くったく》のなさに今日はやけに救われた。そして、

「私が長谷川君に話したなんて、千住君には絶対言わないでね！　余計なこと言うなって怒られちゃうから」

と最後に釘を刺し、じゃ、長谷川君も頑張ってね、と電話を切った。

そうだ、千住のことで頭をいっぱいにしてる場合じゃない。一日も早く、もっと仕事ができるようにならなくちゃ。

そう思ったけれど、何も言わなくても察してくれる人がいる千住が少しうらやましくて、受話器を置くと僕は小さくため息をついた。でも、閉店後の片付けも終わり最後にふたりで店の戸締まりをしている時、宏文さんがはっきりとこう言ってくれた。

「今日も本当にありがとう。君のその真っすぐなところや誠実さを、いつまでも忘れないでいてほしい。そうすれば、きっと最高の職人になれるよ」

僕は、今までに感じたことのない柔らかい感情に全身が包み込まれた。

生暖かい夏の夜風に銀座の柳がなびいている。こんな時間でも街はまだまだ大勢の人で賑わっていた。その時、冗談か本気かわからない口調で、

「この辺りの地価って、ハガキ一枚の大きさで五十万円なんだよ。こんなんじゃ、うちみたいな家族経営でやってる店なんて、もう先はないよ」

と、宏文さんが別人のように言った。

8

『鮨処小室』での研修最終日の夜、小室家の人たちがお店で簡単な送別会を開いてくれた。僕は感謝の気持ちをありったけの言葉に込めて最後に深く頭を下げたが、それでも伝え足りなかった。宏文さんをはじめ、小室家の方たちには本当にお世話になったたし、研修がはじまるまでは、まさか東

京に家族ができるなんて想像もしていなかった。

昨日は、松田さんがお店に来てくれた。すごく綺麗な女性も一緒に。左手の薬指には、見覚えのある豪華な指輪が光っていた。松田さんは隣の彼女にバレないようにこっそりウィンクをしてくれ、それがまた絵になっていた。大阪に戻る前に彼女と一緒に来店するという約束を果たしてくれたのが嬉しかった。

「一カ月間、本当にありがとうございました！　最高の環境で研修させてもらえて、僕は幸せ者です」

顔を上げると、大将は温かい眼差しで僕を見つめてこう言った。

「いいか、長谷川君はもう、うちの立派な一員なんだからな。東京に来る時は絶対にうちに来るんだぞ。浮気は許さないぞ」

「あなたってば本当に重いんだから。そんなこと言ったら長谷川君もやりづらいじゃない。でもうちはいつでも大歓迎だからね。楽しみにしてるわよ」

「あの、みなさんがよければ、またお邪魔したいです。僕、小室家のみなさんが大好きです」

次から次へとあふれだしてくるもので、視界がぼやけた。店先に出て、ひとりひとりと握手をして別れを告げたけれど、この時間が終わってほしくないという気持ちは強くなる一方だった。最後の最後に、宏文さんは僕の手をがっしりとつかんでくれた。優しそうな見た目からは想像もできない、筋肉のついた力強い手だった。

「よく働いてくれたね」

「いえ、迷惑ばかりおかけして、本当に申し訳ありませんでした」

「ありがとうね」

「こちらこそ、ありがとうございました。あの壊しちゃった器、京[illegible]

くださいい」

「何言ってんだよ。そんなこともう忘れてたよ」

「本当にすみませんでした」

「気にするなよ。それにしても、長谷川君はつくづくいいやつだね。今度生まれてくる時は長谷川君の下で働きたいよ」

みんなが笑いだし、大将が言った。

「そりゃ面白そうだな、俺だって弟子入りしたいよ」

小室一家の冗談のお陰で、悲しいお別れにはならずにすんだ。帰り道、ようやく慣れた東京の明るい夜空を見上げながら歩いていると、また目頭が熱くなった。


翌日は、横浜《よこはま》で研修中のふくちゃんと一緒に遊びに出かけた。研修期間中に銀座の人込みの中でふくちゃんを見かけた気がしたのだが、やっぱり何度か東京に来ていたと言う。

「何か用事でもあったの？」

「いいじゃないっすか。誰にも秘密のひとつやふたつありますって」

と曖昧にごまかし話題を切った。

僕は明日の昼前には大阪に戻ることにしていたけれど、ふくちゃんは研修先の店が九月一日に大きな宴会の予約を取ったこともあり、それまで横浜に居残ることにしたそうだ。

「五百人規模の宴会なんて、なかなか経験できるもんじゃないでしょ。食品関係の偉い人も集まるらしいし、いいコネができそうだから残ろうかなって」

そう話す十五歳のふくちゃんの顔は、一カ月前よりも精悍《せいかん》になった気がする。

ちょうど都合よくふくちゃんが二連休だったので、夜の銀座をブラついてみようよ、と提案した。一カ月銀座に通ったとは言え、行き先は『鮨処小室』だけ。僕は夜の銀座を体感できずじまいだったのだ。最初は、銀座で遊ぶお金なんてあるわけないじゃん、と断られた。しかし、今日は元手があった。大将が別れ際に、ちょっとだけど城島さんには内緒ね、と餞別《せんべつ》をくれたのだ。ふたりして路上でその封筒の中を覗き込んだ。

そこには、思っていた以上の諭吉《ゆきち》さんが入っていた。僕は驚いて声を上げ、これなら結構なんでもできるのではと、思わずニヤついてしまった。が、ふくちゃんはいたって冷静だ。

「遊びには行ける。遊びには行けるけど、よくて渋谷《しぶや》か新宿《しんじゅく》ですね。その額じゃ銀座は厳しい」

まだ幼さが微かに残る、小柄で負けん気の強い少年。そんなふくちゃんが真顔で、銀座は厳しいなんて言うもんだから、吹き出してしまった。僕は勝手に兄貴のつもりでふくちゃんに接していたから、その成長が嬉しくもあり、ちょっとだけ寂しくもあった。

結局、僕たちは渋谷へ向かうことにして、地下鉄日比谷《ひびや》線の入り口を探しながら銀座を歩いた。華やかさにあふれた夜の街の雰囲気に圧倒されたが、弟分のふくちゃんの手前、できるだけ平静を装った。銀座駅の券売機でふくちゃんの分の切符も買って渡すと、じゃ、お言葉に甘えて、と妙に大人びた言葉が返ってきた。

読書する人、酔っぱらい、眠る人、考える人。地下鉄に揺られながら、僕たちは夜の東京人を眺めていた。

「春先に一度、学校にテレビの取材が来たよね、覚えてる？」

僕はつり革に両手をかけ、そう話しかけた。

「随分話が飛びますね」

「あの時のプロデューサー、中西《なかにし》さんって覚えてないかな？」

「あぁ、覚えてる。お偉いさんなのにすげー面白かった、あのおじさんでしょ？」

「あの日、あの人名刺をくれたんだ。東京に来ることがあったら連絡しろって」

「長谷川さん、まさか電話しちゃったなんて言わないよね？」

「いや、した」

「ちょっと、長谷川さん！　大人になってくださいよー。どうせ、君は将来有望だね、期待してるよ、とかなんとか言われたんでしょ。もしかして真《ま》に受けたんですか？　そんなの社交辞令に決まってるじゃないですか」

「いや、一応それはわかってるよ、わかってるけど……」

「だって千住さんとか、ほかの人にも名刺配ってたでしょ。それが大人の世界っていうものですよ。馬鹿正直に連絡なんかしないでくださいよ。そんなことされちゃ、あのおじさんにとっても迷惑な話だよ」

ふくちゃんが言ったことを、自分でも考えたことはある。

僕もあと半年もすれば社会に出るし、そうしたら常識をもったひとりの大人として行動しなければ。と、一応思っている。思ってはいるけれど、お世辞とか社交辞令とか、社会人としての一般常識の類《たぐい》を僕は全く身に付けていない。さらに、言われたことは真に受けるし、思ったことは口にする。このままじゃ、社会に出てやっていけるはずがない。

自分でも薄々気が付いていたその矢先に、やや早熟とは言え、三歳も年下のふくちゃんに鋭く指摘されてしまった。結構きつく、グサリと胸に突き刺さる言葉だった。

けれど当の本人は、自分の発言が人を傷付けたことなどつゆ知らず、すでに別の話題に夢中になっていた。恵比寿《えびす》駅で電車を乗り換える最中も、ふくちゃんは数少ない東京での体験と、一学期を過ごした大阪での体験を比較してしゃべり続けた。その一連のネタは結局のところ最後は東京の悪口になり、散々陰口を聞かされた時の息苦しさを感じながら、僕はなんとか聞き流そうとしていた。

一方、自分のような名もなき若造が、社交辞令を真に受けて、有名なテレビ局のプロデューサーに直接電話してしまったことが、今さらながらとても恥ずかしく思えてきた。

でも、待てよ。実家が名店の千住ならまだしも、僕にお世辞を言ったところで、中西さんには何ひとつ得はないではないか。もしかしたら、中西さんは本当に僕ともう一度会いたいと思ったんじゃないのか？　実際、東京に来て早速中西さんに電話をした時も、迷惑そうな様子なんて微塵《みじん》も感じなかった。

「辻調鮨科の長谷川と言います。東京に来ました。八月末まで銀座の『鮨処小室』で修業してます」

今思えば、あまりに突然で、中西さんはびっくりしているようだった。けれどすぐに思い出してくれ、僕の挨拶や報告を喜んで聞いてくれた。

「そうかそうか、小室さんのところで修業しているのか。あそこは一流だよ。よく行くんだ、私も。今仕事が立て込んでるけど、近々行くから美味しいの握ってよ」

中西さんは嬉しそうにそう言ってくれたし、僕も素直に嬉しかった。

でも、もしかしたらその言葉も、ふくちゃんが言うようにただの社交辞令だったのかもしれない。その証拠に、結局中西さんは姿を見せ

そんなふうに人を疑う自分が嫌で

自分」が、汚れた人間に見えてつらかった。

渋谷に着いて、とりあえずあの有名なハチ公を見学した。そのあと、ふくちゃんが中学生の頃から行きたかったというセンター街や、道玄坂《どうげんざか》のカフェやライブハウスに連れていってくれた。

「最近、お腹の具合どうなの？」

「もう痛くないよ」

「横浜の店、いいところなんだろ？」

「まぁまぁ」

「まぁまぁって……。さっきの話もそうだけど、あんまり人のことネガティヴに言わない方がいいと思うよ」

「は？　別にいいじゃん」

「本当は、みんなによくしてもらってんだろ？」

「いや、まぁまぁ」

「まぁまぁってなんだよ、料理長はいい人なんだろ？」

「まぁまぁです」

騒がしいライブハウスでは、短い会話すらちゃんとできなかった。こちらの顔も見ず適当な返事を繰り返すふくちゃんに、もう一度言ってみた。

「さっきからその、まぁまぁってのやめなって。お店で何かあったの？」

今度は最後まで聞こうともせず、会話を断ち切るようにハイチェアから飛び降りて、ふくちゃんはギタリストの前へと去っていった。そして無表情なままステージに両肘をつき、手の甲に顎《あご》を乗せて、激しく鳴り響くギターソロに聴き入っていた。

そろそろ帰ろうかと表に出ると、東の空はうっすらと明るくなりはじめ、山手線《やまのて》の始発が動きだす時間になっていた。ジメジメした朝もやの中、僕たちは両手をポケットに突っ込み道玄坂を下っていた。研修のあいだ借りていたウィークリーマンションはすでに引き払っていたから、僕はこのままゆっくり東京駅に向かい、新幹線で大阪に戻ることにした。ふくちゃんはふぅんと呟き、充血した目をこすりながら僕の荷物を見て言った。

「長谷川さん、荷物それだけ？」

「うん、そうだよ」

「少な！」

なんとなく不安になって、カバンを開き中身を確認した。そんな僕の様子をぼんやり見ていたふくちゃんが、ふと訊いた。

「それ何？　額縁《がくぶち》……絵でも買ったの？」

「あっこれ、バラン切り。城島先生の作品だけど見る？」

僕は道玄坂の道の真ん中にカバンを置き、城島先生にもらったプレゼントを取りだした。小鳥のバラン切りは小室の女将さんが小さな額に入れてくれ、まさしく芸術作品といった装いになっていた。途端に、

「いやーっ、すげーよ！　ほんと」

ひと晩一緒にいたふくちゃんの口からはじめてポジティヴな言葉が出た。

「すげーっ、城島先生は

の方がふくちゃんらしい。

坂の下の方に駅が見えてきた。ヨタヨタと歩きながら、しばらく黙っていたふくちゃんが呟いた。

「疲れたし帰って寝よ」

「誘って悪かったな。まさか朝帰りになるとは思ってなかったから」

「大丈夫、大丈夫。俺、長谷川さんより三つも若いんだってば」

「じゃあ、ひと足先に大阪戻るよ。あと数日頑張れよ。また二学期に会おうな」

「長谷川さん、大げさだって」

「そうだな。まぁとりあえずあと二、三日だ。あっと言う間に過ぎちゃうよ。がんばれよな！」

別れ際、改札で僕はそう言った。こんな時間でも渋谷駅は驚くほど人で賑わっていた。

「今日は楽しかったな。ありがとうな」

聞こえていたのかどうか、ふくちゃんは返事をせず、横浜方面の始発の時刻を確認しにいった。

そして、あと三十分もあるとぼやきながら戻ってきた。その時、大将からもらった封筒の中に、最後の一万円札が残っているのを思い出した。城島先生へのお土産《みやげ》代と新幹線の中でのお弁当代、あとは九月の生活費の足しに、と思って残していたお金だ。

「横浜って遠いのか？　これで行けるとこまでタクシーに乗って帰れよ」

僕は一万円札を突きだした。向こうに見えるタクシー乗り場には、タクシーが数台並んでいるのが見えた。

「いいよ、そんなの」

ふくちゃんは間髪を容れずに断った。そして続けてこう言った。

「長谷川さんも貧乏してんでしょ」

「でもこれは予定外の収入だったから、取っとけよ」

「だから、いらないって！」

そう言うと、じゃあねも言わずに向きを変え、地下鉄の階段を一気に走り降りていった。僕は何か言いたくて、一歩だけ階段を降りたけれど、足はそこで止まってしまった。何か言ったところで、帰ってくる答えはテキトーに決まってる。

僕の渾身《こんしん》のやせ我慢を一切《いっさい》受け取ろうともせず、こんな時間帯に渋谷駅周辺をうろつく連中に呑み込まれていくふくちゃんの後ろ姿を、地下鉄の入り口から見下ろしていた。僅かにあどけなさが残るその小さな背中を、ただ眺めることしかできなかった。

ひんやりとした朝の風が、夏の終わりを告げようとしていた。

第三章　秋

1

二学期もはじまり二週間ほど経った日、嫌な予感が的中した。森下が退学したのだ。

無遅刻無欠席、真面目で努力家の典型みたいな森下が。珍しく今日は休みかなと思っていたら、午後の授業が終わったあと、佐野先生から報告があった。

「みなさんに、お知らせがあります。残念ながら森下君が家庭の事情で退学しました」

えー!?　という声と、やっぱり……という声が同時に聞こえた。

妙な噂を聞くようになったのは、夏休み前からだったと思う。授業料を滞納しているとか、両親が不渡りを出して莫大な借金を抱えたとか。借金取りに追われてるらしいなんてものまであったけれど、本人は別に気にするふうもなく、いたって淡々《たんたん》としていたから、僕もただの噂だと思っていた。

佐野先生の報告に信じられない思いでいると、ママドゥが隣の席から話しかけてきた。

「ボクの部屋の上の階に森下が住んでるんだけどね、七月頃だったかなぁ、そのフロアに怖い人たちが来たんだ。誰かの部屋のドアを壊れそうなほど叩いて大声で怒鳴るから、ボクの部屋からも丸聞こえで、すごく怖かったよ。今考えると、あれは森下の部屋だったのかも」

噂は本当だったんだ。

以前、森下んちはお店をまだまだ増やすの？　と僕が訊いた時、いや、今ちょっと大変なことになっててね、と言葉を濁したのを急に思い出した。

昨日まで同じ教室で一緒に勉強していた友達が、別れを告げることもなく突然退学する。そんなことが実際にあるんだ……僕は今まで知らなかった社会の一面を垣間見た気がして、両手で頭を抱え、目をぐっと閉じた。

浮かんでくるのは、いつも一列目に座り、先生の一言一句をノートに書き写す森下の後ろ姿だ。彼の穏やかで優しい印象ばかりが心に残る。涙が滲んできたのを隠そうと、僕は机に突《つ》っ伏《ぷ》した。すると誰かが僕の背中をそっと撫でた。クラウディアだと、なぜかすぐにわかったけれど、されるがままに親父の手とは違う柔らかさを背中に感じていた。一生懸命やれば報われる。それだけを信じて今までやってきた僕の胸に雨雲のようにひろがるひんやりとした影を、クラウディアの手の温《ぬく》もりが優しく堰《せ》き止めた。

こんなことされたら、余計に涙が出てくるじゃないか。僕は顔を上げるタイミングを完全に失ったまま、しばらく動けずにいた。


放課後、クリーニングをお願いしようとおばちゃんの店に来たけれど、ここでも今日は最悪のタイミングだった。三十代後半ぐらいのすらっとした女性が、カウンターの前で腕を組み、おっかない顔をしていた。アルバイトのエリちゃんが何度丁寧に謝っても、女性は全く態度を変えず、責任

彼女の言い分に　高価な、

「おたくのせいでこんなに縮んでしもて、どないしてくれんの！」

とまくしたてた。

かれこれ十五分以上も続いていて、店先では順番を待つお客の列がどんどん長くなっていた。イライラを爆発させている女性の後ろには辻調男子生徒がふたり、話の内容から察するにおそらくフランス料理科だ。

そして僕の後ろには、若いサラリーマン風のふたりが高そうなキャリーバッグを転がしてきて並び、その後ろにはさらに列がのびていった。九月とはいえ照りつける陽射しはまだ夏そのもので、待っているあいだに流れ落ちる汗が、手に持った白衣に染み込んでいく。

しばらくして、戻ってきたおばちゃんは一瞬で状況を把握したようで、持っていたレジ袋を椅子の上に放り投げ、急いでカウンターの向こうに立つなり、まずは丁寧に詫びてからクレームに対応しはじめた。問題のセーターを慎重に点検し、女性に詳細を尋ねている。しかし、女性はおばちゃんの質問には何も答えず、ちょっと、おたくこれなんぼすると思てんの！　と繰り返しては、胸元のLとVが重なったロゴをおばちゃんの鼻先に突きつけて、すごい形相《ぎょうそう》で睨みつけた。

僕はこっそり女性の背格好とセーターの大きさを比較してみた。が、どう見てもぶかぶかにしか思えなかった。それでも、おばちゃんは何度も何度も頭を下げ、申し訳ございませんと繰り返し詫《わ》びていた。いつも笑顔で明るいおばちゃんのそんな姿を見るのは、針で胸を刺されるようだった。

さらに、その厳しい場面と僕とのあいだにも不思議な光景があった。

例の女性のすぐ後ろに並んでいるフランス料理科と思《おぼ》しきふたりは、目の前の騒ぎにはなんの興味も示さず、ずっとしゃべり続けている。おばちゃんの姿なんか気にも留めず、女性の金切り声もまるでそれが日常茶飯事《さはんじ》であるかのように聞き流しながら、彼らは話し続けた。

「そういや、去年のボジョレー・ヌーヴォーは飲んだ？」

「もちろん。大学時代の先輩がやってるワインバーでね」

「あぁ、六本木《ろっぽんぎ》のあの先輩か」

「そうそう、来年はパリにも出店するんだって。株でかなり儲かってるみたい」

「お前さ、景気のいい先輩持ち上げてたかるの天才的だよな」

「それ以外、取り柄がないんだよ。俺には」

「って言うか、最近、大学時代の先輩たちみんな株やってるよね」

「確かに。だけど日銀もさ、よくあそこまで公定歩合《こうていぶあい》引き下げたよな。俺もそろそろ株はじめようかな」

「そうだよ、俺たちも株で儲けて店だそうぜ、あ、そういやお前だっけ、ボジョレーの醸成《じょうせい》方法も知らないで笑われてたの」

「馬鹿にすんなよ。さすがに俺でもそれは知ってるって。マセラシオン・カルボニックでしょ？」

「名前知ってるだけじゃないの？」

「いやだからさ、なんで疑うんだよ。ブドウをつぶさずに縦長のタンクに積み重ねて、自然発酵《はっこう》させるやり方だろ。それくらい誰でも知ってるよ」

——誰でも知ってる。

別に彼らの話に聞き耳を立てていたわけじゃなく、ただ耳に入ってきただけだった。けれどそのひと言を聞いた瞬間、見えない何かに脳みそを殴られた気がした。

の会話に自分は全く付いていけない。年齢を[illegible]ど、じゃあ千住ならどうなのか。彼ならこのふたりなど到底敵わないほどの知識を、たちまち披露《ひろう》するに違いない。

突如言いようのない不安に襲われ、両手で耳をふさぎたくなった。うつむいて目をつむり、前のふたりの声をかき消そうとしたけれど、今度は後ろのふたりの会話が聞こえてきた。ここでも株だの為替《かわせ》レートだの、全く知らない世界の話が繰りひろげられていた。

これまでの人生で一度も聞いたことがない日本語が、次から次へと宙に浮かんでは消えていく。話の盛り上がりがピークを迎えたところで、話題は友達や上司の悪口に変わっていった。

「ところでさ、さっきから思ってたんだけど、そのネクタイ、ダサくない？」

「あっ、これ？　いやーそうなんだよ。総務課の先輩が昇進祝いにくれたんだけどさ、正直センスやばいよね」

「そんなこと言いながら、ちゃんと使ってんじゃん」

「いや、今朝、その先輩と打ち合わせだったからさ、喜ばせてやろうと思って。終わったらすぐに外すつもりだったのに忘れてたよ」

「それで反応は？」

「いやぁもう、これが傑作でさ、バカみたいに喜んでたよ。いいネクタイだろ？　って」

「あ、もしかしてその先輩って、この前言ってた、ファックスすらろくに使えない能無し課長？」

「そうそう、あいつあいつ」

「仕事もファッションも、マジで全くセンスないよな、あいつ」

「今度の外部とのパーティー、あいつの恰好《かっこう》が楽しみだな」

「いやいや、楽しみなわけあるかよ。同じ会社なのが恥ずかしいわ。欠席してくれないかな」

「女の子と話すいいネタになるじゃん。楽しみだよ」

「それは確かにそうだな。それぐらいしか役に立たないもん」

　これ以上聞きたくなかったけれど、大っぴらに耳をふさぐわけにもいかず、聞き続けるしかなかった。今までに感じたことのない黒く重たい何かが、徐々にお腹の底に降りてくるのがわかった。深呼吸をしてごまかそうとしても、その嫌な感じはどこにも行かず、むしろグツグツと煮え立ちはじめた。熱いような冷たいような、わけのわからない澱《おり》のようなものでお腹が一杯になった。

　意味不明な感情に苦しむより、いっそ帰ってしまおうか。

　そう思った時、チーンと元気のない音を立ててレジが開いた。そうだ、まだクレームは続いていたんだ。相変わらず女性は一歩も引かず、おばちゃんの目の前に人差し指を突き立てている。とうとうおばちゃんは、全額返金いたしますと言って深々と頭を下げ、一枚のお札を差しだした。おばちゃんの目は真っ赤だった。

　けれど、今にも沸騰《ふっとう》しそうな女性はそんなことには頓着《とんちゃく》せず、お札をひったくるとセーターをカバンの中に乱暴に突っ込んで、店を出ていった。

　すれ違う時、女性のカバンがほんの少し僕の腰にぶつかった。顔を上げると、彼女は一瞬野良猫《のらねこ》でも見るような目でこちらを睨みつけ、そして甲高い靴音を撒き散らしながら去っていった。上品な香水の香りだけが店内に残った。

　ようやく列が進み、前のふたりはポケットからくしゃくしゃの受け取り票を出してカウンターにポンと置き、白衣を受け取るなり無感情に、どうも、とだけ言って店を出た。

　順番を待っているあいだも店を出る時も、周囲のすら儲け話とワインについてしゃべり続けていた。

ようやく自分の番が来た。

カウンターの中には、ひと息ついて充血した目をティッシュで押さえているおばちゃんの横顔が見えた。僕は思わず足を止め、しばらくはそっとしておいてあげられないかと思ったけれど、ちょっと急いでるから先に行っていい？　俺たちはすぐ終わるから、と後ろからせっつかれてしまった。そして僕の答えも待たず、後ろのふたりは当たり前のように順番を飛ばし、キャリーバッグからジャケットを取りだしてカウンターに置いた。僕は無言で彼らに順番を譲った。

なんとか気を取り直したおばちゃんがジャケットのシミについて尋ねると、彼らはこれがどこのブランドかについて、まず語りはじめた。それをハイハイと聞きながら、おばちゃんは冗談っぽくうんざりした表情を僕にして見せた。微笑んではいるけれど、目の縁《ふち》はまだ赤く濡れている。

それを見ると余計に虚《むな》しくなって、無言で頭を下げ、洗濯物を持ったままアパートに帰った。


その夜は眠れなかった。ひと晩中、胸の奥が軋むようで苦しかった。じっと闇を見つめていると、今日一日の出来事が浮かんでは消えていく。

森下の突然の退学と借金取りの生々しい話、クレーマーの甲高く尖った声、おばちゃんの涙、儲け話に熱中する辻調の生徒——そんなものが頭の中をぐるぐると際限なく巡り、ワーッと叫んでしまいそうな衝動に耐えていた。

ショックだった。

日本の経済は右肩上がりで景気は絶好調。貧乏学生の僕の耳にさえ、毎日のようにそんな話が入ってくるのに、どうしてあの真面目で努力家の森下が退学しなきゃならなくなったんだろう。お金持ちはずっとお金持ちで、社長さんはずっと社長さんだと思っていたのに。どうやら社会には光の部分と影の部分があって、そのふたつは思っているよりも簡単にひっくり返ってしまうらしい。けれど、僕にはその構造もカラクリも全く理解できなかった。

その時、ふと豆腐を作る親父の姿が浮かんできた。社長さんだって払えなくなる額の学費を、自分は親に払わせている。この事実がずっしりとのしかかってきた。

株をやれば簡単にお金が儲かるんだろうか。みんなそうやってお金儲けをして、高価なブランド品を買ったりしているんだろうか。いくら考えたところで、わかるはずもなかった。

誰もが知ってることを、自分は知らない。クリーニング屋で叩きつけられたこの台詞が、音のない闇の中から甦り、そこに涙を拭うおばちゃんの姿が重なって追い打ちをかけた。

僕はますます苦しくなった。

自分は、どうしようもないいくらい子供だ……。

知っていることをなんとか思い出そうとした。ボジョレー・ヌーヴォーは酸っぱいワインである、それぐらいならギリギリ知っている。でも、その醸成方法なんて知らない。ましてや経済のことなんて。正直、株と貯金の違いさえわからないし、どこの景気がよくて誰が儲かっているか、そんなの考えたこともなかった。

時々親父が、郵便貯金で充分だって言っていたけど、そんなもんかとしか思わなかった。みんなが儲かって、みんなが幸せならそれでいい。それくらいの感覚しか持ってない。

それなのに、同じ辻調の生徒が自分の知らない難しい話題で盛り上がり、何十分も議論し続けている。彼らの会話のレベルについていける気が全くせず、そのことが胸の中に黒い渦を残し続けた。

闇の中でこんがらがり拙い思いを巡らしたところで、会[illegible]
て、結局最後に彼らが言った『誰でも知ってるよ』のひと言が、何度でも僕の胸を刺した。あと数カ月もすれば四月になり、あのふたりと同じスタートラインに立って、料理人として、社会人としてやっていかなければならないのに。

――勝てっこない。

辻調には、想像以上にいろんな立場の人が通っていた。

職人を目指す生徒だけでなく、食に関する経営学やマネジメントを学びにきている生徒も大勢いる。大卒生も多く、中には大企業の商品開発部から派遣されている社会人もいた。辻調は、年齢も経歴も多岐《たき》にわたる料理の専門家の集まりだった。そんなことも知らずに入学したけれど、入学した時点ですでに歴然とした差がついていたんだ。今更それに気付き、僕は暗澹《あんたん》としていた。大卒生は高度な知識をたくさん持っているし、それを相手に伝えるための知的な言葉も知っている。あんなに賢そうな連中と勝負をしても、勝てるわけがない。

そんなことを考えていると、彼らに比べてちっぽけな僕の脳みそは、すぐに後悔で一杯になった。

「料理人になるのはいいが、大学には行っておけ。私立でもどこでもいい、お金のことは心配するな」

寝返りをうった方の壁から、親父の声が滲みでてくるようだった。僕ははじめて、高校を出てすぐここに来たことを、どうしようもなく後悔した。

気が付いてしまった。

料理ならきっと大丈夫だろうと思って辻調に入学したものの、僕なんてずっと普通以下だ。一学期を振り返ってみても、一生懸命やったにもかかわらず、ほかの生徒との差はひろがる一方だ。結局、学期末テストの成績はクラスで最下位だったし、基本中の基本、かつら剥きひとつ覚えるのでさえ、どれほど苦労したか。

そもそも、自分にむいていることなんてあるんだろうか？

静かで真っ暗な夜だった。やめておいた方がいいのはわかっていたけれど、闇の奥から過去の記憶を引っ張りだしてみた。小中高の成績は、やはり芳《かんば》しくなかった。部活は……？　中高六年間、野球部だったが、結局一度も公式戦には出してもらえず、後輩から、長谷川先輩、あっちあっち！と言われ、はいよーっ！　と大きな声で答えては、球拾いに明け暮れる六年間だった。

高校生の時、無断欠席したことを謝りにいくと、え、お前、昨日いただろう？　と担任に不思議がられる始末だし、当然女子にモテたことなんてなかった。

そうだ、思い出した！　過去にひとり、僕の取り柄を言ってくれた人がいた。担任の藤井《ふじい》先生、優しい女の先生だ。

一学年十三人しかいない田舎の小学校の卒業式、隙間風の吹き込む古い木造の体育館で迎えたクライマックス。藤井先生が、たくさんの思い出の中からそれぞれの生徒のいいところを見つけだし、ひとりひとりと握手をしながら涙声でそれを伝えて別れる。そんな感動的なシーンだった。

「山田《やまだ》くん、あなたは水泳大会で優勝しましたね。杉《すぎ》ちゃん、あなたの自由研究は県で表彰されましたね。高橋《たかはし》さん、あなたは気分が悪くなったお友達をいつも保健室に連れていってくれましたね。久保《くぼ》くん、あなたは学級委員長としてよく頑張ってくれました。大《だい》ちゃん、あなたは無遅刻無欠席でした。市岡《いちおか》さん、あなたは花壇のお花をいつも綺麗に咲かせてくれましたね」

そして訪れた僕の番、藤井先生が言ってくれた僕の取り柄は、

「長谷川くん、あなたはキャンプや運動会の時、いつもみんなのために[illegible]ましたね」

だった。

藤井先生にそう言われて僕の小さな胸はいっぱいになり、涙をこらえながら、とてもいい気分で六年間の小学校生活の幕を閉じることができた。特に『みんなのために』というフレーズに酔いしれた。子供心にみんなの役に立っていたんだという自尊心が芽生え、誇りに思っていた。

ところが今改めて思い出してみると、違和感を覚えてしまう。

自分は豆腐屋の息子で、その豆腐を作ったのは親父だ。両手鍋の取っ手をぎゅっと握りしめ、麻婆豆腐がこぼれないように頑張って登校したのは確かだ。でもそれだけのことで、いったい僕が何をしたというんだろう。

優しい藤井先生が涙ながらに語ってくれた、僕の唯一誇るべき取り柄はそれだったのか。そう思うと、今さらながら恥ずかしくてたまらなくなった。

薄っぺらな布団《ふとん》の中に潜り込み、どうかもう眠らせてくださいと願うしかなかったけれど、布団の中にも同じ闇がひろがっていた。

そして、ついにある結果にたどり着いた。

自分には何ひとつ、取り柄がない。

これまで、特別講師に来てくれた斎藤さんや『鮨処小室』の宏文さんが、君は真面目で誠実だ、と褒めてくれた。それが鮨職人にとって大事な素質だと言う彼らの言葉を真に受けて、それを心の支えにしてやっていくつもりだった。

でも、もしかするとそれも、褒めどころのない僕を褒めるための、苦肉の策だったんじゃないか？　技術的に褒めようがないから、優しい大人たちは僕を真面目だ誠実だと言い、その社交辞令を本気で信じていただけなんじゃないか？

こうなるともう、疑心暗鬼は止まらなくなってしまった。眠ってしまいたいのにそれも叶わず、僕はひと晩中苦しさに締め付けられたまま、どんよりとした朝を迎えた。

二学期がはじまると、夏休み返上で修業したお陰か、鮨科のみんなはそれぞれに成長した姿を見せていた。

「夏の修業から戻ってきて、包丁を持つ手も鮨を握る姿勢も、みんな自信に満ちてきましたね。可愛《かわい》い子には旅をさせろって言うけど、あれは本当だな」

この二週間、佐野先生は同じ台詞を何度も繰り返した。

午前中の授業では、米酢、赤酢、黒酢を使った何種類かのシャリと、二十種類ほどのネタの準備をした。僕は寝不足がたたって体の動きにキレがなく、城島先生に何度も注意されつつなんとか昼休みまで立ち続けていた。

午後の授業では、それぞれのネタに上手くより添う酸味を探求することになっていた。

鮨と言えば白シャリしか知らなかった西日本出身の僕は、江戸前の伝統的な赤シャリで握った鮨をはじめて見た時には、違和感を覚えた。赤酢は白酢より香りも強く、味もしっかりしているため、ネタによっては相性のよくないものもある。先生はそれを『はじく』と表現した。

舌に神経を集中させようとするけれど、昼食後あたりから集中力が低下して、どのネタがどのシャリに適しているのか、何がどうはじくのか、味の判断基準が全くつかめずにいた。

気分も優れず、心臓の周りに鎖《くさり》が巻き付い

やっとの思いで授業を終えた時、案の定、城島先生の声が飛んできた。

「長谷川、お前ちょっと残れ」

ふたりきりになると、先生は黒板の前に椅子をふたつ並べ、僕に向き合って座った。

「どうした？　お前今日変だぞ。具合でも悪いのか？」

先生の声は意外にも優しかった。

「すみません。今日はちょっと調子悪くて」

「熱でもあるのか？」

「いいえ」

「森下のことが心配か？」

「それもありますけど……」

「じゃあ、どうしたんだ？」

なんと言っていいかわからず、僕は黙ってうつむいてしまった。城島先生は静かに待っていてくれた。

「あの……胸が重いっていうか、なんかすごく嫌な感じなんです。こんなのはじめてなんですけど……」

「とにかく、あったこと全部話してみろ」

僕は昨日クリーニング屋で起きたことの一部始終を話した。先生は真剣な表情で耳を傾け、そうか……とため息交じりに言うと、まだ話の続きがあることを察して、それから？　と優しい目で先を促した。僕は、朝まで眠れず悩んだこと、ひと晩中布団の中で考えたこと、何から何まで全てを先生に話した。話し終えると、ずっと真面目な顔で聞いていた先生の口元が、少し緩んだ。

「お前はすごいなぁ、長谷川。俺も田舎に生まれたかったよ」

「え……」

「俺はお前の純粋さに嫉妬《しっと》してるよ、やっぱり田舎もんは本当にすげーな」

先生は僕をバカにしているのかと思った。そして目元まで緩ませているのを見て、ちゃんと相談に乗ってもらえているのか不安になった。

「長谷川が思った通りの人間だったから、俺は今、本当に安心してるんだよ。お前の真っすぐな魂は、絶対にいい方向に進んでいる。そう思うぞ」

先生は少し首を傾《かし》げながら、そうだなぁ……と呟いてから、こう続けた。

「辻調は料理の勉強をする学校でもあるが、真っ当な人間を育てる場でもある。だから、お前も成人する前に、昨日悩んだようなことについて、一度はちゃんと考えた方がいいだろうな。まぁかく言う俺も、鮨の修業をはじめる前はただのチンピラだったから、偉そうなことは言えないけどな。でもその分、屈辱《くつじょく》はいっぱい経験してきた。どんな苦労も、実際に味わったことのある者にしか本当のところはわからないからな」

先生はそう言って足を組み替えた。

「眠れない夜は、胸が詰まってつらいだろ？」

僕は首を縦に振った。

「それは、お前が真っ当な社会人になろうと精進《しょうじん》している証拠だ。かつら剝きができるようになるまで、つらかっただろう？」

また首を縦に振った。

「それにお前が真

先生はさらに続けた。

「それにしても、芳子《よしこ》さん……いや、おばちゃんは可哀想《かわいそう》だったな。窪田《くぼた》さんを哀《あわ》れに思ったお前は、優しい心を持ってる。でもな、クレームに辛抱強く対処することは、窪田さんの仕事の一部でもあるし、どんな商売にもクレーマーはつきもんだ。まぁ確かに意地は悪そうだが、その女性もお金を払った以上は完璧な仕事を求めて当然だ。それから、前にいたふたりのように、周囲に無関心なやつは世の中にいくらでもいる。それが現実だ」

僕がそのふたりの知識に圧倒されて心細くなってしまったことも、それはあくまでも表面的な問題でしかないと、先生は穏やかに、そしてさらりと言い切った。

「道の名前を知っている人と、その道を実際に歩いたことのある人じゃ、大きな違いがあるだろう。浅い知識をたくさん持つことより、ひとつひとつのことを身をもって経験し極めていく。それが鮨職人になる者に求められる本当の知識であり、修業そのものなんだ」

先生の優しい眼差しが、僕の心に少しずつ沁み込んだ。

「でもな、それだけではダメだ。もちろん知識も大切だが、常識を持つことはもっと大切だ。非常識な人間が握った鮨なんて食いたくないだろう」

先生は、優しく励ますように僕の右ひざをポンポンと叩いた。教室に漂う赤酢の尖った香りまでもが優しく感じられ、僕はこくりと頷いた。

「高卒だから知識や常識がないなんて、それは言い訳だ。そう思うんなら、来年から大学に行けばいいじゃないか。それからでも鮨は握れる。それに、大学に行ってないから勉強できないっていうのはおかしいぞ。料理人になってからも、勉強は生涯続けなきゃならないからな。いずれにしてもうわべだけの知識の『知』なんて下の下だ。友情や愛情の『情』で中の中。己の信じる道の『信』、それこそが上の上だ、わかるか?」

先生の目は、いつにもまして真剣だった。完全に理解できたわけではなかったけれど、胸の苦しみがふわりと和らぐのを感じた。

「後ろにいたサラリーマンの話も、今はそういう時代だ。よく覚えておけよ、客商売をやりたいんなら、儲かっている人を絶対に批判すんな」

そのことは、なんとなく理解できた。

けれど、昨日からお腹の底にへばり付いて離れない、ドロドロとしたあの嫌な感じだけは、どうにもこうにも消えなかった。もう一度、昨日の出来事を正確に思い起こしてみた。どうしても理解も納得もできない、つまり許せない箇所がひとつあった。

「お金がとても大切なものだということは、僕もよくわかっています。お金のことしか話さない人がいても、世の中には自分とは違う考え方の人もたくさんいる。それはそれで理解できるんです。でも、仲間や先輩の悪口で楽しんでいるのは、すごく嫌でした。聞いてたら、一気にお腹の底がドロドロしてきたんです」

やりきれない思いを吐きだすと、城島先生は小さくため息をついて下を向いた。そして親指と人差し指で両方のまぶたを押さえ、

「大人の世界じゃ、それは酒の肴《さかな》だからなぁ」

と言った。

びっくりした。大人の世界がそんなふうだとは知らなかった。人の陰口や悪口を言いながらお酒を飲み、盛り上がる感覚が理解できなかった。

「長谷川　お前の気持ちはよくわかるよ」

先生は申し訳なさそうに口をすぼめ、窓の外に目をやった。雲に覆われた空がぺったんこで、晩夏の景色は遠近感を失っていた。

「腹の底のそのモヤモヤ、すげぇ嫌だろう。つらいよなぁ、その感じは」

そして視線を戻し、真っすぐに僕を見て言った。

「だがな、紛《まぎ》れもなくそれが現実だ。そしてお前は、いずれそういう世界に出ていかなくちゃならない。どうする？」

その通りだ。いくら嫌でも、そこでやっていくしかない。どうしよう、どうすればいいんだろう。たとえ周りがそうであっても、僕はあんなふうにはなりたくない、嫌だ。でも——できるのか？　そんなこと。

奥歯を食いしばり、何度も自分に問いかけた。変われと言う僕、変わりたくない僕、いろんな僕が出てきては、苦しい問いを繰り返した。

どれくらい経ったかわからない。気付けば胸の中は静かになり落ち着いていた。顔を上げると先生が、変わらない視線で真っすぐに僕を見つめてくれていた。

「先生、僕は今、先生に約束します。僕は一生人の悪口で楽しんだりしません。人を陰でバカにして、それで笑いを取ったりしません、絶対に。周りがそうだとしても、僕だけは絶対にやりません。誓います」

「わかった。俺はお前が今誓ったことを、一生覚えているぞ。だからお前は一生真っすぐなままでいろ。変わるなよ、絶対に」

「はい、絶対に変わりません」

すると先生の真剣な表情が、突然、見たことがないほど穏やかになった。

「長谷川、この誓いを守り通した時、お前はすごいやつになってるよ。俺は楽しみにしてるからな」

しばらくして先生は椅子からゆっくりと立ち上がり、今日はよく寝ろよ、と言いながら僕の頭を右手でさすった。教室を出ていく城島先生の背中を見ていると、腹の底に重く沈殿《ちんでん》していた鉛《なまり》の塊がサラサラと蒸発し、体内を昇ってくるのがわかった。それは目の奥で折り返し、水滴となって頬を流れ落ち、そして唇の端に引っかかって舌先に伝わった。

苦いような――しょっぱいような――。

これが城島先生の言う、人生の味なのかもしれない。

2

夏休みが明けて早くも一カ月が経とうとしていた頃、僕は阿倍野駅西側の住宅街を歩いていた。立派な家の塀の中から、金木犀《きんもくせい》の大木が先っぽだけ顔を覗かせ、初秋の風が吹くたびに、鮮やかなオレンジ色の花弁が甘い香りを周囲に放っていた。

今日は、窪田さんの呼びかけでクリーニング店に集まって、ソウルオリンピックの100m背泳ぎの決勝を、みんなで見ることになっていた。バサロ泳法で有名な鈴木大地《すずきだいち》選手が出場する。金メダル間違いなしと日本中が沸いていた。

決勝スタート二時間前の午後四時には、クリーニング屋に三十人ほどの辻調関係者が集まった。その中には製菓科の豊塚君の顔もあった。

僕たち生徒より少し遅れて先生たちが登場
と、それぞれがまかない用の食材でこしらえた差し入れを持ってきてくれたのだ。

急ごしらえで用意した長机の上には先生たちの料理が次々と並び、気付けば店先には高級ホテルのビュッフェのような光景ができあがっていた。

城島先生と佐野先生の鮨はもちろん、具がぎっしりつまった餃子《ギョーザ》、日本料理科の先生ふたりが揚げたサクサクのミニ天ぷら、フランス料理科の先生が作った本格的ローストビーフ、デザートにはティラミスや、シロップの香りがたまらないひと口サイズのパンケーキ。

それぞれの先生たちが風呂敷包みとともに登場するたびに、歓声が湧き上がった。特に鮨科の先生ふたりが登場した時のほかの科の生徒の盛り上がり様は、僕たちを誇らしい気分にさせた。

お菓子を差し入れに持ってきた駄菓子屋のおばちゃんは、こんな豪華なんあるんなら先に言うといてや、とちょっと拗《す》ねながら天ぷらを口に運び続けていた。

集まった人たちはみな熱気に包まれ、それぞれのオリンピック情報を語り合っていた。こんな時おっちゃんたちはみんな評論家になって、側にいる辻調の生徒を捉《つか》まえては解説者ばりのトークを繰りひろげていた。

そしてクラウディアも彼らに負けじと、男子マラソンのボルディンの金メダルについて熱く語り、中山《なかやま》が優勝すると信じていた近くのおじちゃんを悔しがらせていた。どうやらボルディンは彼女と同じヴェネト州という所の出身で、地元のヒーローらしい。クラウディアの日本語はいつもよりもずっと力強くなっていた。

夕方のニュースが流れはじめた。するとおばちゃんが、そろそろ出番や、と呟いてテレビの横に立ち、スピーチをはじめた。

「えー、みなさん。本日は、鈴木大地選手の金メダルを見届ける会にお集まりいただき、誠にありがとうございます。わたくし窪田芳子は、今でこそクリーニング屋のおばちゃんとして地域のみなさまに親しまれておりますが、実はちょっと前、美少女だった頃は、それはもうマーメイドそっくりの水泳少女でした」

会場が一気に大爆笑に包まれた。さすがおばちゃん、クリーニングだけじゃなくトークも一流だ。

「今はなきあべのプール、あそこで長いあいだバイトしてたこともあんねん。せや、あの懐かしの水中エアステーションのとこや。水泳はな、私にとって一番の、いや唯一ってゆうてもええくらいの趣味や」

いつのまにか関西弁に戻ったおばちゃんは、自分がいかに水泳に詳しいかを熱心に語りはじめた。大げさな身振り手振りで一生懸命レクチャーするおばちゃんを見て、ふと気が付いた。ひょっとして、おばちゃんスタイルいいのかも。ウエストが締まっていてスリムだし手足も長い。お店のカウンター越しの姿しか見たことがなかったけれど、みんなの前に立つおばちゃんの姿に僕は少し驚いた。

おばちゃんがトークで会場を沸かせていると、朝の予選の様子がニュースで流れはじめ、そこからは、フォームから相手選手の長所・欠点にいたるまで、ひとつひとつを細かく解説するおばちゃんの独壇場《どくだんじょう》だった。

「ええか、バサロゆうんはな、元々アメリカのジェシー・バサロいう選手が生みだしたキックや」

「よっ！　専門家！」

「おおきに！　うちの見込み

るから、鈴木選手、多分潜る距離を倍にしてくるで。予選[illegible]」

　あまりに詳しい解説に思わずみんな聞き入っている。そこでふくちゃんが突然手をあげて質問した。

「窪田さん！　ズバリ、鈴木選手は金メダルが取れるのでしょうか？」

「はい、ふくちゃん。とてもいい質問です。ここに断言します。現代の水泳ではアジア人は白人には勝てへんなんてアホみたいなこと言う人もいてますが、鈴木選手がバーコフもポリャンスキーも抑えて優勝します！」

　うおーっと歓声が上がる。いつの間にか増えた近所のおっちゃんたちも、おばちゃんの熱弁と優勝宣言に喝采《かっさい》を送っている。僕たちは熱狂に包まれて十八時を待った。これで負けてしまったらどうしよう……という妙な緊張感とともに。


　いよいよ決勝が始まった。鈴木選手は第三レーンだ。無機質な電子音が静けさを破り、いっせいに選手が飛び込むと同時に全員が叫んだ。

「行けっ、行けーっ！　頑張れーっ！」

「頑張れー！　鈴木ー!!」

　僕も大声を張り上げた。選手たちがひとり、またひとりと水面に浮き上がってくる。十メートル通過、十五メートル通過――。

　が、鈴木選手とバーコフだけが一向に上がってこない。みんなの絶叫《ぜっきょう》の中で、微かに解説と実況の声が聞こえる。

『鈴木、いいスタートしましたよ。鈴木はいいスタートをしました！』

『まだ潜っている！　鈴木リード、鈴木リード！　二十五メーターを超えた！』

全身に鳥肌が立ち、体が浮き上がるような感覚を覚えた。

鈴木とバーコフがほぼ同時に水面に上がってきた。

「行けぇー！　行けぇーっ！　行けぇーっ！」

そしてターン。バーコフが体半分ほどリードしている。

『バーコフ先頭！　大地、大地続いた！　鈴木大地、現在第二位！』

しかし、七十メートルを過ぎようとしても体半分の差がなかなか縮まらない。

「まだやっ！　これからやで！　ラスト十メートルが勝負や！」

おばちゃんが絶叫した。

『七十五メートルを通過！　ゴールまであと二十メートルに迫った！』

その瞬間、前半から飛ばし続けていたバーコフのペースがやや落ち、鈴木選手が猛烈に追い上げはじめた。徐々にふたりの差が縮まっていく。

『さあ大地出てきた！　鈴木大地、追ってきたっ！』

なんと、残り十メートルを切ったところでバーコフと鈴木大地がぴったりと並んだ。

「行けぇーっ！　頑張れ、負けるな！　行けっ、行けっ、行けぇーっ！」

この叫び声が自分のものなのか、ほかの誰かのものなのか、もうわからない。全員が力を振り絞り声援を送る。一秒一秒が長いようで短いようで、時間の感覚がおかしくなっていく。

『鈴木大地、追ってきた！　逆転か、逆転かっ！　さあタッチはどうか、鈴木大地……』

どんな一瞬よりも長い一瞬が過ぎた。

『勝った！　鈴木大地、金メダル！　五十五秒〇五　鈴木大地、金[illegible]

アナウンサーの大きな声が響いた
「や……やった」

誰かが小さく呟き、それを合図に全員が喜びを爆発させた。

「す、すごい、すごいっ！　金メダルだ！」

「やったー‼　やったー‼」

「あかん、もう泣きそうや」

「お前、何泣いてんねん」

「そう言うお前かて、ボロ泣きやんけ」

そんなおっちゃんたちの声も聞こえてきた。

「万歳！　万歳！　ばんざーいっ！」

それから全員で何度も何度も万歳を繰り返した。おばちゃんは涙を流して感激している。

「な、ゆーたやろっ、絶対勝つってゆーたやんか！」

おばちゃんは佐野ちゃん、佐野ちゃん！　と大声で叫び、佐野先生と手を取り合って飛び跳ねていた。そして喜びのあまり隣にいた城島先生にも抱き付き、先生はポケットからハンカチを出して涙を拭いてあげていた。

そしてどこからともなく、お祝いやーっ！　の声が上がり大騒ぎがはじまった。

近所のあちこちから優勝の喜びを分かち合おうと人々が集まってきて、宴会はどんどん大きくなっていく。町内会のメンバー、おばちゃんのあべのプールの元同僚、近くにいたお巡りさん。みんなで持ちよったものを賑やかに食べたり飲んだりしながら、感動を分かち合った。宴会は八時をまわる頃、ようやく輪が小さくなりはじめた。

みんなが帰ったあと、僕ら鮨科のメンバーが余韻《よいん》に浸《ひた》りながら後片付けをしていると、店の隅で、城島先生とおばちゃんが何か話しているのが目に入った。

その様子は、真面目な話をしているようで、緊張しているようで、嬉しそうで——いつも見るふたりの表情とは少し違っていて、僕はなんだか見てはいけないものを見てしまったような、でも気になるような、変な気持ちになってしまった。

ふくちゃんも目ざとくそれを見つけ、小声で話しかけてきた。

「長谷川さん、気が付いた？」

「城島先生たちのこと？」

「そう。あれは今日このあと、なんかあるよね」

「えーっ、やっぱり？」

思わず大きな声が出てしまった。するとふくちゃんが、突然こんなことを言いだした。

「城島先生、絶対おばちゃんのこと好きなんだと思うな。昨日もいきなり、中村、馴《な》れ馴れしいぞ、おばちゃんて呼ぶな、ちゃんと窪田さんて呼べ！　って怒りだしてさ。びっくりしちゃったよ」

「それは、僕たちがもうすぐ社会人になるから、ちゃんとした言葉遣いをするようにっていう先生の指導だよ」

「いや、違うと思うな。城島先生は僕らに嫉妬してるんだよ」

「いくらなんでも、それはないよ。礼儀を教えようとしただけだよ。いいかふくちゃん、城島先生は教育者でもあるんだぞ！」

つい言葉に力がこもった。

「でも、いきなり名前を呼ぶって、[illegible]だと思うな」

まったく、ふくちゃんにはいつも驚かされる。

でも本当は、僕も気になってふくちゃんの突飛な推理を否定しきれなかった。

先生のことはさておき、おばちゃんって呼ぶな、か。確かに十九歳の僕が、いつまでもおばちゃんは、ない。次からはちゃんと窪田さんって呼ぼう。

あらかた片付けも終わり、ふくちゃんもほかのメンバーたちも帰ってしまったあと、僕はひとりで大きな袋にゴミをまとめていた。そこに、ハンドバッグを持った窪田さんが店の奥から出てきた。

「あれ、窪田さん今から出かけるんですか？　もう八時半まわってますよ」

急に僕が呼び方を変えたからか、一瞬だけ後ろめたそうな素振りを見せた。

「うん、ちょっとな。長谷川君には最後まで片付けしてもらって悪いんやけど、もう鍵かけさしてもらうわ」

そう言いながらいそいそとパンプスを履く窪田さんから、香水のいい香りがした。

あ、そうか。さすがの僕も気が付いた。

「いってらっしゃい。また話聞かせてくださいね」

と声をかけると、窪田さんはちょっと顔を上げ、かなんなぁという笑顔をしてみせた。

月曜の放課後、僕はクリーニング屋に直行した。

先生たちが料理を盛っていたお皿を回収する、というのはバレバレの名目で、本当は窪田さんの話を早く聞きたくてたまらなかったのだ。

　店のガラス戸を開けて、おばちゃん！　と言いかけて、そうだ窪田さんだった、と思い直した。窪田さんはカウンターの向こうで伝票の確認に忙しそうだったが、珍しくその指先に淡《あわ》い色のネイルが塗られていた。

「あぁ長谷川君、洗濯物？」

「いえ、お皿を回収にきました。それから土曜日はありがとうございました、とっても楽しかったです」

　と僕が言うと、窪田さんはちらっと後ろを振り向いて、エリちゃんの働いている背中を確認してから、

「スカイラウンジからの夜景、ものすごぅ綺麗やったよ」

と、ちょっといたずらな笑顔をしてみせた。それから、ここだけの話やけどなと声を潜め、土曜日の夜のことを楽しそうに話してくれた。

――みんなで鈴木大地の応援したすぐあとやけどな、城島先生から、今晩このあと空いてますかって言われてん。あんまり予想外で腰抜かしそうになったわ。びっくりしてパニックのまんま、は、はい、空いてますって思わず返事してしもた。

　城島先生とは夏のはじめ頃から、店に来る生徒の様子とか、自分自身の先生としての在《あ》り方とか、いろんな話をするようになってたんやけど、何べんも話させてもろてるうちに、私もだんだん先生の人柄に惹《ひ》かれるようになってしもて。

　でも、城島先生と私なんかじゃ全然釣り合

言い聞かせて[illegible]

も、城島先生がなんで私なんかを？　って。でも、それからはそわそわしてしもて、なんにも手に付かんようになってしもた。

片付けが終わって、そろそろ行きましょうか、店の外で待ってますって声かけてくれた時も、私まだうろたえてたから、とにかく城島先生を待たせたらあかんって気持ちばっかしで。ほんまはいくらでも時間かけたかったけど、さっと髪をまとめて化粧して、もうしゃあないって。

その時ふと香水の瓶が目に入って、久し振りに身に纏《まと》ってみた。華やかな香りが少しでも自分に自信を与えてくれたらいい、そう思って。最後に鏡を見たら、少しうわついた自分が向こうから見つめててん。

ふたりで少し歩いてから、阿倍野交差点の近くでタクシーを拾ってくれて、心斎橋《しんさいばし》に向かってん。城島先生は体格がいいやろ、そん時着てたジャケットがよう似合ってて、ほんまカッコよかった。

タクシーの中でも、何かご希望はありますか？　フレンチでもイタリアンでも、なんでも好きなものを言ってくださいって。でも、いきなりそんなん言われても、私固まってしもて。今日はちゃんとした格好じゃないし、お食事はまた今度誘ってください、その時はもっとお洒落していきますって、そう言うのが精一杯やった。

せっかく誘ってくれたのに気ぃ悪うさせてしもたかなと思ったけど、わかりました。そういうお店には、また別の機会に正式にお誘いします。だから、その時はよろしくお願いしますって、そう言うてくれて。おまけに、そんなことにも気が付かないなんて、僕はダメですねなんて言いはるから、全然ダメなんかじゃないですよ！　私がいつもそういうのをほったらかしにしてるから、あの、ぜひ今度、よろしくお願いしますって言うてしもたわ。

そのあいだも私ずっとどぎまぎしてて、そしたら暗めの所の方がいろいろ気にならないでしょうからって、ラウンジを選んでくれてん。

私のことを気づかってこんなにすぐ機転を利かせてくれるなんて、この人やっぱしすごく優しい人なのかもしれへん。あかん、せやからって変な期待したらあかん。紳士やからこそ誰にでも優しいのかもしれへんし……タクシーが止まるまで、そんなことばっかし頭の中でぐるぐるまわってしもて。

支払いの時やって、先生、千五百円ほど払うのに一万円札出して、これってもしかして私の前でカッコつけてる？ クリーニング代も最近よぉ一万円札で払ってはるし、もしかして私のこと少しは気にしてる？ そんなことも考えてた。

着いたんは日航《にっこう》ホテルで、先生エレベーターの数字をしばらくじっと見つめてから、最上階のスカイラウンジのボタンを押してん。

けど、私はまた、どうしていいかわからんようになってしもた。スカイラウンジなんてとこ、お金持ちが女優さんとかと行く所やろ、自分なんて完全に場違い、別世界や。

どう振る舞っていいかわからへんまま先生にエスコートされて席に座ったら、すぐに若い綺麗なウエイトレスがメニューを持ってきてくれた。けど、先生はメニューに目もくれずに、慣れた様子で聞いたことのないウィスキーをロックで注文して、おまけに私にブランケットまで頼んでくれて。なんで空調ちょっときついなって思ってたんがわかったんやろ。あぁやっぱり、ここにいろんな女性とよお来てるんやろな、私なんて暇つぶしに呼ばれただけかもしれへん。きっとこの女の子差して、その子に訊いてみてん、これなんて名前？　って。先生の前で、ちょっと恥かかしたろって。そしたら、ルシアン・クエイルード・バイ・フランジェリコなんとかかんとかですねってスラスラっと答えて、わかりやすう説明までしてくれた。

嫉妬してん、あんな若い綺麗な子にまで。私、ほんまにアホやな。

ひとり自己嫌悪《けんお》になってたら先生が、思ったより薄暗いですね、実は僕もここに来るのはじめてなんですって言うて。でも、そんなん絶対に嘘やって思わず疑ってしもた。

なんて返事したらええか困ってたら今度は、今日はオリンピック観戦会に誘ってくださってありがとうございました、すごく楽しい日になりましたって。バサロのものまね素敵でしたよって。そんなん言われたら、なんか急に拍子抜けしてしもてん。

それから、いつも芳子さんには自分の話を聞いてもらってばかりです、だから今日は芳子さんのことを聞かせてくださいって言って、聞き役に徹してくれた。先生ほんまに聞き上手で、水泳のこと、学生時代のこと、好きな食べ物のこと、それから、私は生まれ育った阿倍野が大好きで、ずっとここで生きていこうと決めてること、ついついいろんなことしゃべってしもた。さっきまで緊張してたん誰やねんってくらい。

こんな場所でもなんぼでもしゃべれるって、やっぱり根っからの大阪のおばちゃんやな、私は。

先生はひたすら私の話に耳を傾けてくれて、時々芸術の話をしてくれたりもしてん。私の目の前にいたんは、紳士的で男前な大人やった。なんて素敵な人なんやろう、もうそうとしか思われへんようになってた。

私はこの人に惚《ほ》れてる。自分がまたこんな気持ちになるなんて一ミリも考えてなかった。そうや、明日はちょっといい美容院に行ってみよう、ネイルだってしたいし、化粧品ももうちょっといいのん買おう。この人に好かれたい、少しでもこの人に見合う女性に近付きたい。そんなん無理な話かもしれへんけど、それでも――。

先生のこと、都合のいいように捉え過ぎてんのかもしれへん。でも、幸福感に包まれてる自分が確かにいてる……。城島先生、また今度日を改めてお食事に誘いますねって、もう一回言ってくれた。嬉しかった。

おしゃれなカクテルが置かれたテーブルの先に見えるのは、紛れもなく自分が生まれ育った大阪の街、でも、今まで見たことのない大阪の街。こんな表情も持ってるんやな、自分も、大阪も。

胸の高鳴りが治まらへん。この感覚をときめきって言うんやったっけ？　あんまり昔のこと過ぎて忘れてた。

北側を見たら、近代的な街並みに高層ビルが立ち並んで、優雅な都会の夜景を演出してる。南側には、家々のごった返しの夜景が生駒山《いこまやま》の裾野《すその》までひろがって、それでもひとつひとつがキラキラ輝いてる。その光の海の真ん中に阿倍野の駅ビルを見つけた時、私はたまらへん気持ちになった――。

3

二学期がはじまってほぼ一カ月、鮨科の教室は活気にあふれていた。

夏休み中の研修で自信を付けたこと。また、実際に現場を体験して、卒業後の進路がはっきり見

「ねぇ、ママドゥ、最近どうしたの。大丈夫?」

と声をかけてみても、

「うん、全然! いつも通りだよ」

と返事が戻ってくる。

「そうかなぁ、なんとなく元気がないように見えるけど。何かあったら言ってね。話を聞くぐらいなら僕にでもできるから」

「大丈夫だって! それよりさ、この前の授業のね……」

ママドゥはさりげなく話をそらしてしまった。

それからしばらく経った日の放課後、廊下の隅で話し込んでいる城島先生とママドゥを目撃した。ママドゥを誘ってクリーニング屋に行こうと思っていたけれど、深刻そうなふたりの様子に話しかけるのを躊躇してしまった。

「おぉ、長谷川。お前これからクリーニング屋に行くのか」

僕の手提《てさ》げ袋から白衣がのぞいているのを見付け、城島先生から声がかかった。

「ママドゥ、クリーニングはいつも窪田さんのところだろ。白衣をパリッと洗濯したら、きっと気が晴れるぞ。行ってこい、行ってこい」

と言いながら、先生がママドゥの肩をポンポンと軽く叩くと、

「はい。先生、いろいろありがとうございました。じゃあ失礼します」

とママドゥも軽く頭を下げて、じゃあ行こうかと僕に向かって手をあげた。

九月も末とはいえ外はまだ暑く、西日の強い照り返しを受けながら、僕たちは夕暮れに向かう街

並みをゆっくりと歩いていた。

「ねぇ、さっき先生と話し込んでたけど、何か困ったことでもあるの？」

クリーニング屋への道すがら、気になってもう一度訊いてみた。

「実はね、夏休み中の研修先で、ちょっといろいろあってね」

「岡山で？」

「うん、そう。それで城島先生が心配してくれてるんだ」

大したことじゃないんだけどね、と付け加えるとママドゥは僕の方を見て微笑んだ。研修がはじまってすぐの頃、ママドゥから銀座の『鮨処小室』に電話がかかってきたことを思い出した。

「ママドゥ！　あの時の電話⁉」

思わず大きな声を出してしまった。毎日疲れ果てていた自分の姿が脳裡に甦り、歩いていた足が急に止まった。自分の鈍感《どんかん》さが心底嫌になった。

「何かつらいことがあったの？　お店の人？」

「ううん、お店の人たちはみんないい人ばかりだったよ。大将も女将さんも、ほかのスタッフの人たちだって本当に優しくしてくれたんだ」

「じゃあ、お客さん？」

心臓がドキドキしてきた。

「うーん、まぁね。大したことじゃないけどね！」

ママドゥは白衣の入った紙袋を大きく振りながら、さらに明るい声でそう言った。そのあと少し間を置いて、前を向いたままそう言った。

そんな——。

夕方の阿倍野は、昼間の蒸し暑さがまだ残っていて、晩御飯の買い物で行き来する人々が、むっとした空気を忙しくかき混ぜていた。その中で僕はママドゥが言った言葉を受け止めきれず、ただ突っ立っていることしかできなかった。脇の下からは嫌な汗が滲んできた。

「ほら、長谷川はさ、自分のことみたいにショック受けるだろ？　心配させたくなかったんだ。気にしないでよ、ボクは大丈夫だから！」

ママドゥはふいにクリーニング屋に向かって走り出した。颯爽《さっそう》と走るその影が僕の方まで長く伸びている。相変わらず綺麗なストライドだった。けれどそれがカラ元気を一層際立たせているようで、僕はかえってつらかった。

クリーニング屋の扉を開けると、

「あ、長谷川君にママドゥ、ちょうどええとこに来てくれたわ！　悪いけど、ちょっと手伝ってもらえる？」

僕たちの顔を見るなり窪田さんがそう言った。顔には、助かったと書いてある。

「明日、廃品回収の日やから古い乾燥機出そう思てるんやけど、重たいし高いとこにあるし。ふたりで下ろして、表の看板のとこまで運んでもらわれへんかな」

「もちろん！　いいですよ」

ママドゥがすかさず返事をした。

「ありがとう！　ほんま助かるわ。もちろんタダやないで、お手伝い賃は次のクリーニング代っちゆうことで！」

　そう言うと、窪田さんは早速僕たちをカウンターの裏の部屋に連れていった。

　そこはちょっとした作業場になっていて、スチーム特有の匂いの中にアイロン台や見たこともない大きさの業務用洗濯機が置いてあった。その一角に乾燥機が三段重ねになっていたが、下ろしてほしいと言っているのは一番上の古びたやつらしい。確かに窪田さんひとりでは絶対無理だ。

「それでな、乾燥機の裏の配線外してから下ろしてほしいねん。壁との隙間が狭いんやけど、できる？　悪いなぁ、ほんま。感電せんといてよ」

「ボクの身長が役に立つなら喜んで！　それに、ボク腕が長いから、隙間の作業も余裕です」

　窪田さんからドライバーを受け取ったママドゥは、床にしゃがみこんで乾燥機の後ろに頭を突っ込み、早速作業に取りかかった。仕事が早いママドゥにつられ、僕も慌てて配線が入り乱れる乾燥機と壁の薄暗い隙間を、ママドゥの反対側から覗き込んだ。

　作業をしていると、窪田さんとお客さんのやりとりや順番を待っている人たちの会話が、薄い壁を通してよく聞こえてくる。やはり辻調の生徒が多いようで、汗をかきながらこんがらがった電気のコードやアース線と格闘している僕たちの耳には、いろんな声が入ってきた。

「またいらっしゃいねー」

「あら、風邪《かぜ》でも引いたん？　飴ちゃんあるから持って帰り！」

「まーたえらく汚したなー。まぁうちなら大丈夫やけどな、こんなん余裕やわ」

　ここに来る辻調生は僕たちみたいな常連が多く、窪田さんはお客さんとあれこれ話をしては洗濯物を受け渡すという作業を、手際よく繰り返していた。

　ずっとこうやって生徒を見守ってきたんだな。

手を動かしながら、僕は窪田さんの元気のいい声に耳を傾けていた。[illegible]び込んできた。

「おばちゃん、あの鮨科にいる黒人って、ここにも来るんですか？　あいつ、まじで鮨職人になれると思ってんのかな？」

「はぁ？」

「だって、あいつが握った鮨、おばちゃん食べられますか？」

「いや、食べられるけど？」

むっとした声で切り返すのが聞こえる。どうやら生徒はふたりいるらしい。

「カウンターで黒人が鮨を握って目の前のお客さんに出すとか、ちょっと考えられないと思いませんか？」

僕は思わず目の前のママドゥの顔を見た。何も聞こえない様子で黙々と作業をしている。でも、聞こえていないはずがない。

「なんや、それ？」

「伝統を大事にする人たちから絶対叩かれるじゃん。そうなった時に同じ学校出身って言いたくないというかなんというか」

コトン。ママドゥの手からドライバーが滑り落ちた。咄嗟に僕が拾おうとするより早くママドゥが拾い上げ、アースを外す作業を続けようとした。が、またドライバーを落としそうになる。

薄暗くおまけに逆光だけれど、ママドゥの手が震えているのがはっきり見えた。それでも一生懸命ドライバーの先をネジの頭に合わせようとするけれど、上手くいかない。ママドゥの喉から、クッと声がもれた。

「辻校長も攻めすぎだよな。鮨科にはイタリア人までいるんだぜ。しかも女！　なんだかなー。お前、黒人が目の前で握った鮨、食べられる？」

「いやー、正直ボクはちょっとキツいかな。だって鮨っていえば日本人が握るもんだし、黒人が握るの抵抗あるかも。本当に美味しいの？　ってなっちゃう」

——黒人の握った鮨なんて、俺は食わねぇからな！

さっき聞いた言葉が甦ってきた。その瞬間、今まで感じたことがないほどの猛烈な怒りが、突如として湧いてきた。体中の血がお腹の底から頭のてっぺんに向かって一気に逆流し、喉で無理やりせき止められて激しく脈打つ塊になった。その塊が僕を突き動かし、お前ら！　表に出ろ！　そう大声で叫ぶ。そのはずだった。が、なぜかその前に、僕の耳に同じ台詞が聞こえてきた。

「あんたら、ちょっと表に出るか？」

それは壁の向こうから聞こえてくる、怒りに震える窪田さんの声だった。

ハッとして思わず立ち上がり、ドアに身を隠しながら店内の様子を窺った。

突然のことに、お客のふたりは固まっている。店の扉に手をかけて窪田さんが言葉を続ける。背中が小刻みに震えているのがカウンター越しに見えた。

「だから、こっち来いってゆーてるやろ」

その太い声は恐ろしいほどの迫力で、自分に落ち度があるわけでもないのに僕の膝はガクガク震えだした。気が付くと、隣でママドゥも息を呑んでこの様子を見ていた。

さすがにまずいと思ったのか、ふたりはバツが悪そうに前に進んだ。

「今日クリーニングに出すのは、この白衣だけか？」

ふたりは黙って頷いた。

そして次の瞬間、全く想像していなかったことが起こった。

店の扉を開けた窪田さんは、思いっきりふたりの白衣を外に放り投げた。

夕方の光の中、二枚の白い服が宙を舞い、ひらひらとアスファルトの地面に落ちていく。

「うちはクリーニング屋やからな、どんな汚れでも大概は落とせるで。ただな、心の汚れだけはどうしても落とされへんわ。駅の反対側に行ったら、ほかにもクリーニング屋があるから、そっち行きや！　そんでな、もう二度と、うちにはこんといてんか！」

抑えようのない腹立たしさが荒い声になって弾け、窪田さんは今まで見た誰よりも怖い表情をしていた。不意を突かれて声も出せないふたりのお客の目の前に歩みよって、こう言った。

「あんたら、イタリア料理科の生徒やな」

黙って頷いた。完全に怯《おび》えている。

「自分らゆーてること、おかしない？　あんた、なに人？」

「に、日本人ですけど……」

ひとりが、やっとの思いで答えた。

「せやな。自分は日本人でイタリア料理を勉強してるんやろ。なんでそれが許されて、イタリア人が日本で鮨を勉強すんのはあかんのや。答えてみい！」

ふたりとも黙ったまま下を向いていた。

「答えてみいゆうてるやろ！　ソマリア生まれのママドゥが鮨握るのんと、日本生まれのあんたらがピザ焼くのんと、何が違うんや！」

窪田さんは僕とママドゥがいる部屋の方に進んできた。そして、

「ママドゥ、大丈夫なら出ておいで」

と声をかけた。思わず横を見ると、ママドゥはまるで感情を抜き取られたような顔をしていた。が、こくりと頷いて店の方に出ていった。

例のふたりは大きく目を見開き、ママドゥの姿を見つめていた。

「たまたま手伝ってもろてたんや。本人に聞かれてるなんて思ってもなかったやろ」

パニックに陥ったふたりの視線がママドゥの周りを泳いだ。

「あんたら、なんか言うべきことあるんちゃうか?」

顔向けできないのか言葉はなかった。

「あんたら、ほんまにアホなこと言うたんやで」

そう言われても、もう弁解のしようがない。

「あんたら……ほんまに……間違えたことをしたんやで」

窪田さんの声が途切れ途切れになってきた。

「——すいません」

と、ひとりが消え入りそうな声で言った。けれど、

「何や、その言い方は? ちゃんとこの子に聞こえるように言いや! なんでこんなに頑張ってんのに、つらい目にあわせなあかんの? 私は絶対に許さへんからな!」

ついに泣きながらそう叫んだ。ここまでの展開になるとは思ってもみなかった。彼らがキレて逆上するかもしれないと思うと、怖くて僕の膝はガクガク震えだした。

アスファルトに張り付いた白衣を拾い上げ、その場を立ち去ろうとした時、ひとりがママドゥの方を振り向いて言った。

「ごめんな—

そのひと言を残してふたたび泣いた
たまたま遭遇《そうぐう》した衝撃的なハプニングだった。ママドゥを守り、戦い、涙するそのあいだ、窪田さんの瞳にはずっと母親の深い愛情のようなものが満ちていた。それは僕が知らない類の愛だった。

その愛に気付いた瞬間、ハッとした。

困ったことがあったらなんでも言ってね、僕はママドゥにいつもそう言ってきた。けれどそれは口先だけだった。本当にママドゥの力になりたいんなら、窪田さんじゃなくて自分が戦ってもいい場面だった。なのに僕は、戦うどころか相手が逆上することを怖がっていた。ひとりで彼らと対峙《たいじ》する窪田さんの姿を、その背中に隠れるようにして見ていただけの自分。そして膝を震わせていただけの自分。そんな自分に心の底からうんざりした。

しばらくの間お客さんは途切れ、窪田さんは僕たちに言った。

「あの子らな、あれで結構反省してると思うよ。ごめんなって言うた子、目がうるうるしてたもん」

そう言う窪田さんの目こそ涙で濡れていた。そして、実は城島先生がママドゥのことを本当に心配して、ここに何度も相談に来ていたことを教えてくれた。

「あの人、自分がここに相談にきてることは内緒にして、そんで私にママドゥを励ましてほしいって言うんやけど、なんも知らへんはずの私がそんなことしたら、どう考えても不自然やん、すぐバレるやろ。ほんま、城島先生は不器用なんやから」

窪田さんは嬉しそうにあははと笑った。その笑顔につられ、ママドゥも笑っていた。

「そうだったんですね、窪田さんまでボクのこと心配してくれてたなんて。あの、今日はありがとうございました。お陰で気が楽になりました。確かにボクがやっていることは、イタリア料理と向き合う彼らと一緒ですね。だからボクももっと頑張って、絶対いい鮨職人になります！」

ママドゥはきっぱりとそう言い切った。

「そうかそうか、いつでも応援してるで」

「もう負けません。なんだか吹っ切れました」

「ママドゥ、いつか偉くなったら、うちのクリーニング屋も紹介してや。本書くことになったら、うちのこと書いてもええんやで」

そう言って楽しそうに笑う窪田さんは、最高にチャーミングだった。

「なんか……ママドゥ、ごめんね」

「なんで長谷川が謝るの？」

「だって……」

クリーニング屋からの帰り道、ふたりの会話はここで途切れた。

うなだれている僕を残し、ママドゥは全てを振り切ったかのように全力で走り出す。

4

「穴がありますように、穴がありますように！」

僕の隣でママドゥがそう念じている。

僕たちふたりは、あべの筋を天王寺《てんのうじ》駅方面に向かって歩いていた。

アーケードの商店街には、いつも元気

成したばかりの『あべのハルカス』が

そういえば、今度は阿倍野に日本一高いビルを建てるなんて噂も聞くけれど、いや建てたらあかん、絶対あかん！　高層ビルなんて阿倍野には似合わへん！　と窪田さんがわざと大げさに、でも少し寂しそうに言っていたことを、ふと思い出した。

目的地は居酒屋。時々行っているその店で、ミカちゃん、ママドゥ、ふくちゃん、そして僕が、クラウディアの誕生日を祝うことになっていた。

今まで所謂《いわゆる》お誕生日会やクリスマス会に縁がなかった僕は、どことなく気恥ずかしさを感じる一方で、新しい経験に期待する気持ちも抱いていた。

店の前に着くと、ミカちゃんとクラウディア、ふくちゃんが先に来て待っていた。

「ごめんね、待たせちゃった？」

「ううん、私たちも今来たところ」

「あれぇ、今日は千住君来ないの？」

僕とママドゥしかいないのを見て、クラウディアがとぼけた調子でミカちゃんに話を振った。

「あぁ、今週末は東京の実家に帰るって」

「一緒に帰らないの？」

「なんで私が千住君の実家に帰るのよ！」

「冗談だってば。ごめんごめん」

わかりやすく照れるミカちゃんをからかいながら、店に入ると店員さんが奥の個室に案内してくれた。するお今度はクラウディアもママドゥと同じことを呟きだした。

「穴がありますように、穴がありますように……」

「クラウディア、何言ってんの？」

「ふくちゃんにはわからないだろうけど、私とママドゥにとってこれは切実な問題なの」

クラウディアが真剣な顔をして見せた。

店員さんが個室の扉を開くと、

「やった！　掘りごたつタイプ、嬉しい！」

クラウディアとママドゥはガッツポーズで微笑み合った。その後ろでミカちゃんが、

「やっぱり早めに予約しておいてよかった」

と小さくガッツポーズをしている。

それからみんなが今日の主賓《しゆひん》クラウディアを囲んで座ると、いよいよ誕生日会がはじまった。

「失礼します」

店員さんの声がして、早速お通しの枝豆が運ばれてきた。

「あ、私この豆大好き！　日本ではよく見るよね、この豆」

そう言ってクラウディアは鮮やかに色出しされた枝豆をひとつ摘むと、じっくりと観察しはじめた。するとふくちゃんが、

「これ何の豆か知ってる？」

とクラウディアに訊いた。クラウディアが返事につまると、では僕に任せなさいとふくちゃんが解説をはじめた。

「えー、僕の田舎岩手には、神様にお供《そな》えする『豆すっとぎ』という伝統料理がありますが、材料はこの枝豆です。枝豆は日本中どこでも採れて、国民に最も愛される豆であり大衆的食材。枝豆は大豆がまだ青いときに収穫したものですが、

「さすがにデザートは言い過ぎでしょ？」

とミカちゃんが言うと、

「大豆を炒《い》って粉にすればきな粉になるよ。おはぎだってわらび餅《もち》だって、みんなきな粉を使ってるじゃん」

ふくちゃんはすかさず切り返した。みんな納得して枝豆をしげしげと見つめると、

「でしょ、大豆はすごいんだよ！」

と満足そうに頷いた。ふくちゃんは時に小学生のようでもあり、またある時は大人びた様子で知識や経験を論理的に語ることもある。この時ばかりは、さすがだなと見直した。

「醬油は大豆からできてるんだね。醬油がない限り鮨もない。ってことは、このひと粒の豆がボクの人生を変えてくれたんだね」

今度はママドゥが枝豆を見つめ、しみじみとそう言うと、

「ママドゥ、それは大げさだよ」

ふくちゃんがちゃちゃを入れた。

「いや、全然大げさじゃないよ。このひと粒が味噌や醬油になって日本の食文化を作って、そこから鮨が生まれ、アフリカでボクが鮨に出会い、今日本で鮨の勉強をしてる。そう思うと、ひと粒の豆にさえ感謝したい気持ちだよ」

ママドゥは穏やかにそう言って、いとおしそうに枝豆を見つめた。

その瞳には以前の明るさが戻り、力強ささえ感じられたのが僕にはとても嬉しかった。

ふくちゃんの豆知識を超えた「豆知識」に感心しているうちに、テーブルは運ばれてきた料理の

皿でいっぱいになった。大根おろしの山が添えられたふわふわの卵焼きは、まだ湯気を立てているし、見るからにカリッとした衣《ころも》の唐揚《からあ》げの山からは、揚げたてのピチピチといういい音がしている。トッピングの鰹節がゆらゆらと踊り、ガーリックバターが香るポテトフライには目も鼻も惹き付けられるし、ほかにもひと口サイズのチーズの揚げ物や、ほうれん草のおひたし、そして梅で味付けされたキュウリ――。

「うわー！　早く食べようよ！　よだれが止まらないよ」

そう言って今にも箸を伸ばそうとしているふくちゃんを、

「だめだめ、乾杯が先よ」

とミカちゃんが制した。

「ではでは！　クラウディア、お誕生日おめでとう！」

「おめでとーう！」

全員でウーロン茶のグラスを高く掲げた。

ありがとう！　とクラウディアはひとりひとりのグラスに自分のグラスをチンと合わせ、それを合図に僕たちは食事に話にと一気に盛り上がった。

ひと通り食事が済んだあとは、それぞれが用意したプレゼントをクラウディアに渡す時間だ。

彼女はプレゼントを受け取ると、リボンや包装紙を丁寧に開いては驚き感激し、ありがとうとハグしたり頰にキスしたり、本当に嬉しそうだった。

このイタリア式のお礼にミカちゃんは気軽に応じたが、さすがにふくちゃんは大いに照れた。けふくちゃんの次に[illegible]れていない剝きだしの贈り物は、魚の名前がびっしりと書かれた湯飲み茶碗だった。

「えーっ、それ⁉ それはちょっと……」

あまりにお馴染みの湯飲みが現れたのを見て、ふくちゃんがからかうようにそう言った。余計なことを言うんじゃないかと僕はそわそわしたけれど、正直自分も、それで大丈夫？ と心の中で吹きだしてしまいそうだった。

「ごめんね、お金がなくて……」

「そんなの気にしないで」

「でも、やっぱりこれにした」

ママドゥは覚悟を決めたといった様子で、クラウディアに手渡した。

「いいの？ これ、もしかして、すごく大切なものなんじゃない？」

クラウディアがそう尋ねると、ママドゥは申し訳なさそうに言葉を濁し、

「でも、まぁ、クラウディアはボクの同志だからね」

と微笑んだ。

「あのね、この湯飲みは、アフリカにいた頃ボクに鮨を教えてくれた人がプレゼントしてくれたんだ。日本に行って鮨の勉強したいんなら、まずはこれで魚の名前を覚えなきゃって」

「へぇー、ママドゥの恩人からの贈り物なんだ」

と、ミカちゃんはクラウディアが両手で大切に包み込んでいる湯飲みを改めて見つめ、ふくちゃんも「なるほどね」と頷いた。

「クラウディアが一生懸命頑張ってる姿を見ると、いつだってボクも頑張らなきゃって励まされる

んだ。だから、同じ志を持つクラウディアに丁度いいんじゃないかと思って。クラウディア、これからも一緒に頑張ろうね！」

ママドゥはクラウディアと握手をした。その姿はとても堂々としていて、夏休み明けから彼の周りに漂っていた暗い影は微塵も感じられなかった。

そしていよいよ僕が渡す番だ。ここにきて、やたらと胸がドキドキしてきた。

ママドゥ同様、僕は僕で、とても大切なものをクラウディアにあげようと決めていた。それはシングル盤のレコードで、子供の頃に大人気だったコメディアンが髭《ひげ》を付けてダンスをする曲が入っている。腹に響くビートや、パーカッションの弾むリズムがカッコよくて、親父にねだって地元でたった一軒のレコード屋で買ってもらった一枚きりの自分のレコードだ。

これなら絶対クラウディアも気に入るぞ。僕はできるだけ綺麗な包装紙を探しだして丁寧にレコードを包み、誇らしさで胸をワクワクさせながらここに持ってきた。

「次は長谷川の番だよ」

ママドゥにそう促され、誕生日おめでとう！　と陽気に言った割には申し訳なさそうに、僕はそのプレゼントを手渡した。すると、クラウディアの表情が一段と明るくなった。

「嬉しい！　長谷川君、私本当に嬉しい！」

白い肌が紅潮《こうちょう》して輝き、思わず目が彼女に釘付けになった。

クラウディアは、ぼーっとして返事もできない僕の肩に手を添えて、両方のほっぺたに軽くキスし、頬をくっつけたままもう一度、本当にありがとうと囁《ささや》いた。彼女の頬の温もりと柔らかさに心臓がドキッと鳴り、甘い香りが残った。

「開けてもいい？」

ゼントが猛烈に恥ずかしくなった。

「だめっ、ここじゃだめ！　絶対に帰ってから開けて！」

思わずそう叫ぶと、その場にいる全員が一瞬キョトンとした。

すると、あっ、わかった！　とミカちゃんが小さく声を上げた。そしてさも重要なことのように、

「きっと、あのプレゼントはクラウディアへの告白よ」

とコソコソみんなに伝えはじめた。

「えっ、ほんとに⁉　だったら、よけいに中身が知りたい！」

そう大声を出すふくちゃんの袖を引っ張って、プライバシーの侵害でしょ！　とミカちゃんはいさめ、クラウディアには、

「帰ってゆっくり感激を味わってね」

と耳打ちしている。

全然違う、そうじゃない……。

さっきまで自信を持っていたプレゼントだったのに、なぜだか急にとんでもない選択ミスに思えてきた。

でも彼女の甚だしい勘違いのお陰でクラウディアは納得し、プレゼントをそのままバッグにしまってくれた。

助かった。ここで包装紙を開けられたら、みんなの大爆笑が起こったに違いない。時々千住をイライラさせる彼女のおせっかいだけど、今日はそのお陰で命拾いした。

ミカちゃんに心からの感謝を伝えたい気持ちだった。

その日の居酒屋は満席だった。僕たちの隣の個室はサラリーマンのグループのようで、薄い壁を通してそちらの話がよく聞こえてくる。

特別耳を傾けていたわけではなかったけれど、話の内容が去年優勝した阪神《はんしん》の話題から何かの拍子で鮨に移ると、全員がいっせいに神経をカチリと耳に集中させた。ガヤガヤと賑わう居酒屋の空気の中でも、僕はそのリセットの瞬間を見逃さなかった。僕たちはまだまだひよっこだけれど、それでも鮨職人への道を歩んでいるんだと、こんな時は強く実感する。

するとひとりの男性が、いかにも俺は一番のグルメだと言わんばかりに、ひと際大きな声で語りはじめた。

「テレビで観たんだけどさ、女の鮨職人、あれは本当やめてほしいよな。食えないから。知ってる？　女の手って、男の手より二、三度温度高いの。やっぱ鮨職人の手は冷たくなきゃ美味い鮨は握れないって言うもんな。まぁ、女には無理だよ、無理」

さっきまで賑やかだった僕たちの部屋の空気が、一瞬凍り付いた。クラウディアはグラスを持ったまま固まり、ミカちゃんも箸を持った手が止まって動かない。ふたりの顔に表情はなく、目は宙を泳いでいた。

「……あっ、そうそう！　アフリカではね」

気をそらそうと、咄嗟にママドゥが話しだした。それに合わせて普段は協調性のかけらもないふくちゃんも大声で同調した。

すかさずいつもの笑顔を作り
「あのね！　このあいだうちの父がね」

と彼女の十八番《おはこ》の『私の父の釣りバカ日誌』を、ふくちゃんに負けないくらい大きな声で話しはじめた。が、なおも隣の話は止めようもなく、こちらに筒抜けだった。

いつもはみんなを大笑いさせる彼女の漫談も、今日は不自然さばかりが目立ってちっとも面白くない。それでもふくちゃんはわざとらしく爆笑し、ママドゥはちぐはぐなタイミングで拍手をしている。

僕たちの個室は、いったいどうしたのかというほどの空騒ぎになってしまったけれど、みんなでなんとかしてかき消そうとする緊張感は、いやがうえにも増していった。

「ちょっとトイレ」

僕はたまらず席を立った。個室を出て扉を閉めると、

「長谷川、大丈夫かな」

というママドゥの声に続いて、ミカちゃんの声も聞こえてきた。

「もしかして、隣に文句言いに行ったんじゃない」

「おっ、長谷川さん、女子の前でカッコつけるつもりかな？」

「えっ大変！　どうしよう……」

心配するクラウディアの声も聞こえる。

僕は隣の個室の前に立つと、咳払いをひとつしてから、ちょっと失礼します、と声をかけ襖《ふすま》を開けた。意外にも足はすんなりと前に進んだけれど、後ろ手に襖を閉めようとしても手は震え、なかなか引き手のくぼみに指が引っかからない。

そこには三、四十代らしき四人の男性がいた。みんな少し酔っているようで、急に入ってきた見知らぬ僕にひとりが乱暴な言葉を投げ付けた。

「なんだよ、お前！」

「あの僕、隣の者なんですけど、みなさんの話が聞こえてきて」

必死だった。

「あの……僕も阪神の大ファンなんです！　去年の阪神、本当にすごかったですよね。バースに掛《か》布《ふ》に岡田《おかだ》、優勝が決まった瞬間を思い出すと、今でも鳥肌が立ちますよ！」

そう言うと四人の顔はみるみるほころび、おーっ、お前も阪神ファンか座れ座れ、と席を空けてくれた。

それからは、自分は高校時代野球部だったけれど、ずっと補欠だったこと。三年間通して唯一出してもらえたのは、隣村の農業高校との練習試合だけだったこと。でもそのたった一回の出場経験も、実は相手チームのひとりが実家の収穫作業の手伝いで欠席したため、急遽《きゅうきょ》、相手チームの八番ライトとして使ってもらったことなどを、大量の汗をかきながら一生懸命話し続けた。

とにかく鮨から話題をそらす、そのことだけを必死で考えた。

四人の男性は、突然乱入してきた僕の話を大笑いしながら聞いてくれ、

「お兄さんも食べていけ」

と、自分たちが頼んだ料理を僕の前に並べてくれた。

そして、ひとしきり場が盛り上がったあと、一番年上らしき人が僕に尋ねた。

「お兄さん、学生さん？」

「はい！　今年の四月に田舎から大阪に出てきて、

「そうか。人生これからだな。頑張れよ。みんなで応援してるからな」

その人はそう言うと、壁にかけてあった背広の内ポケットから財布を取りだし、

「まぁ取っといて」

と一万円札を僕の前に差しだした。

「えっ、いえ、大丈夫です」

「そう言わずに、取っといて」

と、なおも勧める。周りの人たちも、

「お兄さん、せっかくだからもらっとけばいいよ！」

と声をかけてきた。

「いえ、いいです、いいです。本当に」

僕は困ってじりじりとあとずさりをし、前を向いたまま手探りで襖を開けて、失礼しました！

と慌てて退散した。そのままフラフラになって自分の個室に戻るや否や、さっきまでの大声はどこに行ったのかふくちゃんが声を潜めて、

「長谷川さん！　なんで一万円もらっとかないんですか！　まったくもったいない」

と僕に向かって憤慨《ふんがい》した。

「長谷川君が喧嘩でもするんじゃないかって、私たち冷や冷やしてたのよ。ねぇ！」

ミカちゃんもクラウディアの腕を人差し指で突っつきながら、ひそひそ声で言い、

「もう、何してたの長谷川君？　主役をひとりにして席を立つなんて失礼よ！」

クラウディアにも小声で叱られた。でも彼女の瞳はありがとうと言ってるし、ミカちゃんも嬉しそうに頷いている。

「いやー、ごめん。隣の阪神ファンに捕まっちゃって。つい盛り上がっちゃった」

その後、料理を綺麗に平らげたあと電気が消され、店長さんがバースデーケーキに火をつけて持ってきてくれた。そしてバースデーソングを歌い、クラウディアがフーッと息を吹きかけてキャンドルの灯を消すと、個室は真っ暗になった。

再び電気が点《とも》ると、両手で顔を覆ってうつむくクラウディアの姿が浮かび上がり、僕らはびっくりした。肩を小刻みに震わせ、我慢しようとしても込み上げてくる小さな泣き声が、指の隙間からあふれ落ちている。想定外の展開に戸惑ってしまった。

けれど、これが悲しい涙ではないことぐらいはすぐにわかり、僕の胸には徐々に温かい気持ちがひろがっていった。美しい涙が乾いたあと、クラウディアは晴れ晴れとした気持ちで帰宅して、期待に胸を膨らませながらプレゼントの包みを開け、髭をはやした志村《しむら》けんと加藤茶《かとうちゃ》に対面する。

その瞬間を想像すると、僕は恐ろしくて気もそぞろだった。

5

昼休みの食堂は、今日も三百人ほどの生徒でごった返していた。

食欲の秋さながらに、がっつりとランチに食らいつく者もいれば、早々に食事を終えワイワイ盛り上がっているグループもある。中にはひとりのんびり文庫本をひろげる者もいて、つまり、食堂は僕たち生徒の憩《いこ》いの場でもあった。

僕は食べ終えた食器を片付け、長いテーブルの端で親父に葉書を書いていた。もうすぐ四十七歳の誕生日を迎える親父に、何か気の利い[illegible]

父さんの誕生日は、僕の握った鮒でお祝いしたいで[illegible]ースデーと英語で書いておしまいにした。

隣では千住が、テーブルの向かいに座っている城島先生にしきりに質問していた。頷いてはせっせとノートをとる千住を前に城島先生は席を立つ様子もなく、説明を続けている。僕らにとっての憩いのひと時も、千住にはさらなる勉強の時間らしい。隣ではミカちゃんも一緒にノートを覗き込んでいた。

午後の授業までもう少し時間があるから、郵便局で切手を買って葉書を出してしまおうと顔を上げると、食堂の入り口でうろうろしている窪田さんの姿が目に入った。

立ち上がって、こっちこっち！　と手招きをすると、すぐに気がついて小走りでやってきた。城島先生も顔を上げ、

「あっ、どうぞ。ここ空いてますから」

と自分の隣の席を用意する。窪田さんは軽く息を切らせながら勧められるまま椅子に座って、

「先生、ありがとうございます。長谷川君、よぉ私を見つけてくれたね」

と嬉しそうだった。

「ん、長谷川君、絵葉書？　誰に書いてんの」

窪田さんは僕の手元に目をとめると、今時珍しいというふうに尋ねた。

「親父に書いてるんです、もうじき誕生日だから」

「ほんで大阪城の絵葉書か。思いっきりベタやねぇ」

「そうですか？　やっぱり違う葉書の方がいいかな」

「いやいや、まぁ、わかりやすうてええか」

僕は書き終えた絵葉書を洋服のポケットにしまった。

それにしても窪田さんが食堂に顔を出すなんて珍しい。何か用事があったのかと訊くと、

「あっ、せやった！　私これを城島先生に渡しにきたんやった」

と手提げカバンから一枚の紙切れを出した。

「このあいだ先生からお預かりした白衣のポケットに、これが入ってたんです。東京やら京都やらの電話番号と、いろんな先生の名前が書いてあるのがチラッと見えて。これは生徒の進路指導に必要なもんに違いないわ、きっと先生困ってはる。そう思って私、急いで届けにきたんです」

窪田さんは、まるでお使いに来たことをほめてもらいたい子供のように張り切って説明し、城島先生にメモを差しだした。

「ほんとは城島先生に会いたかっただけでしょう！」

そう言うと、千住の向こう側から声が飛んできた。

「ちょっと、長谷川君！　何言ってんの！」

ミカちゃんが人差し指を口に当てシーッと言っている。

「何かまずいこと言った？」

「当たり前でしょ！」

僕とミカちゃんが小声でやり合い、あいだに挟まれた千住がやれやれと頭を抱えている。が、なぜか城島先生はそんな僕たちのことは目に入らない様子で短くお礼を言うと、窪田さんから受け取ったメモを、気まずそうにサッと内ポケットにしまった。

「あ、そうだ。窪田さん、千住君ってすごく絵が上手いんですよ。ちょっと見てくださいよ！」

微妙な空気を察したミカちゃんが千住の

「え、そうなん？」

つられて覗き込んだ窪田さんは、

「これ実習で使った食材やろ？　エビやらタコやら、どれもこれも本物みたいやな！」

とノートを手に取り、ページをめくっては驚き、次のページをめくってはまた驚いている。

「すごいでしょう⁉　千住君ってなんでもそっくりに描けるんですよ」

ミカちゃんは自分のことのように自慢し、

「そうだ、千住君。せっかくだから窪田さんの顔を描いてあげてよ！」

と言いだした。

「え、私？　あかん、あかん。今日はちゃんと化粧してへん日やから！」

みんなの笑いを取る窪田さんの前で、

「僕は構いませんよ」

と千住が余裕を見せた。すると、

「ほな千住君、描いてくれるんやったら、城島先生描いてぇな」

すかさず窪田さんが切り返した。さすが大阪のおばちゃん、返しが上手い。

が、どうやら冗談ではなく本気らしい。窪田さんは手に持っていたノートを千住の目の前に差しだした。

「ええ、もちろんいいですよ」

一瞬、間を置いてから千住はそう答え、ノートを受け取りながら、

「城島先生はいいですか？」

と先生の顔を真っすぐ見た。

「え、俺？」

まさかの申し出に城島先生は固まっている。

「先生、お願いします」

ミカちゃんが上目遣いで手を合わせた。

「仕方ない、受けて立つか」

城島先生は大きく頷き、

「窪田さんと小林のお願いじゃ、嫌とは言えないな。よし、千住、男前に描いてくれよ！」

と、改めて千住と向き合った。

カチッ。

千住のモードが本気に切り替わる音が聞こえた気がした。千住はペンケースからあずき色の鉛筆とカッターを取りだしたかと思うと、あっという間に芯を削りだし、本物の画家がやるように、城島先生の顔の前に鉛筆を真っすぐに立てて何かの長さを測りはじめた。

すると城島先生は、トマトソースがわずかに残った皿を丁寧にテーブルの隅によせ、おもむろに襟《えり》を立てて右手で頬杖《ほおづえ》をつき、千住をぐっと見据えた。その表情は面倒くさそうにも見えたし、嬉しそうにも見えたけれど、口元が手のひらで隠れてよくわからない。ただ城島先生の大きな目と太い眉、そしてすっと通った鼻筋がやけにカッコよかった。

先生がポーズを決めるや否や、千住は一気に描きはじめた。

シャッ、シャッ。

鉛筆の芯と紙がこすれる音が心地よい。その音にいざなわれて、僕は広告の裏に夢中で落書きをした子供の頃の幸せな気持ちに浸っていった。

ってきました」

千住の声でハッと我に返った。

横からノートを覗き込むと、そこにはいつの間にか城島先生の顔が浮かび上がっている。描きはじめてから、たぶん五分も経っていない。

そして千住は襟と袖口に細い線を何本も入れ、ジャケットの質感を見事に再現して絵を仕上げた。僕とミカちゃんと窪田さん、三人の口から、ほぉーっという声がもれた。

千住は鉛筆をテーブルの上に置くと、どうぞ、と窪田さんにノートを差しだした。すると、

「ちょっと待って、ここにサインも入れてや！　千住君はいつか絶対に有名になるんやから、この絵は将来値打ちが出るで！」

そう言って窪田さんは絵の右下を指差した。

一瞬照れた表情を見せながらも、千住はためらうことなく筆記体でサインをし、その下に素早く横線を入れた。シュッ！　と音を立てて鉛筆を走らせるその姿は、カッコいいとしか言いようがなかった。

しかし、千住は突然、何か思いついたのか、急いで調理場の中に入っていくと、しばらくしてペティナイフと人参《にんじん》を一本手に戻ってきた。人参の先端を切り落として先の部分だけを正方形に削りだすと、ペティナイフの刃の部分を軽く握り、刃先を使ってカリカリと断面に何かを彫りはじめた。食堂の一角で脇目も振らず人参を彫る千住の姿に、周囲の視線が徐々に集まりはじめ、いつのまにか僕たちの周りには人だかりができていた。

「よし、完成」

千住は人参の断面を眺めたあと、城島先生の食事が終わっていることを確認すると、先生の皿に

残ったトマトソースに人参の断面を躊躇することなくこすり付け、サインの下にポンと突いた。

千住博明《ひろあき》の『博』ひと文字から微かな酸味が香ってきた。

「これ、ハンコやん！」

窪田さんが大きな声を出した。ギャラリーからも、おぉ……！　と低く感嘆《かんたん》の声が湧き上がり、千住は満足そうに腕を組んで笑みを浮かべた。突然のパフォーマンスに僕たちはすっかり興奮し、あちこちから拍手が起こった。

「千住君！　あんた、ほんますごいわ。本物の芸術家やな！」

「いやぁ、鮨屋こそ芸術家ですよ」

鉛筆をペンケースに戻しながらそう答える声には、余裕さえ漂っていた。

千住はやることなすこと全てが洗練されていて、一から十まで完璧だ。ずば抜けた技術だけじゃなく哲学も思想も持っている。そして自分を表現する的確な言葉も。

想像できないほど遥かな高みにいる彼を、僕は裾野から見上げる思いだった。

「このデッサン、お金払ってでもほしいわ」

窪田さんはうっとりと絵を見つめそう言った。

「そんなにこれが気に入ったんなら、ちゃんと額に入れて、おふたりの結婚祝いにプレゼントしますよ」

千住のその発言に周りの空気が一瞬止まった。窪田さんは赤くなった顔をノートで隠し下を向いてしまった。一方、千住は別段何かまずいことを言った気もないらしく、ゆったりとペンケースをカバンにしまっている。

固まった雰囲気を変えるように、

「あ、僕も聞きましたよ！　鮨科の生徒でひとり、すごいことができるやつがいるって」

声の方を振り向くと見覚えのある顔があった。確かフレンチの渡辺《わたなべ》君だ。彼の隣にいるイタリアンの松倉《まつくら》君が尋ねた。

「すごいことって、どんなこと？」

「そいつ、シャリを同じ形に何個でも握れるようになったんだって。しかも全部同じ重さでピッタリ十三グラム！　これはすごいよ」

今度は日本料理科の水上《みずかみ》君が感心した。続けてさっきの渡辺君が、

「形もすげー綺麗な楕円形なんだって！」

と言うと、横では製菓の鎧塚君が、

「確かにそれは驚異的だよね」

と頷いている。それぞれの科のリーダー格の四人が、図《はか》らずもここに集まっていた。

「あんたら、情報通やねぇ」

窪田さんが感心すると、

「僕ら四人全員同じアパートなんで、しょっちゅうつるんで情報交換してますから」

と鎧塚君が笑って答えた。

「ところで、それってそんなにすごいことなんですか？」

窪田さんが城島先生に尋ねた。

「鮨職人にとって、何個握ってもシャリが同じ大きさになるってことは、とても大切なことなんですが、普通は経験を積まないとなかなかできないんですよ。しかも綺麗な楕円に形が揃っていて全

部同じグラム数。鮨の勉強をはじめて数カ月でそれができるようになったというのは、私から見ても信じられないことなんです」

城島先生は感慨深げにそう言うと、これはちょっと専門的になりますが、と前置きをしてさらに続けた。

「実はシャリを握る時一番難しいのは、ふんわりと握るということなんです。グラム数は量ればわかりますし、大きさや形も見ればわかります。でも、シャリのふんわりとしたちょうどいい塩梅《あんばい》っていうのは、ちょっと言葉で説明することはできないんです。これぱっかりは、本人が体得するしかない。それを学生がやってのけてしまったんですから、驚くしかありません。その感覚をどこでどうつかんだのか、私も教えてほしいくらいですよ」

そう話し終えると城島先生は、ちょっと複雑でしたか？　と窪田さんを気づかった。

「いいえ、先生の説明は私みたいな素人《しろうと》にもよぉわかります。で、鮨科の誰なん？　そんなすごいことができるようになったんは」

はよ教えて、と周りを見まわすと、鎧塚君が僕を指差した。

「長谷川君ですよ！」

「えっ、うそーっ！　長谷川君⁉　あんたがスターやったん！」

窪田さんが素っ頓狂な声で叫んだ。

「あの長谷川が⁉　一学期にワースト・スチューデントって言われてた⁉」

ほかの生徒もにわかに騒ぎだした。

僕が驚いて立ち上がると何人もの生徒に囲まれ、どうやったらそんなことができるようになった

「不思議なやつだとは思ってたけど、やっぱりすごいやつだったんですね、長谷川君は」

と城島先生に話している鎧塚君の姿が見える。

そしてその横には、閉じたノートを前に黙って座っている千住の姿があった。

突然巻き起こった騒ぎに僕は面食らっていた。僕がスターっていったいどういうことなのか、こっちが訊きたいぐらいだ。

でも、急に上手にシャリを握れるようになったことは確かだった。それまでは握っても握っても形も重さもバラバラで、我ながら自分の下手さに呆れるほどだったんだけれど……。

「何かコツがあるんやろ。なんなん？　スターになったそのコツは」

と窪田さんが迫ってきた。「コツ」という言葉に反応し、ミカちゃんも鎧塚君もほかの生徒たちも、じっと僕を見つめている。が、期待されても困る。突然注目されて困惑《こんわく》しきっている僕に、城島先生の声が飛んできた。

「長谷川！　もじもじしてないで、ちゃんと説明してみろ」

鶴のひと声。さすがに僕も観念した。

「僕、シャリを握るの下手くそで、アパートでも毎晩練習してたんです。一昨日の夜もやってたんですけど、眠くてだんだん集中力がなくなってきて。それで、テレビをつけて練習してたら、もっと集中できなくなって……。そうしたら深夜のニュースで阪神が最下位に転落して、おまけに『掛布が解雇になった！』って。僕すごくショックだったから、解雇、解雇、掛布が解雇って、シャリを握りながら何度も呟いてたんです。そうしたら、いつの間にか田舎で飼ってた蚕《かいこ》の方に意識が飛んじゃって」

「掛布の解雇から蚕？　からのシャリ？　なんやそれ、不思議な話やな」

窪田さんは呆れ気味にそう言ったけれど、それから？　と目は話の続きを催促《さいそく》していた。城島先生も黙って耳を傾けてくれている。

その時、トイレにでも行こうとしたのか、それとも僕の話の腰を折ろうとしたのか、千住が椅子を鳴らして立ち上がった。不機嫌そうな顔をしている。当然だ、こんなつまらない話を千住が聞きたいわけがない。

すると城島先生が空気を抑えるように右手のひらを二、三度上下に動かし、

「まぁ千住、お前も聞けよ」

と言って薄く微笑んだ。けれど目は笑っていなかった。

返事もせずに再び腰をおろした千住の様子が気になりながら、それでも途中でやめるわけにもいかず、僕は話を続けた。

「実家の近所に、ヒトエばぁちゃんって呼ばれてた独り暮らしのおばあさんがいたんです。ヒトエばぁちゃんは『たまる屋商店』っていう、なんでも売ってるよろず屋をやっていて、でも過疎《かそ》の村だったからお客さんが少なくて、生活のために蚕も飼ってました。僕は小学校が終わると、いつもたまる屋に遊びに行ってました。ヒトエばぁちゃんは、いつ行ってもアイスやラムネをタダでくれました。それから、蚕の幼虫もたくさんくれました。蚕の幼虫って、真っ白で柔らかくて、もごもご動いて、とっても可愛いんです。お礼に、山に入って桑の葉をいっぱい採ってくると、ヒトエばぁちゃんはとても喜んでくれました。蚕も喜んで桑の葉をバリバリ食べました。それから八日間食べ続けるとお腹がいっぱいになって、九日目から葉っぱを全然食べなくなるんです。そうしたら、

た

ておいて一週間後に開けてみると、びっくりなんです。それぞれの升にひとつずつ、真っ白な楕円形の繭《まゆ》ができてるんです。それをヒトエばぁちゃんは、しわくちゃな手でそっと取りだして、そして僕の手のひらに乗せ、繭を持った僕の手を両手でふんわりと包み込むんです。その手の中で、僕の拳はふんわりと繭を握っているんです。ヒトエばぁちゃんはそうして一個一個を優しく握り、一個一個を胸にくっつけて、同じことを言うんです。『蚕さん、お疲れ様でした。大切な命、いただきます。ありがとうね』それから毎年毎年、僕はヒトエばぁちゃんと一緒に何百個も何千個も繭を手に取り、柔らかく握っては一個一個にお礼を言いました。そんなことを思い出していたら、シャリが繭に見えてきて、手のひらにあの時の感覚が甦ってきました。そうしたら、何個握っても同じ大きさにふんわりと握れるようになったんです」

話が終わっても、誰も何も言わなかった。みんな僕の顔を凝視している。まだ続きがあって、すごい話はこれからだと期待しているんだろうか。そう思うと、申し訳ない気持ちになった。

「先生、これでおしまいですけど、こんなのでよかったんですか？」

僕の話があまりにも幼稚で、城島先生は失望したのだろうか、何も返事がない。心配になって窪田さんに目で助けを求めると、こちらも身じろぎもせず僕の顔を見つめている。

「あの……窪田さん、わかりました？」

恐る恐るそう尋ねると、

「ごめん、私もう感激して……」

と胸に手を当て、その目はなぜか潤んでいた。

「すごい話だな」

そう城島先生が呟いたのをきっかけに、感動したよ！　涙が出そう……！　という声があちこちから上がった。

「長谷川君、すごいね君！　蚕の繭でシャリの感覚を覚えたなんて、そんな話今まで聞いたことがないよ！」

鎧塚君も僕の手を握って言った。でも、みんながいったい何にそんなに感動しているのか、さっぱりわからない。

「って言うか、僕はただ蚕を可愛がってただけなんだよ。毎年ヒトエばぁちゃんが数えきれないほどの蚕を僕の手で包んでくれて、その感覚を手が勝手に覚えてるだけなんだ」

「手が勝手に覚えてるって、どういうこと？」

誰かが訊いた。

「えぇと……。上手く言えないけど、蚕の繭って中に蛹《さなぎ》が入ってるでしょう、命が入ってるって言うか。乱暴には扱えないから、ふわっと優しく包んであげないと。その感覚を思い出したら、もうそれ以外できなくなって。シャリもほかのやり方じゃ握れなくなったんだ」

「それで、百発百中で十三グラムになったん？　長谷川君、あんた天才やな！」

窪田さんまでがそんなことを言いだし、スター誕生や！　と嬉しそうに僕の肩や腕を叩いた。その拍子にポケットに手が当たった。

あっ！

さっき書いた絵葉書がまだ入っている。

「ごめんなさい！　郵便局に行ってきます」

「え、今から行くの

「でも、早く投函しないと親父の誕生日に間に合わないだろ」

僕は食堂を飛びだし郵便局に向かって走りだした。

校舎の外は眩しいほどの光に満ちていた。手をかざすと指の隙間から澄みきった空が見え、青くひろがるその空は今にもつかめそうだった。

全力疾走する頬を爽やかな風が刺し、何もかもが透き通っていく秋の空気を僕はどんどん切り裂いた。

このまま遠く、どこまでも走っていけそうな気がした。

第四章　冬

1

ザクッ！　トン、ザクッ！　トン。

乾いた音が、軽快なリズムでまな板の上から放たれる。教室中が海苔のいい香りで満たされている。最高級の浅草《あさくさ》海苔だ。

城島先生は、海苔を炙って切るところまで作業を済ませて言った。

「佐野、大船三つ取ってくれ！」

「はい」

「兄貴から取ってくれよ！」

「はい」

佐野先生は氷の冷蔵庫の方のドアを開け、手前から大船を三つ取りだした。

鮨科の教室には業務用の冷蔵庫がふたつ並んでいて、うちひとつは、電気ではなく氷柱で冷やすタイプだ。

食材が乾燥しにくいので鮨ネタの保湿と保冷には

ない教室でこの冷蔵庫を開いたら、
た。と同時に、もう随分前のことのようにも感じられた。

「これが一番兄貴だな？」

城島先生が再度確認する。

「はい、昨日中央市場から仕入れた淡路《あわじ》産です。で、こっちのふたつが今日黒門市場から仕入れた釧路《くしろ》産と、熊本の天草《あまくさ》産です」

僕たちの前に並べられた三つの大船のウニは、どれも鮮やかな橙系の色だったが、トーンが少しずつ異なっていた。中でも一番鮮やかな橙色は天草産のようだ。獲れる場所によってウニの色も微妙に違うらしい。

城島先生は一番手前の大船を手に取った。

「これが最高級とされる淡路産だ。よーく見てみろ、淡路産だけはウニの裏側を上にして重ねてるだろ。これも特徴のひとつだ、覚えておけ」

「へー！」

僕らは声を上げ、ウニが綺麗に並んだ木箱をまじまじと眺めた。

「この淡路産の大船ひとつ、今日の仕入れ値は二万八千円。これを使える鮨屋は限られている」

「一般的には、いくらぐらいのものを使っているんですか？」

高額のネタが出てくると、つい腰が引けてしまうママドゥらしい質問だった。

「一万円くらいだな」

それでも一万円か、と呟きママドゥはメモに書き込んだ。

「と言っても、この淡路産の大船は京都の名門料亭『和久傳《わくでん》』からの差し入れだけどな」

『和久傳』と聞きクラウディアが拍手をした。昨日ミカちゃんの就職が『和久傳』に決まったのだ。

「ミカちゃん、おめでとう！」

クラウディアに続いて全員が拍手をする中、彼女は静かに起立して両手を胸に当てた。そして何か言おうとしたけれど上手くいかず、黙って長い会釈をした。顔を上げると手で口を押さえ、目からは涙がポロポロとあふれた。

「小林、本当におめでとう。よかったなぁ」

城島先生もしみじみとそう言った。

「二学期もあと僅かだ、理想は小林のように今学期中に就職先を決めておくことだぞ。まだ決まっていない者は頑張らないとな」

教室の空気が一瞬で引き締まった。

「では、今日はウニ！ 鮨屋の花形ネタだ。銀座あたりじゃ一貫五千円だ六千円だって所もあるぞ。しっかり勉強しろよ！」

威勢よくそう言うと、城島先生はウニの軍艦の握りに取りかかり、僕は改めて背筋を伸ばして先生の手元を見つめた。相変わらずその動きは正確で全く無駄がない。先生は手を動かしながら授業を進めた。

「例えば大船を一万五千円で仕入れる。大船ひとつで二十貫とすると、一貫あたりの仕入れ値はいくらだ、ママドゥ」

「えっ？ えぇっと……」

急に名前を呼ばれママドゥが

「あの、七百五十円です」

「そうだ。それを六千円で売ると、いくら儲かる？」

今度は千住が直接答える。

「五千二百五十円です」

「そうだ、ひと握りで五千二百五十円の儲けというわけだ」

「すげぇ！　鮨屋って、やっぱ儲かるんですね」

すかさずふくちゃんが反応すると、みんなが笑いだし、

「僕、絶対に銀座に出店します！」

またふくちゃんが声を張り上げた。

そこで城島先生は僕たちを前に呼び、調理台の上に置かれた白い発泡スチロールの箱の蓋を取った。中を覗き込むと、そこにはまだトゲがうねうねと動いているウニが数個入っていた。

「これも『和久傳』からの差し入れだ。最高級の殻付きだぞ」

城島先生は生きたウニをひとつ手に取ってひっくり返し、真ん中の栓のようなものを外してふたつに割り、器用に橙色の中身を取りだすと用意された食塩水で洗った。

「これを木箱に並べていくわけだが、殻からグイっと身をすくってすぐに食べたら最高に美味いぞ」

先生は布巾で手を拭きながらそう言い、

「全員にあればいいんだが、残念ながら殻付きは数個しかない。自分で捌いてみたい者は？」

と僕たちを見渡した。

千住が真っ先に手をあげた。自分の就職先からの差し入れと聞きミカちゃんも手をあげている。

残りは僅か、思い切って僕も手をあげた。

彼女の就職先が決まったのを祝ってみんなで拍手をした時、僕は少し複雑な気持ちになっていた。

もう二学期も終わる、あとどれだけのことをここで学べるんだろう。その現実が、まだ就職先の決まらない自分の目の前にリアルに迫ってきたのだ。

この一年のために、親父は一丁五十円、利益二十円の豆腐を十五万丁も売って学費を払った。だから、絶対にそれに見合うだけのことを身につけなければ。そう思うと、もう人に譲ってばかりはいられなかった。

自分から率先してやらなきゃいけない。今までになく積極的になっている自分がいた。

先生の実演のあとはいよいよ実践だった。

これが最高級の浅草海苔か。まずは裏と表を見分けなければならない。触ってみてツルツルの方が表面、ガサガサの方が裏面だ。そういえば小学一年生の時にも似たようなことをやった記憶がある。図工の時間、画用紙を配られたら、まず指先の感覚で裏表を判断したんだっけ。

記憶が甦ると、海苔の裏表も簡単に見分けられるようになった。

裏表を確認したら、次は丁寧に二枚重ねにして炭火の上で炙る。コツは裏面同士を合わせること、そうして海苔の香りを内側へ閉じ込めるわけだ。酸化して黒くなった海苔は、弱火でじっくり炙ると少しもとの緑色に戻るけれど、やり過ぎるとあっと言う間に焦げてしまう。

僕は一枚も焦がすまいと慎重に炙り続けた。指導にまわっていた佐野先生が、なかなかいい手さばきじゃないですかと褒めてくれた。

僕の横では、大して熱

うとしている。ふくちゃんのそんな態度に[illegible]

飛ばしながら実習をするのはいつものことだった。

ところが最近、そんなことが妙にカチンとくる。技を極めようと集中している時に誰かがふざけていると、ムカッとくることもある。

「――ふくちゃん、ちゃんとやろうよ！」

そう言った瞬間、口調がきつくなったことに自分でも驚いた。ふくちゃんも、まさか僕にそんなことを言われるとは思ってもいなかったんだろう、口をポカンと開けている。

けれど、辻調にいるあいだに、ひとつでも多くの技を習得したい。冬の到来を目前にして、僕は純粋にそう思うようになっていた。

いい塩梅に焼けた海苔の香りに満足し、僕は綺麗に乾かしたまな板と出刃包丁で一気に海苔を切った。

ザクッ！

そして左手の拳を、包丁を握る右手に落とす。

トン！

浅草海苔の表面には平行な線が数本、微かに入っている。それを目安にすると均等な幅に切ることができ、自《おの》ずと軍艦の高さも決まってくる。

軍艦はシャリを丸く握り、それに海苔を巻きながら楕円に成形する。そしてヘラで大船からウニ一貫分を取りだし軍艦に乗せ、最後はハケで醤油を数滴こぼす。この三十秒ほどの作業で七百五十円が六千円に化ける。

裕福でもない田舎ものの僕が真剣になる理由は、そこにあると思う。それはお金に対する責任感と言ってもよかった。

もちろん親父のことはいつも頭の片隅にあるけれど、それ以上に、鮨を通して僕に関わってくれた人たちから学んだ、社会人としての信頼やお金の価値について、自分なりに一生懸命考えようとしていた。

「では実習はこれで終了です。次は隣同士で品評し合ってください。改良すべき点や気付いたことがあれば、お互い教え合ってください」

佐野先生の声がかかった。辻調では生徒同士で教え合い一緒に考えることを重視していて、実習のあとは毎回必ずお互いに試食し品評し合う。

しかし、よりによって今日は千住が隣だ。あの食堂での一件以来僕に笑顔を見せなくなり、内心気まずい思いだった。

千住からは口を開かないので、食べてもいいか僕から恐る恐る訊いてみると、食べたきゃ食べろよ、とそっけない返事が戻ってきた。

ひとつ摘んで口に入れる。一ミリの疑いも無く美味しかった。

千住は腕組みをして、僕の握った五貫の軍艦を見下ろしていた。そして気乗りのしない様子で、長谷川は……と言いかけた。どう品評されるんだろう。

「長谷川は……いつも最後の詰めが甘いんだよ。見ろよ、醤油の量がまちまちだろう」

おっしゃる通り、途中で集中力が切れた証拠だ。僕はそのアドバイスを素直に受け止めるしかなかった。

そして千住はおもむろに右端の一貫を摘み上げ、ぱくりと口に放り込んだ。無表情だった目元が余々こ緩んできた。

「長谷川に海苔を炙るの上手い
お前の腕とは関係ないな」
　そう言うと二貫目に手を伸ばした。

　少し前のことだけれど、一度だけ地下鉄で偶然千住と会ったことがある。確か九月頃だったと思う。城島先生から勧められ、梅田の阪急百貨店で開催されていた茶道具の展覧会に向かっていた時のことだ。

　つり革につかまってふと視線を落とすと、目の前に千住が座っていた。

　千住はイヤホンで音楽を聴いているようで、完全に自分の世界に入り込んでいた。目をぎゅっと閉じて、首でリズムを取りながら小声で歌を口ずさみ、つま先でも軽くリズムを刻んでいる。唇からは綺麗に並んだ白い歯がのぞき、首を左右に小刻みに振っては恍惚《こうこつ》とした表情を浮かべている。

　普段とは別人の千住を目撃してしまい、僕が思わず隣の車両に移動しようとすると、

「あっ、長谷川！」

　イヤホンのせいで声の加減を誤った千住が大声を出した。

「あれ、いたの？　全然気が付かなかった」

　と反射的に取り繕《つくろ》ってはみたものの、僕は千住の顔を正面から見ることができず、横の人に少しずれてもらって無理矢理彼の隣に割り込んだ。動揺を隠せない千住はされるがまま少しだけ右側により、慌ててイヤホンを両耳からはずした。

「長谷川は、どんな歌聴くの？」

「We Are The World」

ただのその場しのぎの答えだった。

「We Are The World?」

「We Are The World」

「We Are The World——?」

「……We Are The World」

するといつもの調子に戻ってこう言った。

「長谷川、お前、言うこともやることも全部普通だな」

「自分の中では一番オシャレな曲を選んだつもりだったんだけど……」

「どこがオシャレなんだよ」

「いや、千住には横文字の歌の方がいいかなって」

「お前、人の顔色見ていつも答えを選んでんのか？」

ズキンときた。千住の言葉が突き刺さり、一瞬背筋が伸びた。

「なんで、もっとこう、自分はこうなんだ！　みたいなのがお前にはないんだ？」

「それは……」

「だいたい『We Are The World』なんて、誰でも知ってる曲だろ。もっとないの？　個性っていうか、絶対これが好きだ！　みたいなのが」

「あっそういう意味ね、ハイハイ、わかったよわかった。えーまぁ、ライブ・エイドの中ではマイケル・ジャクソンより、スティービー・ワンダー派かな、個人的には……」

咄嗟に閃《ひらめ》いた適当な抵抗だったが、あまりにも貧弱だった。

「長谷川、お前は

た。

「知らねーよ、そんなこと」

一方的な会話のネタも底をつき、これでは場が持ちそうにない。僕は思い切って訊き返してみた。

「何聴いてたの、今？」

その質問に千住がハッとしたのは、さっきまでの自分の様子を僕に見られたんじゃないかと思ったからに違いない。彼は少し裏返った声でこう言った。

「一緒に聴く？」

普段なら千住が自分の物を僕とシェアするなんてあり得ない話だが、よっぽど焦っていたんだろう、彼は僕の右耳の穴にイヤホンを突っ込んできた。

揺れる電車の中、ふたりの体にひとつの音楽がゆっくりと流れ込んでくる。

僕たちは会話を交わすこともなく、正面を向いて同じ音楽に耳を傾けた。それは僕と千住がはじめて感情をシェアした瞬間だった。

電車は鉄橋に差しかかり、橋の下には淀川《よど》が静かに流れていた。

イヤホンから聴こえてくるのは、耳馴染みのない、いかにも千住が聴きそうな都会的な音楽だった。ヴォーカルの滑舌《かつぜつ》があまりよくないのか横文字が多すぎるのか、歌詞がさっぱり聞き取れなかったけれど、胸に沁み入るようないい歌だった。

梅田が近付いたのでイヤホンを返して立ち上がると、彼は僕を見上げて、

「知ってる？『SOMEDAY』」

と訊いた。

「ああ、ＳＯＭＥＤＡＹはいいバンドだよね」

と知ったふうに答えて電車を降りた。

振り向くとドアが閉まり、呆れ顔の千住が僕を見送っていた。

2

新しい年が明けて、三学期初日。冬休みのあいだ、帰省する生徒もいたけれど、僕も含め大半の生徒はアルバイトで忙しく過ごし、年末年始独特の阿倍野の活気を肌で感じていた。

正月の十日前後なら、まだ新春の賑わいがあちこちに残っているはずなのに、今日は街の雰囲気が沈み切っていた。あべの筋には珍しく人通りが少なくやけに静かで、いつもなら満員のチンチン電車にも人影はまばらだった。どことなく重たい空気が大阪を覆っていた。


「明けましておめでとう！」

僕が教室に着くとすぐ、ママドゥが新年の挨拶とともに入ってきた。クラウディアはミカちゃんの家族と一緒に日本のお正月を満喫し、ママドゥはこの時期ならではの大阪を味わいたいと、ひとりアパートに残っていた。久し振りに友達に会えるからだろう、ウキウキしている。ところが、ミカちゃんの人差し指が慌ててママドゥの唇を押さえた。

「ママドゥ、それ今年はもう言っちゃダメ！　実はね……」

『天皇陛下崩御』

　誰かが説明するまでもなく、ママドゥはこの言葉の意味を一瞬で理解したようだった。さっきまでの弾んだ表情は吹き飛び、新聞の一面に大きく載った柔らかな笑顔をじっと見つめていた。

　徐々に生徒が集まりはじめても空気は沈んだままで、窓から斜めに差し込む冷たい新年の陽射しが、教室の真ん中に数本の光の柱をつくっていた。

　冷凍庫の中で氷が転がる音が響いた。

　カラン。

　乾いた音だった。

　僕たちの今が途切れてしまったような気がした。

　どれくらい経っただろうか。授業開始の時間が過ぎても、先生たちは現れなかった。

「職員室に確認に行ってこようかな」

　そう言ってミカちゃんが席を立とうとした時、軋んだ音を立てながら教室の扉が開いた。現れたのは佐野先生ひとりだった。

「えー、まずは遅くなってすみません。いろいろとありまして……僕も何からどう話していいか……」

　佐野先生は珍しく落ち着かない様子で、せわしげに右手で何度も髪をかき上げた。

「まずは、みなさんもう知っているでしょう。天皇陛下崩御にあたり、黙禱《もくとう》しましょう」

　佐野先生の「黙禱」の声で全員が目を閉じうつむいた。自分が生まれ育った時代の終わりを告げる長い長い沈黙だった。

　佐野先生は顔を上げると再び話しはじめた。

「もうひとつの件ですが、諸事情により城島先生は、今日は来られません。詳しいことは明日お話しします。申し訳ないのですが今日は休講です、明日また時間通りに集合してください。では解散」

早口にそれだけ言うと、ざわめきだす教室を振り返りもせず、佐野先生は急ぎ足で去っていった。何か起こったに違いない。けれどそれが何なのかわかるはずもなく、僕たちはひとりまたひとりと教室をあとにした。

次の日、僕は胸がざわついてよく眠れないまま朝を迎えた。教室に着くと、みんなも不安を押し殺しているのか無言で先生の登場を待っていた。しばらくすると、静かな廊下から、ゆっくりとした調和のない足音が聞こえてきた。いつもの堂々とした歩き方じゃない。

扉が開く。最初に見えたのは佐野先生の後ろ姿だった。

次に僕たちが目にしたのは、片手に白い杖を持ち、もう片方の手を佐野先生に引かれた城島先生の姿だった。佐野先生の手を借りて慎重に教壇に上ると、城島先生は静かに両手を教卓の上に置いた。辻校長も一緒に来ていたらしく、一歩だけ教室に入ってふたりを見つめている。目には涙が浮かんでいた。城島先生は教壇から教室の奥を、しばらくぼんやりと見つめた。焦点の合わないその目は、遥か彼方《かなた》を眺めているようだ。冬の風を受けて窓が微かに鳴いている。

「おはようございます」

いつも通りの先生の挨拶が、静まり返った教室に響いた。

「……おはようございます」

沈黙のあと、先生は

「大事な時期にすまない。目が見えなくなった」

僕は言葉を失った。

一瞬、目の前の城島先生の姿が猛スピードで遠ざかっていく気がした。するると、先生の手が教卓の左隅に伸びた。いつものように、おしぼりを手に取ろうとしているに違いない。けれど先生の左手は、少し右にずれたおしぼりを見つけることができず、あるはずの場所を虚しく撫でるばかりだった。

突然、突っ伏して嗚咽《おえつ》するミカちゃんの声が聞こえた。クラウディアの震えるような泣き声も聞こえる。ママドゥは両手で顔を覆ったまま身動きもせず、千住は必死で涙をこらえているのか、うなだれた頭を抱え、机を凝視している。

僕は——僕はただ、城島先生をじっと見つめていた。先生の次の言葉を待ち、絶望で崩れそうな自分をギリギリで支えながら、ただ真っすぐに先生を見つめていた。

僕たちの様子に耳を澄ませたあと、先生は再び口を開き、今までの経緯を話しはじめた。

実はこの一年、ずっと目の調子が悪かったこと。冬休みにかけてほとんど見えなくなり、ついに昨日、完全に視力を失ったこと。網膜色素変性症《もうまくしきそへんせいしょう》という難しい名前の病気であること。そして何カ所も病院をまわったけれど、現代の医療では視力が戻ることはほぼないということ。

先生の話にじっと聞き入るうちに、教室は徐々に落ち着きを取り戻していった。それは誰よりも先生が冷静で、いつもと何ひとつ変わらない話し方だったからだ。

「びっくりさせてしまって、本当にすまない。が心配するな、俺は教壇に立ち続ける。お前たちの出来だって触ればわかる、香りでも音でもわかる。食べたらもっとよくわかる。五感のうち、俺にはまだ四感も残っているんだ。だからお前らも、俺の指導があまくなるなんてこと期待するんじゃねぇぞ！」

先生はそう言うと佐野先生に指示を出し、授業の準備をはじめた。そして、ざわつく教室に向かって力強く言い放った。

「よく見てろ！　お前たちの目の前で証明してやる。俺はまだ教えられるんだ！」

目が見えないのに魚を捌いて鮨を握るなんて、本当にできるんだろうか。そもそも包丁を使うこと自体、危険過ぎる。頭の中をいろんな考えが駆け巡った。けれど何よりも、苦戦する先生を絶対に見たくないというのが本音だった。もし上手くできなかったら、さっき感じた絶望は本物になり、到底受け入れられないこの事態を現実として認めざるを得なくなってしまう。

万が一、あの圧倒的な技を持った先生が失敗してしまったら……辻調で城島先生に出会って以来、今まで自分の中に築き上げてきた大切なものが崩れ去ってしまう。

それが何より怖かった。

城島先生の指示で佐野先生が用意したのはカレイだった。よりによって『五枚おろし』が必要な、めちゃくちゃに難しいネタが準備されていた。あり得ない、先生はまだ視力を失ったばかりだ。目の前のおしぼりを手に取ることすら、おぼつかないのに。

僕は不安でたまらなくなって、入り口近くから様子を見守っている校長先生の方を見た。止めてほしい。心底そう思ったけれど、校長先生も、心配そうに城島先生の手元をじっと見つめているばかりだった。

緊張が一気に高まったその時、ふと隣のママドゥと目が合った。ママドゥだって心配でたまらないだろう。

そしてゆっくりと息を

大丈夫。先生はきっと、大丈夫。

先生はまず布巾をぎゅっと絞ってから、きっちりたたみ、左手を滑らせながら調理台の角を探してピタリと布巾を置いた。そして右手に出刃包丁を握り、左手でまな板の大きさと水道の位置を念入りに確認しはじめた。途中一度だけ手の甲が蛇口にぶつかり、ゴツンと痛々しい音を立てた。

ひと通り確認を終え、先生は呟いた。

「よし、それじゃあいくか」

この日見た光景を、僕は一生忘れないだろう。僕だけじゃない、この教室にいた全員が、生涯決して忘れることはないだろう。

圧倒的だった。そして、芸術的だった。

先生はまず、いつものように刃先に左手の親指の腹を軽く滑らせ、研ぎ具合を確かめた。そして左手の指三本でまな板の上のカレイをひと通り触り、身の大きさを記憶すると、迷うことなくブスリと包丁を入れ、間髪を容れずその手を動かした。いつもと全く同じ動き、全く同じスピード。力強くも繊細な包丁捌きだった。もう視力など関係なかった。

「これが泣く子も黙る超高級魚『星鰈《ほしがれい》』だ。ぷりっとした歯ごたえがたまんねーぞ！」

威勢よくそう言いながら、中央の側線の上を一気に切り込み、刃先を骨に沿わせギリギリを切っていく。腹骨の内臓の部分には太く硬い骨があってみな苦戦するけれど、先生はなんの苦もなく外した。

きれいに削ぎ落とされた四枚の身を、まな板の上に等間隔に置き、残った骨を左手で摘んで顔の前まで持ち上げた。向こう側にある先生の顔が透けてはっきり見えた。そして先生は、お前ら、これでもまだ不安か？　と言わんばかりに、片方の唇の端に余裕を見せた。

僕たちの不安は跡形もなく消し飛んだ。圧巻としか言いようのない技を目《ま》の当たりにして鳥肌が止まらなかった。ミカちゃんがまた泣いている。クラウディアの涙の色もさっきとは違う。千住までもが目に涙を浮かべていた。

城島先生は休む間もなく高速回転でワサビを下ろし、シャリを手にして、あっと言う間に二十貫握り終えてしまった。今僕たちの目の前にあるのは、美しく気高《けだか》い「魂の握り」以外の何ものでもなかった。

いつもと寸分違《たが》わない城島先生の握りが、ずらりと並んだ光景を見た時、爆発しそうなほどの喜びが僕の体を一気に突き抜けた。校長先生と目が合った。すると校長先生は微笑みを浮かべ、二、三度うんうんと頷くと教室をあとにした。城島先生は大皿にカレイの握りを丁寧に盛り付けて僕らに差しだし、佐野先生が、それではみんなでいただきましょう、と促した。

ひとりひとりが、そっと手に取り口に含む。美味しいではすまされない味だった。僕たちはその鮨を魂で味わった。あまりに真っすぐな、舌に全身に、生涯刻み込まれる味だった。


それから一週間ほど経ったある日、珍しくクリーニング屋のエリちゃんが辻調に僕を訪ねてきた。学食の入り口で僕の姿を見つけると、足早に近付いていてきて、

「長谷川君、悪いけど今ちょっと時間ある？」

と顔の前で手を合わせた。

「どうしたの？　突然」

売機の陰に僕を引っ張っていき、あのね実はね、と話しはじめた。

「長谷川君、あのね、最近おばちゃんの様子がおかしいの」

「え、どうしたの？　窪田さん何かあったの？」

「私もよくわからないんだけど。このあいだ、久し振りにふたりで外でおうどんでも食べよって出かけたんだけど、帰りにあべの筋の交差点を渡ったところで、おばちゃんが急にエリちゃん先に帰ってって……」

「急用？」

「ううん、そういうわけでも……でも、なんだかおばちゃん顔色悪かったし。私、気になってこっそりあとから付いていったら、だれもいない公園で魂が抜けたみたいになってて。お店に帰ってきてからも、ぼんやりしたまんまで。あれからずっと調子悪そう。長谷川君、おばちゃんから何か聞いてない？」

城島先生のことだ。窪田さんはきっと城島先生のことで悩んでるんだ。

放課後、急いでクリーニング屋に行ってみた。けれど、ガラス戸を開けて店の中に入っても誰もいない。

「窪田さん！」

と大きな声で呼ぶと、しばらくして奥から、ほつれた髪を無造作に束ねた窪田さんがしんどそうに現れ、

「あぁ、長谷川君か……どないしたん」

と言った。

「エリちゃんが、窪田さん最近調子悪そうって心配してて。それで今日僕の所に相談にきたんだよ。それから」

と言いかけた時、

「そんなとこ突っ立ってんと、まぁ座り」

と、お店の隅に置いてある小さな椅子をすすめてくれた。

「今日はお客さん少ないし、もう閉めようか」

と言って入り口の戸に鍵をかけると、店の壁に体を預けるようにしてしゃがみこんだ。

「長谷川君、ありがとう。なんで私が元気ないんか、知ってて来てくれたんやろ。夏にここでみんなでオリンピック観た時、私が城島先生と出かけるって知って、ニコニコして行ってらっしゃいって言うてくれたもんな」

何も言えなかった。黙ってしまった僕の横で窪田さんも無言だったけれど、しばらくしてふうっと肩で息を吐き、こう話しはじめた。

――城島先生のこと、私は知ってた。暮れに佐野ちゃんから電話があって。だから、知ってはいたんよ。あの日の午後、店の電話が鳴って、受話器を取ったら佐野ちゃんが震える声で、城島先生の目が見えなくなったって。そのあとは佐野ちゃんも言葉に詰まってしまって……。

新学期まで生徒にはこのことは伏せておきます、とか聞いたような気がするけど、よお覚えてないわ。電話線に人差し指を突っ込んで、もう二度と解けへんようになるくらいぐちゃぐちゃにしたことだけは、妙に覚えてるんやけど。

一昨日、エリちゃんと外でお昼を食べた帰りに、

ら杖をついた男の人と、その人に寄り添う男性が
時、あっ、と思った。城島先生や……！　その瞬間、視界からじんわりと色がすり減っていく感じがして、振り返ることもできへんかった。

心の準備ができてなかった。失明したって聞いてはいたけど、そんな先生の姿を私はとっても受け入れられへんかった。

それから、どこをどう歩いたのか。方向もなにもわからんようになって、気が付いたら誰もいない近所の公園の、ペンキが剝がれたベンチに腰を下ろしてた。空《から》っ風《かぜ》に揺れるブランコの錆《さ》びついた鎖の音ばっかりが耳について、それ聞いていたら、まるで生と死の境目をブランコが行き来してるみたいに思えて、なんか恐ろしくなってきてな。

ふっと横を見たら、ベンチの隅に置きっぱなしのコーヒー缶があって、それ見た瞬間急に腹が立ってきて、立ち上がって思いっきり地面に投げつけた。そしたら残ってたコーヒーが顔にかかって、瞼《まぶた》に垂れて落ちてきて。

私、アホやろ……自分が無様《ぶざま》で滑稽《こっけい》でみじめで。ただただ、つらかった。

長谷川君もあの裏の公園知ってるやろ、いつも無人やけど。あそこで、私はなんでここまで城島先生を想ってるんやろって考えてん。夫でもない、婚約者でもない、もしかしたら恋人でさえないかもしれへんのに。

この半年、寝ても覚めてもずっと城島先生のことを考えてたなぁ。そう思ったら、自分何してるんやろ……って、思わずため息が出た。そのため息があんまり白くて、あぁ体が冷え切ってしもてるわって気が付いて。そしたら、急にあかんあかんって、ちょっとしゃんとしたけど、今度はうんざりするような気持ちになってしもた。

もういっそ大阪を離れて、沖縄にでも行ってのんびり暮らそか、いやいや、そんなんできるわけがない。そんなことぐるぐる考えてふと顔を上げたら、公園の隣にある場末の鮨屋の壁一面に『値段は鈍行《どんこう》　出前は急行　味は特急』ってあるやろ？　あれが視界に入ってもうて、落ち込んでるくせに、どこがやねんって突っ込んでしもた。

あかんな、私、どこまでも大阪のおばちゃんやな。でもそのお陰で気い取り直してなんとか店まで帰れたけど。

戻る途中に雨が降りだして、店に着いた時にはもうびしょ濡れや。おまけにカレンダー見たら十三日の金曜日、もうマンガやろ。「お先に失礼します」っていうエリちゃんの声でハッとした、もうそんな時間かって。エリちゃんが帰ってしまうと、蒸気の匂いがこもった店にひとり取り残されて息苦しくなった。長い一日やったな、いつの間にかもう五時なんやなって……。

でもな、その時な、なんでかわかれへんけど、私の気持ちが変わってん。城島先生に会いにいこう、自分から会いにいこうって。先生の目が見えようが見えまいが、そんなん関係ない。そう思ったら、わけのわからん衝動に突き動かされて、カウンターの下の引き出しにある財布と鍵を手提げに突っ込んで立ち上がっててん。

もちろん怖かった。会えば何かが壊れてしまうかもしれへん、会わん方がいいかもしれへん。でも、正直でいたかった。それだけやった。

ときめきって言うたらおかしいやろか、こんなおばちゃんがときめきなんて。でも、これが人生最後のときめきかもしれへん、きっとその予感に突き動かされたんやと思う。いや予感っていうより、どうしようもない、やり場のない確信かもしれへん。

もう今日はお店を閉めて土間に行こう。

かけて振り向いたら、そしたら、雨上がりの夕日が逆光に[illegible]島先生と長谷川君や。杖をついてトボトボ歩く城島先生に、長谷川君がぴったり寄り添ってた。長谷川君、あの時城島先生の洗濯物のカバン持ってたやろ。それ見て、ふたりがこっちに来る、お店に来る！　どうしよう！　って。

急にどうしていいかわかれへんようになって、反射的にまた店に戻って、中から鍵かけてカーテン閉めてしもた。自分から城島先生に会いにいく、そう思ってたはずやったのに。もう考えてることとやってることがバラバラ、矛盾《むじゅん》だらけや。

慌てて閉めたせいでカーテンのピンがひとつ外れて床に落ちて、それを拾う余裕もなかった。どうにもなれへん矛盾した気持ちのまんま、壁にもたれて身動きもできずに息を潜めてた——。

僕の頭の中にあの日のことが甦ってきた。城島先生の失明を知った数日後のことだ。城島先生に頼まれて、僕はあの日、先生の手を引いてお店に来たんだ。その時、まだ早い時間なのにお店のカーテンが閉まっていて、不思議に思ってノックしながら窪田さん！　と呼んだんだ。窪田さんが中にいることは、なんとなく感じていた。でも先生が、しょうがない、月曜日でいいって言ったから、気になりながらもそのまま家の前まで先生を送っていったんだ。

外はもう日が傾き切って、すっかり暗くなっていた。もう表情もよく見えないお店の中で窪田さんは語り続けた。

——なんで私は隠れてしまったんやろう、なんでやろう。でも、どうしようもなかった。決して失明した城島先生を見たくなかったんやない。ただ、現実を受け止めることができへんかっただけ。壁にもたれたまんま、自分で自分に何度もそう言い聞かせてた。

その時、咄嗟に思い出してん。そうや！　暮れに先生から預かってた白衣があった！　って。すぐに探して、もう仕上がっている先生の白衣をレーンに見つけて手に取って、思わずきつく抱きしめた。そして、あるはずもない先生の残り香を肺が痛くなるくらい吸い込んで、『辻調鮨科教授城島永嗣』その胸の青い刺繍をそっと指でなぞって……口付けた。

気が付くと白衣はしわくちゃになってて、アイロンかけ直さな、そう思ってひろげたら、内ポケットから干からびたメモが出てきてん。そこには『親愛なる芳子さん　クリスマスの夜、ふたりで食事に行きませんか。せっかくですから京都か神戸に。でもクリスマス・デコレーションは神戸の方が綺麗でしょうか？　フレンチ or イタリアン？』って。

城島先生、夏の約束を覚えててくれた。また正式にお誘いしますっていうほんの口約束を、ちゃんと覚えててくれたんや。私はもう耐えられへんかった。膝から崩れ堕《お》ちて、握りしめたメモで口をふさいで、私が中にいてんのを城島先生と長谷川君に悟られんように、あふれ出してくる嗚咽と荒い呼吸を必死で押し殺してた。

でも、長谷川君の足がカーテンの裾から見えへんようになった時、もうこらえ切れずに大声で泣いた。這《は》いつくばってほっぺたを床にくっつけて、悲しさが体中にこだまするくらい泣いた。

これからはじまる現実が怖かった。もうあかん、私にはなんにも残ってへん。内臓から絞り出すようにそう呟くと、儚《はかな》いふたつの運命が散り散りになっていくのが見えて泣いた。空っぽの胸にくしゃくしゃのメモを抱きよせて泣いた。

そしたらふっと思い出したんや。城島先生が支払いの小銭を間違えるようになったんは、いつ頃からやったやろうって。最近は、財布に小銭が[illegible]

か百円か十円[illegible]

それやのに、この人私にええとこ見せようとしてる？　とか、あげくの果てに、こんな金銭感覚の人と結婚して大丈夫やろか？　って。

私はいったい何を考えてたんや。調子に乗って浮かれたことばっかり。ちょっと冷静になったら何か気付けたかもしれへんのに。なんでそれができへんかったんや。私はほんまにアホや。

一緒にスカイラウンジに行った時かて、常連さんみたいにメニューも見ずにオーダーすんのは、私にカッコつけたいから？　エレベーターでどのボタン押すか迷ってんのは、ラウンジにしようか客室にしようか、先生私をじらしてんの？　ひとりで勝手にそう勘違いしてた。こんな自分が死ぬほど恥ずかしい。私はどんだけ愚かな女なんや……。

そう呟いたら、心にぽっかり空いてた穴がもっと軋みはじめて。あぁもうここに落ちたら帰ってこられへんねんな、そんなこと考えながら、そのまま床にへばりついてた。

くたばりはてた私の姿を、目の前に落ちてたカーテンのピンの鈍い光が静かに眺めてるみたいやった。

結局、私は、城島先生の失明を認めることができなかった――。

3

「最高級の料理をまあまあの器で食べるのと、まあまあの料理を最高級の器で食べるのと、お前どっちが美味いと思う？」

「先生、それ、僕たちがやってる『究極の選択ゲーム』のことですか」

「ばか、あんなまぬけなゲームと一緒にするな」

「でも、それって究極じゃないですか」

「まぁ、そうだな」

僕たちは京都に向かう京阪《けいはん》電車に乗っていた。シートは暖かく快適で、オレンジ色のモケットの肌触りにどこか懐かしさが感じられた。目的は大樋焼の展覧会だった。

城島先生は、十代目大樋長左衛門《ちょうざえもん》さんのことを大先生と呼んでいた。先生が長年働いていた赤坂の『鮨処伊東』では、大先生の器をたくさん使っていたそうだ。そしてその息子さんである十一代目大樋年雄《としお》さんのことは「若」と呼び、やはり高く評価していた。特別講師が来校した時や辻校長のお昼ご飯に鮨を供する時に使うのは、必ず大樋焼だった。

今日から京都で開催されるのはその「若」の初冠展で、去年の夏に案内状を受け取ってから、この日が来るのを先生はずっと心待ちにしていたらしい。

佐野先生が危険だと止めているのを学校の廊下で見かけた僕は、案内役を買ってでた。大樋焼については授業で何度も聞いていたから、見てみたいと思っていたところでもあったのだ。

「すみません、もう一度お願いします」

「だから例えばだ、一流の料理をプラスチックの容器に盛って食べるのと、大したことない料理を最高級の器に盛り付けて食べるのと、どっちの方が美味いと感じるかってことだよ」

なるほど、これならわかりやすい。僕の頭の中で鮮明な映像が動きはじめた。一流の料理人が、最高級の鯛の刺身を白い食品トレイに盛り付ける。かたや、美しい九谷焼に盛り付けられたスーパーの刺身。――さぁ、どっちが美味い？

「先生、こういう質問に[illegible]

「いや、これは料理人の本能的資質で選ぶ問題だから、上手く答えるとか、そういうことじゃないんだ。俺はただ、お前の答えが聞いてみたいと思っただけだ。まぁでも、さすがに難し過ぎるよな。まだお前には早い、忘れてくれ」

そう言うと、先生はこの話題をおしまいにしようとした。

「でも先生……」

「なんだ？」

「直感なんですけど」

「何か思い付いたのか、言ってみろ」

「はい。最高の料理を最高の器で食べるっていうのはどうでしょう？」

僕がそう言うと先生は、お前それは反則だぞ、と笑い、

「お前にはかなわねーな。そりゃあ、それが理想だ。でもな、いい器はそんなに簡単に買えるもんじゃない。まぁ会場に着けばお前もわかるだろう、若の器は最高級だからな。最近はさらに上のレベルに達してるよ」

と嬉しそうに言った。

「若は、芸術的センスはもちろん舌も大変肥えてな、若こそ本当のグルメだろうな。大先生が『鮨処伊東』に来るようになった頃、若はまだ小学生だったけど、当時から最高級の魚でなきゃ箸も付けなかったよ。あの若さで伝統を背負いながら、常に新しいデザインの器を作って、有名シェフとのコラボもしてるんだ。そりゃ、食にも精通してくるだろう」

電車は宇治《うじ》川を渡った。川辺の風景はどんよりとした厚い雲に覆われていた。

「芸術作品を知りたいんなら、作家を知らなきゃならない。作家を知るには、その作家が作った器を使うことだ。何百品も何千品も盛り付けて、その器と常に向き合うことが何よりも大切だ。ということは、料理人ほど芸術と向き合い続けている人間はいない。評論家よりも美術館の館長よりも、俺たちの方が芸術と長い時間をともにしているんだぞ」

先生は腕を組んで何度も頷き、

「長谷川、一流の鮨職人になりたかったら芸術を知ることだ。鮨こそ芸術なんだから」

と、ここでいったん言葉を切った。静かになった電車の中で、自分の意識が奥の方へと沈んでいくのがわかった。久し振りの感覚だった。

「城島先生！」

数分か数十分か、別の世界に行っていた意識が突然電車の中に戻ってきて、僕は思わず声を上げた。

「なんだ！」

「さっきの答えです」

「答えって？」

「最高級の料理を最高級の器で食べるってことについてです」

「あぁ、お前まだ考えてたのか。で、なんだ」

「はい。もし器が高くて買えないなら、自分で作ればいいんじゃないですか」

「は？」

「先生は今、鮨こそ芸術って言いましたよね」

「あぁ、言った。俺はそう思ってる」

「だったら『鮨職人こそ芸術家』

「ん……なるほど」

「何をどう盛り付ければ美味しそうに見えるのか、鮨職人はそれをずっと探求し続けます。だったら、どんな器に盛り付ければ美味しそうに見えるのかよく知っているのも、きっと鮨職人のはずです」

僕は珍しく自信を持って答えた。

「だとしたら、僕たち鮨職人が器を作ればいい。いや、器だけじゃありません。カウンターだって空間だって、暖簾だって自分でデザインすれば、素晴らしいお店になると思うんです」

「夢みたいな話だなぁ。でも、それは面白そうだ」

「夢じゃないですよ！」

「ずいぶん強気じゃねぇか、どうだろうなぁ。まぁでも、長谷川の話はいつも夢心地で聞いてられるから俺は好きだな」

「先生、夢じゃありません！」

声に力が入った。

「そりゃ実現したら、すげぇ店ができるだろうな」

「絶対できますよ！　そしたら、鮨屋がミシュランで星をとる日だって来るかもしれません」

「それは無理だよ、絶対無理。あれはフランス人が審査するから鮨は無理だ」

「だったら、フランス人でもカッコいいと思うような店を作りましょうよ。ヨーロッパの人が食べても美味しいと言って喜ぶくらいの鮨を握って、誰が見てもいいなって思うデザインの器を作って、誰にとっても居心地のいい空間を作りましょうよ！」

「そんなことが鮨職人にできるか？　求め過ぎじゃねぇか」

「鮨職人だからこそ、できるんじゃないですか！」

思わず語気が強くなった。心の底から思っていることだった。

実際、製菓の鎧塚君をはじめ、ほかの科の生徒と話すたびに僕はこんな思いでいっぱいになっていて、募《つの》りに募った思いを先生に伝えたかった。

「フランス料理科やイタリア料理科の生徒が、将来ヨーロッパの星付きレストランに就職したいって言ってるのが、ずっと羨ましかったんです。でも僕がそう言うと鮨科のみんなは、あれはフランス人の評価だから日本食はそんなものに左右されちゃいけないって……」

「鮨職人のあいだでも、それが一般的な考え方だろうな」

先生はあっさりとそう言った。

「料理の感覚も基準も違うから、そんな評価は和食には関係ないって言うやつもいました。でもフランス人だって同じ味覚をもった人間です。塩はしょっぱいし、砂糖は甘いし、レモンを搾れば酸っぱいはずなんです。この前、日本料理科の岡田《おかだ》先生の講義で確信しました。グルタミン酸とイノシン酸の話です」

先生の表情がぐっと真剣になった。

「あの日、岡田先生はヒラメの昆布締めを握って、そこに削りたての鰹節をほんの二、三枚挟みました。最初は、ちょっとした工夫だと思ったんです。でも、それだけで劇的に味が変化して、めちゃくちゃ美味しくなったんです」

「お前、ちゃんとそこに注目して、講義を聞いてたのか」

先生は驚いていたけれど、僕は構わず続けた。

組み合わさって唾液《だえき》と混ざると、化学反応を起こすんだと教えてくれました。その効果を利用すれば、脳に響くほどの旨味を発揮するんだって。しかもそれは、ほかの国の料理も同じことで、例えばイタリア料理ではトマトとチーズ、フランス料理では牛肉と根菜、それから中華では鶏肉と生姜《しょうが》の組み合わせがそうだって。旨味の成分や要素は、世界中どこへ行っても同じだって教えてくれました。それを聞いてすごく感動したんです。世界中の旨味を科学的に証明できるなんて、すごいことじゃないですか！　美味しさは世界の共通語、これってとってもロマンがある話だと思いませんか」

先生は腕を組んだまま目を閉じ、何度も頷きながら僕の話を聞いている。

「海外から来た人に、あなたの握ったお鮨は美味しいですねって言われて、嬉しくない鮨職人なんていません。将来パリのミシュラン審査員が日本に来て、鮨屋のカウンターで鮨をつまんでいる姿を想像すると、僕はワクワクするんです。いつの日か、ワインやシャンパンと一緒にお鮨を食べる時代が来るかもしれません。先生、そう思ったら鮨を握るのがもっと楽しくなりませんか？　僕、そんなことを考えると胸が熱くなって寝れなくなるんです。だから、もっともっと勉強したいんです」

あふれだす熱い思いを、そのまま先生にぶつけた。

全て言い切って息を切らしていると、黙って耳を傾けていた先生が、

「長谷川……やっぱお前、すげーな。うん、すげーよ本当に」

そう言ってニコリとわらった。

ちょうどその時、電車は京都の四条《しじょう》駅に到着した。

先生がどう思ったのかわからないけれど、自分の思いを真剣に聞いてもらえたことが嬉しかった。

地下の改札を通って地上に出ると、鴨《かも》川を流れる水の音が聞こえてきた。四条大橋のたもとで、若い男性がギターを弾いている。おそらく大学生だろう。その横では彼の友人らしき男性が、段ボール箱の上にカセットテープとサングラスを並べて売っていた。ふいに、城島先生とのこの日帰り旅行の思い出を形に残したいという思いに駆られ、自分の腕を先生の腕から解くと、僕は衝動買いの見本のように九百八十円の黒いサングラスをふたつ買った。

京都髙島屋《たかしまや》の七階の会場は、大勢の人とお祝いの花で賑わっていた。その中心にいる人物がきっと大樋さんだ。大樋さんは来場者ひとりひとりに挨拶をしていた。表情はにこやかだけれど、キリっと澄んだ眼差しは僕が想像していた通りで、城島先生にちょっと似ていると思った。

握手を求める人、サインを求める人、ツーショットを求める人の列が会場の外まで続いていた。

背の高い男性の店員がすっと近寄ってきて、

「いらっしゃいませ。まずは会場をご覧になってください。ぜひ作品にも触れて、ゆっくりご鑑賞ください」

と笑顔で案内してくれた。

「先生、とりあえず、ぐるっとひとまわりしましょうか」

「そうだな、じゃあ先に作品を観よう。ここにあるのか?」

先生は入り口付近に展示された大きな花器に恐る恐る手を伸ばし、そっと撫でた。先生の「観る」はもう「触る」になっていた。

された。

緊張感と力強さを併せ持つ大樋焼は、一点一点が強烈な生命力を放っていた。これが芸術か……。感動を表す言葉が見つからなかった。

僕たちは作品をひとつひとつゆっくりと観て、触れてまわったけれど、一向に客は引かなかった。それを先生に伝えると、

「今日はもう帰ろうか?」

と言いだした。

「えっ! せっかくですから、挨拶だけでもしたらいいじゃないですか」

「だが……初日だし、お客さんも多いみたいだしな」

城島先生にしては珍しく、煮え切らない答えが返ってきた。

「じゃあ、あと一周だけしましょう」

僕はすかさず先生により添うと強引に引っ張り、たくさんの人がひしめく会場を再び歩きはじめた。展示物にぶつからないように先生の腕を自分の脇でグッと挟んで、白杖が来場者の足に引っかからないように注意を払いながら、先生と並んで歩を進めた。

この器なら、四人前の鮨の盛り合わせがちょうどいい大きさですね、これにマグロの赤身を盛るときっと映えますね、などと言うたびに、どんな形だ? どんな色合いだ? と先生は訊き、僕はできる限り詳しく説明した。

そうしているあいだにも来客は増え続け、大樋さんはますます忙しくなった。気配でそれに勘づいたのか、先生はためらい気味に小さく前進したり後退したりを繰り返した末に、

「やっぱり挨拶は諦めよう」

と再び言いだし、それなりの力で僕をじんわりと引っ張った。

「でも、せっかく大阪から来たんだし、先生だって大樋焼の大切なコレクターなんですから。ちょっとだけでも挨拶して、それから帰りましょうよ」

「いや、出口はどっちだ?」

「あっちですけど……。大樋さんだって先生との再会を喜ぶと思いますよ」

挨拶をさせてあげたかった。けれど先生は語気を強め、

「こんな華やかな会場で、俺みたいなやつにウロウロされたら迷惑だろ」

と言った。そして杖の先で床をトントンと感情を込めて突いたあと、うつむいてしまった。

——やはりそこだった。

先生が臆病《おくびょう》になっているのは、僕にもわかっていた。

先生は、教室では相変わらずどころか以前より鋭い指導を続け、前にも増して威厳を放っていた。目が見えなくても、鮨のことなら手に取るようにわかるのだろう。

でも、教室の外ではそうはいかなかった。いつもの自信にあふれた様子が影を潜め、不安気《げ》にしている先生を僕は何度も目にしていた。

「先生……そんなこと、絶対に言わないでください」

僕は先生をその場に残し、お客さんと握手をしている大樋さんの所へ急いで行った。

「お話し中すみません。あの……僕の先生、目が見えないので遠慮しているんですけど、少しだけでもいいので、挨拶させていただけませんか。そしたらすぐに失礼しますから」

思い切ってそう言って、出口の側で心細そうに杖の先で僕を探している先生を指差した。すると握手をしていた男生のお客さんが、

「あぁごめんなさい、独り占めしちゃって、どうぞ、どうぞ」

と譲ってくれ、大樋さんは、

「ちょっと失礼します」

と僕についてきてくれた。

そして先生の前に立つと、大樋年雄です、と右手を差し伸べ、僕は先生の右腕を取ってふたりに握手をさせた。先生がうつむけていた顔を上げた。その途端、

「えっ、城島さん!?　『鮨処伊東』の城島さんじゃないですか！」

「あぁ、若、ご無沙汰《ぶさた》しております」

「どうしたんですか！　もしかして……」

「う、うん。見えなくなっちゃってさ……そんなことより、今日はおめでとうございます」

「城島さん……、城島さん……」

若の声は震えていた。

久し振りの再会に積もる話もあるだろう。僕は席を外し、もう一度作品をじっくり鑑賞することにした。今度はひとりでゆっくりと。

その時、一番奥に展示されていた茶碗が目に留まった。今までそれが目に入らなかったことが不思議に思えるくらい、その茶碗は異彩を放っていた。

会場の作品のほとんどは茶系か黒系だったけれど、この一点だけは白く、『大樋白釉窯変《はくゆうようへん》茶碗』と書かれた札が置かれている。茶碗の表面を無数の亀裂が覆い、そのほんの一部に朝焼けのような淡い黄色が滲んでいた。

茶道の知識は皆無《かいむ》だったけれど、雲の切れ間から差し込む一条の陽の光の如《ごと》く、この白茶碗は僕

の感性に鮮烈な衝撃を与えた。

しばし見とれ、作品の前に立ちすくんだ。

気が付くと、横には城島先生と大樋さんが立っていた。そして大樋さんは展示台の白茶碗を両手で慎重に持ち上げると、僕の手のひらに乗せてくれた。予想もしていなかったことに心臓が大きく脈打ち、緊張で手が微かに震えた。

ふんわりとした見た目とその体積からは想像できないほど、器はずっしりと重かった。

「自信作です」

大樋さんが微笑みながら言った。

「うわっ……！」

心を開く強い力が、作品から手のひらへ、手のひらから心臓へと伝わってくる。生まれてはじめての体験に僕はすっかり興奮していた。

「先生、これすごいですよ、本当にすごいですよ！」

目が見えないことなど忘れて、夢中でその作品を先生の前に差しだした。

「どれどれ」

先生もまるで見えているかのように、迷いなく僕の手のひらの茶碗を受け取った。そして胸の前で茶碗を両手で包み込み、

「本当だ。これはいいなぁ」

と、しみじみと言うと、左の手のひらで茶碗を底からしっかり支えて、右手の指でしなやかに茶碗の表面を撫でた。芸術を敬《うやま》い慈《いつく》しんでいることが、その指先の動きに表れていた。

その様子を見守りながら、大樋さんは目に涙を溜め、言葉を失っていた。

四条河原町《かわらまち》に出ると冷たい風が吹きつけた。僕は先生の首にマフラーを巻き、コートの襟《えり》を立てた。

「すまんな、こんなことまでさせて」

「いいえ……」

気の利いた返事が思い浮かばなかった。

僕と先生は、言葉を交わすこともなく四条大橋を渡っていた。

先生の腕を脇でしっかり支え、ぴったりとくっついて歩くと暖かかった。先生が休日だけ使っている高価な香水の香りが北風にひろがった。橋の上は風が一層厳しく、思わず左手をポケットに入れたその瞬間、思い出した。

「あっ、そうだ！　実はさっきサングラスをふたつ買ったんです、お揃いで」

「サングラス？」

「黒いシンプルなやつですけど」

「俺はいいよ」

「まぁ、そう言わずにちょっとかけてみてください。絶対に似合いますから」

「似合うも似合わないも、見えねぇじゃねーか、俺には」

「でも僕が見てます」

「お前に見られて、どうすんだよ」

「周りの人だって結構見ると思いますよ、先生はカッコいいですから」

「カッコいいわけねぇだろう」

ぶつぶつ言いながらも、先生は面倒くさそうに顔をこちらに向け、僕は慎重にサングラスをかけた。

「やっぱり似合うじゃないですか」

「ん……そうか？」

「僕もかけます！」

「男同士でペアルックしてどうすんだよ」

「師匠と弟子なんだから、いいじゃないですか。それにしても先生、ほんとにカッコいいですよ。まだまだイケると思います」

「イケるって、どこに行くんだよ。この歳で目も見えねぇのに、いったいどこへ行けるって言うんだよ」

急に声が寂し気になった。

ハッとして、僕は改めて先生の姿を見た。無理やりサングラスをかけさせられ、杖をついて不安気に橋上に突っ立っていた。そして小さくため息をつくと、片手で僕を探しはじめた。

その仕草を見た途端、自分が最低のことをしているのに気が付き愕然とした。先生との小旅行が嬉しくて、調子に乗って無理やりサングラスをかけさせ勝手に楽しんでいる自分は最低だった。

——また、やってしまった。

どうしようと思っているうちに、先生はサングラスをかけたまま進行方向を探し、迷いながらもポツポツと杖をついてひとりで橋の上を歩きだした。やりきれない思いでその後ろ姿を見つめていると、一月の北風が襲いかかってきた。

橋のちょうど真ん中辺りに来たところで、先生は[illegible]

て両手を欄干の上に置くと、ゆっくりと川に身を乗りだした。

底を見えない目でじっと見つめていた。何も言えないまま、僕も並んで川底を見つめた。

ひっきりなしに通り過ぎる通行人の話し声も、車のエンジン音も聞こえなかった。水量豊かな一月の鴨川は冷え冷えと銀色に光り、生き物の姿ひとつ見当たらなかった。

沈黙が続いた。どんな言葉も破ることができないほどの固い沈黙だった。

「長谷川、真下に大きな石が見えるだろう」

ふいに先生が口を開き、強い口調でそう言った。

「あっ！　本当だ。はい、確かにあります。けど、どうしてわかるんですか？」

「目が見えなくなる前、最後の検査は京大病院でやったんだ。あそこに大友《おおとも》先生ってハーバード大卒の眼科の権威がいてさ、まぁ最後の望みをかけたんだ」

「そうだったんですね」

「結果は絶望的だった。その時、帰りにこの橋を渡ったんだ。ちょうどこの辺りで足が勝手に止まってさ」

聞きたくない言葉が続きそうで、僕は耳をふさぎたくなった。

「もう楽になりてーなあって。わずかに残った視力で川底を見たら、石が見えたんだよ。あの石だ」

先生はそう言うと川底を指差した。その指先はちゃんと石を捉えていて、僕はギョッとした。そして先生は独り言のように言った。

「自殺したかった。パッと飛び込んであの石にパカッと頭ぶつけりゃ、もう苦しむことも誰に迷惑かけることもない。それで一丁上がりだ」

「――そ、そんな」

呼吸が乱れて言葉に詰まった。知ってはいけない事実を知ってしまったようで怖かった。けれど勇気を振り絞って先生の横顔を見ると、サングラスの下から涙がこぼれていた。

「長谷川、石に流木が引っかかってるだろう」

先生がぽつりと言った。僕は驚いてサングラスをひたいにずらし、目を凝《こ》らして川面《かわも》を見つめた。

「あっ、本当だ！」

流木のY字型になった枝の根元が石に引っかかっていた。

一メートルほどの流木は絶え間ない流れを全身でまともにくらいながらも、たくましく川登りをしているかのようにも見えた。けれど、必死に流れに耐えつつも、どこにも行けない、鎖でつながれてやせ細った奴隷《どれい》の足のようにも見えた。その姿はあまりに残酷だった。

「流木、まだ頑張ってるか？」

先生もその日、今の僕と同じ気持ちで流木を見ていたに違いない。この残酷な光景を。

検査結果に絶望し、自殺を考えながら橋の上に佇んでいた先生を思うと、哀れでたまらなかった。

すると先生がいきなりこう言った。

「長谷川、石の右側をよく見てみろ！」

「石の右側……？　は、はいっ！」

僕は一生懸命川底を見つめた。

「鮭《さけ》がいるだろ――

「え?」

「五、六匹泳いでいるはずだ、よく見ろ!」

僕はさらに身を乗りだし、石の右側を凝視した。

「すみません。見えないんですけど……」

「よく見ろ!」

目の見えない先生にわかるのに、どうして自分にはわからないんだろう。僕は必死で探した。

「鮭の雌は毎年この時期に鴨川を死に物狂いで登ってきて、三条あたりで産卵するんだ。その一生懸命な姿をよく見ておけ!」

「はい!」

「あいつらは京都で生まれて、大阪湾まで泳いでいって、それからハワイを一周して、また京都まで戻ってくるんだ。すごいだろう、感動しないか?」

「はいっ、感動します!」

スケールの大きさに衝撃を受けた。鮭がそんなに泳ぐなんて。

「京都の鮨職人はな、その鮭の卵を取ってイクラの軍艦を握るんだ」

「え、そうなんですか?」

「お前そんなことも知らなかったのか……」

と、そう言いかけて先生は笑いだした。

「ははは、長谷川、お前なぁ、ほんと。はははー」

「……えっ? もしかして冗談だったんですか⁉ 先生っ、勘弁してくださいよ!」

「お前、ひょっとして信じてたのか?」

「そりゃこのシチュエーションだったら、誰だって信じちゃいますって」

「京都で鮭が川登りするわけねぇだろう」

「そんなの知りませんよ。師匠の言うことなんですから、弟子は信じるに決まってるじゃないですか！」

「長谷川、そこまでいくと素直すぎだろ。わはははー」

大笑いする先生の顔から涙は消え失《う》せ、いつもの太陽のような明るさが戻っていた。

「先生！　冗談きつ過ぎますよ。もうやめてください、心臓に悪いです」

そう言う僕のことなどお構いなしに、先生は欄干を両手でバンバン叩きながらこらえきれず大笑いしはじめた。体を反らし、時に左右に大きく揺さぶって、とめどなくワッハワッハと笑っていた。そんな先生を見ていたら、サングラスをかけて上半身を大きく左右に揺さぶりながらピアノを弾く、スティービー・ワンダーとレイ・チャールズの姿を思い出した。僕は、先生が川底を覗きながら言ったことを冗談にしたくて、先生の後ろから両手をつかんだ。

「先生、ピアノ弾いてくださいよ！」

「は？　なんだよ」

「両手でこうやって……」

欄干を鍵盤に見立て、先生の体を右に左に揺らした。

「ふたりでスティービー・ワンダー歌いましょうよ！」

「よせよ」

「アイジャスコー、トゥセー、アラービュー」

「なんだよ、それっ」

「先生も知ってますか」

「知らねーよ」

「知ってるくせに。はい、一緒に！　アイジャスコー、トゥセー、アラービュー」

「よせって言ってるだろ！」

「はい、もういっちょ！　アイジャスコー、トゥセー、アラービュー」

僕は先生の両手を欄干にポンポンぶつけながら言った。

「先生、スティービー・ワンダーは本当は目が見えてるって噂があるんですけど、知ってました？」

「だから知らねーよ、そんなこと！　おいっ、やめろよ、やめろって！」

「はい次！」

「長谷川、やめろ！　お前、最近馴れ馴れしくないか？」

「はい、次はレイ・チャールズ」

背後を何人もの人影が通り過ぎていったのも気にせず続けた。

「お前、俺はお前の師匠だぞ！　おい！」

「ジョジャ、オー、ジョージャ、オママーイ。はい！　先生も一緒に」

バカみたいな悪ふざけを僕はしつこく繰り返した。それは先生とじゃれ合いたかったのではなく、そうやってこの残酷な現実から先生を守りたかったのだ。何度か歌ったあと、先生はいい加減にしろよ！　と声のボリュームを上げ、僕は手を離した。

「城島先生、やっぱりサングラス似合いますよ。すごくカッコよかったです」

先生は右手の中指でずれたサングラスを元に戻した。その表情は嬉しそうだった。

「気に入ってくれましたか、サングラス？」

「似合うか？」

「はい、とても似合います。あの……スティービー・ワンダーだって、レイ・チャールズだって、目が見えないのにあんなにいい曲歌うんです。だから城島先生だって、まだまだ美味い鮨いくらでも握れますよ！　この前のカレイの握り、僕が今まで食べた中で一番おいしかったです」

　すると先生はまた笑ってくれた。

「お前は本当に優しいやつだな」

　僕たちは再び横に並んで川上の方を見つめた。

　触れた欄干はとても冷たく、春はまだ遠いと思った。

「お前たちがいたから、俺は死ななかったんだ。お前たち生徒をちゃんと送りださなきゃいけない。そうして辻校長の恩に報いなければってな。俺にはまだやり残したことがあると思った」

「はい、まだまだ生きてください。長生きして、僕がいつか立派な鮨職人になって先生をお店に呼ぶまで元気でいてください。約束です」

「ははは、そりゃずいぶん長生きしなきゃいけないな」

　先生は笑った。

　そうだ、そうなるにはまだまだ時間がかかる。今は何ひとつ満足にできない若造なんだから、長生きして見守ってくれなきゃ困る。そう思いながら先生の顔を見つめると、目が合った気がした。

「辻調、好きか？」

「もちろんです。たくさん勉強できましたし、いい仲間にも出会えました。最高の学校です。何よ

「そうか」

先生は静かにそう言った。そしていつものように優しく僕の頭を撫でようとしたから、慌てて頭にかけていたサングラスを外した。

すると、先生の左手がサングラスを持った僕の右手にぶつかり、そのはずみでサングラスは宙を舞った。とっさに右手でキャッチを試みたけれど、開いたフレームに手の甲が当たって弾いてしまった。サングラスはそのまま水面めがけて一直線に落下した。

僕は欄干から身を乗りだし、水面に到達するまでの一部始終を目撃した。それは人生で最も長い数秒間だった。まるでスローモーション映像のように、サングラスはゆっくりと落下していった。乱れる鼓動が鼓膜を圧迫する。不吉な予感がする時に耳の奥底で鳴る鈍い雑音が一瞬聞こえた。


――ぽちょん。


サングラスは水面をわずかに裂いたあと、ゆらゆらと力なく水中を舞いながら鴨川を下っていった。

もし世の中に陽《よう》の世界と陰《いん》の世界があるならば、あの裂け目は間違いなく陰の世界の入り口だったと思う。それをまざまざと目撃してしまった気分だった。

幸運にも、そのハプニングに城島先生は気付いていなかった。

「どうした?」

「え?」

「くしゃみか?」

「いえ……」

「京都の方がちょっと寒いな。長谷川、風邪引くなよ。そろそろ帰ろうか」

その言葉が優しさに満ちていた分、北風に乗って余計に切なく響いた。橋の向こうには八坂《やさか》神社の鳥居の鮮やかな朱色が見えた。

地下の改札に向かう階段で僕は少なからず疲労を感じたけれど、城島先生の腕がしっかりと支えてくれた。

4

中学生の時、時間は常に一定の速さで流れるなんて習ったけれど、きっとそれは嘘だ。そうじゃないと説明がつかないほどに、あっという間の一カ月間だった。気付けば新年最初のひと月は終わり、一月は僕たち鮨科の生徒をものすごい勢いで置いていってしまった。

悲しい出来事が続いた。それでも時間は悲しみに暮れる暇を僕たちに与えてはくれず、むしろ今までよりもずっと速く、容赦なく過ぎていく。

今日から二月。カレンダーをめくるたび「卒業」の二文字が猛スピードで近付いていることを、僕たちは自覚せざるを得なかった。

一年を通じて最も大阪が冷え込むこの時期は、米を研ぐ水が痛いほどに冷たい。けれどその冷たさに抗うように、僕たちは始業よりずっと早く教室に集まるようになっていた。卒展グランプリが迫っていたからだ。

その日僕は七時前に登校していた。授業がはじまる前に包丁を研いだり前日の食材の復習をしたり、卒展に備えて自分にできることをしようと思ったのだ。

まだ誰もいない校舎の薄暗い階段を上っていると、後ろから唐突に声をかけられた。

「どうしたの、こんなに早くから」

ぎょっとして振り向くと、千住が後ろから階段を上ってきた。

「あ、千住か、おはよう。授業前に昨日の復習でもしておこうと思って。ほら、卒展も近いし」

「やる気十分だな。さすがは鮨科の『スター』だな」

「やめてくれって、天才に言われたくないよ。それより千住もいつもこの時間に来てるの？」

「まぁ、時々ね。自分の出来に納得がいかないと、どうしても早く目が覚めちゃって。でも今日からは毎日にしようと思ってるんだ」

「なんで？　やっぱり卒展？」

「『スター』に先を越されたくないからね」

「やめてくれってば。僕をからかってる？」

それには答えず彼は僕を追い抜いていった。

こうしてスタートしたふたりだけの早朝自主練だったけれど、日を追うごとに徐々に人数が増えていった。翌日にはミカちゃんとクラウディアが、さらにその翌日にはママドゥとふくちゃんが加わり、一週間もしないうちに、鮨科の全員が七時前には教室に集まるようになった。

それぞれが、自分の課題を克服しようと調理台と向き合っていた。

ふくちゃんやクラウディア、ほかの何人かの生徒に、僕がシャリを正確に握るコツを教えることもあった。ただ言葉で説明するのが難しくて、例の思い出話になってしまいがちだったけれど。
千住はアジの骨格を見本にした魚の基本構造を黒板に見事に描き、素早く正確に捌くための包丁の使い方をみんなに説明していた。論理的に、しかもめちゃくちゃ親切に。あの孤高の男、千住が！

いつの間にか僕たちは、お互いに教え合うようになっていた。これが辻校長が掲げる「教えることによって学ぶ辻調スタイル」ということなのかもしれない。

日もまだ昇りきらない早朝の水道水は、一層鋭く僕たちの手を締め付けたけれど、誰ひとりそんなことに弱音なんて吐かなかった。この一年間で間違いなく今が一番まとまっている。視力を失ってもなお、いや、それまで以上に熱く授業を続ける城島先生に、鮨科全員が応えようとしていた。

思いがけない理由からではあったけれど、僕たちは最高の状態で卒展グランプリに向かっていた。

時計の針が九時を指し、いつもの仰々《ぎょうぎょう》しいチャイムが鳴ると同時に教室の扉が開く。そして城島先生が現れて教壇に向かうと、チャイムが鳴り終わるタイミングぴったりで教卓につく。京都での告白が一瞬頭をよぎったけれど、そのあとも教室で弱気を見せることは一切なかった。佐野先生が足元に気を配りながら一歩後ろを歩く。

そしていつも通りの挨拶だ。

「おはようございます」

「おはようございます」

たちは大きく成長していた。

城島先生が話しはじめた。

「お前たちの朝の過ごし方を聞く限り改めて言うまでもないことだが、卒展グランプリが近くなってきた。期待しているぞ。この一年、本当によく成長してくれたからな」

朝一で褒められ、みんな黙り込んでしまった。

「ぜひ辻調で学んだことを審査員に、そして辻校長に見せつけ、グランプリを狙ってほしい。製菓もイタリアンもフレンチも相当に手強い相手だが、お前たちならいい線いけると思ってるぞ」

「はいっ！　頑張ります！」

熱いものがこみ上げてきて、僕はつい大声を出してしまった。我に返って恥ずかしくなっていると、ママドゥも後ろから大きな声を出した。

「鮨科なら優勝できます！　どこにも負けません！」

ママドゥ、それはちょっと言い過ぎじゃ……と周りを見まわすと、大きく頷いたり、よしっと呟いたり、みんな気合を入れている。僕はなんとなく圧を感じてしまった。

そんな教室の熱気に城島先生は軽く頷いて、隣の佐野先生に何か耳打ちをすると、こう言った。

「そこでだ。俺と佐野からの提案なんだが、卒展に向けてクラスのリーダーを決めたいと思う。就職すればどこの店にもリーダー格のやつがいるし、早朝自主練にもまとめ役がいた方がいいだろう。今後はそいつを中心に、一丸となって挑んでもらいたい」

それなら素晴らしい候補がいるじゃないか、圧倒的な実力もカリスマ性も兼ね備えた最高のリーダーが。僕はちらりと千住の方を見た。

「――で、長谷川にリーダーになってもらおうと思う」

聞き間違えたと思った。すると城島先生の大きな声が飛んできた。

「長谷川、返事がないぞ。聞こえてんのか！」

――えっ、何、僕……？

「お前らの意見も聞きたい。このクラスのリーダーを、長谷川に任せてもいいか」

先生はうろたえる僕を置き去りにして、今度はクラス全員に訊きはじめた。

「もちろんです！」

「はい！　ぴったりだと思います」

みんな口々にそう言い、僕の方を見た。

「みんな賛成してるぞ。長谷川、お前はどうなんだ」

城島先生はそう返事を促すけれど僕は全く理解が追いつかず、大混乱する頭の中から必死で言葉を引っ張りだした。

「で、でも！　技術は千住が絶対一番だし、周りを引っ張る実力もあるし。その方がみんな納得すると思うし」

抵抗する僕の言葉をさえぎり、千住が口を開いた。

「お前はいつまでそうなんだよ！　みんな納得してんだから、自信持てよ。お前がリーダーだ！」

その強い口調に反して、珍しく少し笑っている。

「第一俺がリーダーなんて、向いているわけないだろ？　お前と違って、そんなもん背負ってホイホイ動きまわれるタイプじゃないんだよ、俺は」

素っ気ない言い方だったけれど、千住なりに励ましてくれているのが伝わってきた。

それでもまだ、頭の整理がつかない。なんで僕が

ではあるものの、クラウディアも、ミナちゃんも、
れている。ほかのクラスメイトたちも――。

なぜか鼻の奥がツーンとしてきた。

もう、なるようになれ……！　次の瞬間、僕はこう言っていた。

「わかりました、やります！　みんなっ、卒展は本戦目指して全力で頑張ろう！」

拍手が湧き起こり、

「頼んだよリーダー！」

と声が聞こえた。今までの僕の人生にはなかった不思議な出来事だった。


その日の昼休み、鎧塚君が鮨科を訪ねてきて、

「長谷川君、久し振り！　もうすぐ卒展だね。最大のライバル鮨科に負けないように、製菓も頑張るよ」

と僕を見るなりそう言った。

「久し振りに会って、いきなり冗談やめてよ。最大のライバルは、フレンチの渡辺君でしょ？」

いくらなんでもできたばかりの鮨科が「最大のライバル」なんて、それはあり得ない。

「鎧塚君は、ほんとに鮨科が最大のライバルだなんて思ってるの？」

「え？　当然でしょ。千住君に長谷川君に――実力者揃いじゃん」

「確かに千住は実力者だけど、僕はどうだか」

そんな話をしていると、クラウディアからお呼びがかかった。

「ねぇリーダー、明日の朝はどうするの？　佐野先生も来てくれるって本当？」

「あ、アドバイスしにきてくださいってお願いしたら、オーケーだって。どうせ朝早くから学校にいるからって」

それを聞くと、鎧塚君は嬉しそうな顔で言った。

「やっぱり君もリーダーなんだね。そうじゃないかと思っていたよ」

「え？　ってことは、鎧塚君も？」

「そう！　なんかモチベーション上がったよ。卒展、楽しみにしてるよ！」

そう言って、鎧塚君は爽やかな笑顔を振りまいて去っていった。

千住が真剣な顔でそれを見ていた。

「勝つぞ。どんなに製菓が強くても」

「うん。頑張ろう」

——ガシャン！

僕たちが決意を固めている側で突然大きな音がした。びっくりして音の方を見るとふくちゃんがうずくまっている。

「大丈夫⁉」

ミカちゃんが素早く駆けより、僕と千住もどうした！　大丈夫か⁉　と声をかけた。

「いや……大丈夫っす。ちょっとお腹が痛くなっただけっす……」

とふくちゃんは引きつった笑顔をしてみせるものの、ひたいには冷や汗が滲んでいる。

「とりあえず保健室に急ぐよ、誰か手を貸して！」

ふくちゃんに肩を貸し、僕と千住とで保健室まで連れていった。途中何か悪い物でも食べたのか訊いてみたけれど、

「本当に大丈夫だから、大げさにしないで。授業に集中してください。迷惑だから」

と、うめきながら強い口調で言い、苦痛に顔を歪《ゆが》ませつつも元気そうに振る舞おうとしていた。

しばらくすると、

「本人が大丈夫だと言い張るし、まあまあ元気そうにしていたから、車でアパートまで送っていきました」

と、保健室の先生が教室に来て教えてくれた。

心配だったけれど、今はどうするわけにもいかない。とりあえず明日の授業に来なかったら、帰りにアパートに行ってみよう。

ふくちゃんの希望通り、僕はひとまず午後の授業に集中することにした。


朝からいろいろなことがあり過ぎて、授業が全て終わってもまだ頭を整理しきれずにぐったりしていると、長谷川、いいか、と城島先生に呼ばれた。

「というわけで、お前が今日からクラスのリーダーだ。頼んだぞ」

「……でも、本当に僕で大丈夫ですか？　選ばれた時は勢いで大きなこと言っちゃったんですけど、今頃心配になってきちゃって」

「お前、まだそんなこと言ってんのか。千住もあそこまで言ってくれたのに随分弱気だな」

「正直言うと、人前に出たりみんなをまとめたりすること、あんまり得意じゃないんです。これまでリーダーなんて一度もやったことないですし……」

城島先生の顔がふっと優しくなった。

「あのな、それはここに入学する前のお前の話だ。今、俺の目の前に立っているのは、立派なクラスのリーダーだ。お前はこの一年間、周囲に気を配りみんなに信用されて、自然とリーダーの役割をこなしてきたんだぞ。自覚はないかもしれないがな」

　思ってもみなかった先生の言葉に、僕は面食らってしまった。でも素直に嬉しかった。

　そこで、ずっと引っかかっていたことを先生に訊いてみた。

「あの、僕なんかで務まるんでしょうか」

「ん？　いったい何が僕なんかなんだ？」

「だって、かつら剝きができるようになるのも一番遅かったし、三枚おろしも千住の三倍時間がかかるし、ほかにも……」

　先生は笑いながら僕の方に顔を向けた。けれど視線は少しだけ右にずれていた。

「長谷川、そんなのは些細《ささい》なことだ。いいか、俺と佐野がお前を選んだ理由はな、お前がクラスで一番鮨が好きで、この一年間、誰よりも誠実に鮨に向き合ってきたからなんだぞ」

　力強い先生の言葉に泣きたくなった。

「まだ二十歳《はたち》にもならねぇくせに、包丁の技術があるとかないとか、鮨を握るのが速いとか遅いとか、そんなことばっか気にしてんじゃねぇよ。一流になりたいんなら、大切なのは心から鮨が好きかどうか、そして、なんに対しても誠実に向き合えるかどうかだ。それができるお前は立派な才能に恵まれてる。俺ははっきりそう言える」

　こんなに真っすぐに褒められると、これ以上自分を下げることはもう言えなかった。けれど、かといって、どうしたらいいのかもわからなかった。

「お前の鮨への誠実さや愛情は、立派な才能なんだ。大樋焼を観にいく途中、電車の中で俺に夢を語ってくれただろう？　ミシュランの夢だ。あれを聞いて俺は確信したんだ。

かお前が叶えてくれ　お前ならできる」

「――はい」

「将来、立派になったお前をこの目で見たかったよ」

僕はこみあげてくるものを必死にこらえて答えた。

「僕、頑張ります。卒展も、とにかくやってみます。それから将来は立派な鮨職人になって、いつかヨーロッパにも行って、ミシュランで星とって、それから……」

「それから何だ？　まだでっかい夢があるのか？」

一瞬自分でも戸惑った。ミシュランみたいな途方もない夢のあとは何があるんだろう……思い切って口が動くままに任せてみると、こんな言葉が飛びだした。

「それから、先生がびっくりするくらい美味しい鮨を握って、先生に認めてもらいます！」

意外だった。でも、そうだ、これが一番大きな夢だ、と心から思えた。

先生は少し驚いた顔をして、それから吹きだした。

「おいおい、俺に認められるのはミシュランのあとかよ。でも長谷川、よくわかってんじゃねぇか。お前が目標を達成したって、俺の厳しさは変わらねぇからな、ミシュランなんかよりずっと厳しいぞ。鮨職人として俺に腕前を認められるのは、ずっと先だ。覚悟しろ！」

「はい！　だから先生、ずっと元気でいてください。まずは卒展グランプリ、いい結果が出せるように一生懸命頑張ります！」

たかぶった胸をなんとか抑え、僕はそう絞り出した。

帰り道クリーニング屋を覗いてみると、窪田さんがいつもと同じように一生懸命に働いていた。

けれど明らかに元気がない。気にはなるけれど、なんと声をかけていいのかわからず、僕の足はそのまま店の前を素通りしてしまった。

早くも日が傾きはじめた街並みに『朝出して夕方お渡し！』の看板は頼りなく、切れかかった電球が点《つ》いたり消えたりしながら僅かに灯っているのがうら寂しかった。

歩きながらさっき先生が言ってくれたことを頭の中で繰り返した。すると今度は心が温かくなった。複雑な気持ちの帰り道だった。

アパートに着くと、僕はそのまま屋上に上がってみた。屋上といっても三畳ほどの狭い空間だけれど、柔らかな冬の夕日に包まれてささやかな開放感を味わうことができた。深呼吸をひとつして手すりにもたれ、ただ遠くをぼんやり見つめていた。西の空には金星が光り、その下には見慣れた街並みがひろがっている。

ここで暮らすようになっても、屋上に上がることは滅多になかった。周辺は一戸建てが多く、四階建てのアパートの屋上からでも結構遠くまで見渡せて、僕はそのことに今さらながら感動していた。

暮れていく街の窓には明かりが灯りはじめ、人々は家路《いえじ》を辿《たど》っていた。母親と手をつなぐランドセルの女の子も、チンチン電車に飛び乗るサラリーマンも、流れる車さえもがみんな幸せそうだ。

僕は急に、ありがとう！　と叫びたくなった。

けれど先生の目のことを思い出すと、その衝動は心のどこかで抑制《よくせい》されてしまった。もう百パーセント喜ぶことができなくなった胸にじっと手を当てると、それでも大阪の街が大好きなことに改めて気が付いた。

眼下にひろがる景色を眺め、僕は[illegible]

りの頃は全く感じられない気持ちだった。故郷[illegible]めまぐるしく過ぎ去る日々、時には悲しいこともあるけれど、それでも僕は充実した毎日を送っている。

ここには、自分だけのささやかな暮らしが確かにあった。

ただ大都会大阪は、穏やかな時間を与え続けてはくれなかった。猛烈なスピードで飛ばす救急車のサイレンが静けさを破り、心地よい時間はそこで中断された。

いつの間にか夕日は黒い雲で覆われて、冷たい夜が降りてきた。

そうだ、風邪を引かないように、そろそろ部屋に戻ろう。それから昨日買った大根でかつら剝きの練習をしよう。せっかくリーダーに選んでもらったんだ、みんなの足を引っ張らないように頑張らなくちゃ。


翌朝、寒《かん》の雨が降る中、一番乗りするつもりで教室に向かった。その途中、職員室から小走りに出ていく先生数人とすれ違った。異様な緊張感が漂っていた。

その途端、雨に濡れていないはずの背中が急に冷たくなり、一瞬だけ床がぐらついたような気がしてギョッとした。

あれ？　この感覚知ってる……。

――そうだ！　鴨川に落ちていくサングラスを見つめた、あの時の感覚だ。

教室の扉を開けると、まだ薄暗い中、電気も点けずに佐野先生が教卓に突っ伏していた。何が起こったんだろう。嫌な予感が頭をかすめた。

電気を点け、恐る恐るおはようございますと言うと、佐野先生はようやく僕に気付いて顔を上げた。一日で十歳は老けたんじゃないかと思うほど疲れ切り、涙で目が赤く腫《は》れあがっていた。

予感は確信に変わった。口を開いてほしくなかった。

佐野先生が、掠《かす》れた声でこう告げた。

「……先生が、城島先生が……、亡くなりました」

あまりに突然のさよならに、涙さえ存在しなかった。

5

坂道の上には曇り空と教会があった。

鉛を張ったような空にはいくつか裂け目が見え、その奥にはうっすらと冷たい冬の空が覗いていた。大阪の北に位置するこの小さな教会には、桜並木が続いていた。

教会は簡素な造りをしていた。降り続いた雨に打たれ、まだら模様に濡れたコンクリートの壁が、大理石の光沢にも似て美しい。ここでは祈ることしか許されていないとばかりに、どこを見渡しても電気すらなく、薄暗い空間に響くのは悲しみに包まれた足音だけだった。

今日は城島先生の葬儀の日だ。先生はクリスチャンだった。辻調関係者が先生の死を悼《いた》むためにこの教会に集まった。生徒の中で唯一洗礼を受けているクラウディアが全体を取り仕切り、窪田さんが彼女を支えた。

そしてそれを、どこか違う世界の出来事のように眺めている自分がいた。

正確には、違う世界を眺めるというよりも、現実とは少しずれた隣の世界にいつの間にか紛れ込んでしまった、そんな感じだ。ある朝、

この言いようのない違和感に囚われ続けていた

悲しいはずなのに心が悲しんでくれない。涙も出ない。それを変に思っている自分をもうひとりの自分が覗いている。

心が何かを感じることをやめてしまった。そんな気がしていた。

あの日、自主練に集まったクラスメイトたちは次々に崩れ落ちていった。声を上げて泣く者、突っ伏したまま起き上がれない者、涙を流しながら隣の人の背中をさする者。早朝の教室で、全員が突然の知らせに打ちのめされていた。

佐野先生は絞り出すようにして、城島先生の最期《さいご》を話してくれた。

事故があった日、佐野先生はいつものように城島先生を自宅まで送っていき、そのあと城島先生はひとりで外出したこと。

そして薄暗い中、自宅前の交差点を渡ろうとして無灯火《むとうか》の車と衝突したこと。

ちょうど佐野先生が学校に戻った時に連絡が入り、急いで病院に駆けつけたけれど、もうすでに息を引き取っていたこと。

救急隊員の説明によると、現場に救急車が到着した時には城島先生はすでに昏睡《こんすい》状態だったらしい。衝撃で変形したひたいの傷から大量に出血し、さらにおそらく車輪に絡まったのだろう、右腕は肩の部分から千切《ちぎ》れかけ、肩甲骨《けんこうこつ》が剝きだしになっていたそうだ。

救急車の中で城島先生は一度だけぼんやりと目を開き、何かを握るように力なく左の手のひらを開閉させてこう言った。

「起こしてください。あいつらもうすぐ卒業だから……」

それが最後の言葉でした、と佐野先生が言った。

すすり泣く声が、再び教室中に響いた。

けれどそれは、遠くで聞こえる物音のように僕の鼓膜をただ震わせるだけだった。

「今日はこれで解散とします。現場に献花をしたい人には地図を渡しますので……」

聞き取れるか聞き取れないかの声で佐野先生はそう言った。

献花には行かず、僕はひとりアパートに帰った。

昼も夜も、起きているのか寝ているのかよくわからないまま数日が経ち、城島先生の葬儀の日を迎えた。相変わらず、心も頭も自分の物とは思えない感覚が続いている。

生徒代表として僕がお別れの挨拶をすることになったけれど、不安で仕方がなかった。


葬儀がはじまった。

辻校長が、各科の先生たちが、悲痛な面持ちで立っている。生徒たちはみんな泣いていた。ママドゥも、ふくちゃんも、クラウディアも、ミカちゃんも。けれど千住だけはうつむくこともせず、まっすぐに前を見つめていた。

十字架の足元には美しく花が飾られ、その中心には、あの時千住が描いた城島先生そっくりのデッサンが遺影代わりに飾られていた。思いがけず久し振りに見たその絵は、ため息が出るほど美しかった。が、それだけに、悲運な道を辿ってしまったこの一枚の絵が哀れだった。

「これほど活躍した人でありながら、城島先生の自宅を探しても職員室のデスクを探しても、一枚の写真すら出てこなかったんです」

佐野先生の言葉が、

葬儀は厳かに進み、その時が近づいてきた。

している。次は生徒代表の僕の挨拶だ。

急に手が震えだし、激しい不安に襲われた。辻校長は悲しみをこらえながらも堂々と話している。けれど全く言葉が頭に入ってこない。今も頭と心が分離したままで、それをもうひとりの自分があっち側の世界から不安げに見ていた。

辻校長が最後にこらえきれず涙を流して話し終え、城島先生の絵に静かに一礼をした。

僕の番だ――。

「俺は泣かないから、お前も泣くなよ。カッコ悪いし、それに…………城島先生のために、絶対泣くなよ！」

今朝、千住がそう言った。だから何があっても決して泣かない、そう心に決めていた。

全員の前に歩みでてマイクの前に立つ。

僕は話しはじめた。

「生徒代表として挨拶をさせていただきます、長谷川洋右です。今日は、城島先生とのお別れです。城島先生は僕たちのかけがえのない恩師でした。先生は誰よりも優しく、そして誰よりも僕たちを愛してくれました。だからこそ、誰よりも厳しく叱ってもくれました。そんな先生のことがみんな大好きで……」

感情が決壊しそうになるのを感じた。

今まで頭と心で必死に抑えてきたけれど、とうとうこらえ切れず、堰き止めていた壁にヒビが入るのがわかった。思わず右手で口をふさいだ。

「……大好きで、だから……まさか、卒業を前にして、先生が……」

もう話し続けるのが難しい。頼む、もう少しだから最後まで耐えてくれ！

僕は一度大きく深呼吸をし、お腹に力を入れた。

「今日は、城島先生の日記の中の一ページをお借りしてきました。先生は毎日日記を付けておられましたが、目が見えなくなったあとに、もう整理するからと見せてくれたことがありました。その日記の中で、僕が一番……好きなページを、コピーしてきました」

今にも爆発しそうな胸を何度も撫でながら、ちらっと後ろを振り向いた。すると千住が描いた先生と目が合い、その途端、立っていることすら危うくなった。

「これを、お読みください。ありがとうございました」

と言いたかったけれど、体が震えて歯がカチカチと鳴ってしまい、上手く言えなかった。

挨拶が終わってほっとすると同時に、これが先生との最後のお別れだと思うと、悲しみどころか恐怖が僕を支配した。


出席者に配られた紙の上には、先生の大胆で汚い字があった。

書きはじめは先生らしく自由奔放《ほんぽう》な字が躍《おど》っているけれど、終わりの方は小さな字が詰め込まれていて読みにくい。そして字が不自然に重なっている部分に行き当たると、目を病んだ先生の苦境に気付けなかった自責の念が湧き上がる。

会場にいた全員が、紙の上に先生の姿を探すように、ひと文字ひと文字大切に読んでいた。そして読み終わる頃、嗚咽する声で教会は満たされた。

その時、礼拝堂の奥の十字架が鋭くきらめいた。

全員がうつむけていた顔を上げ、息を呑んだ。[illegible]

けた。

何かがそこにあった。誰もが平等に、ちょうど同じだけ感じ取れる何かが。

限りなく透明に近く、それでいて、この上なく豊かに充ちているものだった。そして爽やかに僕らをすり抜け、どこかにすーっと去っていった。

沈黙の中で、みんながこの一瞬の光がもたらした何かを思っていた。

そして僕たちは再び暗い教会の中に置き去りとなった。

牧師が十字架の前に現れた。

「私は安藤忠政《あんどうただまさ》です。今日は城島永嗣さんが安らかな眠りにつかれますよう、みなでお祈りしましょう」

十字架の光を背に安藤牧師は少し輝いて見えた。一見厳しそうだったけれど、堅い表情のどこかにイエス様を思わせる深い優しさを帯びていて、それは人生を悟った人の表情にも思えた。

安藤牧師は、僕たちに向かってこう語りかけた。

「人生に『光』を求めるのなら、まず私たちは目の前の『闇』をしっかりと見据え、それを乗り越えるべく勇気をもって進んでいかなければなりません。けれど、高度に管理された現代の社会の中で、人々は絶えず光の当たる場所にいなければならないという強迫観念に縛られているように思えます。幼い頃から影の部分には目をつむり、光ばかりを見るように教えられた子供たちは、現実に触れ、自分が陰に入ったと感じた途端、すべてを諦め投げだしてしまう。そんな子供たちの悲惨なニュースが近頃は目立つように思います。何を人生の幸福と考えるか、それは人それぞれでいいと思います。ですが私は、人間にとっての本当の幸せは光の中にいることではないと思っています。明るい光を遠くに見据え、その光に向かって懸命に走る無我夢中の時間の中にこそ、人生の充実があると思うのです。誰にでも死という影はやってきます。ですが、死は目を背《そむ》けるべきものではありません。周りの人にとって死は影であるけれど、死してのち主《しゅ》の御《み》もとに向かわれる方にとっては、次なる光へと向かう道でもあるのです。光と影。それが長年この教会で祈りを捧《ささ》げ、多くの方の死に触れてきた、私なりの人生観です」

心の奥底に響く言葉だった。誰もが黙って聞き入った。

そして葬儀を終え、僕たちは安藤牧師に一礼して光の教会を出た。

教会の前の桜並木はまだ蕾《つぼみ》もなく、黒々とした枝ばかりだった。それでもまるで自らの生命力を謳歌《おうか》するように、冷たい二月の風に向かって元気に揺れている。その姿は春の華やかさに比べれば寂しい風情《ふぜい》ではあるものの、枝っぷりは力強く、荒々しい中にも繊細な何かを感じさせた。

あとふた月もしないうちに花を咲かせ、春の雨に打たれては清らかに散っていく。そんな命のサイクルに安藤牧師の言葉を重ね合わせ、僕は桜並木を見ていた。

みんなに手を振り、教会に戻ろうとした時、雲の切れ間から夕日が幾条かの光の束となって降り注ぎ、通り雨に濡れた坂道を照らした。逆光の中、桜並木やみんなの背中が黒いシルエットとなって揺れはじめ、徐々に遠ざかるその背中を眺めていると、束の間の光は再び雲に飲み込まれていった。みんながすーっと消えていってしまいそうな冷たい感覚を覚えた。

次の雲の切れ間が流れてこないかと僕は空を見上げた。

再び闇に包まれて静まり返った礼拝堂に戻り、僕とクラウディアは片付けを手伝った。丁寧に安藤牧師が聖書を閉じたその時、彼はふと説教台の上に残された紙に目をやった。安藤牧師はその昔ボクサーだったそうだ。大阪大会でも優勝したことがあるそうで、この辺りでは有名な牧師さんなんだと、時々この教会の礼拝に通っていた成島先生は言っていた。

その大阪一強い牧師が泣いていた。

ついさっきまで毅然《きぜん》として説教をし、人の死を嘆《なげ》くことなどないと思われた人が、今僕の目の前で泣いている。ただ、それが悲しみに暮れる涙ではないことは僕にもわかった。城島先生の尊い人生に捧げられた、悲しみよりももっと清らかで、もっと深い涙だった。

薄暗くまるで宇宙のようなその空間で、消えゆく直前の光の十字架が安藤牧師の背中を優しく撫でた。そして徐々に深まる暗闇が、再びすべてを呑み込もうとしていた。

深い呼吸をして耳を澄ますと、どこからか心地よい声が聴こえそうだった。静謐《せいひつ》だけれど壮大な、そんな音楽が光の教会を満たしている気がした。

安藤牧師は手に取った一枚の紙にじっと視線を落とした。

九月十日　午後十一時半　今日の天気：晴れ

生徒たちもようやく軌道《きどう》に乗ってくれた。夏の修業では、みな想像以上に成長してくれたし全てが上手くいっていると思う。ママドゥは少し心配だが、きっと大丈夫だ。必ず乗り越えてくれる。

ただ最近、目の調子があまりよくない、なぜだろう。……夏の疲れだな。

さっき机の引き出しを整理していたら、おふくろの遺《のこ》したスケッチ・ブックやメモ帳や手紙が出てきた。久し振りにパラパラとめくってみた。

おふくろが好きだったこの詩には、不思議と毎回目が留まる。何度読んでも深い感動を覚える。

この詩に出会えたことは、俺の人生の中でも特別な出来事だったと思う。

あしあと

M・パワーズ

ある夜、わたしは夢を見た。
わたしは、主とともに、なぎさを歩いていた。
暗い夜空に、これまでのわたしの人生が映し出された。
どの光景にも、砂の上にふたりのあしあとが残されていた。
一つはわたしのあしあと、もう一つは主のあしあとであった。
これまでの人生の最後の光景が映し出されたとき、
わたしは、砂の上のあしあとに目を留めた。
そこには一つのあしあとしかなかった。
わたしの人生でいちばんつらく、悲しい時だった。
このことがいつもわたしの心を乱していたので、
わたしはその悩みについて主にお尋ねした。
「主よ。わたしがあなたに従うと決心したとき、
あなたは、すべての道において、わたしとともに歩み、
わたしと語り合ってくださると約束されました。
それなのに、わたしの人生のいちばんつらい時、
ひとりのあしあとしかなかったのです。
いちばんあなたを必要としたときに、

あなたが　なぜ　わたしを捨てられたのか
わたしにはわかりません。」
主は、ささやかれた。
「わたしの大切な子よ。わたしは、あなたを愛している。
あなたを決して捨てたりはしない。
ましてや、苦しみや試みの時に。
あしあとがひとつだったとき、
わたしはあなたを背負って歩いていた。」

6

幻のように白い湯気が鍋から放たれ、やがて窓ガラスを曇らせていった。特別講師の木村《きむら》料理長が出汁《だし》用の熱湯が入った大鍋に蓋をすると、あっと言う間に湯気は消え去った。

もし心が鍋で悲しみが湯気のようなものなら、心に蓋をしてしまいたいと思った。

城島先生の葬儀のあと、親父に電話をした。

先生の死を告げると、うーん……と地鳴りのような低い音が電話越しに聞こえ、それは親父が溜《た》め息《いき》をこぼす音だった。口をへの字に曲げ、目をきつく閉じて肩を落とす親父の姿が、まぶたの裏に浮かぶ。

「悲しいよなぁ……」

と呟くと、親父はそれきり何も言わなかった。沈黙の重みに耐えながら僕はじっと受話器を握っていた。

「初夏の初ガツオに、秋の戻りガツオ。一般的には戻りガツオの方が脂ものって美味いと言われてるけど、城島はね、さっぱりした初ガツオの方が好きだったんだよ」

好きだったんだよ、と木村さんは過去形で言い、僕たちはそれを不思議な気持ちで聞いていた。

今日は『麻布《あざぶ》ざんまい亭』の料理長、木村さんの特別講義の日だった。彼は恰幅《かっぷく》のよい相撲《すもう》取りのような人だ。

「今日はですね、今が旬の迷いガツオを持ってきました。日本海で揚げられた珍しいカツオです。魚にも方向音痴《おんち》なやつがいて、九州から日本海に迷い込んだカツオのことを迷いガツオと呼びます。これが最高級だという人もいますけどね」

日本海の真ん中を寂しくさまよい泳ぐ一匹のカツオを、僕はぼんやりと想像してみた。

「私はね、城島先生と『鮨処伊東』で三年間一緒に働いていたんです。時々喧嘩もしたけど、ふたりでよく働いてよく遊んだもんですよ。本当の相棒だったたなぁ」

木村さんはタオルで顔の汗を拭くふりをして涙をぬぐったあと、プリプリとした十キロほどのカツオを見事な手さばきで解体しはじめた。

城島先生の葬儀が終わって一週間が経とうとしているけれど、泣きたいのは僕も同じで、相変わらず言いようのない悲しみの中にいた。

木村さんはきびきびと手を動かしながら、また話しはじめた。

「やっぱり、やろうって思ったことはすぐにやらなきゃダメだなぁ。実は去年の夏から城島が何度も電話をくれましてね——早く講義に来てくれないかって。いい学校だし優秀な生徒がたくさんいるからって一木村さんの出刃包丁がカツオの真ん中をす[illegible]と引くと身が[illegible]赤が現れた。

「結局会えずじまいになってしまって……私はあの頃随分迷ってたからなぁ」

「一度だけ、城島先生が私たちに木村料理長のことを話してくれました」

ミカちゃんが静かにそう言った。

「本当に？　それは嬉しいなぁ。あいつ、なんて言ってましたか」

「面白いやつがいるって、仰《おつしや》ってました。考え方が俺とは全く違うって。それから、こうと決めたら絶対に最後までやり抜くやつで、あいつはいつでも夢を追っかけているんだって」

「そうだなぁ。夢を追いかけながら、結局いつも迷っててんだよな、俺は……」

木村さんは独り言のようにそう言うと、血のついた出刃包丁を水で流し、スポンジで丁寧に刃先を洗った。まな板の上には綺麗な柵が四本並んでいた。

「まぁ、悩まない職人なんていないけどね」

そう付け加えると、木村さんは箱から藁《わら》を取りだした。

「あっ！　カツオのタタキですね」

ふくちゃんがすかさず言った。

「カツオは炙ると生より長持ちしますか？」

「いや、それは逆。生の方が長持ちしますよ」

「なるほど、そうなんだ……」

ふくちゃんはすぐにノートに書き込んだ。

「木村先生、それなら今の夢はなんですか？」

ミカちゃんが話を戻した。

「そうだなぁ。職人なら誰でもそうだと思うけど、この歳になってもいろいろと悩むもんなんです。そこにきて相棒の死だ。俺はなんのために鮨を握ってんだって、人生を振り返ったりしてね……」

しみじみとした口調が胸に響いた。

「私もそろそろ、思い切って新しいことでもやろうかと」

タオルでしっかり両手を拭きながら木村さんは続けた。

「海外に行って新しいビジネスでもできないかって。正直、今はそんなことを考えてるんです」

と言うと、木村さんの声の調子がにわかに明るくなってきた。

「もちろん、鮨の世界から離れることはないと思うんですが、なんかもう、流通から市場から漁から、この鮨の世界に革命を起こすような、そんな大それたことをやってみたいと思っているんです」

鮨の世界を一変させる。木村さんの口から出た壮大な計画に面食らいながらも、僕たちも思わず身を乗りだした。授業で自分の夢や悩みを語る木村さんって珍しい人だなと思うと同時に、その率《そっ》直《ちょく》さに僕は親しみを覚えていた。

そう感じたのは自分だけではなかったようで、城島先生の死以来ずっとうつむけていた頭をようやくもたげ、全員が背筋を伸ばしはじめた。

「だから今日は私が教えるっていうよりも、君たちの夢を聞きたい。そう思ってここに来たんです」

木村さんの手は止まることなく、次の工程へ、次の工程へやがて教室中が醤油の香りに満たされた。その中に[illegible]ている。木村料理長は大きなボウルに大量のポン酢を用意し、そこにたくさんの氷を落とした。

「すみません、カツオとマグロだと、どちらが長持ちしますか？」

またふくちゃんが訊いた。

「若干、マグロの方が持ちはいいはずです」

「では、カツオは最大で何日持ちますか？」

「それは微妙な質問だなぁ……。まぁ最大で一週間と答えておきましょう。もちろん、保存状態にもよりますが。しかし君は面白い質問をしますね。ぜひ君の夢も聞かせてほしいなぁ」

そう声をかけられ、ふくちゃんは恥ずかしそうに答えた。

「僕の夢は銀座に店を出すことです」

「そうか、それなら相当頑張らなきゃいけないですね。銀座は大激戦区だぞ」

木村さんはそう言うと、次に千住の視線を捉えた。

「じゃあ君の夢は？」

「日本一の鮨屋になることです。夢というよりも目標ですね」

千住が堂々と答えた。木村さんは、ふたりともいいねと言いながら嬉しそうに微笑んだ。

「あなたは何人ですか？　あなたの夢は？」

今度はクラウディアに尋ねた。

「イタリア人です。私の夢は、まず日本のお鮨屋さんで腕を磨くことです。それから将来はイタリアで鮨をひろめたいんです。でも……」

と、そこでクラウディアは口ごもってしまった。

「でも？　でも、どうしたんですか？」

木村さんは優しい声で訊いた。

「日本の就労ビザがなかなか取れなくて……」

「そうか、そういう問題もあるのか。なんにも力にはなれませんが、上手くいくよう祈っています
ね。あなたたちには、鮨の未来を変える可能性が十分にありますからね」

そう言って木村さんは藁を束ねる作業にしばらく集中したあと、ママドゥに尋ねた。

「それから、君は？」

「はい。ボクはアフリカのソマリアから来ました。将来の夢はソマリアで鮨レストランを開くこと
です」

するとは木村さんの手がはじめて止まった。

「ソマリアか……ソマリアには海はありますか？」

「はい、大きな海があります」

ふいに木村さんの表情が真剣になった。

「じゃあ、漁業は盛んですか？」

「はい。でも、しょぼいですけど……」

「魚はいっぱいいますか？」

「はい！　いっぱいいます。マグロもいますよ。ボク、昔船で働いていました」

「え！　本当ですか？」

声に力がこもった。

「はい、本当です。今でも多くの仲間たちが船で働いています

「では、もし私がソマリアに行って本格的な漁を教えたら、君の仲間た[illegible]か？」

「はい、もちろん！」

「そうですか！　君の仲間たちは、みんないい人たちですか？」

「えっと……あの……まあまあいい人たちです」

「えっ、まあまあって？」

と訊かれ、ママドゥは言いにくそうに少し躊躇してから答えた。

「それが……仲間たちはみんな貧乏で、いろいろあって。今も海の上で――迷ってるんです」

「そうか、じゃあ君の仲間たちも迷いガツオかな？　俺と一緒だなぁ」

そう言うと木村さんはワハハと豪快に笑った。さらにママドゥの過去を突っ込まれたらどうしようとハラハラしていた僕は、ほっと胸を撫で下ろした。

「えっ？　迷いガツオ……」

ママドゥがきょとんとして訊き返した。

「そうだよ、夢を追いかける者は、みんな迷いガツオなんだ。それは世界共通なんだよ、きっと」

「木村先生！　じゃあみんなに漁を教えてくれますか？」

「もちろんだよ」

「給料もくれますか？」

「もちろんだよ！　いっぱい稼ごうよ！」

「はい！　それならみんな一生懸命に働くと思います」

「そりゃ、よかった。新しいこと、一緒にできるといいね！」

「はい！　ソマリアで一緒に鮨レストランもやってくれますか？」

「それは面白そうだね、ぜひ一緒にやろう！」

ふたりの話のスケールの大きさに、僕たちは呆気に取られていた。想像もできない話がポンポン飛び出してくる。けれどそれは横で見ていてとても気持ちのいい光景だった。

ここで木村料理長は藁に火を点けた。ぼっと音を立てて藁は勢いよく燃え、その炎は悲しみに暮れ続けていた教室に新しい明るさをもたらしているようだった。

そして十本ほどの串を見事な手さばきで身に通し、炙りの技を披露してくれた。途端に教室には燻《いぶ》しのいい香りが漂いはじめた。

「タタキに関しては、人によって大きな違いがありますが、今日は私の流儀を伝授します。炙る時は絶対に藁を使います。私が使っている藁はちょっとだけ湿っていて、そのちょうどいい水分のおかげで、炙り焼きでありながら蒸し焼きにもなります。また藁特有の燻した香りが、カツオの血の匂いと実に上手くマッチします。一般的には、炙ったあと氷水に落とし、そのあとに味を付けますが、私は炙ったあと直接氷入りのポン酢に落とします。そうすることで身が固くなり過ぎないし、身崩れも防ぐことができるんです」

木村さんの説明はとても論理的でわかりやすい。これなら自分にもできると思ったらだんだん元気が出てきた。

木村さんは全ての柵を一気に炙り終えると、瞬《またた》く間に五十貫ほどの鮨を握り上げた。そのあいだ僕らは完全に圧倒されていた。それは技が見事だからというだけでなく、手元だけ見ると城島先生ではないかと思うほど、指の動きや手首の返し方が似ていたからだった。やはり三年間も一緒に働くとそうなるんだろうか。僕もお互いに切磋琢磨《せっさたくま》授業の終わりを告げるチャイムが鳴りはじめた。でも、僕はどうしても木村さんに訊いておきたいことがあった。お礼の気持ちを込めて全員で深いお辞儀をしたあと、僕は迷いながら手をあげた。

「あの、木村先生」

「ん、なんだ？」

「あの、その……授業の中でおっしゃっていた、なんのために鮨を握るのかっていうことですけど……」

なぜか胸が詰まってしまい、最後までちゃんと言うことができなかった。

「あっ！　そうそう。それなんだよなぁ、それそれ」

木村さんは僕の言葉と想いを受け取ってくれた。誰も席を離れようとはしなかった。

「えぇっとね、んんんっと……想いを言葉にするのは難しいですねぇ。そうだ！　君の夢、まだ聞いてなかったね」

「え？　僕の夢ですか。あの、それは……」

感情が高まって喉が圧迫され、鼓動が軋みはじめた。

「――いつの日か、城島先生に恩返しがしたいです」

木村さんは目を閉じたまましばらく動かなかった。そしてようやく目を開くと、優しい表情でこう訊いた。

「君の名前は？」

「長谷川洋右です」

「長谷川くんね。では、私はなんのために鮨を握るのか、その質問に答えましょう」

木村さんは僕の目をじっと見つめ、ゆっくりとこう言った。

「私にも恩師がいました。そうね……私もね……恩返しのために握っているのかもしれませんね」

授業が終わると、胸の奥底に微かな音を感じた。

それは止まっていた僕らの時計が再び動きだしたことを告げる音だった。

7

誰かがドアを激しくノックする音で目が覚めた。飛び起きてドアを開けると、肩で息をする窪田さんが立っていた。

「ふくちゃんが倒れたんやて！　あたし、これからアパートに行ってみるけど、長谷川君も一緒に来てくれへんか」

驚きのあまり僕は鍵もかけずに窪田さんと走りだした。

ふくちゃんにはできる限りのことをしてやりたい。

一学期からそう思っていた。十五歳で東北から出てきたふくちゃんを弟のように思っていたし、ふくちゃんも困った時には頼ってくれた。だから、弟分の緊急事態に僕は無我夢中で走った。皆勤《かいきん》賞《しょう》を犠牲《ぎせい》にして。辻調に入学以来まだ一度も休んだことがないのは、なんの取り柄もない僕のささやかな自慢だったのだが、仕方ない。

天王寺駅の南側にあるふくちゃんのアパ

「今朝あの子、階段降りた所でずっとうずくまってたな。どないしたん？　って訊いたらフラフラァと立ち上がったんやけど、おでこに汗が吹きだしててん。救急車呼ぼか？　言うたんやけど、大丈夫です言うてそのまんま部屋に戻ってしもたから、あんたに電話したんや。あの子、だいぶやばいで」

僕と窪田さんがふくちゃんのアパートに着くなり、階段の下で待っていた大家さんはそう言った。僕たちは階段を駆け上がって部屋をノックし、返事も待たずにドアを開けた。

部屋に一歩入った途端、澱《よど》んだ臭気を感じ、

「うわっ、臭いなぁ！」

窪田さんが直《ただ》ちに窓を開けた。ふくちゃんは冷や汗をびっしょりかいて起き上がることすらできず、目だけを開いて苦しそうに布団に横たわっていた。痛む腹を押さえながら、

「ごめんね……迷惑かけちゃって」

と弱々しい声で言った。

「脱水状態やん、とりあえず何か飲まんと」

冷蔵庫の扉を開けたその瞬間、さっきから気になっていた妙な臭いの正体がわかった。

庫内に充満していた激臭が僕たちめがけて飛びだしてくると同時に、何枚もの黄色い紙状のものが、扉を開けた風圧で、海中のワカメのようにいっせいにゆらりとなびいた。

うえっとえずきそうになりながらも、鼻を摘んで冷蔵庫の中をよく見ると、それは黄色い蛍光色《けいこう》の付箋《ふせん》だった。ラップにくるまれ棚に並んだ財布ほどの大きさの何かに、一枚一枚几帳面に貼られ、それぞれの付箋には『マグロ二月十日』とか『鯛二月五日』とか書かれている。これが腹痛の

原因か――。

「あんた腐った魚でも食べたんか」

「やだな……腐っただなんて」

「じゃあ、この臭いは何⁉」

「実験……ですよ、熟成までのデータも……取ったんだから！」

途切れ途切れにそう答えると、ふくちゃんは横になったまま僕らの後ろの壁を指差した。

振り向いた途端、衝撃的な光景に僕と窪田さんは目を見開いた。指差した先の壁はおびただしい数の黄色い付箋で埋め尽くされ、壁紙が見えないほどだった。そして冷蔵庫の中の付箋同様、一枚一枚に魚の種類と日付のデータがびっしりと書き込まれていたのだ。

「ちょっと！　なんなん、これっ⁉」

床から天井までデータで覆われた壁を前にして、窪田さんは仰天《ぎょうてん》して叫んだ。

「熟成までの……感動的記録です」

痛みで顔を歪ませながらもふくちゃんは「熟成」を繰り返した。

「熟成、熟成って、いったいどういうこと」

「だから……魚をちょっと寝かせるんです」

「生の魚を？」

「はい」

「寝かせるって、それ腐ってるだけやん！」

「だから……やめてよ、腐ってるって言うの！」

した。

「ちょっとって、どのくらい寝かせんの」

「一番上手くいったので三十五日でしたね。その辺りが限界です」

「アホか！　ほんまに腐ってるだけやん、それっ！」

心配のあまりきつい言い方になったけれど、ふくちゃんは珍しいほどに真剣な表情で言い返した。

「違いますって、熟成ですって！」

「そんなもん食べてたら、いつか死んでまうで！」

「いや！　絶対大丈夫。ようやく研究の成果が出たんだから！」

「あぁ……ほんまに、もうっ！　かなんな、この子」

窪田さんは首を横に振り、ついに黙った。心底呆れ返ってしまったようだ。一方ふくちゃんは、口調こそヒートアップしたものの、依然《いぜん》、体は布団に横たえたままだった。

「ひょっとして一学期からやってたの？」

「うん」

今度は僕が呆れた。

「時々、学校の冷蔵庫から魚の切れ端を持って帰ってただろう？」

「あっ、バレてました？」

「それぐらいわかってたよ。先生だって食費を節約してんだろうって見て見ぬふりしてたんだよ」

「やべ、バレてたか」

「授業中もよく腹が痛いってトイレに駆け込んでたけど、あれってもしかして……」

「うん。一か八かの人体実験だったから」

「死んだら、どうすんだよ！」

「そりゃ、大げさでしょ」

「大げさじゃないよ！　でもそういえば、最近はお腹痛いって言ってなかったね」

「うん、こないだ三十日間の熟成に成功したから、もう実験はやめるつもりだったんだ。すんごく甘くて美味しくて大満足だったんだけど、最後の最後に限界に挑戦したくなっちゃって。それで四十日寝かせたカジキマグロを、思い切って食べたんだ。けど、それが大失敗だったみたい。さすがに……四十日はね」

「ばかぁ？」

　起き上がることもできないほど苦しいのに、それでも「研究」とやらの成果を語るふくちゃんの顔は楽しそうで、自信さえ覗かせていた。こんな状況ではあるけれど、夏休み中東京であれほどネガティヴだった彼の成長を感じて僕はなんとなく嬉しくなった。

「長谷川さん、今度三十日熟成のマカジキを食べさせてあげる。信じられないくらい美味いよ！　それ食べるとね、もう普通の魚なんて食べられなくなるから」

「三十日⁉　そんなもん食べて死んだらどうすんだよ！」

「だから死なないって！」

「あんたら、もうええわ！　それより、まず水飲み！　それから点滴打ってもらいに行こ」

　窪田さんはタクシーを呼んで、天王寺駅から少し離れたところにある総合病院にふくちゃんを連れていった。

るまれて安堵しきった寝顔にまだあどけな[illegible]

「アホな子やな」

そう呟きながら窪田さんはおでこを優しく撫でた。とりあえず大丈夫だとお医者さんから説明を受け、スヤスヤと眠る寝顔を見届けて、僕と窪田さんは病院を出た。

寒風の中、僕たちは阿倍野に向かって歩いた。

「そう言えば、入学したばかりの頃だったと思うんですけど、ふくちゃんが自分の田舎での魚の食べ方を話してくれたんです。海が遠い山の中だし、雪もひどくて新鮮な魚が手に入ることなんて珍しかったんですって。ふくちゃんの田舎には魚は切り身じゃなくて大きな塊のまんま届くらしくて、その塊を表面から削って、毎日ちょっとずつ食べるんだって言ってました。そうすると、長い時には一カ月くらい持つこともあったって」

「それ、ほんま？　なんや今日のあの子の話にもつながりそうやな」

「はい。ちょっとベトベトになるけど、日が経つほど柔らかく美味しくなるんだって言うから、それ腐ってたんじゃない？　って言ったんですけど……」

「その味を再現しようと思ってたんかな」

「何かこそこそやってるのは気付いてたんですけど」

「私もちょっと変わってる子やって思ってたけどな。そう言えば佐野ちゃんも、あの子はああ見えて勇気のある子やって言うてたわ、それから……」

窪田さんは急に言葉を切って黙った。その沈黙がどこからくるのかすぐにわかったけれど、今日も窪田さんは城島先生のことには一切触れなかった。

お葬式のあとも、窪田さんは今まで通り親切だった。優しくて面白くて、以前と何も変わらない明るい笑顔を見せてくれていた。でも、その穏やかな表情の裏には、こらえきれないほどの悲しみがあることを僕は知っていた。それでも慰める言葉を思い付かなかったから、ただ黙って話題を変えてくれることを願っていた。

「そういえば聞いたで。パリか……えらい遠くに行ってまうんやな、長谷川君は。でも、ええとこやろな」

「はい」

先日、ようやく僕の内定が決まった。城島先生と佐野先生にはずっと応援してもらっていたから、最終的に決まった時には正直ホッとしたけれど、ホッとするより先に、これで城島先生も安心してくれるだろうという思いがまず胸に浮かんできた。

「パリの日航ホテルにも鮨屋があるんやなぁ。おめでとう、よう頑張ったな」

「ありがとうございます」

「そんでパリに行って、芸術の勉強もしたいんやろ？」

「えっ！　なんでわかるんですか」

「それぐらい、誰でもわかるわ。僕は鮨も芸術も勉強したいって、あんたのおでこに書いてあるで」

「えっ⁉」

慌てておでこを触った。

「長谷川君はほんまに素直やから、あんたの描いてる夢、誰でもわかんねん」

「そうなんですか！」

「そうやで。そんで誰でも応援しとうなんねん

「もちろん鮪の修業にこれだけ
です」

「――それからもうひとつ、目的があるんやろ？」

少し間をあけて窪田さんが言った。

「あっ、はい、僕、旅がしたいんです。世界がどれだけ広いのか自分の目で見てみたいんです」

「なんや、そっちか」

「え？」

「まぁ、せやな、まだ若いんやから。それはそれで、ええこっちゃ。長谷川君はいつでも高い志を持って生きてるから、将来きっと成功するで」

「いやぁ、将来のことを考えるとワクワクするんですけど、でも、どうなるんだろうって、実は不安でしょうがないんです……」

「心配せんでええ、長谷川君なら大丈夫やって。あんたなら海を渡っても国が変わっても、ちゃんとやっていけるわ。それに日航ホテルは名門やからな」

「そうですよね。心斎橋の日航ホテル、あそこのお鮨もすごく美味しいって聞いたことがあるし、最上階のラウンジもオシャレだって窪田さん言って……」

――しまった！　調子に乗ってつい余計なことを。

慌てて語尾を濁して別の話題を探した。

「あぁそう、千住！　やっぱり千住はさすがですよね。大阪一って言われる『福喜鮨《ふくきずし》』に即決ですからね。しばらく関西で修業してから実家の『鮨処等伯』に戻るんだって言ってました。それからママドゥはね、こないだ特別講義に来られた『ざんまい亭』の木村料理長とソマリアで漁業やって、流通の仕組みを作って、鮨レストランも出すんだって。なんか夢みたいな話ですよね。クラウディアは日本で仕事がしたかったんだけど、就労ビザが取れなくて。結局ヴェネツィアに帰って有名な『ダニエリ』ってホテルに就職するみたいです。いつかはそこに鮨レストランを作りたいって言ってました。ミカちゃんは京都の名門料亭『和久傳』に決まりましたし、ほかの生徒もほぼ全員内定もらってるんですけど、ふくちゃんだけがまだ決まってないみたいで……」

「そうか、みんなすごいな。ほんま偉いわ。ただそうなるとふくちゃんが心配やな。周りが上手くいっている分、焦りもあるやろし」

「あいつ、銀座の、しかも名門店にこだわってるから競争率が高くて……」

「せやけど立派やな、あの子。十五かそこらでひとり辻調に来てよう勉強して、魚の熟成やらのためにけったいな人体実験までして、今度は銀座の名門に挑戦やて。ほんま偉いわ。まぁそれが自分の夢やから、しゃーないけどな」

「夢は、それを信じて努力した者だけが手にすることができるって、入学した頃城島先生が言ってました。ふくちゃんはそれ聞いてすごく感動したみたいで……」

今度はごまかしようがなく、ふたりのあいだに気まずい空気が流れた。アスファルトに視線を落とし黙りこくったまま、僕たちは言葉を交わすこともなく阿倍野へと歩き続けた。


それから数日後、ふくちゃんもすっかり回復し、僕たちは残り少ないカリキュラムに一層集中していた。

そんなある日、特別中の特別授業が僕たちを待っていた。

「入学早々予定表でみなさんにお知らせ

安だったんですが、特別授業も最終回の今日、とうとう実現しました！』

『すきやばし次郎』の小野次郎さんが、東京から辻調に来てくださいました！」

と聞いて、教室中がいっせいに色めき立った。

そして教室の前の扉が開いて次郎さんが姿を現すと、割れんばかりの拍手がおこった。今まで何人もの一流職人が講師として招かれたけれど、こんなことははじめてだった。

「みなさんもよく知っていると思いますが『生ける伝説』と城島先生が言っていたあの次郎さんです。現代の鮨の基礎を築いた名工をぜひみんなに紹介したいと、城島先生はいつも言っていましたね。ようやくそれが実現しました。では次郎さん、どうぞよろしくお願いします！」

珍しく興奮気味の佐野先生の紹介が終わると次郎さんは短く挨拶を済ませ、早速仕事をはじめた。

次郎さんは、小柄などこにでもいるおじいさんといった風貌だった。けれど、まな板の前に立つとその雰囲気は一変した。落葉した枝先のように骨ばった指がネタを摘んだ途端、その指先から命が伝わったのか、新鮮なネタはさらに生き生きと輝いて見えた。

「今日はね、マグロがよかったので赤身を何種類か持ってきました。これが本マグロの背カミ、これがキハダマグロの腹カミ、これがミナミマグロの腹ナカです」

と各部位の説明をしながら次郎さんはあっという間に下ごしらえを整えて、まずは最も淡い色のミナミマグロを切りはじめた。

「僕はね、もう何百人と鮨職人を見てきましたが、城島ほどネタを正確に切る職人を見たことがない。みなさんの前だから褒めるわけじゃなくて、本当に。あれは確か、城島がまだ若かった頃だったかな。大きな会場で二千人の宴会が入った時、城島が手伝いに来てくれてね。ひとりで赤身三千貫を、数時間で握ってしまったのにはびっくりしましたね」

僕たちは、若かりし頃の先生が見事な手さばきで鮨を握っている姿を想像した。

「もっとびっくりしたのは、一貫目も百貫目も三千貫目も、シャリ玉はどれも十二グラムでネタは全部十六グラム。一グラムの違いもなかったんですよ。私は本当に驚いて、城島、お前すげぇなぁ！　って言ったら、お客さんには同じだけ払っていただいてますから、どのお客さんにも同じだけ食べていただかないとって、真面目な顔で答えるんですよ。職人の技は師匠から弟子へ伝えるもんですが、結局技とは人格そのものなんだって、あの時つくづくそう思いましたよ」

到底信じられないような話だけれど、それをやってのけたのが城島先生だと聞くと途端に現実味を帯びてくるのが不思議だった。

そして鮨界の大御所次郎さんは、しゃがれた、しかし威厳のある声でこう続けた。

「みなさんはもうすぐ卒業と聞きましたが、卒業しても努力を続け、技を磨いてくださいな。いい鮨を握るために近道なんてありゃしませんから。むしろ学校を出てからの方が、本当の勉強かもしれませんよ。理想の鮨を握りたいなら、完成形なんてものはありません。鮨職人である以上、六十になっても七十になっても進化し続けなければいけませんし、そうしない限り本当の職人になんてなれません。私は今年で八十三になりますが、まだまだできてないなって、不満と工夫の連続です。そういう意味じゃね、城島は残念でした。志半ばでつらかっただろうにね。本当にお気の毒でした。丁度これから本物の職人になろうとしていた矢先でしたからね」

丁寧に一貫一貫を器に並べる次郎さんの手は、八十を超えた人のものとは思えないほどつややかで、手入れの行き届いた爪はピンク色に輝いていた。大御所の心構えが現れた手だった。

「これは備前ですね、備前焼は素朴でいいですね。おっ、これはい仕事だね」

冴《さ》え冴《ざ》えとした次郎さんの瞳は、一瞬で全てをお見通しのようだ。城島先生の言葉を借りれば『圧倒的な本物』の最高の仕事を、僕らは肌で感じていた。

次郎さんの言葉のひとつひとつが胸に響き、ひとつひとつの動きが目に焼きついて離れない。この上なく贅沢な時間だった。


最後の特別授業も終わってみんなで一礼をしたあと、次郎さんがこんなことを言いだした。

「余計なことかもしれませんが、みなさん、これで食べ歩きをしてください」

と、教卓の左隅に置かれた白い封筒を、すっと差しだすように僕たちの方へ押し滑らせた。

「料理人にとって食べ歩きは大事ですよ。美味しいものを食べなくては、よい料理人にはなれませんからね」

これからも頑張ってくださいな、とひと言残して静かに一礼し、そのまま佐野先生と教室を出ていってしまった。残された僕たちが戸惑っていると、

「ちょっと見てくる」

早速ふくちゃんが教卓に近付いて封筒を手に取り、中身を確認しはじめた。

「立った！」

突然、大声が教室中に響き渡った。いったい何事かと全員がふくちゃんを取り囲んで覗き込むと、

「おおーっ！」

僕たちのあいだに、どよめきがひろがった。

表には『謝礼』裏には『辻静雄』と書かれた封筒から取りだされたものは、なんと、帯がかかった真っさらの札束だった。その札束が教卓の真ん中に直立不動。

「お金が立ってるっ」

「本物の札束だ……」

「すげーっ、こんな大金生まれてはじめて見た！」

「これは百万円だ！」

思ってもみなかった展開に教室中が大騒ぎになった。

「これ、本当に使っちゃっていいの？」

「どんだけ？」

「使い切れる？」

教卓の上の札束を囲んだまま、めいめいが自分の行きたいお店を大声で言い合い、僕たちは大はしゃぎした。まさに天から降って湧いたような突然の贈り物に、教室の興奮は最高潮に達していた。

もちろん自分もそのひとりだったけれど、同時に、たった一回の授業の謝礼にこの金額という事実に心底驚愕《きようがく》していた。それは、辻校長の僕たち生徒に対する教育への情熱と、職人への深い敬意が形となって現れた姿に違いなかった。

辻調に講師として招かれるとは、こういうこと。職人として成功するとは、こういうことなんだ……。

超一流の技に対する辻校長のリスペクトが、ここまでとは想像もしていなかった。それを目の当たりにして僕はただただ圧倒され、そして不安にさえなってきた。けれど、自分だっていつか、っという思いが、お腹の底からふつふつと湧いてくるのも感じていた。

衝撃的な特別授業のあと、金継ぎが施された器を片付けていると、僕は城島先生に会いたくて仕方がなくなった。

自分なんか到底無理だ、いやきっと自分だってなれるはず——不安と期待の狭間《はざま》で葛藤《かっとう》する今の気持ちを話したら、先生はなんて言ってくれただろう……。

そう思うとたまらなくなって、少し心を鎮《しず》めようと屋上に出た。

二学期に入って間もない頃、二枚の高価な備前焼の皿をぶつけたことがあった。そのあと城島先生に、放課後残れと言われ、こっぴどく叱られるに違いないとビクビクしながらひとり教室に残っていた。すると先生は現れるなり、

「就職すれば店の皿を割ることだってある。だから今日はよく見てろ」

と言って金継ぎの技法を僕に教えてくれた。

「金継ぎはな、陶磁器《とうじき》の割れたりヒビが入った部分を漆《うるし》で接着して、その上を金で装飾して仕上げる修復技法だ。日本独特のものなんだぞ」

先生はそう説明しながら、ついでだからとヒビの入った皿を棚から全部引っ張りだしてきた。それが結構な量で、結局その夜はふたりで夜を明かし、朝日が昇る頃にようやく全ての修復作業を完了させたのだった。

「長谷川、金継ぎってのは不思議なもんでな、こうすることによって壊れる前より価値が上がるんだ。金継ぎが入った器は、その場の一番偉い人に配膳するんだぞ。いったんは『割れ物』になってしまった物でも、精魂《せいこん》込めて金継ぎすれば、さらに高い価値が生まれる。ちょっと理解し難《がた》いかも

しれんが、これが鮨の世界の哲学なんだ。でも俺は人間もそうだと思う。どん底に落ちたやつでも一回ぶっ壊れたやつでも、魂を込めて学び、手に職を付ければ、いつかは価値を認められて社会復帰できるし、人のためにもなれる。俺はそう信じて鮨を握ってる。そうだろう、長谷川」

あの時、先生はそんなことを言っていた。

一学期に城島先生からかつら剝きの特訓を受けて以来、ふたりで徹夜するのは二回目だった。

夜が明けると僕たちは屋上に出て、朝日を全身に浴びながら並んで伸びをした。両腕を上げ背筋をうんと反らしたら、ふたりとも顎が外れるほど大きなあくびが出て、ケラケラと笑い転げた。そんな小さな思い出さえ、今では二度と味わえない宝物になってしまった。

あの朝日のまぶしさを僕は生涯忘れない。


屋上から教室に戻ると、床に膝をついて何かしているクラウディアの背中が目に入った。近付いて覗いてみると、床の上に新聞紙を敷いてその上に空《から》の植木鉢と土を載せ、手には小さな苗を持っている。

「クラウディア、何やってるの？」

「あ、長谷川君、いたの？」

クラウディアが顔を上げて僕を見つめた。

「そろそろアパートを引き払う準備をはじめてるんだけど、これ持って帰れないから。植え替えるの手伝ってくれる？」

「あぁ、いいよ」

田舎育ちの僕にとって土を触ることなんて、シャリを握るのと比べれば朝飯前だ。

と向かい合って膝をつき、僕は植木鉢に土を入れはじめた。

「これなんの苗？」

「シチリアの花」

「へー」

「シチリアって知ってる？」

「南イタリアの島でしょ、確か」

「そうそう、よく知ってるね」

クラウディアは手元の苗から視線を僕に移し、嬉しそうな顔をしてみせた。そしてまたうつむいて、

「屋上にこの花を植えておきたいの。短い期間だったけど私が大阪で過ごした証《あかし》に」

と呟いた。

植木鉢は新品だった。土の塊を鉢の中でほぐす僕の手のひらを見ながら、クラウディアがぽつりと言った。

「結局、就労ビザは下りなかった」

「うん、佐野先生から聞いたよ」

「こんなに頑張ってきたのに」

クラウディアは黙ってまだ僕の手を見ていた。指の隙間からパラパラとこぼれ落ちる土のように、クラウディアの夢もこぼれ落ちてしまったんだろうか。

「この一年クラウディアがよく頑張ってきたこと、みんな知ってるよ」

「本当に？」

「うん、見てたよ。クラウディアが頑張ってるの、毎日……ちゃんと見てたよ」

「ありがと」

「でも僕は劣等生だったから、クラウディアになんにもしてあげられなかったね」

「そんなことないよ。私……」

「僕の方が、クラウディアから教えてもらってばっかりだった」

「そんなことないって。私……」

「かつら剝きも、いつも教えてくれたよね」

「だから、そんなことないって！　私……」

「――この土、ちょっと乾き過ぎてるから水持ってこようか」

彼女が何度も言いかけた、私……の続きを聞くのが怖くて、僕は柄《がら》にもなくペラペラとしゃべり続けた。僕の気持ちを察したのか、クラウディアはしばらく何も言わなかった。

コップ一杯の水で鉢の中の土は湿り気を取り戻した。そこに穴を開け、根っこを埋めながらクラウディアが言った。

「五月には咲くわ」

「五月か……その頃にはもう、それぞれの道を歩みはじめてるんだね」

「うん。そうだね」

と答えて彼女はしばらく黙った。

「これはスイートピーって名前で、赤い花が咲くの」

「赤か……」

「スイートピーにはね、花言葉が三つあって、『優しい思い出』と『門出《かどで》』、[illegible]

「それから？」

「だめ、今は言わない」

「何それ！」

「だめ、絶対言いたくない！」

「変なの。でも『優しい思い出』と『門出』は今の僕らにピッタリの言葉だね。さすがクラウディア！」

僕は敢えて明るく言った。まだ蕾さえないその苗は、鉢の真ん中で弱々しくも直立していた。

「はい、完成！」

最後に僕は苗の根本の土を両手でぎゅっと押さえた。するとクラウディアの両手が僕の手を悪戯《いたずら》っぽく押さえ、放せぇ〜！　とおどけながら顔を上げたその瞬間、クラウディアはキスをした。

僕は驚いて目を丸くし、動けなかった。心臓が止まりそうだった。重なった彼女の唇は柔らかく、そして——。

そして震えていた。それは永遠にも感じられる三秒ほどの出来事だった。

そっと唇を離すと彼女は言った。

「私が頑張れたのはね、長谷川君がいたからだよ」

クラウディアの頬にひと粒の涙が伝った。

そして、ありがとねと囁くとゆっくりと立ち上がり、背中を向けてそのまま去っていってしまった。完全に心を奪われたまま取り残された僕は、いつの間にか薄暗くなった窓の外を呆然と見つめていた。

街並みの上には今にも消えそうな三日月がかかり、その月と街のあいだの空を粉雪が静かに舞っている。僕はゆらゆらと立ち上がると窓辺に近づき窓を開けた。ハッとするほど冷たい空気が流れ込んできた。

「毎年大阪は、大阪場所の頃に一番冷え込むから、風邪には気を付けろよ」

そういえばこのあいだ、就職先が決まったことを電話で報告した時、親父はそんなことを言ってたな。

この見慣れた景色ともクラウディアとも、間もなくお別れだ。そう思うと切なくて苦しくなった。唇にまだ残る温もりが冷めないように窓を閉めようとした瞬間、迷い込んだひとひらの雪が植えたばかりの苗の葉っぱに舞い降りた。

なごりの雪だった。

8

「ふくちゃん、本当のことを言いなさいよ！　もうお腹痛くないのね！」

ミカちゃんのこんなに厳しい口調をはじめて聞いた。

「うん、大丈夫！」

ふくちゃんは平然と答えた。

「いい、よく聞いて！　もし、審査員に食中毒でも出たら、私たちのこの一年間は台無しになるのよ！　それにふくちゃん、まだ内定もらってないんでしょ。もしそんな事件起こしたら就職なんて絶対できないわよ！」

「だから大丈夫だって！」

それでも彼女に厳しい口調を緩めなかった。

「じゃ、正確に答えて！　このマカジキ、締めてから何日経ってんの！」

「ちょうど三十日。完全熟成、大成功！」

皿の上のふくちゃんが握った五貫を見下ろし、ミカちゃんは絶句した。しかし僕たちにもう議論している余裕はない。

僕は思い切って手を伸ばした。触れた瞬間ネタが指先にねっとりと絡み付く。調理の世界の常識なら、こんな食材はそのまま残飯入れに直行するレベルの感触だ。でもふくちゃんの熱意を信じた。

「成功は、それを信じて努力を重ねた者だけが手に入れられるんだぞ」

どこからかまた城島先生の声が聞こえ、僕は醤油もつけずにパクリと頬張った。味見というより毒見に近かった。

――う、美味い。

衝撃的な旨味だった。これが、一年に亘《わた》る人体実験の末にふくちゃんが開発した熟成鮨か……。

びっくりするほど甘く、舌にのせた瞬間にピリッとくるあの腐った魚特有の刺激も、ヌメヌメとした食感も全くない。僕は確信して言った。

「これ、いけると思う！」

「でも、食べた次の日にお腹が痛くなることだってあるでしょ」

そう言って警戒を緩めないミカちゃんに、ふくちゃんはきっぱりと言い切った。

「四十日までは実験済みだから心配ないって、絶対！」

そこで千住が手を洗いはじめ、勢いよく流れる水の音が僕たちの会話を断ち切り、彼は言った。

「小林、一番手がいけるって言ってんだから、それでいくしかないだろ」

そう言うと千住は僕たちにくるりと背を向けた。その有無を言わさぬ口調と態度に心を決めざるを得なかったのか、ミカちゃんは皿の上で何度か手を泳がせた挙句《あげく》、観念したように右端の一貫を摘み上げた。指がネタに触れた瞬間唇がへの字になったが、ぎゅっと目をつむりそのまま頬張った。

「……あれっ？　美味しい」

そう呟くと目を閉じたままゆっくりと味わい、やがて彼女は笑みを浮かべた。

「よし、最後の一貫はこれでいこう！」

僕の決断にふくちゃんが嬉しそうに返した。

「さすが料理長！　わかってくれますね！」

けれど千住は背中を向けたままだった。

「千住さん、怒ってんの？」

ふくちゃんがボソッと言った。

「はっ？」

「選挙で一番手になれなかったこと……」

実は僕もそのことを気にしていた。

なんとなく雰囲気でクラスのリーダーとして認識されることと、正式な投票を経てクラスの代表に選抜されること。このふたつには雲泥の差がある。

確かに僕は、早朝自主練をはじめた頃からクラスのリーダー「的」役割を果たすようになってはいたけれど、一年の成果がかかっている一大イベント、卒展に出場するクラス代表となると話は別だ。こちらは技術面も重視した公正なる選考によって選出される。

しかし蓋を開けてみると、その[illegible]

結果を不満に思っているに違いない。以来、僕はなんとなく千住に申し訳ない気がしていた。

ふくちゃんにそう言われ、千住はおもむろにこちらに向き直った。そして残る三貫の熟成マカジキをまじまじと見つめて言った。

「うん、負けたよ。俺より長谷川の方が、筋がいいからな。まぁ、そんなの一学期からわかってたことだけどな」

「は？」

一瞬固まった僕とふくちゃんがその言葉の意味を理解しようとしている横で、ミカちゃんだけはにんまりとした笑みを浮かべていた。

「そんなことより、ちゃんと片付けておけよ。もう俺たちは一生この教室に戻ってこないんだからな。片付けが終わったら、すぐに会場に来い。卒展グランプリ決勝、お前もちゃんと応援しろよ！」

千住はそう言い渡すと表情を緩め、さらにこう言った。

「俺もふくちゃんを信じる」

僕はその言葉が死ぬほど嬉しくて、三貫残った皿を千住の前に突きだした。

「長谷川、いつからそんなに偉くなったんだ。俺に指図すんのか？　まぁいいや、食ってやる」

と言うや否や、千住は右端の一貫を摘み上げ、口に放り込んだ。

「美味い……、このマカジキ――マジで美味い！」

そのひと言でミカちゃんも安心し、全てが決着した。

「もう一貫、食べさせろ！」

千住は二貫目もパクリと食べた。そして最後の一貫にはふくちゃん自身が手を伸ばし、

「熟成鮨、完成！　鮨の世界の革命だ！」

と頬張りながらおどけてはいたが、僕はそれは本当だと思った。

「食の世界の常識を覆《くつがえ》す、僕たち『辻調鮨科』」

これは調子に乗りすぎか……。

城島先生がよく言っていた言葉――失敗するからこそ、成功できるんだ。それをふくちゃんは一年かけて、体を張って実践した。僕はそんなふくちゃんを心から尊敬していた。けれどその分、彼だけがまだ就職先が決まっていないことが可哀想《かわいそう》でならなかった。

最後に面接を受けた店からの返事もまだで、卒展当日の今日でさえ、ふくちゃんは午前中から職員室で佐野先生と先方からの連絡を待っていた。

時計は二時を告げようとしていた。もう時間だった。

「そろそろ、行こうか」

僕はそう言って一度大きく深呼吸をした。

「ねぇねぇ、私なんだか体がゾクゾクするんだけど。これって男子もおんなじ？」

軽く言ったけれど、ミカちゃんの声は震えていた。千住は質問には答えず、目を閉じたまま首を前後左右にゆっくりとひねり、僕はうつむいて左の掌《てのひら》を何度も開閉させて、握りの感覚を整えた。

そして、千住が言った。

「長谷川、ミカ、行くぞ！」

僕は思わず千住の顔を見た。

「千住、今『ミカ』って言ったよ」

彼の耳には僕の言葉など入らない。振り向くと、頬を赤らめたミカちゃんが恥ずかしそうに頷いた。

それぞれの想いを胸に、僕らは教室をあとにして歩きはじめた。

この一年間、何度歩いたかわからない殺風景な廊下を進み、そして右手にある階段を会場まで降りていく。

廊下の突き当たりで最後に振り返ると、半分開いた扉からこぼれ陽が顔を覗かせ、静かに僕らを見送っていた。この廊下の隅々まで響いていた城島先生の足音が、どこからか聞こえてきそうで、この場を去るのが急に名残惜《なごりお》しくなった。

千住を先頭にしてミカちゃんが続き、重なったり離れたりするふたりの背中を見ながら、僕は一歩一歩あゆみを進めた。

本戦会場は地下一階の学食だ。扉の前では佐野先生が待っていた。

「がんばれよ」

佐野先生は小声でそう言うと千住の肩を二回叩いた。

「ふくちゃんの内定はまだですか」

すれ違いざまにそう尋ねてみたけれど、先生は首を横に振るだけだった。

次の瞬間、ふたりの職員の手で扉が開かれた。緊張で膝が震えはじめた。

いつものテーブルと椅子は全て片付けられ、学食は卒展グランプリ用のセッティングになっていた。薄暗い会場の中でスポットライトを浴びた中央部分だけが気後《きおく》れするほど明るく、それが幻想的な雰囲気を醸しだしていた。ここが学食だということを忘れてしまいそうだった。

両脇には天井まで届く足場にいくつもの照明器具が設置され、一番大きなライトがまな板をきちんと照らしていた。真ん中には本格的な割烹《かっぽう》スタイルのカウンターがふたつ平行に設《しつら》えられていて、手前にあるのが僕たち鮨科のカウンターだった。まぶしくも厳粛《げんしゅく》な戦場を前にして、僕の高揚感は最高潮に達した。

一歩中に入ると大きな拍手で迎えられ、僕たち三人は入り口で一礼したあとカウンターに向かった。千住が左、ミカちゃんが右、そして僕がセンターだ。

まな板の上には、先に会場入りしていた鮨科の生徒たちが、僕の指示通りに完璧な準備をしてくれていた。

ピクリと反り返りそうなほど新鮮なイワシの身が、捌かれるのを今や遅しと待っている。イワシのくせして高級魚とまで言われる富山湾のイワシだ。ワインのような赤い身が特徴で、脂がのり切った身を照明が正確に捉えていた。

まな板の上の食材を見ていると、一瞬緊張がほぐれるような気がしたけれど、目をつむると心臓の音が耳元で響き、激しい動悸《どうき》で今にも爆発しそうだ。石鹸《せっけん》を握る手が震える。

カウンターの向こうには八人の客が座っていた。いや、客ではなく審査員。その後ろにはもうひとつカウンターがあり、鎧塚君をリーダーとする製菓科代表の三人が、布巾で手を拭きながらこちらを見ている。彼らの目からも緊張が感じられたが、それでも鎧塚君はいつものように右手をあげ、よぉ〜と挨拶してくれた。

そして僕は、後ろの壁に掲示されている自分の名前にゆっくりと視線を移した。

一九八九年　昭和六十三年度　辻調卒業制作展　決勝本戦
製菓科　代表　鎧塚俊彦《としひこ》　副代表　眞山正典《まやままさのり》　アシスタント　荻野郁子《おぎのいくこ》
鮨科　　代表　長谷川洋右　　副代表　千住博明　　アシスタント　小林ミカ

石鹼で入念に手を洗いながらふと顔を上げると、カウンターの真ん中の席に座る辻静雄校長と目が合い、思わず頭を下げた。すると辻校長は丁寧な口調で、

「頑張ってください」

と言ってくれた。スポットライトの光の下で、研ぎ澄まされた柳刃包丁の刃先がダイアモンドのように光っている。

卒展グランプリ、いよいよ決勝戦がはじまろうとしていた。


辻調では、三学期最後の一週間を卒展週間と呼んで卒業制作展をコンペティション形式で行い、いつの頃からか、それを卒展グランプリと呼ぶのが習わしとなっていた。

まず、月曜日に第一次予選、水曜日に第二次予選、そして今日金曜日に決勝本戦が行われ、翌週の月曜日、大阪城ホールで行われる卒業式で審査の結果を発表して最優秀賞を授与《じゅよ》する、という流れになっている。

生徒のための行事ではあるものの、近年辻調の卒展は関西の飲食業界やメディアまでが注目する一大イベントとなっていた。

第一次予選は各クラス内のコンペだ。

その結果で上位三人を選抜し、その三人のうちからクラスの代表者つまり料理長を投票で決定す

る。そして二位の者が副料理長、三位の者がアシスタントとなる。

第二次予選は、各科の代表三人からなる選抜チームの対抗戦で、フランス料理、イタリア料理、日本料理、中華、製菓、鮨科の六チームが、一年を通して学んだことの集大成を見せるべく腕を振るい合う。

ところが今年はここで大番狂わせが起こった。優勝候補のフランス料理科とイタリア料理科が負け、ダークホースの鮨科が勝ち残ったのだ。

そして、今日は最終日、第二次予選を勝ち抜いた上位二チームが決勝戦を行う。ここに僕たち鮨科のメンバーがいて、その代表が自分。いまだに信じられない気持ちだった。

するとここで、ひとりの女性が足早に会場に入ってきた。あれ、どこかで見たことがあるような……と、ちらっと思った。

「只今より、決勝本戦を行います。制限時間は、前半三十分、後半二十分です」

その女性がマイクを手に取って爽やかな声でアナウンスすると、会場に拍手が起こった。

「先攻は鮨科ですね」

と言うと、女性は僕と鎧塚君に向かって順番にお辞儀をした。僕は緊張して何も言えず黙ってお辞儀を返しただけだったけれど、鎧塚君はよろしくお願いしますと落ち着いて答え、頭を下げた。

「それでは、はじめてください！」

その声に、激しかった動悸がさらに加速した。

「料理長、お前が緊張してどうすんだよ」

千住が僕の後ろに回りながら小声で言って、肘で背中を突っついた。

「千住、やっぱり根に持ってる？」

「何言ってんだよ。お前センスいいって、さっきも言ったろ。さてと、[illegible]」

はい、と答え、彼女は太くて真っ白な大根をかつら剝きのサイズに切りはじめた。そして僕は全ての集中力を右手に注ぎ、プリプリとしたイワシの身に一気に包丁を入れた。刀のように長い柳刃包丁の根元から刃先までを使ってそぎ切りにし、一品目「イワシの握り」のネタを用意する僕の横では、千住が流れるような所作でマグロの柵取りを披露している。三人各々が自分の仕事に没頭していたけれど、審査員の注目の的はやはり千住の包丁捌きだった。

まずは見事な色合いのマグロの塊をカウンターの上にどーんと置く。審査員が目を丸くしているあいだに包丁の刃先を片目で見つめ、砥ぎ具合を確認してから、マグロをまな板に戻し、てきぱきと血合いを削ぎ落とすのだが、千住は自分の手元など見もせずにミカちゃんが手にした大根に目をやり、サイズの指示をしている。エンターテインメントは、もうすでにはじまっていた。

カウンターの中ではな、鮨職人は役者なんだ。いつでも演じ続けなきゃダメなんだ。

千住は城島先生のその教えを忠実に守っていた。

血合いを削ぎ落とすと次は柵取りだ。完全な直角を意識した六面体が、切り取られた順にまな板の右側から並ぶ。柵取りが終わると、まな板の上には赤から淡いピンクへの美しいグラデーションが現れた。

腰を浮かせカウンター越しに覗き込む審査員は、千住の色彩感覚と目の覚めるような包丁捌きに注目した。赤身、やや中トロ、中トロ、やや大トロ、大トロ。体積に一寸の狂いもない数本の柵が芸術作品の如く輝き、自信に満ちた千住の表情を下から照らしている。

そして、その柵をすぐには片付けないのが千住の憎いところだ。まな板の上の見事なグラデーションはそのままに、彼はかつら剝きをはじめた。

僕は胸を撫で下ろした。かつら剝きは千住がひとりでやってくれるんだ。千住の超極細かつら剝きはプロ級だし、これなら審査員だって何も言えないはずだ。しめしめと思っていた矢先に千住の声が飛んだ。

「ミカ、長谷川にも一本渡して！」

「はっ⁉」

僕は手が止まってしまった。なんで？　ようやくほぐれかけていた緊張が再び襲いかかってきた。

「まじで？」

「はい、お願いします」

ミカちゃんが完璧な円柱形の大根を僕のまな板の上に立てた。大根の苦い香りが嗅覚に迫ってくると、永遠かとも思われたあの一学期の苦行の日々が脳裏を横切る。

僕は咳払いをしてから小さな声で、千住、それって必要か？　と訊くと千住は、うん、と言う。さらに、どうしてもか？　と訊くと、早くしろ、と言われた。

仕方ない、やるしかない。とりあえずイワシの身は十貫分ほどすでに捌き終えている。僕はいったん手を洗い、緊張したまま大根を回しはじめた。

「長谷川料理長、いつものサイズでお願いしまーす！」

間髪を容れず千住がそう言い、くすっ、ミカちゃんが苦笑する。こんな時にからかうなよと千住を見ると、彼の目は真剣そのものだった。

千住のまな板の上には、いつもと変わらず極薄の大根が重ねられ、僕のまな板の上にも、それなりに薄い大根が姿を現していた。決して千住のそれと同じような極薄[illegible]

にしても、なぜか今日は調子がいいぞ、手が勝手に動いてくれる。緊張しているはずなのに

二学期に入ると、僕のかつら剝きの腕は自分でも信じられないくらい上達しはじめた。あれは確か十月頃だったと思う。僕と千住の剣を混ぜて試食した城島先生は、見た目も食感もだいぶ近づいてきたと言ってくれた。あの時は本当に嬉しかった。昨日までできなかった技が今日できるようになる、料理人としてこれ以上の喜びはないはずだ。

そして今、僕たちふたりは卒展グランプリ決勝戦で剣を刻み合っている。

トントントントン……。

「繊維を傷めずに切ると、大根の香りには苦味だけではなく甘みも感じられますね」

そう言いながら辻校長は目を閉じた。嗅覚に神経を集中させているようだった。

僕がザルに剣を移し水でさらすと、千住が潑剌《はつらつ》とした声で言った。

「では、そろそろ一品目のイワシを握りましょうか」

すると審査員の表情がいっせいにふわっと明るくなった。そして待ってましたと言わんばかりの笑顔が八つ、一列に花開いた。これに鮨屋は支えられてるんだ。城島先生が言っていた花とはこのことなのか。

そして僕と千住は目でタイミングを合わせながら、究極に薄くそぎ切りにしたイワシの身をひとつのシャリ玉に五枚ずつ乗せ、丁寧に握った。

握り終えた八貫をカウンターの古唐津の大皿に並べると、まるでバラの花束のようだった。審査員は息を吞んだ。

「——素敵！」

松本《まつもと》副校長が思わずそう言い、

「三枚重ねは時々見るけど、五枚ははじめて見ますよ！」

ほかの審査員もこれには驚いたようだ。

このアイディアを提案したのは僕だった。たかが二枚の差、されど二枚の差、だ。


「はい。では、いただきます」

と辻校長が手を合わせ、一品目を上品に口に運んだ。

「んんん……」

「この脂ののりがたまりませんね」

「口の中で脂が溶けていくのがわかります」

「そのくせ、あと味はさっぱりしている。きっと鮮度がいいんでしょうね」

「これは一品目から素晴らしいですよ」

そして、女性らしく品よくふた口に分けて食べた松本副校長が言った。

「皮目の美しさを見ると、扱いのよさがわかりますね」

「小魚は下処理が厄介でしょ？」

審査員のひとりにそう問われ、僕が答えた。

「はい、小さい割に時間がかかります。それに、最近の仕入れ値を考えるとイワシはもう高級魚です」

「よく勉強していますね」

と松本副校長が言うと、

「しかし、その手間がかかる高級魚を五枚も重ねるとは、贅沢な発想ですね。さすがト」

別の審査員が満足げな顔で言い、千住もミカちゃんも嬉しそうな表情を浮かべた。

順調なスタートを切ったことを僕は確信した。


さて二品目だ。大根を片付けて鱧《はも》の下ごしらえをしていたミカちゃんが、

「鱧入ります。骨切りお願いします」

と、僕と千住のまな板の上に鱧を一枚ずつ置いた。すると審査員のひとりが、

「あれ、鱧は夏の味覚と言われていますよね。今は三月ですよ」

不審そうにそう言った。けれど彼女は少しも動じることなく、

「旬はたまに嘘をつく、とも言われています。実は鱧の種類によってはこの時期にも獲れるんです。特に今日のものは淡路島近海で獲れた最高級です」

と対応し、審査員はたちまち笑顔になって頷いた。

シャキ、シャキ、シャキ、シャキ――。

僕が先行して骨切りをはじめた。ここが腕の見せ所。右手に念を込め、最高速度で骨切りに挑んでいると、少し遅れて千住も骨切りをはじめた。

シャキシャキシャキシャキシャキシャキシャキ――。

僕とは比べ物にならない速度だ。が、それを演出と勘違いした審査員のひとりが、

「ふたりの包丁さばきはリズミカルで、聴いていて気持ちがいい」

と言うと、ほかの審査員も乗ってきた。

「包丁のリズムを、わざとズラしてるでしょ？」

「エイトビートと十六ビートの競演ですね」

「君たちふたりは包丁でハモってる？」

「嗅覚と視覚のあとは聴覚ですか？　この見せ場、相当練習しましたね」

と、みんな賞賛の言葉を口にしはじめた。骨切りに打ち込む千住の口元は、思う壺《つぼ》だと言わんばかりに緩んでいた。

骨切りを終え、鱧を裏返してみると、皮は無傷だった。

よっしゃ～！　生まれてはじめての鱧の骨切りの成功だ。まだ心臓はドキドキしていたけれど、嬉しさのあまり舞い上がりそうだった。

僕の右側ではミカちゃんが梅肉ソースを作りながら、同時進行でゴマを煎《い》る。

次に問題の「湯引き」だ。審査員を目の前に失敗することは許されない。僕は火にかけられた鍋の取っ手を左手で持ち、沸騰したお湯にたっぷり塩を入れた。そして右手の中指で熱湯の水面に一瞬触れ、舌に当てた。塩加減は完璧だ。

僕が頷くと、次の瞬間千住が右手で鱧の身をひらりと持ち上げ、皮を下にして鍋に沈め、三秒後にザルに上げた。これが所謂《いわゆる》「鱧の落とし」だ。

ザルには湯気が立ち込め、鱧は一瞬姿をくらますが、さぁっと湯気が引くと、そこには真っ白な花が咲いていた。「鱧の花」と言われる最高の状態だ。

それをミカちゃんがうちわであおぎ、人肌まで冷ます。それに三分。その三分で今度は焼き鱧を仕上げる。小さめに切った八貫分の鱧に千住があっという間に串を通し、僕がそれを強火の備長《びんちょう》炭《たん》で二分と三十秒さっと焼く。そのあいだ千住は小さめのシャリを握って少量のわさびを塗り、その上にひと口サイズにカットされたふわふわの鱧の落としを乗せる。そしてミカちゃんがバーナーの

を挟んだ手のひらを勢いよくずらし、鱧の落としの上にたらせた
さらに千住がその上に焼きが入った香ばしい鱧の身を乗せ、幅四ミリのノリで巻いて固定する。ミカちゃんができたての梅肉ソースをひとさじかけ、僕はその上に煎りたてのゴマをほんのひとつまみ振る。

完成。僕たちの連携プレーが生みだした一品だ。

「これは素晴らしい。鱧の握りミルフィーユ仕立てですね」

「それにしても三人のコンビネーションはお見事」

「どうぞ、ネタが冷えないうちに」

千住が手に持った鱧の握りを審査員に差しだした。二品目は器に置かず手渡しで食べてもらおうと彼が提案したのだ。

「んんん……二種類の鱧を同時に食べさせるなんて粋《いき》だね」

「これは僕もはじめてだなぁ」

「鱧の押し鮨はよくいただくのですが、握りははじめてです」

「僕は梅肉の強すぎる酸味が苦手なんですが、これはさっぱりして美味しいですね」

「構造は複雑ですが味はとてもストレートだ」

審査員が口々に感想を言い合ったあと、辻校長が静かに言った。

「美味い、これは美味い」

この一言が、一年間溜まっていた不安を一気に晴らしてくれた。嬉しくて嬉しくて、僕はすぐにでも次の鮨を握りたくなった。

緊張がほぐれたわけではなかったけれど、このまま自分の世界に没頭することができれば、もっ

ともっといいものができる。そう思えた。

そして、僕たちはマグロの握りの準備をはじめた。

これが前半戦の締めとなる。ここはガツンと濃厚な中トロをと思い、僕は真ん中の鮮やかなピンク色の柵を使うように千住に言った。けれど千住は、いや、と別の柵を手に取った。

千住が選んだのはグラデーションの一番右、真っ赤な赤身だ。まだ後半もあるから、ここはさっぱりとした赤身を、というのが千住の狙いだった。

確かにそうだ、ここで慌ててはいけない。赤身の柵をまな板に置きながら僕をちらっと見た千住の眼差しは、何かを極めようとしていた。千住をはじめて見た時に感じた孤高のライオンの目、彼は今その目をしていた。

柵をまな板の中央に置き、千住は姿勢を正した。鍵盤に触れる直前のピアニストがそうするように、背筋を伸ばし全ての神経を指先に集中させた。

そして、柵の表面の五線譜にも似た筋に斜めに包丁を入れると一気に手元まで引き、息を呑むようなそぎ切りを審査員に披露した。

ひと切れひと切れが真剣勝負だ。包丁を返しながらまな板の右側に規則正しく並べられたネタの大きさには、コンマ一ミリの誤差もなく、その神がかった腕前に審査員は大きく頷いた。

そして次は握りだ。僕は左手の指先で千住がさばいたネタに触れ、そっとつまみ上げながら感覚を探り、同時に右手の指先に念を込めシャリに触れた。

「左手でネタをつまんだ感覚で、瞬時に右手のシャリの量を判断できるようになる」

一学期に城島先生からそう聞いた時は、なんのことだかさっぱ[illegible]

かるような気がする。精神論ではなく、ただの

鮨のプロに、本物の鮨職人になりたい。僕は今、そう強く思っていた。

水にくぐらせた八枚の備前焼を、ミカちゃんが審査員の前に丁寧に並べはじめた。そのうちの二枚には金継ぎが施されていた。城島先生のあの金継ぎだ。

三品目のマグロの赤身を握り終え、僕はひと皿に一貫ずつ置いていった。もちろん金継ぎが施された二枚の皿は、辻校長と松本副校長の前だ。

赤身の握りが八人の審査員の前に並んだところで、千住がそれに煮切りを塗り、

「本マグロとも言いますが、勝浦《かつうら》で獲れたクロマグロです」

とミカちゃんが説明を加えた。審査員は誰も箸を使わず、親指と中指と薬指でそっとつまみ上げてひと口に食べた。

「やっぱりマグロはいいね」

「しかし、これほど美味しい赤身は最近食べたことない、いい仕入れだ」

「旨味と酸味のバランスがちょうどいいですね」

そして松本副校長が言った。

「本当にそうですね、この赤身には鉄分の酸味がちゃんと感じられます。しかも合わせ酢の酸味がそれを邪魔していない。絶妙の塩梅ですね」

「美味い！　さっぱりしてるから、どうしてもここでもう一貫食べたくなるね」

「ここで客を我慢させる、か。君たちは憎いね」

審査員たちが笑った。

ほっとして両手を調理台についたその瞬間、アナウンスが響いた。

「三十分経過しました。鮨科のみなさん、前半戦はこれで終了です！　次に製菓科です。では、はじめてください！」

すると八人の審査員はいっせいに椅子を百八十度回転させ、製菓側のカウンターに向きを変えた。

「――よしっ！」

鎧塚君が気合を入れると製菓科が動きはじめた。

そもそも、決勝戦が鮨科対製菓科になるとは、誰も予想していなかった。製菓科の先生も、まさか割烹スタイルのオープンキッチンで決勝に臨《のぞ》むことになるとは、思ってもいなかっただろう。それなのに、製菓科にとって不利とも言えるこのスタイルを、なんと鎧塚君が強く望んだそうだ。

「将来、割烹スタイルのキッチンを作って、出来立てふわっふわのスイーツをカウンターから目の前にいるお客さんに直接出したいんだ」

そういえば以前、鎧塚君はそんなことを言っていたけれど、その夢に向かって邁進《まいしん》している様子がこちらからもよく見えた。彼はまさに理想のキッチンをここで手に入れたというわけだ。

こうなると鎧塚君率《ひき》いる製菓科のパフォーマンスは水を得た魚で、あたかも昇華していくかのようなその勢いに僕たち三人はうろたえた。見る間に仕上がっていくスイーツのパーツは華やかにスポットライトを浴び、審査員も観衆もその巧みな技と甘い香りに静かな歓声を上げていた。

「一品目『苺《いちご》のミルフィーユ』の完成です」

パイ生地、クリーム、苺が何層にも重なり、さらにアイスクリームがトッピングされたデリケートなミルフィーユを、そっと審査員の前に置く彼の表情は自信に満ちていた。

会場の奥では、五、六十人の職員と生徒が椅子に座って決勝戦を見守っていた。その周りを記者やカメラマンが騒々しく行ったり来たりしている。もちろん最前列には鮨科の仲間たちが陣取り、そこには遅れて到着したふくちゃんの姿もあった。ママドゥは目が合うたびに拳を掲げ、ガッツポーズをしてみせた。

「こんなアーティスティックなミルフィーユは見たことがないですね」

「パイ生地もクリスピーで香ばしい」

「このクリームはピスタッチォですか？　珍しい組み合わせですね」

その形状にまず驚き、次に味と香りを堪能し、時には興奮している審査員の後ろで、僕たち三人は後半戦の準備をしながらも鎧塚君の動きから目が離せなかった。

二品目も、芸術的な彫刻のような一品だった。

「ショコラムースです」

彼の声は落ち着いていた。チョコレートの香りがこちらにまで漂ってきて、相当の出来栄えだとわかる。それを口にした瞬間、審査員は声を揃えて言った。

「わーっ、軽い！」

「もう何度もヨーロッパをまわって、散々ショコラムースを食べてきましたけれど、こんなに軽いのははじめてですよ！」

二品目も絶賛された。

が、鎧塚君は大して耳を傾けることもなく三品目の準備に取りかかった。二学期からすでに学校中で話題となっていた彼の飴細工が、ついにこの場で披露されるのだ。会場は砂糖の甘い香りと期待感で満たされ、次いでため息交じりの歓声が何度も湧いた。

「メロンパフェです」

建築的な構造の色鮮やかな飴細工の中心に、小ぶりのメロンパフェが上品に潜んでいる。それはまるで森の奥にひっそりと隠された宝石のようだった。

「これは美し過ぎて食べられない！」

と松本副校長が嘆くと、芸術的な一品を思いっきりズームで撮影したい衝動に駆られたのか、カメラマンが審査員のあいだに割り込み、何度もシャッターを切った。

「メロンパフェのようなクラシックなスイーツをここまで昇華させることができたのは、君たちにオリジナリティーがあるからこそです。本当に素晴らしいですよ」

そう辻校長が言うと、ほかの審査員も、

「見た目が素晴らしいだけでなく味もよく計算されている」

「うん、これは流行もきちんとつかんでますね。甘さを抑えた上品な味！」

「試食を通り越して全部食べてしまいそうだ」

と口々に褒めたたえた。

とここで、止まない称賛に歯止めをかけるようにアナウンスが入った。

「はい、三十分経過しました。これで前半戦を終了します。それではここで三十分間の休憩を挟みます。これから換気を行いますので、みなさん一度退場してください。ご協力をお願いします」

それを聞いて職員が全ての窓とドアを開け、いったん会場の空気を入れ替えた。

鎧塚君が作った飴細工のパーツが製菓科のカウンターに残されているのを見つけたのは、フレンチの渡辺君とイタリアンの松倉君と日本料理の水上君だった。彼らは退場の指示を無視ターの周りに集まり、目の前の飴細工の出来栄えに圧倒されていた。

そして三人は、後半も頑張れよと鎧塚君に発破《はっぱ》をかけ、退場する前に鮨科の方にも陣中見舞と称して立ち寄った。

「千住、鎧塚みたいなオリジナリティーを出さないと負けちゃうぞ。優勝候補だった俺たちを二次予選で蹴散らしたんだから、まぁせいぜい最後まで頑張ってくれよ」

と渡辺君が言うと松倉君も続けて言った。

「お前らも、これが新しい鮨だ！　みたいな、ちょっと変わった鮨を出してみろよ」

「そんなのわかってるよ。お前らはあっちに座って最後の一品まで黙って見てろ」

千住は余裕の笑みを浮かべてそう答えた。けれど水上君の意見だけは違っていた。彼は会場を出る前に小さな声で僕たちにこう言い残した。

「ちょっと変わった鮨なんて絶対にやっちゃダメだよ。奇をてらった創作料理なんて鮨じゃないから。鮨は鮨。王道を行く古典的な鮨こそ本物なんだからな！」

水上君はいつも親切だった。鮨科と日本料理科だから共通点も多く、僕が求めればいくらでもレシピをくれたし、いつでも的確なアドバイスをしてくれた。

しかし今日の僕は彼の言葉にも動じることなく、自信満々で構えていた。ふくちゃんの功績と城島先生が残した言葉を信じていたからだ。

『自分の五感を駆使し、試行錯誤して生みだしたものならば、それは必ず後世にも残るはずだ』

けれど……。

『小手先の知識や興味で作ったものに、本物はない』

それもまた、城島先生の言葉だった。

が、とにかく、僕たちが最後の一貫を握り終えるその瞬間まで、水上君のそのひと言が重くのしかかることはなかった。


三十分の休憩中は僕もいったん包丁を置き、肩をほぐしながら調理台を離れて会場を少し歩きまわった。あまり近寄りたくはなかったけれど、鎧塚君がいつものように、よおっと声をかけてくるもんだから、製菓科のカウンターにも行ってみた。すると、松本副校長に連れられてアナウンサーの女性が挨拶にやってきた。

「ご紹介しておきますね」

松本副校長がそう言って彼女を僕たちに引き合わせると、鎧塚君は早速握手を交わし親しげに話しはじめた。とても綺麗な女性で、僕はこんな時にもかかわらず少し見とれてしまった。

が、すぐに彼女が誰かわかってハッとした。その人は子供の頃よく観ていたテレビ番組の司会者だった。今は女優業とワインの勉強で忙しくしている、いずれソムリエの資格も取るつもりだと鎧塚君に熱く語っていた。数分粘って、周りをウロウロしたりふたりの会話に入ろうとしてみたものの、結局握手すらしてもらえず、仕方なくいったん会場を出ることにした。


「はい、それでは後半の二十分、最後の二品です。鮨科のみなさんからはじめてください！」

再び会場にアナウンスが流れた。声まで美しいと思いながらアナウンスを聞いていたら、ミカちゃんが僕の右肩をぴしゃんと叩いた。

「クラウディアも見てんだから、でれでれするのやめなさいよ！」

「は？　何それ？」

と、とぼけてはみたけれど、僕はあれ以来クラウディアのことを思うと高鳴る鼓動で胸が張り裂けそうだった。ちらっと観客席の方を見ると、ガッツポーズのママドゥの横にクラウディアがそっと座り、祈るように手のひらを合わせ、目を閉じていた。

「料理長、お前も余裕が出てきたな。一年前のお前だったら、この場でそんな表情できなかったはずだぞ！」

千住の喝《かつ》に我に返った。

そうだ、ここからだ。最後まで思いっきり集中しなければ。もう膝は震えない。学生生活最後の二十分、泣いても笑ってもこれでおしまいだ。全力で美味しい鮨を握るんだ。

僕は気合を入れ直した。

残り二十分で二貫をどう食べてもらうか。まず二十分を十分ずつに分け、最初の十分で一貫目を。

僕たちが選んだネタは、幻の魚と言われるケイジ（鮭児）だった。年間水揚げ量わずか四百匹、全身がトロ状態の最高級食材だ。

「城島先生がずっと発注し続けてくれてたんだけど、この一年全く手に入らなくてね。でも今朝、奇跡的に一匹分けてもらえたから、香典《こうでん》のつもりでもらってくれ」

と、築地で働く城島先生の友達が今日のために送ってくれた魚だった。

値段を調べて驚いた。一匹十五万円もするのだ。申し訳なくて、学校から与えられた予算から五万円だけ送金した。城島先生が僕たちの背中を押してくれているようだった。

そのケイジを「漬《づ》け」で出そうと提案したのはミカちゃんだった。漬けることによって鮭の旨味が強調され、余分な油っぽさを落とすことができる、彼女はそう強調した。千住は最初反対したが、しばらく考えたあと通常の半分の漬け時間ならいけると判断し、三分間だけ漬けることにした。

「ケイジか……。君たちは、よほどいい仕入れルートを持っているんですね」

辻校長がそう言った。

「それにしても予算、大丈夫でしたか？」

松本副校長が鋭い質問をしたけれど、

「はい、城島先生の人徳のおかげです」

僕は堂々と答えた。

千住が丁寧にケイジの身を引いていくあいだ、僕は鍋に火をかけ「漬け」のタレを用意した。みりん、酒、醤油の比率は城島先生の秘伝だ。

「君はレシピを覚えているのですか？」

鍋から立つアルコールの青い炎を見つめながら審査員が言った。

「はい、もちろんです」

「計量はしないのですか？」

「二学期の半ばまではしていましたが、城島先生はいつも、舌で覚えろ、頭で覚えろ、とおっしゃってました。だから目ばかりと手ばかりにこだわるようにしています」

「それは大したもんだな」

「そういえば城島先生はいつも、うちのクラスには天才がひとりと、秀才がひとりと、努力家がひとりずついるって言っていましたが、それは君たち三人のことかな」

僕たちが答えられずにいると、

「では、誰が天才で、誰が秀才で、誰が努力家か、僕が当ててみましょうか？」

と審査員のひとりが冗談っぽく言い、

「うちの学生は、みな努力する天才です！」

と辻校長先生が両腕をひろげて言った。

「そうだ！　それが辻調だ！」

審査員が全員で笑った。

煮詰まったタレをミカちゃんが氷水に浮かべたボウルに移して瞬間冷却させ、そこに千住がネタを落とした。これから三分間の「漬け」が行われるあいだ、前半で用意していた大根の剣を八つの織部升鉢に小分けして少量の塩を振り、大根サラダ風にして出した。

「君たちの作戦、わかりましたよ。サラダで口の中をさっぱりさせておいて、濃厚なケイジの漬けと合わせるつもりですね」

「はい、その通りです」

ミカちゃんが答えた。そして彼女は三分きっかりでタレからネタを上げ、僕と千住がわさびを敢えて少し多めに挟んで四貫ずつ握った。

「これは見事ですね」

「素晴らしい。サーモンピンクもいいが浅めの『漬け』で、こんなに綺麗なオレンジ色になるんですね」

「文句の付け所がない」

誰もがその最高級のネタを絶賛し、僕たちの「漬け具合い」に納得していた。

「さて、さて、それでは最後の一品ですね」

審査員のひとりが身を乗りだして言った。

「何を握るんでしょうか?」

「楽しみですね、最後の一貫」

「最後の一貫は君たちオリジナルのものが食べたいな」

「三人の創造性あふれる一貫をお願いしますよ」

流石《さすが》だった。一流どころを食べ尽くしているこの八人を、そう簡単に唸《うな》らせることはできない。

それは、はじめからわかっていた。幻と言われるケイジの味だってご存じのはずだし、高級食材の鱧だって、最高級のイワシだって、彼らにとっては珍しいものじゃない。ケイジの「漬け」は珍しいかもしれないけれど、「漬け」そのものは古典的な調理法で決して僕たちの創作じゃない。

それに比べて鎧塚君は圧倒的だった。スイーツの常識を覆す彼のスタイルは、審査員を心底唸らせていた。

しかし、僕たちにはあれがある。最後の一貫に相応《ふさわ》しい、あれが。

右隣のミカちゃんを見ると僕の目を見て深く頷いた。左隣では千住が自信満々の笑みを浮かべている。

「では、最後の一品を握りましょうか」

僕は審査員の顔をひとりひとり見てそう言った。

審査員八人の前に置かれた器は、城島先生が一番大切にしていた大樋焼だ。僕と千住が最後の一品を四貫ずつ握り、順に器に置いていった。

審査員が手を伸ばし、目の前の鮨をつまんだ瞬間、

「ん？」

指先にまとわり付く慣れない感触に八人全員が戸惑った。

「――これは？」

「はい、マカジキです」

と千住が答えたあと、さらに僕が言った。

「熟成マカジキです。どうぞ召し上がってください」

「魚の熟成って、あるの……？」

「……どれくらい寝かせたの？」

みんな明らかに戸惑いの表情を浮かべている。

「三十日です」

「ええええっ！」

「だ、大丈夫かな？」

具体的な数字を伝えると、握りをつまんだその手を誰も動かさなくなった。その審査員の様子が会場の空気を紫電一閃《しでんいっせん》。

それでも僕たちはびくともしなかった。観客席を見なくても、ふくちゃんが誇らしそうな顔をしているのがわかる。

「どうぞ、召し上がってください。僕たちの渾身の一品です」

僕がもう一度そう言うと、八人はネタを鼻の下に持っていき匂いを嗅ぎはじめた。そして申し合わせたかのように、全員が半分だけ口に含み、噛んだ。

次の瞬間、朝顔がいっせいに開花するように八人の表情がパッと変わった。カウンターの周りだけ季節が巡り、真夏の陽射しが照りつけているようだ。審査員はひとり残らずもう半分を勢いよく食べきった。

「美味いっ！」

「これは美味い！」

「なんですか、この食感！」

「――甘い、とっても甘い！」

「臭みが全くない……！」

「十年後、二十年後には熟成牛肉が流行るかもしれない、とは聞いたことがありますが、まさかそれを魚でやるなんて……」

「本当に大胆だなぁ、君たちは」

よしっ、大成功！　僕は調理台の下で両手を握り、小さくガッツポーズをした。そしてミカちゃんと千住の肩を抱きよせようとしたその瞬間――。

観客席の方から、きゃっ！　という声が聞こえた。

何事かとそちらを見ると、ふくちゃんが慌てて扉の方に走っていくではないか。

さっきの悲鳴は、ふくちゃんが急に立ち上がった拍子に椅子が倒れ、後ろの女子生徒を直撃したためらしい。扉の前には佐野先生がいて、ふくちゃんの肩を抱えるとふたりして走って会場を出ていった。

授業中、彼があやって椅子を倒しトイレに猛ダッシュしていくシーンを、何度見てきたことか……。

「まずい、これはまずい……」

千住が呟いた。休憩中に聞いた水上君の言葉が突然頭の中に甦ってきた。

『ちょっと変わった鮨なんて、絶対やっちゃダメだよ……！』

彼の声が繰り返し鼓膜に響き渡り、足元がぐらぐらと揺れはじめた。心臓がキリキリと締めつけられて徐々に血の気《ちけ》が引いていく。

僕は立っているのがやっとだった。

会場がざわつきはじめたちょうどその時、アナウンスが入った。

「はい。二十分が経過しました。これで鮨科の後半戦は終了です。それでは続いて製菓科のみなさん、はじめてください！」

その声を合図に、審査員はもう一度椅子を百八十度回転させた。そして鎧塚君が腕を振るいはじめると、会場は再び卒展グランプリの最終章に向かっていった。

ふと見ると、調理台の上のミカちゃんの手が震えていた。千住はうつむいたまま動かない。

「なぁ千住、腹、痛いか？」

誰にも聞こえないように小さな声で訊いてみた。

「俺はまだだけど……。お前は？」

「僕もまだ痛くない。ミカちゃんは？」

「痛いような、痛くないような……」

「え？　どっち！」

「長谷川っ、声、落とせ！」

僕たちは三人とも顔を伏せ、迫りくるであろう腹痛と後悔の波に怯えていた。ふと頭を上げると、審査員のひとりがお腹をさすっているのが見えた。

もうダメだ、完全に終わった……。僕は全てを諦めかけたが、

「これはまさに究極のひと皿ですね。これ以上食べるとお腹が破裂しそうですけど、最後の一品ですからね、全部食べちゃいますよ！」

と嬉しそうに言っている。拍子抜けして思わず調理台の陰に座り込んだ。

「長谷川、大丈夫か？」

「あぁ、ごめん……もう立てない」

「長谷川君、私たちはまだ我慢できるから、今のうちにお手洗い行ってきなさいよ！」

「いや、お腹じゃなくて、膝の力が抜けちゃって……もうダメ」

僕がそう言うと、やはり限界だったのか、ふたりとも僕の両脇にへなへなと腰を下ろした。

「とにかく、心配なのは審査員のお腹だよね」

「もう秒読み態勢だよ」

諦めと悔しさを隠しきれない声で千住がそう言った。


僕たちが意気消沈《いきしょうちん》しきっているのをよそに、製菓科は相変わらず圧巻だった。

鎧塚君のパフォーマンスは、審査員や観客の注目を集めれば集めるほど輝き、みんな口々に褒めちぎっている。一品ごとの味の素晴らしさも審査員の舌を大いに満足させ、それを讃《たた》える華麗な言葉が飛び交っては会場を沸かせていた。

そんな熱狂の中、僕らはまだ立ち上がれずにいた。それぞれに、なんとなく痛みはじめたようなお腹を力なくさすっていたその時、アナウンスが流れた。

「はい。二十分が経過しました。これで昭和六十三年度　辻調卒業制作展の決勝本戦を終了いたします。みなさんお疲れ様でした。なお、結果の発表は、来週の月曜日、大阪城ホールでの卒業式で行います。みなさん、楽しみにお待ちください！」

アナウンスが終わると僕たちは最後の力を振り絞って立ち上がり、努めて冷静に審査員と製菓科の三人と握手をして、お礼を言った。

そして、健闘を称《たた》える大きな拍手が僕たちを包んだあと、関係者も記者も観客席にいた生徒たちも、興奮した様子でどちらが優勝か語り合いながら去っていった。

結果なんてもうわかりきっていた。月曜日の卒業式を待つまでもないことは、誰よりも自分たちが一番よくわかっている。

「さて、片付けするか」

と僕が言うと、千住は無言でまな板を洗いはじめ、ミカちゃんは器を流しに運んだ。

僕らは苦い敗北感を味わいながら、ふくちゃんを信じて決断した最後の一貫を深く後悔することしかできなかった。

足場から照明が外され、機材が次々に会場から運びだされていく。ふたつのカウンターも徐々に解体され、僕らも撤収しようとしたところに、ふくちゃんと佐野先生が走って戻ってきた。

「大丈夫だったか？」

ふくちゃんを責《せ》めたくなかった。信じようと決めたのは僕たちなんだから。けれど、

「え？　何が？」

ニヤニヤしながらそう言われると、さすがにキレそうになった。

「何がじゃないでしょ！」

ミカちゃんの声は怒りと苛立《いらだ》ちで尖っていた。

するると、佐野先生がふくちゃんの肩を叩きながら笑顔でこう言った。

「ごめん、ごめん。いいところで中村君を呼びだしちゃって、すまなかったなぁ。でもな、ついに電話がかかってきたんだよ！」

「えっ⁉」

全員がきょとんとした。千住が右手の調理帽を落とした。

「中村君の就職が、決まりました！」

佐野先生にがっしりと肩を組まれたふくちゃんが、ニヤニヤしながらピースサインをした。

「えっ、嘘‼　そうなんだ、よかった！」

ミカちゃんはそう叫ぶと、ふくちゃんに抱き付いた。

「これで、鮨科全員の就職が決定しました！」

いつもは冷静な佐野先生が、この時ばかりは子供みたいに喜んでいた。そして僕と千住は肩をがっちりと組み、じゃれ合いながらお互いを揺さぶり続けた。

握手さえしたことがなかったふたりが、はじめて肩を組んだその時、僕たち鮨科のカリキュラム全行程が終了した。

エピローグ　再びの春

朝早くアパートを引き払った。

最後の朝は五時に目が覚めた。窓の外はすでにうっすらと明るく、いつの間にか日の出の時間が早くなっていた。春の兆《きざ》しを感じた。

九時になると管理人さんが部屋にやってきて、僕は鍵を返す直前にこれが最後だともう一度部屋を見渡した。おんぼろアパートの小さな部屋だったけれど、僕にとっては大切な場所だった。空っぽの空間は家具があった所だけ畳が青く、一年前の自分がまだそこにぼんやりと立っているような気がした。

荷物を載せた宅配便のトラックが走り去っていく。大好きなこの街とのお別れが、すぐそこまで来ていた。


阿倍野の街を歩きながら、僕は何度も右のポケットに手を突っ込んでは中身を確認した。大事な封筒がそこにある。封筒の中には卒展用に学校から支給された材料費の残りが入っていて、今日それを返すのがクラス代表としての最後の仕事だった。責任を持って全《まっと》うしなければ。

ふと立ち止まり、空を見上げた。決勝戦の日の熱気が甦ってきて、手に汗が滲んだ。あんな緊張感の中でクラス代表としてやり切れたということが、いまだに信じられない。

この一年の自分の変化に少し戸惑いを覚えながら、そんな僕をずっと導いてくれた城島先生の顔を思い浮かべた。

アパートの退去が思いのほか早く終わり、卒業式がはじまるまでには、かなり時間があった。僕はある場所に向かおうと決め、再び歩きだした。

近鉄《きんてつ》百貨店阿部野店は改装オープンのキャンペーン中だった。角にある花屋に着いた時、僕はちょっと困ってしまった。花を買うなんて人生ではじめてだ。どの花をどれくらい買うのか、全く考えずに店まで来てしまったことに気がついたのだ。

どうしていいかわからないまま、店員さんに声をかけてほしいのとほしくないのと、半分半分の気持ちで店内に入った。けれどすぐに決着した。

店に一歩足を踏み入れると、左手にひまわりが見えた。日光を受け鮮やかな黄色を放っているひまわりが、ほかのどんな花よりもひときわ僕の視線を捉えた。

確か、ひまわりが一番好きだと城島先生が言っていたことがある。この時期にひまわりが売られているのにはちょっと驚いたが、先生にぴったりの花が見つかったことが何より嬉しかった。

お墓に供《そな》えるのにちょうどいい量を考えて、店員さんに伝えた。本当は先生のお墓を埋め尽くすくらいのひまわりを買いたかったけれど、季節外れの今は高くて無理だろう。そう思って控えめの本数を伝えたつもりだった。

それでも店員さんが教えてくれた金額は想像していたよりもずっと高く、思わずえっ！　と声を上げそうなのを必死でこらえた。

でも、これぐらいほしいと言ったのは自分だし、今さら本数を減らしてもらうのはングしてくれている店員さんに悪い気がした。というより、城島先生に申し訳ないと思った。

そっと財布の中を見ると案の定足りない。あるのは五千円ちょっとだ。こちらの顔色を窺ったのか、店員さんは気を利かせて、少し減らしましょうか？　と提案してくれた。けれど、どうしてもこの量で先生のお墓を飾りたいという意地が生まれていた。

今から銀行を探してお金を下ろし、またここに戻ってくるには時間の余裕がない。頭の隅にしきりにある考えがちらついたけれど、懸命に気付かないふりを続けた。でも、どうしても振り払うことができず、結局気が付けば僕の右手はポケットの中に入っていた。

とりあえず金額を確認するだけ。ポケットから取りだした封筒を覗くと、一万と六千円ちょっとある。一瞬だけ一万円借りても……。

いや、たとえ一瞬でも、預かっているお金に手を付けるのはよくない。でも、この近くに自分がお金を下ろせる銀行はない……。

頭から湯気が出るほど悩んだ結果出した結論は、今借りて、すぐ返す。先生のお墓があるのは四《し》天王寺《てんのうじ》駅の近くだ。そこだったらお金が下ろせる。駅に着いたら速攻で銀行に行き、すぐに封筒の中身を元に戻そう。

そう心に決め、僕は花束の代金を払った。店員さんが優しい人でよかった。

花束を抱え電車で四天王寺駅に向かう途中、お墓ではどう振る舞えばいいんだろう、とふと思った。幼い頃に亡くした母のお墓なら何度も行っているけれど、母のお墓は普通のお墓とはちょっと違うのだ。

母は生前、病気に苦しみながら、人工的な墓石よりも小川に転がる石のような、そんなお墓の下に眠りたいと強く望んでいた。

幼いなりに僕はその願いを真剣に受け止め、母が亡くなった時には、よく遊んだ近所の川に行って僕が一番気に入っていた形の大きな石を拾ってきた。それが母の墓石だ。

その石はしばらくすると苔《こけ》に覆われ、鮮やかな緑色になった。そして「そこに転がっている」という雰囲気を醸しだし、母の願い通りのものになった。だから僕も父も頻繁にその石を磨いたりはしなかった。

母の最期の追憶にふけっていると、いつのまにか先生のお墓に着いていた。

共同墓地の管理人に挨拶すると、城島先生のお墓に案内してくれた。動きがとても静かで無口なおじさんだった。

先生のお墓の前には先客がいた。僕はまず誰かがいることに驚き、その人物が誰なのかを知ってさらに驚いた。

千住がいたのだ。

想定外の人物の想定外の様子に、僕は戸惑ってしまった。そして以前地下鉄で偶然出会った時の記憶が甦った。鉢合わせすると気まずいかもと思ったけれど、踏みしめる玉砂利《たまじゃり》の音で向こうも気づき、こちらを振り返った。

「誰かと思ったら長谷川か。よく来てるの？」

「ううん、はじめて。今日で学校も終わりだし、先生に卒業の報告をしようと思って」

「そうか、俺も今日はじめて。これまでのご指導への感謝と、これからの決意を先生に伝えておきたくて」

千住は淡々とそう言った。僕は千住の横に並び、先生の墓石を見つめた。

「あっという間の一年だったな」

「うん、本当に」

しばらく静寂《せいじやく》が続いた。でもそれは気まずいものではなく、ごく自然な静寂だった。千住が再び口を開いた。

「城島先生に、ちゃんとお礼を言おうぜ」

「うん」

千住は静かに地面に膝をついて手を合わせ、僕も同じようにした。玉砂利が膝に当たって少しだけ痛かった。

「キリスト教って、こんな感じで祈るんだっけ?」

「えっ、千住も知らないの?」

クリスチャンだった先生の墓石には十字架が付いている。それを見た時から、困ったな、お参りの仕方がわからないと思っていた。参考になる人がいないかと、立ち上がって辺りを見まわしたけど誰もいない。

「しょうがない、俺たちなりにやってみよう」

「うん、一応花だけ持ってきた」

きっとどんな宗教であれ、亡くなった人に思いを馳《は》せながら祈りを捧げ、花を供えることは変わらないだろう。

とりあえず墓石を磨き、管理人の男性が渡してくれたろうそくに火を灯した。千住のろうそくと僕のろうそくが仲よく寄り添って、燃えながら揺れていた。

そして買ってきたひまわりをお供えした。最初は大量のひまわりで墓石を囲みたいと思っていたけれど、いざ供えてみると、このひまわりの数になぜか安心した。

墓石に刻まれた十字架には馴染みがなく、その前に跪《ひざまず》くと、もう先生は遠くへいってしまったんだという事実が急に強く胸に迫ってきた。目標とする人を失って抜け殻になってしまいそうだった。

ひまわりとろうそくの灯が穏やかに揺れている。

それをじっと見ているうちに僕の心は再び落ち着きを取り戻し、千住と肩を並べしばらく手を合わせた。

「城島先生、おはようございます。千住と長谷川です」

千住が呟いた。今までで一番優しく柔らかい声だった。

「今日はこれから卒業式です」

そう言うと、こみ上げてくる強い感情を飲み込むように彼の喉がごくりと鳴った。それから少し間をあけて、

「先生にも出席してもらいたかったです」

と言って小さく咳をした。

「卒展は、決勝戦まで行きました」

鼻の奥がふさがったような声だった。

「決勝の相手は製菓科でした」

ここで千住は一度大きく深呼吸をした。けれど余計に息が荒くなった。

「鎧塚が凄くて、優勝は無理かもしれません。結果はこのあと、卒業式で発表されます。――なっ、長谷川、鎧塚、すごかったよなー

「…………」

「何か言えよ、お前も」

「…………」

「長谷川、何か言えよ……」

千住の声は震えはじめた。

「…………」

胸をよぎる思い出が、僕の喉をふさいだ。

「長谷川、お前も何か言えって！」

その時、強い風が吹いた。

黄色い花びらが揺れ、ろうそくの火が一本だけ消えて煙を立てた。

「千住、もういいよな……今日は泣いてもいいよな」

全力で涙をこらえながら、僕は声を絞り出した。

すると、千住が先に泣きだした。まるで心が外に転げ出たように、おいおいと泣きはじめた。顔を歪め、祈るために重ねられていた両手のひらで、左右の頰を伝う涙を一滴一滴つぶすように拭っていた。そして、いつもは頼もしい背中がしゃくり上げるたびにガクガクと震え、子供みたいに泣いていた。

その横で、僕もこみ上げてくる悲しみにただ打ちのめされていた。誰もいない三月の共同墓地の真ん中で、しばらくふたりで泣いた。

泣いても泣いても払いきれない悲しみが襲ってくる。けれど、ひとしきり泣くと千住は大きく息を吸って上を向き、そしてゆっくり立ち上がって言った。

「俺、先に行っとくから」

ジャリ、ジャリ、と千住の足音が遠ざかり、やがて聞こえなくなると、僕は本当にひとりぼっちになってしまった。まだ涙は止まらなかったけれど、ぼやけていたひまわりの輪郭が徐々にはっきり見えてくると、次第に心も落ち着いてきた。

息を整え、涙を拭いて立ち上がった。誰かに見られていなかったか気になってキョロキョロと周りを見まわしてみても、墓地には誰ひとりおらず、風の音しか聞こえなかった。

僕は墓石のてっぺんに右手を置いて、温もりが伝わるようにゆっくりとさすりながら呟いた。

「先生、僕、辻調鮨科に入ってよかったと思ってます」

そろそろ時間が気になったけれど、もう少しだけここにいたいと思った。

「あの、えっと……近況を報告します。さっき千住も言ってた卒展ですけど、僕たち鮨科は全員で協力して、いい仕事ができたと思います。なんとケイジが手に入ったんですよ！　それと、ふくちゃんが長いあいだこっそり研究していたマカジキの熟成も、すごかったんですよ。きっと先生もびっくりしたと思います。僕は、リーダーとしての仕事を全うできたかどうかわかりませんけど……」

その時また風が吹き、もう一本のろうそくの火も消えてしまった。

「じゃあ、卒業式に行ってきます。一年間、大変お世話になりました。本当にありがとうございます。ええっと、それから。みんな元気ですし、僕も元気です。でも……悲しいです。城島先生がいなくて寂しいです。僕、大阪が大好きになったし、大阪でたくさんの人にお世話になったから、ここにいたいと思ったんですけど、パリのお鮨屋さんに就職することに決りました。先生にいつか語った夢のように、パリではアートやデザインの勉強もしたいです。本当は大阪でお世話になった人たちに恩返しがしたかったし、みんなとお別れするのは悲しいですけど……先生、つらいですよね、お別れは。城島先生……会いたいです……」

そこまで言うとまた視界がぐにゃりと歪み、そのましゃがみ込んで涙が涸《か》れるまで泣いた。ひまわりが背中をさするように揺れながら、いつまでも僕を見守っていた。

会場に着くと、千住は何事もなかったような顔をしていた。彼の横で、はしゃぐミカちゃんとクラウディアの美しい着物姿が、僕の気分を晴らしてくれた。

「最後だから四人で写真撮ってあげるよ」

そう言いながらふくちゃんが割り込んできた。スーツ姿初公開のふくちゃんは気恥ずかしいらしく、

「はい、撮りますよ！　美しい方はより美しく、そうでない方はそれなりに！」

とおどけていた。

「あっ、そのCM、知ってる！　私あの女優さん大好き！」

どこまでも日本通のクラウディアの陽気な声が周囲を和ませた。

のどかな春の陽射しに包まれた大阪城公園は、咲きはじめた桜の香りも微かに漂い、卒業式に申し分のない雰囲気だった。生徒に教職員、父兄、関係者と、総勢六千人もの人で公園はあふれかえり、桜並木に映える豪華絢爛《けんらん》な着物姿の生徒たちが華やかな雰囲気を添えていた。

鮨科のみんなで大阪城を背景に写真を撮って、わいわいと騒いだあと、巨大な大阪城ホールに入

り、各科ごとに席に着いた。はじめてこんな大きな建物に入る僕は、何とも言えない高揚感と、会場全体を包む厳かな雰囲気に酔いしれていた。

式は粛々と進み、辻校長の挨拶となった。この学校の看板を背負い、これから調理師の世界へと旅立っていく僕たち生徒に向けて、厳しくも優しい言葉が贈られた。

「今日卒業を迎えるみなさん、本当におめでとうございます。みなさんは、明日から立派な社会人のひとりとして巣立っていくわけですが、どこにいても、この辻調の卒業生だということを心から誇りに思ってください。みなさんがこの学校で受けた授業、実習で触れた食材、一年間をともにした講師の先生方、それら全てが一流であったことを、忘れないでいてほしいのです。本物を知ってこそ本物となれる。みなさんはこの辻調精神に日々触れ、磨かれ、そして今、私たちの期待に立派に応えてくれています。みなさんがこれから進む道は、決して平坦なものではありません。けれど、一年間辻調で身に付けた技術や知識、そして辻調精神は、困難に直面した時にこそ何よりも大きな武器となることでしょう。そのことをしっかりと胸に刻み、将来、多くの先輩たちのように我が校が誇れる人材となって、それぞれの業界を引っ張っていってほしい。それが私たち辻調理師専門学校の願いです」

辻校長のひと言ひと言が心に深く響いた。

そして、神戸でロールケーキをご馳走してくれた小山さんや、特別講師に来てくれた『ざんまい亭』の木村さん、『すきやばし』の次郎さん、いろんな人の顔を思い浮かべ、この学校の名前を背負う責任を改めて感じていた。

そして、いよいよ卒展グランプリの結果発表だ。

勇壮な和太鼓のパフォーマンスが繰りひろげられ、広い会場の空気を隅から隅まで震わせる大きな音が、僕たちの鼓膜と心臓を直《じか》に揺らした。徐々に鼓動が強く速くなった。

「製菓科生徒代表の鎧塚君、鮨科生徒代表の長谷川君、両生徒はステージにお上がりください」

アナウンスが流れ、ホールの熱気は最高潮に達した。

席を立ち足早にステージに上って前を向くと、そこにはアリーナから見ていたのとは全く違う壮大な景色がひろがっていた。奥の方には豆粒ほどの鮨科の生徒たちが見える。ふくちゃんが両手を大きく振って周りを盛り上げている姿が目に入り、僕は少し安心した。

いよいよ決定的瞬間だ。アナウンスの声がホールに響き渡る。

「先日行われました、卒展グランプリの最優秀賞の発表及び表彰を行います」

まず鎧塚君が一歩前に出て辻校長と握手をした。

「鎧塚君、先日は大変素晴らしいスイーツをご馳走様でした。どの品も素晴らしい出来で、デザートでありながら、いつまでも食べていたいと思わせられる、そんな品々でした。私たちはこれまで日本だけでなく世界各地の有名店を訪れてきましたが、その全てにおいて共通していたのは、伝統的な料理をあふれるオリジナリティーで次のレベルに押し上げているという点でした。そして君たちからは、自分たちもそれをやってやるという気概を強く感じました。今後の日本のパティシエ界を引っ張っていってくれる、私はそう確信しました。期待しています」

校長の言葉を受け、鎧塚君は堂々とお辞儀をした。

次は鮨科だ。僕は一歩前に出て校長の顔を見つめた。

「長谷川君、先日は大変美味しいお鮨をご馳走様でした。こちらも見事な腕前でした。ひとつひとつの食材と真摯に向き合い、どれも非常に高いレベルの鮨になっていました。君たちのその姿勢に感銘を受けると同時に、この辻調理師専門学校に新たに鮨科を設立したことを、間違っていなかったと私は確信することができました。城島先生も、いつも君たちのことを誇りに思っておられましたよ。これから鮨の世界で活躍してくれることを期待しています」

感謝の気持ちが伝わるように、僕は心を込めてお辞儀をした。

校長は丁寧にお辞儀を返してくれたあと、こう続けた。

「さてそれでは、結果発表に移りたいと思います。ですが、単刀直入に申し上げますと、まだ結果は決まっておりません。今年のふたチームは例年以上に甲乙《こうおつ》付け難く、審査員の票が真っ二つに分かれています」

会場が大きなどよめきに包まれ、今度は水を打ったように静まり返った。空気が痛いほどに張り詰めている。

「正直に申し上げると、両チームとも優勝ということも考えました。ただ、勝負の世界は甘くありません。プロの世界には平等などない以上、勝ち負けから目を背けることはできません」

心臓が痛いほどに暴れはじめた。

「もう少しだけ、私の話をさせていただきます。プロの調理師に求められるものは、料理の際の細心の気配りに加え、よい材料を選定する力を持つことです。その面において、今ここにいる製菓科も鮨科も高いレベルに達しています。そしてもうひとつ。常に材料費のことを念頭におき、与えられた予算を充分に使い切ったうえで最高の料理を完成させる。これが向上心ある一流の料理人の条件であると私は思っています」

僕は、校長がなぜ今こんな話をしているのかわからなかった。ただ、結果の判定に真剣に向き合ってくれているということは、はっきりと伝わってきた。

「さて、鎧塚君、長谷川君、今日はあの封筒をお持ちですね」

あの封筒？

一瞬なんのことかと思った。

が、すぐに思い出し、ハッとした。

急いで右のポケットから残りのお金が入った封筒を取りだした瞬間、強烈な罪悪感で膝が震えはじめた。何も知るはずのない六千人の視線が、いっせいに僕の罪を咎《とが》めているようだった。

ちょっと待ってください、これには理由があるんです！

アリーナに向かってそう叫びたかった。が、そんな僕をよそに校長は淡々と続けた。

「その中には卒展の材料費の残額が入っていますね。そこで、先ほど私が申しました『与えられた予算を充分に使い切る』という点に、両チームがどれだけ近づいているかを判断基準にしたいと思います。つまり、封筒の残額が少ない方が最優秀賞を受賞する、ということです」

たった今作られたルールに、会場はどよめいた。

要するに、お金が少ない方が勝ちってこと？

えええ⁉　もし僕の方が少なかったら……。

うろたえるあまり吐き気までもよおしてきた。

「鎧塚君、いくら残っていますか？」

校長に促され、彼は封筒の中身を確認した。

「八千三百六十二円です」

「う〜ん、几帳面でよろしい！　そういう真面目さが料理人にはとても大切です。わかりました。それでは長谷川君、いくら残っていますか？」

震える手で残額を数える。

「あの――六千四百二十五円……なのですが」

最後まで言い終わらないうちに、僕の言葉は嵐のようなスタンディングオベーションにかき消されてしまった。恐ろしいほどの熱狂は鳴りやまず、退路がみるみる遠ざかる。助けを求めて、鮨科のみんながいるあたりに視線をやったけれど、例にもれず全員立ち上がって大声をあげながら、互いにハイタッチをしたり抱き合ったりしているのが見えるだけだった。鎧塚君は手を叩きながら僕の方に歩み寄ると握手を求め、感極まった様子で「長谷川君、おめでとう！」と言った。

眩しいほどのスポットライトが僕たちふたりをとらえると、会場にアナウンスが響き渡った。

「今年度の最優秀賞は、鮨科に決定です！　おめでとうございます！」

再び地鳴りのような歓声が湧き起こった。僕はもうなすすべもなく、鎧塚君の力強い祝福のハグに身を任せるしかなかった。


飛び跳ねたり、抱き合ったり、泣いたり、笑ったり、体中で優勝を喜びながら、鮨科全員でガラス張りのロビーへと移動した。けれど僕は、バレるんじゃないかと気が気でなかった。

だから佐野先生を見つけた瞬間駆けよって、城島先生のお花代に借りた一万円のことを打ち明けようと試みた。けれど、今日の佐野先生は生徒以上に舞い上がり、

「やった、優勝だ！　やったぞーっ！」

と大声をあげて、

「佐野先生！　あの、佐野先生っ！」

と声をかけても全く取り合ってもらえない。その見たこともない姿は、城島先生と

ずっと闘っていたことを如実に物語っていた。

「はい、鮨科は全員集合！　卒展グランプリ優勝を祝って記念撮影しまーす！」

佐野先生の嬉しそうな声がロビーに響き、それを合図に、みんながガヤガヤと正面玄関近くに集まりはじめた。

その時、階段の途中に立ってこちらに手を振る女性に気がついた。淡いピンクのドレスに身を包んだロングヘアーのその女性は、遠目にも上品な姿で、ルージュに彩られた唇がおめでとうと言っている。レッド・カーペットこそ敷かれていないけれど、まるで階段を降りてくるハリウッド女優のようだった。

あれ、誰だろう……？　僕はしばらく見つめた。

「えっ……!?　窪田さんじゃないですか！」

腰が抜けるかと思った。

いつもつっかけなのに、今日はハイヒールを履いているせいか脚がすらりと長く、階段を一段降りるたびに艶《つや》のある髪がサラサラと揺れ、駆けよると辺りにいい香りが漂っていた。何より表情がすっきりしている。

「あの……クリーニング屋の方ですか？」

急に恥ずかしくなって、僕は冗談めかしてそう言った。

「わかる？」

「なんだ、やっぱり窪田さんか！」

「なんだってなんやの。まあええわ、とりあえず、ご卒業おめでとうございます」

「ありがとうございます」

僕も窪田さんも、わざと改まってみせた。

「今日は、佐野ちゃんが関係者扱いで呼んでくれてん」

「もちろん、窪田さんは関係者ですよ。僕たちの大事なおばちゃんですから。この一年、本当にお世話になりました」

「いいえ、こちらこそお世話になりました。そうや、グランプリ優勝おめでとう！」

「ありがとうございます。それにしても窪田さん、ドレス似合いますね！」

「ほんま？　似合ってる？」

「はい、見違えるほど綺麗です！」

「もう、よう言わんわ」

「髪、そんなに長かったんですね。いつも結んでたから気がつかなかった」

「そうやで。今朝、美容院行ってきてん」

「素敵ですよ」

「そうか？　長谷川君はいっつも優しいな」

笑いながらそう言う窪田さんは、お世辞でもなんでもなく本当に綺麗だった。

「あれ？　それって、指輪じゃなかったんですか？」

僕は窪田さんの首に光る物を見つけて尋ねた。それ、婚約指輪じゃないですか？　とはさすがに言えなかった。

「わかった？　この指輪、素敵やろ」

そう言うと窪田さんはシルバーのチェーンで首にぶら下がった指輪を摘み、悪戯っぽく、そしてキスをした。

城島先生の失明を知った数日後、僕は先生と一緒に、いつも洗濯物を入れているカバンを窪田さんに届けにいった。もちろんその時には、中に指輪が入っているなんて知りもしなかった。でも、あの日クリーニング屋は閉まっていた。

先生はカバンを渡すのをいったん諦め、

「まぁ今日じゃない方がよかったかもな。よし、ならちょっと待とう。長谷川、それまで預かっておいてくれ。俺が持ってると絶対に失《な》くすから」

そう言って先生は僕にカバンを預け、間もなく交通事故で逝《い》ってしまった。指輪を渡すことも叶わずに。

葬儀も済んで一段落したあと、僕はそのカバンを窪田さんに届けにいった。

「城島先生から私に……？　なんやろ……」

窪田さんは疲れ切った顔で受け取ると、恐る恐る中を見た。

そして――。

あの時、僕の目の前でいつまでも泣きじゃくっていた姿が思い出せないほど、今こんなにも窪田さんは美しい。

「でもな、こんなん指にしてたら、婚約者がいてるみたいやん。だーれも、私のこと振り向いてくれへんようになるわ。今、ボーイフレンド募集中やねん！　私は変わったんねん。お化粧もちゃんとして、おしゃれな服も買《こ》うて、めっちゃ男前と結婚すんねん。頑張るでおばちゃんは！　大阪の女やさかいにな。ほんで、めっちゃ幸せになったんねん。あの人の分まで、めっちゃ幸せになったんねん」

なんの迷いも感じられない爽やかな笑顔で、窪田さんはそう言い切った。

「そうだ！　みんなで記念撮影するとこなんですけど、窪田さんも一緒に撮りませんか？」

いいアイディアだと思ったけれど、窪田さんはなぜか首を横に振った。

「私のことはええから、はよう行ってあげ。みんな長谷川君のこと待ってるやん、ほら」

僕は後ろを振り向いた。佐野先生とみんなが、こっちに向かって大きく手招きをしている。

「長谷川君、写真撮りますよ！」

「長谷川、何やってんだよ！」

「早く来いよ！」

「窪田さんも、どうぞー」

「一緒に写真撮ろうよ！」

佐野先生と辻調鮨科十六人の笑顔が、急に懐かしく思えてきた。まるでセピアがかったスローモーション映像を見ているようだった。

僕は幸せな気分に包まれ、しばらくこのまま眺めていたかった。


「ねっ、窪田さん、行こっ！」

と振り返った時、彼女の姿はそこになかった。慌ててロビーの外に視線を移すと、ガラスの向こう側を彼女は歩いていた。

ふと立ち止まって片手にかけていた春色のコートを羽織《はお》り、ネックレスの婚約指輪を握りしめて胸に強く押しあてた。それから、何かを思い浮かべるかのように目を閉じて、春の風を胸いっぱいに吸い込んだ。

今彼女のまぶたに映っている未来が、僕にはよく見える。ウエディングドレスを着た美しい窪田さんの隣に立っている男前な人の顔まで、僕にははっきり見えるのだった。

窪田さんは再び歩きだした。大阪城公園の木々のあいだを行くしなやかな足取りは、颯爽《さっそう》として力強い。ドレスの裾はゆったりと踊り、長い髪は揺れていた。

巡る季節を告げる小鳥たちのさえずりの中、後ろ姿が少しずつ小さくなって、やがて消えていった。

僕は長い夢を見ていたような気持ちになった。

こんなにお世話になった人に手を振ることさえできなかった。

そして、僕と仲間たちの新たな挑戦が始まる。

あとがき

皆さん、おはようございます。ヴェネツィアンガラス作家の土田《つちだ》康彦《やすひこ》です。ヴェネツィアのリアルト橋近くに住んで三十年ほど、毎朝、水上バスに乗ってムラノ島にある工房に通っています。そんな僕の処女作を最後まで読んでくださって、ありがとうございます。

僕は、千三百年の歴史と伝統を守ろうとする頑固なマエストロや職人たちと一緒に、ヴェネツィアンガラスの作品を作っています。しかし僕のスタイルは和風で、装飾を削《そ》ぎ落としたシンプルなデザインを好みます。そのことで時にマエストロと僕の主張がぶつかったり、お互い意地を張り合ったりすることもありますが、それでも彼らと仲良くガラス作品を作り、日々の生活を営んでおります。

僕のガラス作品は四つの工程を経《へ》て完成されます。まずは閃《ひらめ》きです。閃きは天から降りてくるような感覚で、完璧なる完成形がすでにその時点で見えています。そしてその閃きの言語化がふたつ目の工程です。要するに閃いた色やフォルムを言葉で表現するのですが、詩やエッセイになることもあれば、短編小説ほどの長い文章になる時もあります。この過程で「コンセプト」みたいなものが生まれます。次は言語から平面への変換、つまり言葉を介して確立した「コンセプト」を絵で表現するのが第三の工程です。デッサンやスケッチ、場合によっては油絵を描くこともあります。そして最後に、その絵をガラスで造形し立体化して完成です。ですから僕のスケッチブックは、文ケッチと文字でごちゃごちゃの、まるで「ネタ帳」のような有様です。ということは、いずれこの小説もガラス化されるということなのです。逆にいうと、この小説はガラス作品を作るための工程のひとつと言っても過言ではありません。いつの日か僕の個展にもお越しください。きっとデジャヴを感じる作品に出会えることと思います。

さて、赤坂《あかさか》に行けば、目が見えなくなった今も美味《おい》しい鮨《すし》を握ってくれる伊藤《いとう》さん、大変長らくお待たせしました。ようやく上梓《じょうし》できました。今までのご指導に感謝しています、本当にありがとうございました。『赤坂鮨以《い》とう』の暖簾《のれん》をくぐったことのある人なら、鮨のうまさの中に優しさを感じたことでしょう。しかしその優しさは、恐ろしいほどの悲劇を味わった者のみが醸《かも》し出せる味だと僕は思っています。伊藤さんは典型的な「親方」タイプの男です。そんな伊藤さんを中心に、今やひと昔、いや、ふた昔前となってしまった昭和の風景に僕の思い出を重ねたのがこの小説です。執筆に十年、推敲《すいこう》に三年。その三年は、「推敲作業はね、水飴《みずあめ》のプールを泳ぐようなものだよ」という山本兼一《やまもとけんいち》さんの言葉を実感する日々でした。小説家として揺るぎない地位を確立された山本さんは、想いばかりが先行する僕にこうも言ってくださいました。「文学の世界は厳しいけれど、ちゃんと書き上げればこれはいい小説になるはずだから、諦《あきら》めずに最後まで頑張りなさい」と。感謝しかありません。

一パーセントでも可能性があるのなら、即《すなわ》ちそれは希望である。だから僕は、希望を持って夢を追いかけることにしました。途中「そんなのお世辞に決まってんじゃん」とか「出版なんてどうせ無理だよ」という言葉が耳に入ってくることもありましたが、一方では、たくさんの方々のご理解とご協力をいただきました。ここにお名前を挙げ、深く感謝の意を表したいと思います。リカルドさん、伊東充吉《いとうみつよし》さん、仲村怜《なかむられい》さん、井上遥《いのうえはるか》さん、つくもようこさん、松本理永《まつもとりえ》さん、次原悦子《つぎはらえつこ》さん、モモコさん、佐野健二郎《さのけんじろう》さん、窪田美幸《くぼたみゆき》さん、栂井理恵《とがいりえ》さん、島田智子《しまだともこ》さん、方言の指導をしてくださった村上三恵子《むらかみみえこ》さん。

　特に松本理永さんは、気が変わりやすい僕とこの作品の文体を、十三年もの間ずっと見守っていてくれ、何軒もの出版社を一緒にまわってくれました。島田智子さんは、日本とイタリアの昼夜《ちゅうや》を問わず、辛抱《しんぼう》強く推敲作業を手伝ってくれました。彼女は、僕が一章を書き終えるごとに音読しながらチェックしてくれるのですが、時々声を詰まらせることもあり、その瞬間（あぁ、ここはいい文章が書けていたのだな）と小さく自負したものでした。前章で思うように表現できなかった描写が、次の章では上手くできた喜びは、決して小さくありません。それは、昨日までできなかった技法が今日はできるようになった時に職人が感じる喜びにも似て、これからも僕の自信と成長へと繫《つな》がってゆくのだと思います。

　そして、文中人物として登場してくれた仲間たちにも「ありがとう」と言いたい。初稿の文字数が今の五倍はあり、登場人物もはるかに多かったのは、僕の大切な仲間やお世話になった人をひとりでも多く登場させたかったからで、おかげで、それはそれは読みづらいものではありました。僕の親父は五十二歳で突然倒れ、数年後に他界しました。志《こころざし》半《なか》ばで……このありふれた言葉どおりに。その年齢に近づくにつれ（親父と似ちゃってて、僕も同じ運命を辿《たど》るとしたら……）なんて寿命が気になりはじめ、五十二歳までにはこの小説を世に送りたいと考えはじめました。仲間たちに伝えたいお礼の言葉をここにたっぷりと込め、大袈裟《おおげさ》に言うと遺書、つまり僕の身の上にいつ何が起こってもいいように、遺書としての機能も持たせたわけです。そしていよいよ五十代に突入した頃、推敲作業を本格化させました。十年かけて書き上げた文章を削ぎに削ぐ作業は、断腸《だんちょう》の思いの連続でした。これが噂《うわさ》の水飴プール。そして五十二歳の誕生日の三日前、祥伝社からオファーが届きました。

これで僕はいつでも死ねる――。いや、そうは問屋《とんや》が卸《おろ》しません。今はこの小説を映画化したいと本気で思っていますし、次の、そのまた次の小説を僕はもう書き始めていますから。ここで死ぬわけにはいかぬ。さっさと二本、ワクチンも打ってきました。

辻芳樹《つじよしき》校長に「『辻調鮨科』をお読みになれば、僕の芸術のルーツを理解していただけると思います」と話した時は、大変喜んでくださいました。僕の想いに共感してくださった日本料理科の岡《おか》田《だ》裕《ゆたか》先生は、リアルな授業の様子やさまざまな生徒の特徴を、教壇からの視点で教えてくださり、僕と同級生だった鎧塚《よろいづか》さん、先輩の小山《こやま》さんも力になってくれました。どうやっても予約が取れない名門店に僕を連れて行ってくれた岡田《おかだ》さん、宮崎《みやざき》さん、若井《わかい》さんや石田《いしだ》さんや多くの方々にも、僕のために鮨を握ってくださった全国の鮨職人のみなさんにも感謝しています。また数年前の夏には、函館《はこだて》のテルさんちで終盤を執筆しました。深謝。そして、撮影中の多忙な時期にもかかわらず、帯を書いてくださった北野《きたの》武《たけし》監督には最大の敬意と感謝を申し上げます。

ところで、僕のガラスのルーツが料理だなんて、一体そのふたつのどこに共通点があるの？　と思われた方もいらっしゃると思います。説明するのは難しいのですが、共通点は明らかに存在する、なければ覚悟と勇気を持って僕が勝手に作ればいい、とも思っています。後付けでもなんでもかまわない。そんな勇気をくれたのは、師匠千住《せんじゅ》博《ひろし》さんです。千住さんとは、芸術家になるために最も重要な自己形成の時期に出会いました。千住さんがいなければ、僕が芸術家としての生を授かることはなかったでしょう。大海原《おおうなばら》を漂流するように、何かに属することが苦手な僕に手を差し伸べてくれた恩人は、本当に心の優しい人です。「僕の母のお墓はただの丸っこい石でできていて、梅雨《つゆ》が明けると鮮やかな緑の苔《こけ》で覆《おお》われて、それを撫《な》でると気持ちよくて、このシートの肌触りに似てるんです」と僕が何気なく子供の頃の思い出を電車の中で語ると、師匠の目は赤くなり、フィレンツェ駅に到着し向かったフラ・アンジェリコの代表作『受胎告知』の前では、こちらが同情せずにはいられないほど打ちひしがれていました。そして師匠はこの小説のために絵を描いてくれました。悲しい運命を辿ることとなってしまった城島《じょうじま》先生の似顔絵であり、ご自身の自画像、つまりこの本の表紙装画を……。せっかく描いてくださったのにもかかわらず、祭壇の遺影代わりに使ってしまったことを許してくださった器の大きさにも、心から感謝しております。

結局僕は、人生においていい人にしか出会ったことがない。彼らはみんな優しい人ばかりでした。だから恩返しがしたい。そう思えば、屈辱《くつじょく》も絶望も試練も乗り越えて夢を摑《つか》むことができると思っています。山本兼一さんには「優《すぐ》れた小説を書くためには、何人かの悪人を設定しなきゃだめなんだよ」ともアドバイスをいただいていたのだけれど、それができなかったことを僕は天に向かって詫《わ》びるのみです。

二〇二一年初秋　朝のムラノ島の工房にて　土田康彦

参考文献

安藤忠雄／著『建築家安藤忠雄』（新潮社）

訳詩出典

マーガレット・F・パワーズ／著、松代恵美／訳『あしあと〈Footprints〉—多くの人々を感動させた詩の背後にある物語—』（太平洋放送協会）

この物語はフィクションです。
登場人物、団体等は実在のものとは一切関係ありません。
本書は書下ろしです。

あなたにお願い

この本をお読みになって、どんな感想をお持ちでしょうか。次ページの「100字書評」を編集部までいただけたらありがたく存じます。個人名を識別できない形で処理したうえで、今後の企画の参考にさせていただくほか、作者に提供することがあります。

あなたの「100字書評」は新聞・雑誌などを通じて紹介させていただくことがあります。採用の場合は、特製図書カードを差し上げます。

次ページの原稿用紙（コピーしたものでもかまいません）に書評をお書きのうえ、このページを切り取り、左記へお送りください。祥伝社ホームページからも、書き込めます。

〒一〇一―八七〇一　東京都千代田区神田神保町三―三
祥伝社　文芸出版部　文芸編集　編集長　坂口芳和
電話〇三（三二六五）二〇八〇　http://www.shodensha.co.jp/bookreview/

◎本書の購買動機（新聞、雑誌名を記入するか、○をつけてください）

＿＿＿新聞・誌の広告を見て	＿＿＿新聞・誌の書評を見て	好きな作家だから	カバーに惹かれて	タイトルに惹かれて	知人のすすめで

◎最近、印象に残った作品や作家をお書きください

◎その他この本についてご意見がありましたらお書きください

１００字書評

辻調鮨科

住所

なまえ

年齢

職業

土田康彦（つちだやすひこ）
1969年、大阪市生まれ。88年、辻調理師専門学校卒業後、フランス・パリで食と芸術の道を目指す。95年より、イタリア・ムラノ島にてヴェネツィアンガラス制作に携わる。2008年、第11回オープン国際彫刻展に日本代表として出展し、最優秀グランプリ受賞。14年、第53回日本現代工芸美術展現代工芸賞。小説は本書がデビュー作となる。

辻調鮨科《つじちょうすしか》

令和 3 年11月20日　　初版第 1 刷発行

著者――――土田康彦《つちだやすひこ》

発行者――辻 浩明

発行所――祥伝社《しょうでんしゃ》
〒101-8701　東京都千代田区神田神保町 3-3
電話　03-3265-2081（販売）　03-3265-2080（編集）
03-3265-3622（業務）

編集協力―アップルシード・エージェンシー

マネジメント協力―サニーサイドアップ

印刷――――萩原印刷

製本――――積信堂

ISBN978-4-396-63614-2 C0093
祥伝社のホームページ・http://www.shodensha.co.jp/